中途の家

エラリー・クイーン

越前敏弥・佐藤 桂＝訳

HALFWAY HOUSE
1936
by Ellery Queen
Translated by Toshiya Echizen and Kei Sato
Published in Japan
by KADOKAWA CORPORATION

中途の家

——ある推理の問題

目次

登場人物

〈ニューヨークの人々〉
ジャスパー・ボーデン
グロヴナー・フィンチ
サイモン・フリュー元上院議員
アンドレア・ギンボール
ジェシカ・ボーデン・ギンボール
ジョーゼフ・ケント・ギンボール
バーク・ジョーンズ

〈フィラデルフィアの人々〉
ウィリアム（ビル）・エンジェル
ジョーゼフ・ウィルスン
ルーシー・ウィルスン

〈トレントンの人々〉
エラ・アミティ
デ・ジョング（警察署長）
ポール・ポーリンジャー（検事）

まえがき

わたし自身の場合を判断の基準とするなら、探偵小説に魅入られた根気強い面々のうち、エラリー・クイーン氏の運命の起伏を忠実に見守ってきた人たちは、彼の最新の偉功にまつわる話をかなりの驚きをもって受け止めるにちがいない。

エラリー・クイーンの熱狂的な崇拝者のひとりとして、わたしは以前から、この世に死とそれに付随する物事よりも確実なものがあるとしたら、それはエラリーの一貫した表題のつけ方だろうと思っていた。一九二九年の秋に書かれた『ローマ帽子の秘密』から、昨年登場した『スペイン岬の秘密』まで、表題の巧みなまでの連続性が損なわれることはなかった。似かよった表題がひたすら繰り返されていたせいで、それらがどこまでも無限《アド・インフィニトウム》に……少なくとも無限に近い形でつづいていき、断ち切られるとしても世界地理の制約による場合しかありえまいと予想していたものだ。

それが突然、七月に雪が降るごとく……『中途の家』とは！

「これはきみの失策だな」知らせを聞いたわたしは、エラリーをつかまえるなり告げた。「これまでとんでもない謎解きにあれこれ付き合わされてきたせいで、なんにでも〝なぜ〟と疑問を投げかける習慣が身についてね。さあ――なぜだ？」

エラリーはいささか驚いた様子だった。「でも、どうだっていいじゃないか、J・J」

「そうかもな。なんにせよ、たいしたことじゃないんだろう。ただ、これは――そうだな、G・K・チェスタトンの新作短編を読んでいて、ブラウン神父が突然〝くそったれ！〟と叫ぶのに出くわしたようなものだ」

「ずいぶんばかげた比喩《ひゆ》だな」エラリーは言い返した。「請け合ってもいいが、チェスタトンは喜ぶまい」そしてくすくすと笑った。「もっとも、ブラウン神父が〝くそったれ！〟と叫ばざるをえないような理不尽な場面ぐらい、ぼくはたやすく思いつくけど」

エラリーとまともに議論を戦わせることなどできはしない。「そんなふうに言いたければ」わたしは言った。「好きにするといい。だが、それじゃ質問の答になっていないぞ」

「いたって簡単なことさ。ガイアがぼくを見捨てたんだ」

「だれが見捨てたって？」

「ガイアだよ。テルス・マテル。大地の女神さ」

「つまり、使えそうな表題が地理的な理由で尽きたということか？　なあ、待て、エラリー、くだらないことを言うな。わかっているだろう」

「そういうことは笑顔で言ってくれ」

「真剣になってもらいたいものだな！　わたしは原稿を読んで、どうしても理解できなかった……どうしてきみがこの本の表題を……たとえば……」わたしは〝これぞ〟とも呼ぶべきものを口に出しかけた。実は、ずっとそのことばかり考えていたのである。

ところが、わたしがそれを明かす前に、エラリーは言った。「まさか『スウェーデン燐寸《マッチ》の秘密』とか、そんなことを言おうとしたんじゃないだろう？」

「まったく」わたしはうなり声をあげた。「きみは悪魔そのものだな。とにかく、その表題で何がまずいんだ。きみの好みにぴったりじゃないか」

「でもね、J・J」エラリーはつぶやいた。「あれはスウェーデン製のマッチじゃない」

「ご立派な物言いだな。そんなことはわかっている。しかし、あの棺《ひつぎ》はギリシャ式の作りでもなんでもなかったのに、『ギリシャ棺の秘密』という表題にしたじゃないか。『フランス白粉《おしろい》の秘密』だって、パリの化粧品とはなんのつながりもあるまい？『オランダ靴の秘密』も、木靴とは関係ない！　だからそんな言い草はやめてくれ」

エラリーはにっこり笑った。「実を言うと——エラ・アミティが表題を授けてくれて、それがあまりにも的確だったんで、使わずにはいられなかったんだよ」

「本のなかでもそう言っていたな」わたしは言い返した。「だが、そんなことは信じられなかった。いまとなってはますます無理だ」

「きょうのきみはお世辞を言いまくりたい気分なんだな。さっきはぼくの説明をくだらないと言って、こんどは嘘つき呼ばわりか」

「エラ・友好《アミティ》とはね！　わたしに言わせれば、エラ・不仲《ディスコード》だよ。その女にのぼせてしまったのか？」

「こんどは淫《みだ》らな気分かい」

「中途の家だと！　まあ、それでもかまわないが——」

「かまわないだって？　おい、この言いまわしの非の打ちどころのない美しさがわからないのか」エラリーは両腕を振りあげて言った。「つまり、いかにウィルスンの事件に似つかわしいかをね。あの救いがたい夢想家にとって、トレントンの粗末な家はまさしく聖石《オムパロス》（アポロン神殿にある）、すなわち存在の中枢であり、重心そのものだった。あの男はあそこで、フィラデルフィアとニューヨークの往復によって生じる些事《さじ》から完全に、かつ等距離を保って離れ、確信と実体と休息と停止を手にすることができたんだよ……。ふさわしい表題かどうか？　驚きだよ！」

わたしの口は大きくあいていたことだろう。

「そして、探偵小説として適切かどうかは？　ぴったりだよ！　だって、家が中途にあるという事実には、たしかに重要な意味があるじゃないか、J・J！」

「どうかね」わたしは眉《まゆ》をひそめて返事をした。「あの家がニューアークやエリザベスといった町にあったら――ちょうど半ばではなく、四分の三の位置にあったら――どうなるんだ」

「おい、そんなふうに字句どおりに考えないでくれ」エラリーはじれったそうに言った。「実のところ、トレントンだってフィラデルフィアとニューヨークのちょうど中間にあるわけじゃない。エラのことばは詩的許容の範囲内だ。ぼくは純粋に比喩表現の話をしてるんだよ。論理的な視点で考えて、人が中途の家で――立ち寄り先で、オムパロスで、一時の休息場所で――殺害されたという事実にはどんな意味があったのか。どういった論理上の疑問が生じたのか。そう、きみもぼくと同じように知っていて、あらゆることが――」

「わかった、わかった」わたしは力なく言った。「きみを信じて――」

「それに、犯人についてはどうだ」エラリーはパイプを振りまわして声をあげた。「犯人の側にあてはめた筋書きでは、中途の家とは何を意味していたのか。問題はそこだよ！　もしぼくがその論理的な問いかけの答を見つけていなかったら、あの驚くべき結論は導き出せなかっただろう。犯人はきっと知っていたにちがいないと――」

そんなふうに、エラリーはある程度までわたしの質問に答えた。そして、仮にその答について読者諸氏の頭が混乱しているなら――エラリーがこれほどみごとに説明してくれたとはいえ、いくぶんとまどいが残っても不思議はないから――このウィルスン事件の物語をできるだけ早く読むようにと助言しよう。

J・J・マック

ニューヨークにて、一九三六年三月

注記――いまもなお、わたしの著者気どりはいっこうにおさまらない。エラリーに告げる度胸はなかったが、まえがきのページに関して自由を与えられているのだから、この機会に言っておくが、わたしはよりふさわしい表題として『三都物語』を推したかった。

第一部　悲劇　THE TRAGEDY

「――この芝居は〝人間〟という悲劇、
そして主役は征服者蛆虫《うじむし》」（エドガー・アラン・ポー『ライジーア』の作中詩「征服者蛆虫」より）

第一部　悲劇

「トレントンはニュージャージーの州都です。一九三〇年の国勢調査によると、人口は——男女、子供を合わせて——十二万三千三百五十六人。もともとは、首席判事だったウィリアム・トレントの名にちなんで、トレンツ・タウンと呼ばれていましたた（ご存じでしたかね、クロッペンハイマーさん）。むろん、デラウェア川に面しています。合衆国全土でいちばん美しい川ですよ」

干からびた小男が慎重そうにうなずく。

「デラウェア川。そう、ジョージ・ワシントンが、あのヘッセン人の傭兵《ようへい》部隊を叩《たた》きのめしたのです。一七七六年のクリスマスにね」太った大男が、突き出た鼻を陶器の大ジョッキにうずめて、さらに話しつづけた。「ひどい嵐のなかでしてね。ワシントンは兵士たちを連れてひっそりとデラウェア川を渡り、残忍なヘッセン人どもに不意打ちを食わせました。味方はひとりの死者も出さなかった——そう言われています。そして、その場所は？　トレントンですよ、クロッペンハイマーさん。それがこのトレントンです！」

　クロッペンハイマー氏はかさついた小さな顎《あご》をなで、何やら同調するようなことばを口にした。

「それだけじゃない」太った男は大ジョッキを勢いよく置いた。「ご存じでしょうか。トレントンには、連邦議会議事堂が置かれることがほぼ決まっていたのです！　ほんとうですよ。一七八四年に、この小さな町で連邦議会が開かれましてね、クロッペンハイマーさん。そのとき、川岸に連邦の首都を置くことが可決されたのです！」

「しかし」クロッペンハイマー氏はおずおずと指摘した。「議事堂はワシントンにありますが」

　太った男はせせら笑った。「政治とはそういうものですよ、クロッペンハイマーさん。やはり……」

　ハーバート・フーヴァー大統領に気味が悪いほど似たその大男は、クロッペンハイマー氏の乾ききった耳へ、栄華の地トレントンの話を延々と吹きこみつづけていた。

　隣のテーブルでは、その話に興味を引かれつつ、鼻眼鏡をかけた痩《や》せ形《がた》の青年が、目の前にある豚脚肉のローストのザワークラウト添えと、かたわらの長広舌とに集中力を振り分けていた。エドガー・アラン・ポー並みの推理を働かせなくても、太った男が内気そうな男に何かを売りつけようとしているのがわかった。では、何を？　トレントン市を？　それはありそうにない……。やがて、クロッペンハイマー氏がうやうやしい声で〝ホップ〟なる語を口に出し、さらには〝大麦〟と言うのが聞こえたので、霧が晴れた。クロッペンハイマー氏は明らかに醸造業界の関係者であり、太った男は市の商工会議所を代表してここに来たにちがいない。

「醸造所には理想的な場所ですよ」太った男はにこやかに言った。「おや、上院議員！　さあ、クロッペンハイマーさん……」

謎が解け、痩せた青年は聞くのをやめた。目の前に豚脚肉とビールジョッキがあっても、謎解きこそが肉と酒であり、どんなに貧弱な謎にも食欲がそそられる。そんなわけで、太った男は三十分ばかり退屈しのぎをさせてくれた。男性客で混み合うステイシー・トレント・ホテルのこぢんまりとしたバーラウンジで、野暮ったい赤と白のクロスや、仕切り板の向こうから響くグラスの音に囲まれながら、青年は異国に来たよそ者の気分になっていた。ウェスト・ステイト・ストリートには金色の円屋根を頂く州議会議事堂があり、その影が落ちるステイシー・トレント・ホテルには、自分とは別の言語を話す人々が集まっている。飛び交うことばは議会に関するものばかりだが——自分は議員連合と会派の区別すらつかない。青年はため息を漏らした。

ウェイターに合図をして、深皿焼きのアップルパイとコーヒーを注文し、腕時計をたしかめた。八時四十二分。悪くない。そろそろ——

「エラリー・クイーンじゃないか、やあ、探偵殿！」

びっくりして顔をあげると、背丈も痩せ具合も年ごろも自分と同じぐらいの青年が、笑顔で片手を差し出していた。

「おや、ビル・エンジェルか」エラリーは喜びの声をあげた。「衰えかけたこの目の錯覚じゃないだろうな。ビル！　さあ、すわってくれ。いったいどこから湧いて出たんだ。ウェイター、ビールをもう一杯！　どうしてまた――」

「いっぺんに訊《き》くなよ」青年は笑い、椅子に腰をおろした。「相変わらず、よく舌がまわるな。だれか知り合いでもいないかと思って、のぞいてみたんだよ。きみだとわかるまでたっぷり一分はかかったぞ、この妙ちきりんなアイルランド人め。どうしてた？」

「あれやこれやとね。きみはフィラデルフィアに住んでたんじゃないのか」

「いまもだよ。私用があってここへ来たんだ。そっちはいまも何か嗅《か》ぎまわってるのか」

「狐は毛皮を変えようとも」エラリーは気どって言った。「習いは変えず、というわけだ（スエトニウス『ローマ皇帝伝』より）。それとも、ラテン語で言うほうがお好みかな？　ぼくが古典を引用すると、きみはいやな顔をしてたものだが」

「前のままのエラリーだな。どうしてトレントンに？」

「通りかかったのさ。ある件でボルチモアのほうへ行ってきたところでね。いやはや、ビル・エンジェル。久しぶりだよ」

「もう十一年近く経つ。それなのに、狐は狐のままだな」ビルの黒い目は揺るぎなく穏やかだったが、うわべの明るさの奥底に不安がひそんでいるように感じられた。

「ぼくのほうはどうだ」

「目尻《めじり》に皺《しわ》がある」エラリーは遠慮なく口にした。「以前とちがって顎のまわりがマスチフ犬みたいにたるみ、そのすごく神経質そうな鼻の穴が少し曲がったな。よくよく見ると、髪はこめかみのあたりが薄くなった。ポケットには削った鉛筆が何本も差してある――つまり、仕事をする気だけは満々らしい。前もそうだったが、服はいいかげんでプレスもせず、それでいて仕立てはいい。自信に満ちた態度と、警戒心《キ・ヴィヴ》のおののき《キヴァリング》らしきものが混じり合ってる……。ビル、歳をとったな」

「まったく」ビルは言った。「たいした推理だよ」

「でも、芯《しん》の部分は変わってない。いまも世の中の不公平に腹を立てて挑みかかる少年のままだ。そのうえ、みごとな男前ときた。ビル、きみについてはいろいろ読んで知ってるよ」

ビルは顔を赤らめ、ジョッキを手にとった。「ありきたりな戯言《たわごと》ばかりだ。連中はいつもあんなふうに書き立てる。例のカリーの遺言書の事件はたまたま運がよかった」

「運なんかじゃない！　ぼくもくわしく追ったからな。サンプソンも――ニューヨーク郡の地方検事だが――あれは法的調査としては年に一、二を争う輝かしい成果だと言ってたよ。きみの前途はきわめて有望だと断じてる」

ビルは静かにビールを飲んだ。「金持ちの牛耳るこの世界じゃ、無理な話さ。前途だって？」肩をすくめる。「肝臓病で口臭たっぷりの頑固じいを相手に、少額の訴訟でもちまちま起こしながら、文なしで一生を終えるんだろうよ」

「いつもそんなふうに、しおらしいんだな。そう言えば、大学でもとびきりしぶとい劣等感の持ち主だった」

「貧乏人というのはけっして――」エンジェルは白い小さな歯を見せて微笑んだ。「やめよう。挑発しないでくれ。警視は元気かい。ぼくはあの親父さんが大好きだった」

「おかげさまで元気いっぱいだよ。結婚はしたのか、ビル」

「おかげさまで、まだだ。知り合いの貧乏娘たちはみんな、ぼくをひねくれ者と見なしてる。それに、ぼくが金持ちの令嬢をどう思ってるかは、きみにも想像がつくまい」

「金持ちでも、まずまずの令嬢もいるさ」エラリーはひと息ついた。「ところで、あのすてきな妹さんは？」

「ルーシーは順調にやってるよ。むろん結婚してる。相手は外まわりの仕事をしていて——名前はジョー・ウィルスン。なかなかしっかりした男でね。酒も煙草も賭《か》け事もやらないし、女房を殴ったりもしない。きみも会えば気に入るさ」エンジェルは時計をたしかめた。「ルーシーのことなんて、ろくに覚えてないんじゃないのか」

「とんでもない！　青春時代のぼくの哀れな心が、どれだけ悩まされたことか。あの子を前にしたら、ボッティチェルリでさえ卒倒しただろう」

「いまでもとびきりの美人だぞ。フェアマウント・パークのこぢんまりした戸建てに住んでる。ジョーはなかなか金まわりがいいんだ——ただのセールスマンにしてはね」

「まあ、そう言うなよ」エラリーはたしなめるように言った。「どういった商売を？」

「ちゃちな宝石とか、装身具を扱ってる。安っぽいものばかりだ」ビルの口調はきびしかった。「誤解されたかもしれないな。実は、ルーシーの連れ合いはひとりで商売をやってる。行商人に毛の生えたようなものさ。ああ、褒めるべきところはあるよ。家族もいなくて、他人の助けをまったく借りずにやってきた。腕一本で叩《たた》きあげた男ってわけだよ。でも、ぼくはずっと考えてたんだが、妹はこんな暮らしよりましな……」

ビルは苦い顔をした。

「あちこち歩きながら真っ当な商売で生計を立ててる男のどこが悪いって？　ずいぶ

んえらぶったやつだな！」

「ああ、たしかに真っ当さ。だから、こっちがどうかしてるんだろう。やつはルーシーに首ったけで、ルーシーのほうもそうだ。しかも、いつだって何の不自由もない生活をさせてやってる。ぼくの気がかりは、シーザーのことばを借りれば、あの痩《や》せて飢えたような顔つきで考えこむところなんだよ（シェイクスピア『ジュリアス・シーザー』第一幕第二場、シーザーがキャシアスを評した台詞）」

「何か問題があるんだな」

「とんでもない！　ただ、ぼくのほうが後ろめたくてね。こっちは中心街にあるアパートメントに住んでいて、ルーシーのところにたびたび顔を出してやるわけにもいかない。ひどい兄貴さ。ジョーはほとんど出かけっぱなしだから、妹はさびしくてたまらないだろうに」

「そうか」エラリーは言った。「つまり、きみは女でもいるんじゃないかと疑ってるのか」

ビル・エンジェルは両手にじっと目を落とした。「なんてやつだ。やっぱり、きみに隠し事をしようとしても無駄だな。昔からこの手のことにかけては魔術師だったよ。悩みの種は、ジョーがあまりにも家をあけることなんだ。週に四、五日は留守にする。もう十年ものあいだ、そんな状態で——結婚してからずっとだ。ジョーが車を持ってるのは当然だし、ぼくのこのどうしようもなく疑《うたぐ》り深い性格のほかには、仕事以外の理由で出かけてるんじゃないかと勘ぐる理由などないんだが……」ビルはもう一度腕時計を見た。「さて、エラリー、ぼくはもう行かなくては。この近くで、九時にその義弟《おとうと》と会う約束をしていてね。もう十分前だ。きみはいつニューヨークへ帰る？」

「老いぼれデューシーが息を吹き返してくれさえすれば、すぐにでもだ」

「デューセンバーグか！　おい、あの化石にまだ乗ってたのか。とうの昔にスミソニアン博物館に寄贈したものと思ってたのに。よかったら、帰るときにぼくも乗せていってくれないか」

「いいとも。うれしいかぎりだ」

「一時間ほど待っててもらえるか」

「きみの頼みなら、ひと晩じゅうでもいい」

ビルは立ちあがり、ゆっくりと言った。「ジョーとは、たいして長くはかからないだろう」ひとつ息をつく。つづきを口にしたときには、ふつうの調子にもどっていた。「どっちにしろ、今夜はニューヨークへ向かうつもりだった。あすは日曜で、ほかの曜日には面会できない依頼人がニューヨークにいるんだよ。ぼくの車はトレントンに置いていくとしよう。きみはどこで待つ？」

「向こうのロビーにいる。今夜はぼくと父のところに泊まってくれ」

「ぜひとも。じゃ、一時間後に」

エラリー・クイーン氏はひと息つき、友の逆三角形の背中がクローク係の女の前を通り過ぎて消え去るのを見送った。気の毒なビル。いつも他人の重荷を広い肩に背負いこんできた……。義弟との約束の背後には、どんな事情があるのだろうか、とエラリーは一瞬考えた。それから肩をすぼめ、自分にはまったく関係のないことだと心に言い聞かせたあと、コーヒーのおかわりを注文した。待ちながら思った。本人が気が滅入《めい》っていようといまいと、ビルは活力のもとになってくれる。いっしょなら、ホランド・トンネルまでの九十分もすぐに過ぎるにちがいない。

そして、めぐり合わせとは実に奇妙なものだった。このときのエラリー・クイーン氏は知る由もなかったが、六月一日土曜日の穏やかなその夜、エラリー自身も、フィラデルフィアの若き弁護士ウィリアム・エンジェル氏も、トレントンの町を離れることができない定めになっていた。

ビル・エンジェルの古びたポンティアックのクーペは、デラウェア川東岸沿いのうらぶれたランバートン通りを進んでいった。道幅はせまく、砕石を敷きつめた黒いアスファルトの上で、水たまりがヘッドライトにきらめいている。午後に降っていたあたたかい雨は七時少し前にやんだが、路面とその左手にひろがるうらさびしいごみ捨て場や空き地は、まだ泥水に浸っている。西の川面《かわも》に目をやると、ムーン島が横たわるあたりで青白い灯火がひとつふたつまたたいていた。東側の土地は起伏だらけで、ペンキを塗ったかのように灰色で生気がない。

川沿いに伸びる巨大な建物群を過ぎると、ビルは速度を落とした。ここは船舶ターミナルだ。もうそう遠くないはずだ、と思った。ジョーの説明によると……。ビルはこの道をよく知っていた。車でフィラデルフィアからトレントンへ、カムデン橋を経由して向かうときに、たびたび通っていたからだ。船舶ターミナルのあたりにはわびしいごみ捨て場があるだけだ。東に下水処理場があるせいで、この地区は集合住宅地が造られることもなく、付近にはまったく人家がない。ジョーの説明はくわしいものだった。トレントン方面から船舶ターミナルを二、三百ヤード過ぎると……。

ビルはブレーキを踏んだ。右手の川のほう、ランバートン通りと、夕暮れの薄明かりを受けて鈍い鋼色に輝く川面とにはさまれた細い岸辺に一軒の建物があり、窓からぼんやりと光が漏れていた。

ポンティアックは鼻息を漏らして停まった。ビルはそこにじっと目を凝らした。川を背に黒く浮かびあがるその建物は、掘っ建て小屋とでも呼ぶべき不恰好《ぶかっこう》なぼろ家で、羽目板が風雨にさらされて傷んでいる。たわんだ屋根は板が半分剝《は》がれ落ち、煙突も崩れかけている。それは奥まった場所に建っていて、そこに接する形で、異様なほど大げさな半円形の私道がランバートン通りから弧を描き、また通りへともどっていく。夕闇に包まれたその家には、人を寄せつけない何かがあった。閉ざされたドアのすぐ前には、石段にほとんど乗りあげるようにして、無人の巨大なロードスターが停まっていた。物言わぬその怪物は顔をビルのほうに向けている。

ビルは警戒する動物のように、体をひねって濃紺の闇のなかを探り見た。あの車……。ルーシーの車は小さい。いつも小型のオープンカーを自分で乗りまわしている――ジョーにもそれなりの心づかいはあり、妻がどれほど孤独でいるかは承知しているようだ。ジョー自身は、古いが頑丈なパッカードに乗っていた。ところが、ここにあるのは堂々たる十六気筒のキャデラック・ロードスターで、しかも車体は特別仕様らしい。不思議なことに、これほどの巨体にもかかわらず、見た目にはどこか女性らしさが漂っている。暗がりで見てかろうじてわかるのは、塗装がクリーム色で、さまざまな装置類がクロム仕上げであることだけだ。金持ち女の道楽用の車だろうか……。

それから、家の手前の側壁に向けてジョーのパッカードが停めてあるのが目にはいった。そのときはじめて、私道がもう一本あることに気づいた。雑草だらけの土の道で、ビルの車の二、三フィート先でランバートン通りから枝分かれしている。そちらはすっかりぬかるんでいて、半円形の私道の出入口には接していないが、そのへりからわずかに奥へそれて、家の横手にある第二の戸口へ通じている。私道がふたつ、戸口がふたつ、車がふたつ……。

ビル・エンジェルはじっと坐《ざ》していた。穏やかな夜だ。その静けさを、コオロギの音と、川から響くかすかなモーターの振動と、自分の車のエンジンの低いうなりが際立たせている。トレントンの町をはずれてからは、船舶ターミナルとその向かいの警備小屋のほかには、ここまで一軒の家もなかった。そして、この小屋の先を見渡しても、わびしく平坦《へいたん》な土地がひろがっているだけだ。ここが待ち合わせの場所だった。

どれほど長いあいだ、そこにじっとしていたのかわからないが、宵の静けさは恐ろしい音とともに突然消し飛んだ。心臓が警戒心で震えあがり、それから感覚が叫び声の意味を察知した。

悲鳴だ。それも女の喉《のど》から放たれた悲鳴だった。高ぶった声帯が、恐怖による麻痺《まひ》からいきなり解放されて発した抗議の声だ。一本の弦がはじかれたさまを思わせる。それは短く鋭いもので、生じたときと同じく唐突に消えた。

ポンティアックのハンドルを握ったまま凍りついていたビル・エンジェルにとって、女の悲鳴を聞くのははじめてだった。自分のなかの何かが震えながら応じているのがわかり、ただただ愕然《がくぜん》と受け止めていた。と同時に、これという理由もなしに腕時計に目を走らせ、ダッシュボードの明かりにかざして時刻をたしかめた。九時八分だった。

そこですぐに顔をあげた。前方の明るさが微妙に変化していた。家の正面のドアが大きく開かれ、内側の壁に強くぶつかる音が聞こえた。光があふれ出し、石段に寄せられたキャデラック・ロードスターの横腹に降り注ぐ。つづいて、光の一部を人影がさえぎった。

ビルは運転席にすわったまま腰を浮かせ、目を凝らした。

人影は女だった。何か穢《けが》らわしいものを視界から締め出そうとするかのように、両手を顔の前にかざしている。立ち止まったのは一瞬で、輪郭しか見てとれず、細かいところは判然としなかった。明かりを背にして暗がりに立つその影は、若いのか年配なのか、ほっそりとした体はどちらであってもおかしくない。服についても詳細はわからなかった。悲鳴をあげたのはこの女だ。ひどく気分を悪くして、やみくもに家から出てきたのだろう。

それから女はポンティアックに気づき、車体の大きなキャデラックに飛びついてドアを引っつかんだ。瞬時にして車に乗りこむ。キャデラックはうなりをあげ、ビルのいる方向へ走りだした。半円形の私道のカーブを抜け、もう少しでぶつかるというそのとき、ようやくビルの筋肉が生き返った。ポンティアックのギアを第一速に押しこんで、ハンドルを右へ切る。そのまま家の側面へ通じる泥道へ突進した。

車輪のハブがこすれ合う。キャデラックは浮きあがって傾いたまま、片側の車輪だけで走り抜けた。運転者同士が横に並んだほんの一瞬、手袋をはめた女の右手がハンカチを握りしめ、そのハンカチが顔を覆っているのが見えた。布地の上からのぞく目は荒々しく見開かれている。それから、女の乗ったキャデラックはランバートン通りをトレントンの方角へとうなりをあげて走り去り、たちまち闇に呑《の》みこまれた。

追っても無駄なのはまちがいなかった。

ビルは呆然《ぼうぜん》としたまま、ポンティアックをぬかるんだ脇道の先へ進めたあと、義弟の古びたパッカードの隣に停め、そこで両手が汗でじっとりと湿っていることに気づいた。エンジンを切り、車の踏み板から、家の側面の小さな板張りのポーチへとおり立つ。ドアはわずかに開いていた。ビルは覚悟を決め、それを押しあけた。

明かりのまぶしさに目がくらみ、家の内部は大まかにしかわからなかった。ビルがいるのは天井の低い部屋で、色あせた壁は漆喰《しっくい》がところどころ剝げ落ちている。少しずつ目が慣れ、奥の壁際に古めかしい伸縮式の衣装掛けが配されて、紳士物のスーツがさげてあるのがわかった。隅には薄汚れた鉄の流し台がある。むき出しの古びた暖炉は地下聖堂を思わせた。中央の丸テーブルには卓上ランプが置かれ、それが室内を照らす唯一の明かりだった。ベッドも造りつけの寝台もストーブも戸棚もない。使い古しの椅子が数脚と、ひどくたわんだ張りぐるみの肘《ひじ》掛け椅子が一脚……。ビルは体をこわばらせた。

テーブルの向こうの床に、男が横たわっていた。ズボンを穿《は》いた二本の脚が見える。両膝《りょうひざ》がねじ曲がっているらしい。その二本の脚には、死をほのめかすものがあった。

ビル・エンジェルは横のドアをはいってすぐの場所に立ちつくし、少しずつ考えをめぐらせた。口をきつく結んでいる。家のなかはとても静かだった。自分の立場があまりにも心細く感じられる。息をしている人々ははるか彼方《かなた》にいて、笑い声は遠い世界の信じがたい贅沢《ぜいたく》にすぎない。デラウェア川から吹くそよ風に、窓のカーテンがさやかな音を立てる……。そのとき、片脚が動いた。

ビルは鈍く冷ややかな驚きを感じながら、脚の動きを目で追った。いつの間にか自分自身も動きだし、絨毯《じゅうたん》の敷かれた床をテーブルの向こう側へと歩いていた。

男は仰向《あおむ》けに横たわり、よどんだ目で天井を見つめていた。奇妙に灰色がかった両手が鉤爪《かぎづめ》のごとく絨毯をつかんでは放し、ゆっくりと根気よく指の運動をしている。淡い茶色の上着が大きくめくれ、白いシャツの心臓のあたりが華やかと言ってもよいほどの血しぶきに染まっていた。

ビルは膝を突き、同じ驚きを感じたまま、自分の声とは思えないものを漏らした。

「ジョー。なんてことだ、ジョー」義弟の体には手をふれなかった。

ジョーの目のよどみが薄れた。その目がそっと横へ動いて止まる。

「ビル」

「水を――」

絨毯を掻《か》く灰色の指の動きが速くなる。「いや。もう……ビル、ぼくは死ぬ」

「ジョー、だれが――」

「女。女だ」弱々しい声は途絶えたが、口は動きつづけていた。唇がゆがんだり閉じたりを繰り返し、舌が上下している。そしてふたたび声が出た。「女だ」

「どんな女だ、ジョー。ジョー、しっかりしろ！」

「女。ヴェール。厚いヴェール――顔。見えなかった。刺されたんだ……。ビル、ビル」

「いったいだれが――」

「ルーシーを――愛してる。ビル、ルーを頼む……」

「ジ、ジョー！」

口の動きが止まった。唇の力が抜け、舌が小さく震えて静止する。目にはよどみがもどり、生々しい驚きと苦悶《くもん》を浮かべたままビルを見つめつづけていた。

やがて、絨毯を掻く指も動かなくなった。

ビルはぎこちなく立ちあがり、家の外へ出ていった。

ステイシー・トレント・ホテルのロビーの棕櫚《しゅろ》の木の下で、エラリー・クイーン氏がゆったりと体を伸ばしながら、目を閉じてブライヤーパイプを吹かしていたとき、いかにも黒人らしい声が自分の名を呼び立てているのが聞こえた。驚いて目をあけると、ホテルの緑と海老茶《えびちゃ》の制服を着た黒人のベル係が急ぎ足で通り過ぎていくところだった。

「おい、ここだ」

混み合うロビーのあちらこちらから、好奇の目が注がれた。緑豊かなロビーの隅々にまで名前が響き渡ったので、クイーン氏はいささか当惑してベル係に手を振った。

「クエーンさま？　お電話です」

エラリーはベル係に硬貨を一枚軽くほうって、しかめ面で受付へ向かった。ベル係の大声で頭をもたげた客のなかに、茶色のツイード・スーツを着た赤毛の若い女がいた。女は唇を奇妙にゆがめて立ちあがり、すばやくエラリーのあとを追った。長い脚が大理石の床を音もなく歩いていく。

エラリーは電話の受話器をとった。若い女はその数フィート後ろで立ち止まって背を向けると、ハンドバッグをあけて口紅を取り出し、色のついた唇にさらに色を塗り重ねはじめた。

「ビルか？」

「ああ、よかった」

「ビル！　どうした？」

「エラリー……。今夜はいっしょにニューヨークへ行けそうもない。ぼくは――もしかしたらきみに――」

「ビル、何かあったんだな」

「ああ」若き弁護士がことばを切り、三度咳払《せきばら》いするのが聞こえた。「エラリー、ただただ――悪夢だよ。こんなことになるなんて。義弟《おとうと》が……。あいつが――死んだ」

「なんだって！」

「殺されたんだ。胸を刺された。まるで――まるで豚か何かみたいに」

「殺された？」エラリーは目をしばたたいた。背後にいた若い女が、電気ショックでも受けたかのように硬直した。それから前かがみになり、猛烈に口紅を塗りたくる。

「ビル……。どこにいるんだ。それはいつのことだ」

「わからない。それほど前じゃない。ぼくが着いたときにはまだ生きてたんだ。口をきいて……それから死んだ。エラリー……うちの家族にこんなことが起こるなんて、信じられない。ルーシーになんと伝えたらいいのか」

「ビル」エラリーはきっぱりと言った。「まごついてる場合じゃない。よく聞いてくれ。警察には知らせたのか」

「いや……。まだだ」

「いまどこにいる？」

「船舶ターミナルの向かいの警備小屋だ。エラリー、ぼくらを助けてくれ！」

「もちろんだよ、ビル。そこはステイシー・トレント・ホテルからどれくらい離れてるんだ」

「三マイルだ。来てくれるのか？　エラリー、来てくれるのか？」

「すぐ行く。道順を教えてくれ。最短の近道をね。はっきり言うんだ、ビル。気をしっかり持たなきゃだめだ」

「だいじょうぶ、だいじょうぶだよ」電話の向こうからビルの息づかいが聞こえた。新生児が肺に空気を満たそうとあえぐのにも似た、震えるような息の吸い方だ。「いちばん簡単な道は……。そうか。きみがいるのは東ステイト通りと南ウィロー通りの角だな。車はどこに停めてる？」

「ホテルの裏の駐車場だ。フロント通りだと思う」

「フロント通りを東へ二ブロック進むと、南ブロード通りにあたる。右折して、裁判所を通り過ぎ、その先の角でまた右折して、センター通りへはいってくれ。センター通りをふたつ目の角で右折して、フェリー通りへ。フェリー通りでは、つぎの角でランバートン通りに出る。そこで左折して、あとはランバートン通りをずっと南へ進むと、船舶ターミナルがある。見落とすはずがないさ。その家は……そこから二、三百ヤード先だ」

「フロント通りから南ブロード通り、センター通り、フェリー通り、それからランバートン通りだな。全部右折で、ランバートン通りだけ左折。十五分で行くよ。警備小屋で待っててくれ。ビル、もどるんじゃないぞ。いいな？」

「わかってる」

「トレントンの警察に通報してくれ。ぼくはいますぐ向かう」エラリーは受話器を置いて、あわただしく帽子を引きさげ、消防士のように駆けだした。

赤毛の若い女は、はしばみ色の目を物ほしげに輝かせてエラリーを見送った。そして、ハンドバッグの口を閉じた。

船舶ターミナルの向かいにある警備小屋の前でエラリーが思いきりブレーキを踏んだのは、十時二十分前だった。ビル・エンジェルがポンティアックのドアの踏み板に腰かけて両手で頭をかかえ、濡《ぬ》れた路面を見つめていた。警備小屋の戸口には物見高そうな人々が集まっている。

エラリーとビルは一瞬、互いの目を見つめ合った。

「こんなの、あんまりだ」ビルは声を詰まらせた。「あんまりだ！」

「わかるよ、ビル、よくわかる。警察には知らせたのか」

「じきに到着するだろう。それと――ルーシーにも電話をかけた」ビルの目に沈鬱《ちんうつ》な光がまたたく。「留守だったよ」

「どこへ出かけてるんだ」

「忘れてたよ。土曜の夜にジョーが……いないときは、いつも街へ映画を観にいってる。電話には出なかった。ここへ来るよう電報を打っておいたよ――ジョーが……事故に遭ったとね。電報が着くのは妹より先だろう。とにかく――事実から目をそむけてもしかたがない。そうだろう？」

「そのとおりだよ、ビル」

ビルはポケットから両手を出して、じっと見た。それから黒い空へ顔を向けた。新月の夜で、雨に洗われて小さくきらめく星々だけが見えていた。

「行こう」ビルは重苦しく口を開き、エラリーとともにポンティアックに乗りこんだ。車の向きを変え、もと来た道を南へ向かった。

「ゆっくり走れよ」ややあって、エラリーは言った。その目はヘッドライトの円錐《えんすい》形の光を見据えていた。「知ってることを全部聞かせてくれ」

ビルは話した。キャデラック・ロードスターの女の話になると、エラリーはビルの顔をちらりと見た。暗く険しい顔だった。

「ヴェールの女か」エラリーはつぶやいた。「運がよかったな、ビル――ウィルスンは気の毒だったが、きみに伝えるまでよく持ちこたえてくれたよ。その女はヴェールをつけてたのか」

「わからない。すれちがったときには、顔は覆われていなかった。けど、帽子の上にめくりあげていたのかもしれない。わからないんだ……。ジョーが――死んだあと、ぼくは車にもどり、脇道をバックして本道へ出て、ターミナルまで走った。それからきみに電話をかけた。それだけだよ」

前方に問題の家が見えてきた。ビルは力なくハンドルを切ろうとした。

「待て！」エラリーが鋭い声をあげた。「ここで停まってくれ。懐中電灯はあるか」

「ドアポケットに」

エラリーはポンティアックからおり、付近を懐中電灯で照らした。ほんの数回、光線を走らせただけで、場景をしっかりと頭に刻んだ。静まり返った家、家の脇へ通じる泥道、正面玄関の前に半円を描く私道、二本の私道を隔てる雑草だらけの地面。懐中電灯を脇道の泥に向けて、少し身をかがめた。見たところ、ぬかるんだ土の上には、数組のタイヤ跡のほかに人が残した跡はない。しばしその跡を仔細《しさい》に観察したのち、ポンティアックへもどった。

「ビル、ここからは歩こう」

「わかった」

「いや、それよりまず、きみの車を横に向けて道をふさいでもらおうか。ほかの車を私道へ入れたくないからな。このへんの泥に足跡はついていないし、その点は重要だろう。すでにあるタイヤ跡をそのまま残したほうがいい。午後の雨は神の恵みだったな……。ビル、聞いてるのか？」

「ああ。聞いてるさ、もちろん」

エラリーは穏やかに言った。「じゃあ、指示どおりにしてくれ」そして、半円形の私道の起点まで走っていった。ランバートン通りのへりで止まり、私道には足を踏み入れないよう注意を払った。ぬかるんだ土の上には細長いすじが残り、はっきりとタイヤの模様が刻まれている。それを少しのあいだ観察したあと、大股《おおまた》でもどってきた。

「思ったとおりだよ。ビル、きみはここに残って私道の見張りをしてくれ。警察が来たら、よく言って聞かせるんだ。どっちの私道も、ぜったいにだれにも歩かせるんじゃない。道のへりをたどって、草の生えたところを歩いていけば、家にたどり着ける……。おい、ビル」

「だいじょうぶだ、エラリー」ビルは小声で言った。煙草をいじりながら体を震わせている。「わかったよ」

通りの真ん中で車にもたれていたビルの目を見て、エラリーは思わず顔をそむけた。それからまた、すばやく向きなおった。

ビルは笑みを漂わせた。ぞっとするような微笑だった。エラリーはビルの肩をむなしく叩《たた》くと、懐中電灯を掲げて、急ぎ足でぬかるんだ私道へもどっていった。道を跳び越えて川に近い側の草むらに足をおろし、懐中電灯を振りかざしながら、用心深く家の脇の戸口へと進んでいった。

ポーチまで十五フィートのところで、エラリーは足を止めた。草むらはそこで終わり、最後の草とポーチのあいだは土があらわになっている。かたわらの古いパッカードをちらりと見やったが、注目したのはそのまわりと向こう側の地面だった。懐中電灯をしばらくそこかしこへ向けたのち、この近くに人の歩いた跡がないことを確認して、ひとまず納得した。それから、泥の上へ足を踏み出した。

ポーチは朽ちかけた板の並ぶ小さな真四角の台で、地面から数インチの高さだった。エラリーは少しのあいだ、半分開いたドアと、内側の丸テーブルの向こうから突き出した動かぬ脚とには、目を向けずにいた。そうするかわりに、ポーチの奥の端へ進み、そこから懐中電灯で地面を照らした。エラリーは眉《まゆ》を吊《つ》りあげた。ポーチから川へ向かって小道が伸びている。その小道の泥には、男の足跡がふた組残されていた。川へ向かうものがひと組、ポーチへ向かうものがひと組だ。ポーチへ向かう足跡のほとんどは、川へ向かう足跡の上に重なっている。ざっと見ただけでも、同じ足によってつけられたのは明らかだった。

エラリーは小道の先を照らした。四十フィートほど向こうのデラウェア川の水際に、小さくて不恰好《ぶかっこう》な建物がある。その第二の小屋は、こちらの家よりもさらに荒れ果てているように見えた。

「車庫かボート小屋だな」小屋をじっと見つめ、そう思った。それからすばやく懐中電灯を消し、家の戸口へ体を寄せた。ランバートン通りから轟音《ごうおん》が響いたからだ。馬力のありそうな自動車の音らしく、トレントン方面から聞こえてきた。

大急ぎで部屋全体を見まわした。とはいえ、エラリー・クイーン氏は迅速かつ正確な観察にかけては天才であり、一瞥《いちべつ》だけで何ひとつ見落とさなかった……。絨毯《じゅうたん》はこの粗末な家には不釣り合いで、だいぶ擦り切れてはいるが最高級品だった――なめらかで毛足が長く、あたたかみのある薄茶色の無地だ。ふちどりはなく、ここより大きな部屋に合わせて裁断されたものにちがいない。壁と接するところで折りこまれていた。

「どこかの女のしゃれた寝室のために作られたものだろうな、きっと」エラリーはつぶやいた。「それがなんだってこんなところに？」

そして、絨毯に染みひとつないのを見てとると、自分の泥だらけの靴の底を脇のドアの敷居にこすりつけ――そのとき、自分より前に同じことをした者がいることに気づいた――それから慎重に部屋のなかへはいっていった。

ジョーゼフ・ウィルスンの目はまだ開いたままで、横をにらみつけていたが、いまでは曇ったガラスのようだった。大量の血が胸から流れ、シャツに染みこんでいるが、傷の特徴は明らかだ。血の渦に包まれた心臓の真上に、細い切れこみがある。鋭利な刃物で刺されたとしか考えられない傷だった。

近づいてくるエンジン音が、いまや雷鳴のように響いていた。

安っぽい卓上ランプに照らされたテーブルを、エラリーはあわただしく検分した。明かりの下にふちの欠けた陶器の皿が一枚あり、小さな黄色い紙マッチの燃えさしがたくさん載っているが、それ以外はきれいに片づいている。皿のそばには青銅の柄がついたペーパーナイフが置かれ、長く危なげな刃には乾いた血が根もとまでこびりついている。刃先には何かが突き刺してある――小さな円錐の先端を切り落としたような形だが、表面が煤《すす》で覆われていて材質はわからない。なんであれ、火であぶられて黒焦げになっている。エラリーは死体に目をもどした。

ひと目見たときから引っかかっていたのだが、ウィルスンのゆがんだ顔にはどこか気になるところがあった。死によって引きつってはいるものの、なかなか印象に残る顔だ。目鼻立ちは端整で人を惹《ひ》きつけ、美男だと言ってもよい。人生の盛りにある――三十五歳から四十歳とエラリーは見当をつけた。額は広くて険しさがなく、口もとは女っぽくさえある。鼻は小ぶりで、顎《あご》はかすかに割れている。栗色の巻き毛はこめかみのあたりが薄いものの、まだ力強さがあった。何が気にかかっているのか、エラリーは自分でもよくわからなかった。もしかしたら、細やかな知性や、ある種の品のよさや、良家のしるしのようなものが漂っているからだろうか……。

「いったいきみは」落ち着いた低い声が問いかけた。「何者だね」

「ああ、警察のかたですね」エラリーは言った。「おはいりください、どうぞ」テーブルへ何かを無造作にほうり投げる。「この絨毯に足を踏み入れる前に、靴をぬぐってください」

脇のドアには警官たちが詰めかけていて、先頭に立つ男は長身で肩幅が広く、冷ややかな目をしていた。エラリーとその男は、しばし見つめ合った。やがて長身の男はぶっきらぼうに言った。「みんな靴を拭《ふ》け」男は自分の靴底を敷居にこすりつけた。薄茶色の絨毯からエラリーへ目を移し、それから中へはいって、エラリーがテーブルに置いたものを手にとった。

「おや」男は言い、それを返した。「これはうれしいね、クイーンくん。外にいたエンジェルという男は、きみの名前を言わなかったんだよ。父上には一度か二度、お目にかかったことがある。わたしはデ・ジョング。トレントン警察署長だ」

エラリーは会釈をした。「ちょっとつきまわっていたところです。私道を踏み荒らしたりはなさらなかったでしょうね？」

「それはエンジェルからも言われたよ。よく気がきくな。私道には板を渡すように指示してある。では、遺体を調べるとしようか」

部屋がせまくなった。警官たちが部屋になだれこみ、歩きまわったからだ。デ・ジョングは死体のかたわらに膝《ひざ》を突いた。黒い鞄《かばん》をさげた父親然とした老紳士がそれを押しのける。フラッシュが静かに焚《た》かれた。部屋の片隅にビル・エンジェルが立ちつくし、生気のない目でながめていた。

「何が起《こ》ったのか、全部話してくれないかしら、クイーンさん」エラリーの背後から、媚びるような女の声がした。

死者の顔を見つめて考えこんでいたエラリーが振り返ると、派手な口紅を塗った、背の高い赤毛の若い女が、手帳と鉛筆を構えて微笑みかけていた。大きな円盤のような帽子がぞんざいに後ろにずらされ、明るく輝く目の一方に赤い巻き毛がひと房かかっている。

「おや」エラリーは尋ねた。「なぜぼくがそんなことを？」

「それはね」若い女は言った。「あたしは民衆の声であり、良心であるからよ。世論と、あの口やかましい広告主どもの代弁者なの。さあ、クイーンさん」

エラリーはパイプに火をつけ、マッチの燃えさしを注意深くポケットに入れた。

「ひょっとして」エラリーは言った。「どこかで会ったかな」

「クイーンさんったら！　そんな台詞《せりふ》、クレオパトラが蛇に噛《か》まれたころには言い古されてたはずよ。ステイシー・トレント・ホテルのロビーで、ベル係のご友人があなたを呼び出したときに、ほんの数フィートのところにすわってたの。お手柄ね、シャーロック。評判どおりよ。床に寝てるそのすてきな男性はだれ？」

「じゃあ、きみとぼくは」エラリーは辛抱強く言った。「正式に紹介を受けていないわけだ」

「いやあね！　あたしはエラ・アミティ。《トレントン・タイムズ》の特集記事を書いてる。ねえ、もういいでしょう？　みんなを出し抜かなくちゃいけないから、時間がないのよ。さ、話して！」

「悪いな。署長に訊《き》いてもらわないと」

「冷たいのね」エラ・アミティは不機嫌な顔をした。それから、鞄を持った老紳士とデ・ジョング署長のあいだにすわりこみ、何やら猛然と手帳に書きはじめた。デ・ジョングがエラリーに目くばせをして、エラのまるい尻《しり》を軽く叩く。エラはくすくすと笑うと、ビル・エンジェルに突進していって質問を浴びせかけ、また手帳に走り書きをしたあと、ビルに投げキスをして、家から飛び出していった。「いちばん近い電話はどこ？」とわめくエラの声と、「おい、草の上を歩け」と怒鳴る男の声が聞こえる。一瞬ののち、エンジンの音が船舶ターミナルのほうへ去っていった。

デ・ジョングが親しみのこもった声で言った。「エンジェルくん」

警官たちが道をあけてビルを通す。エラリーは死体を取り囲む一団に加わった。

「教えてくれ」長身の署長は言った。「マーフィー、書きとってくれ。さっき外で、この男は義理の弟だと言ったな。名前は？」

「ジョーゼフ・ウィルスンです」ビルの目からはうつろな色が消えていた。顎を突き出している。フィラデルフィアのフェアマウント・パーク地区の所番地を口にした。

「こんなところで何を？」

「わかりません」

「で、きみはどういうわけでこの件にかかわったんだね、クイーンくん」

エラリーはトレントンで若き弁護士と出くわしたいきさつを話し、ほかのふたりが口をはさむ間もなく、ビルがこの家に最初に来たときのことについて、本人がしていた話を伝えた。

「ヴェールをかぶっていたとウィルスンは言ったんだな？」デ・ジョングは眉間《みけん》に皺《しわ》を寄せた。「キャデラックで逃げたのがどんな女性だったか覚えているかね、エンジェルくん」

「ぼくが見たのは目だけで、恐怖に引きつっていました。でも、車はわかります」ビルは車の特徴を述べた。

「このぼろ家の持ち主はだれだね」

ビルは小声で言った。「見当もつきません。ここへ来たのははじめてなんです」

「すさまじい家だな」デ・ジョングはうなるように言った。「ああ、思い出した。以前は不法に住みついているやつらがいたんだ。何年か前に追い出されたよ。いまここに人が住んでいたとは知らなかったな。土地は市の所有だ……。妹さんはどこだね、エンジェルくん」

ビルは体を硬くした。エラリーが言った。「ビルが電話をかけたんですが、ルーシーは出かけていました。電報を打ってあります」

デ・ジョングはそっけなくうなずき、歩き去った。もどってくると、強い口調で尋ねた。「ウィルスンはどんな仕事をしていたんだ」ビルが答える。「ふむ。何もかもにおうな。見立てはどうですか、先生」

例の老紳士が難儀そうに立ちあがった。「ナイフで心臓をひと突き。深い傷だぞ、デ・ジョング。きわめて手際がいい。即死しなかったのは奇跡だな」

「しかも」エラリーが言った。「襲われたあと、凶器が傷から抜かれているんですからね」

デ・ジョングはエラリーに鋭い目を向け、それからテーブルの上にある血のこびりついたペーパーナイフを見た。「たしかに妙だな。それに、先端についた変なものはなんのためにあるのか。そもそも、なんだ、これは？」

「たぶん」エラリーは言った。「コルクだと思いますよ」

「コルクだと！」

「ええ、手紙の封を切るためのペーパーナイフを買うと、よく先っぽについてきますね」

「ほう。この男が刺されたときに、そんなものがくっついていたはずはない。何者かが殺害したあとでナイフの先に刺した」デ・ジョングは苛立《いらだ》たしげに皿の上のマッチの燃えさしを見た。「そしてそのコルクをじっくりと黒焼きにした。いったいなんのために？」

「それは」エラリーはパイプを吹かしながら言った。「言ってみれば、最大の疑問ですね。重要きわまりない。ところで、そのへんにマッチを捨てないほうがいいですよ。ぼくは犯行現場を可能なかぎり保存すべきだと固く信じています」

「煙草を吸っているのはきみだけだ」デ・ジョングはつっけんどんに言った。「わたしはこういうとりとめのないやり方は得意ではないんだよ、クイーンくん。本題にはいろうじゃないか。義理の弟と会う約束をしていたと言ったね、エンジェルくん。はじめから聞かせてくれ」

ビルはしばし動けなかったが、それから片手をポケットに入れ、皺くちゃの黄色い封筒を取り出した。

「そのほうがいいでしょう」ビルは声をとがらせた。「ジョーがいつもの商用旅行から帰ってきたのは、この前の水曜日でした。けさになってまた出かけて――」

「なぜそれを知っているのかね」封筒をちらりと見て、署長が鋭く言った。

「ジョーは金曜の午後に――きのうですね――用があってぼくの事務所に立ち寄ったんですよ。翌朝に――つまりきょうです――出かけると言っていました。だから知ってるんです」ビルの視線が動いた。「きょうの正午ごろ、事務所でこの電報を受けとりました。読んでください。この忌まわしい事件についてぼくが知ってるのはこれだけです」

デ・ジョングは封筒を手にとり、電報を抜き出した。エラリーは大柄な署長の肩越しにそれをのぞき見た。

今夜なんとしても会いたい。だれにも知られぬよう頼む。大切な用件だ。デラウェア川沿い、トレントンから南へ三マイル、ランバートン通りを船舶ターミナルから南へ数百ヤードの古い家で待つ。付近に似た家はなく、見逃すことはない。半円形の私道、裏にはボート小屋あり。午後九時きっかりに来てくれ。緊急事態。窮地に陥っていて、きみの助言を頼む。今夜、午後九時。かならずだ。

ジョー

「妙だな、やはり」デ・ジョングはつぶやいた。「しかもマンハッタンのダウンタウンで打っている。きみの義弟はこの最後の商用旅行でニューヨークへ行く予定だったのかね、エンジェルくん」

「わかりません」ビルはぽつりと言った。目は死体に釘《くぎ》づけになっている。

「何を相談したかったんだろうか」

「わからないんです。そう言ってるじゃありませんか。連絡が来たのはこれが最後じゃありません。午後の二時半にニューヨークから、ぼくの事務所へ電話がかかってきました」

「ほう、それは?」

ことばが少しずつ発せられた。「ジョーが何を言いたいのか、ぼくにはよくわかりませんでした。とんでもなく気落ちしてるらしく、真剣そのものでした。ぼくが電報を受けとったかどうか、ほんとうに来るかどうかを確認したかったそうです。自分にとってどれほど重要な件かを何度も強調するんで、もちろんぼくは行くと答えました。その家について尋ねると……」ビルは額をぬぐった。「それも秘密のうちで、自分の身のまわりではだれもその家のことを知らない、理由は明かせないが話し合うにはうってつけの場所だと言っていました。そのうちだんだん興奮してきて、なんだか支離滅裂になってしまって。ぼくは問いつめたりせず、ジョーは電話を切りました」

「だれも知らないって」エラリーはつぶやいた。「ルーシーも知らないのか、ビル」

「ジョーはそう言ってた」

「なるほど、よほど重要なことにちがいあるまい」デ・ジョングはもったいぶって言った。「それを漏らす前に、きっちり口をふさがれたということか。そう考えると、きみの義弟は真実を告げなかったんだな。この家のことを知る者がたしかにいたんだから」

「ぼくだって知ってましたよ」ビルはそっけなく言った。「電報を受けとったときに知りました。おっしゃりたいのはそういうことですか」

「まあまあ、ビル」エラリーがさえぎった。「無理もない、きみはまいってるんだ。ところで、きのうウィルスンがフィラデルフィアのきみの事務所を訪ねてきたと言ったね。大事な用でも？」

「そうかもしれないし、ちがうかもしれない。分厚い封筒をひとつ預けていったよ」

「中身はなんだ」デ・ジョングがすかさず訊《き》いた。

「わかりません。封がしてありましたし、本人は言いませんでした」

「ほんとうに何も言わなかったのか」

「しばらく預かってもらいたい、とだけ」

「いまどこにある」

「うちの金庫にあります」ビルは苦い顔で言った。「ずっと入れておくことになるでしょうがね」

デ・ジョングは不満げに言った。「きみが弁護士なのを忘れていたよ。そうだな、エンジェルくん、その件はあとにしよう。先生、この男が刺された時刻がはっきりわかる手がかりはありますかね。九時十分過ぎに死んだことはわかっています。ただ、ナイフが突き立てられたのはいつでしょうか」

検死医はかぶりを振った。「なんとも言えんな。あまり前ではないのはたしかだ。この男の生への執着は恐ろしく強かったようだ。あえて推測するなら――八時三十分だろうか。だが、あてにするな。搬送車を呼ぼうか」

「はい。いや」デ・ジョングは歯を見せ、きびしい顔で言った「やはり、しばらくこのまま置きましょう。搬送車は必要になったらわたしが呼びます。どうぞお引きとりください、先生。朝になったら検死をお願いしますよ。刺したのはこのナイフでまちがいないでしょうな」

「まちがいない。だが、ほかにも何かあれば調べよう」

「先生」エラリーがゆっくりと言った。「手、あるいはほかのどこかに――火傷《やけど》はありませんでしたか」

検死医は目をまるくした。「火傷？　火傷だと？　そんなものはない」

「検死の際に、火傷の跡がないかしっかり見てくださいませんか。特に手や脚を」

「ばかげたことを。まあいい、わかったよ！」何か気にさわったかのように、検死医は足を踏み鳴らして去っていった。

デ・ジョングが口をあけて質問しようとしたそのとき、口もとに傷跡のある太った刑事がのっそりと近づいてきて、ふたりで話をはじめた。ビルは何をするでもなく歩きまわった。しばらくして、刑事は体を揺らして出ていった。

「部下が言うには、家じゅう指紋だらけだそうだ」デ・ジョングはうなるように言った。「しかし、ほとんどはウィルスンのものらしい……。おい、絨毯《じゅうたん》に張りついて何をしている、クイーンくん。まるで蛙じゃないか」

エラリーは立ちあがった。それまで数分にわたって室内を這《は》いまわり、あたかも自分の命がそれに左右されるかのように、薄茶色の絨毯の表面をていねいに観察していた。ビルは正面のドアのそばに立ちつくし、異様なほど目をぎらつかせていた。

「ああ、ぼくはときどき動物に還《かえ》るんです」エラリーはにっこりとした。「体にいいものでね。びっくりするほどきれいな絨毯ですよ、デ・ジョングさん。どこを見ても、泥だろうとなんだろうと一点の汚れもついていません」

デ・ジョングは怪訝《けげん》そうな顔をした。エラリーは落ち着き払ってパイプを吹かし、壁際の木製の衣装掛けへ近づいていった。ドアのそばにいる友を横目で盗み見る。

ビルは唐突に足もとへ目を落として顔をしかめ、かがみこんで左の靴の紐《ひも》をいじりはじめた。結びなおして満足するまでに、少しばかり時間がかかった。体を起こしたときには、無理な動作のせいで顔が赤くなり、右手はポケットに突っこまれていた。エラリーは大きく息を吐いた。ほかの面々をざっと見まわしたが、絨毯の上のエラリー自身がまだ調べていない場所からビルが何かを拾いあげたことには、ほかのだれも気づいていないようだった。

デ・ジョングは部下のマーフィーに警告するような一瞥《いちべつ》をくれ、大股《おおまた》で出ていった。板張りのポーチから指示を飛ばす大声が聞こえた。

ビルは椅子にすわりこみ、膝《ひざ》の上に片肘《かたひじ》を突いて、苦しそうで物問いたげな、なんとも不思議な面持ちで死者を見つめていた。

「きみの尋常ならざる義理の弟には、ますます興味が湧いてくるな」衣装掛けの前にいたエラリーがうなるように言った。

「なんだって?」

「ここにあるスーツだよ。ウィルスンはどこで服を買ってたんだろう」

「フィラデルフィアの百貨店さ。よく〈ワナメイカー〉の在庫一掃セールで買い物をしていた」

「ほんとうかい」エラリーは一着のコートをめくり、ラベルをたしかめた。「妙だな。このラベルを証拠として採用するなら、贔屓《ひいき》にしてたのはニューヨークの五番街にある最高級の個人洋品店だぞ」

ビルは顔を振り向けた。「ばかを言うなよ」

「それに裁ち方、全体の仕立て、素材のどれをとっても、このラベルはまがいものじゃない。どれどれ……ほら、やっぱり。ここには四着のスーツがあるが、どれも同じ五番街の店のものだ」

「そんなこと、信じられるものか!」

「もちろん」エラリーは言った。「この家も置かれている品も、本人の持ち物ではないという解釈もできる」

ビルは恐怖に襲われたかのように衣装掛けを凝視していた。やがて力強く言った。

「まちがいない。そうだ、そのはずだ。だってジョーは、スーツ一着に三十五ドルも出したことがないんだぞ！」

「しかしね」エラリーは眉《まゆ》をひそめ、衣装掛けの下の床から何かを持ちあげた。「ここに靴が二足あるが、どちらも〈アバクロンビー・フィッチ〉だ。それに」ひとつだけ掛けてあった帽子に手を伸ばす。「イタリア製の中折れ帽。二十ドルはするが、身なりに金をかける男ならそのくらい出してもおかしくはないと思う」

「ジョーのものじゃない！」ビルは声を荒らげ、立ちあがった。呆気《あっけ》にとられた刑事を押しのけ、義弟の死体のそばにひざまずく。「ほら、見ろ。〈ワナメイカー〉のラベルだ！」

エラリーは帽子を掛け釘《くぎ》へもどした。「わかったよ、ビル」やさしく言う。「わかったよ。さあ、すわって頭を冷やそう。こういうわけのわからないことも、そのうち解決するさ」

「ああ」ビルは言った。「そうだな」そして椅子へもどって腰をおろし、目を閉じた。

エラリーはあえてゆっくりと部屋を歩きまわった。何ひとつ手をふれず、何ひとつ見逃さない。ときおり友人に目を向けた。それから眉根を寄せ、まるで抗しがたい何かに強いられるかのように少し足を速めた……。あることがエラリーの関心を引いた。この家にはひとつの部屋しかなく、一時的にでも隠れ場所になりそうな物陰も戸棚もない。高さのほとんどない暖炉にも首を突っこんでみたが、煙道があまりにもせまく、人間がはいれそうもなかった。

しばらくして、あわただしくもどったデ・ジョングは、テーブルの後ろまで行って身をかがめ、死体の着衣をせわしなく探りはじめた。ビルが目を開いた。立ちあがって歩きだし、テーブルに両のこぶしを突いて、署長のがっしりとした首を見おろした。

家の外からはおおぜいの警官たちの声が聞こえた。二本の私道で大仕事にいそしんでいるらしい。刑事たちと卑猥《ひわい》な冗談に興じるエラ・アミティの甲高い声も、家のなかで黙している者たちの耳に届いた。

「さて、クイーンくん」ついにデ・ジョングが、手もとから目をあげることなく、ゆったりとした声で言った。「どう考えるかね」

「バーナード・ショーの〝超人〟（『人と超人』より）とちがって、戦ってまで主張したいことはありませんよ。なぜ訊くんですか」

「以前から、仕事が速いと聞いていたからね」大柄なこの男の声には、どこか小ばかにしたような響きがあった。

エラリーは含み笑いをし、暖炉の上の炉棚から何かをおろした。「むろん、これはご覧になりましたね」

「というと？」

ビルが瞬時に振り向いた。「なんだ、それは」かすれ声で尋ねる。

「ああ、見たとも」デ・ジョングは間延びした声で言った。「きみはそれをどう思うかね、クイーンくん」

エラリーはデ・ジョングをちらりと見た。それから、見つけたものを包装紙ごと丸テーブルに置いた。ビルは食い入るように見ていた。それは茶色い型押し革の机上用具セットだった。四隅を押さえる三角の革ポケットのついたデスクマット、万年筆が二本置けるくぼみのある青銅のペン置き、そして湾曲した小ぶりの吸取紙ばさみがある。大きなデスクマットの隅のポケットのひとつに、白いカードがはさんであった。まっさらなカードには、青いインクで一文だけ――大きくて整った、いかにも男らしい筆跡で〝ビルへ、ルーシーとジョーより〟と書かれていた。

「誕生日が近いのかね、エンジェルくん」デ・ジョングは死体の胸ポケットから抜き出した紙切れをじっと見て、愛想よく言った。

ビルは顔をそむけながら、口を動かした。「あすです」

「実に気のきく義弟だな」署長は大きな笑みを浮かべた。「カードの字も同じ筆跡だから、その点はまちがいない。部下がウィルスンの着衣にあったメモの手書き文字と見比べて確認ずみだ。自分の目でたしかめたらどうだ、クイーンくん」デ・ジョングは持っていた紙をテーブルにほうった。たわいのない無意味な走り書きだった。

「いえ、信じますよ」エラリーは用具セットを前に顔を曇らせていた。

「そいつに興味津々らしいな」デ・ジョングはいくつものこまごましたものをテーブルに積みあげた。「なぜかは知らんがね。だが、わたしにはつねに新たな手法を学ぶ心の準備がある。何かこちらが見落としたものがあるか？」

「残念ながら、まだお手並みを拝見していませんから、デ・ジョングさん」エラリーは口ごもりながら言った。「あなたの考察の深さや正確さを見定められる立場じゃありませんよ。とはいえ、あくまで仮説的な関心を寄せている些事《ミヌティアエ》ならありますが」

「ほう、それは？」デ・ジョングはおもしろがっているようだった。

エラリーはその包みの包装紙を手にとった。「たとえば、この机上用具セットはフィラデルフィアの百貨店〈ワナメイカー〉で購入されたものです。正直なところ、そのことにあまり意味はありません。ただ……それは事実です。そして、エリス・パーカー・バトラー（アメリカの著述家。代表作は短篇「豚は豚なり」）ならこう言ったかもしれません——事実は事実なり、とね」

「だが、なぜそうだとわかるのかね」デ・ジョングはテーブルに置かれたもののなかから、一枚の売上伝票をつまみ出した。「これがくしゃくしゃになってポケットにはいっていた。たしかにきのう〈ワナメイカー〉で買っている。現金払いだ」

「なぜですって？　驚くほどの理由はありません。〈ワナメイカー〉の包装紙に見覚えがあったんです。ちょうどきょうの午後フィラデルフィアを通って、父へのちょっとした贈り物を買い求めましてね。それと、当然ながら」エラリーは穏やかにつづけた。「包装紙の状態はご覧になりましたね。ここで問題が生じます。だれが包みをあけたんでしょうか」

「なぜそれが問題になるかはわからんが」デ・ジョングは言った。「話に乗ってやろう。そんな悪さをしたのはだれだ？」

「たぶん、気の毒なウィルスン以外の者でしょう。ビル、今夜ぼくがここへ来る前に、室内のものに手をふれたのか？」

「いや」

「あなたの部下が包みをあけたんじゃありませんね、デ・ジョングさん」

「きみが見たのと同じ状態で炉棚に置いてあった」

「だとしたら、犯人があけた可能性が高い――ウィルスンが息絶える前にビルに告げたという〝ヴェールをかぶった女〟です。あくまで可能性ですけどね。もちろん、第二の侵入者があけたのかもしれません。しかし、ウィルスン自身はけっしてあけていない」

「なぜだ」

「この用具セットは贈り物として購入されたものです――カードがありますからね。贈り物として包装されていて――値札ははずされ、売上伝票は包みのなかではなく、ウィルスンのポケットにはいっていました。ですから、だれが購入したのであれ、ビル・エンジェルへ贈る心づもりでそうしたんです。ウィルスン本人が買った可能性が高いでしょうが、たとえそうではなく、ほかの者に買い物をまかせたのだとしても、思いついたのはウィルスンでしょう。となると、ウィルスンがここで包装を解く理由があるとは考えにくい……」

「そうは思わんな」デ・ジョングは言い返した。「もしかしたら、店頭でカードを書かなかったのかもしれない——そしてここでカードを書くために、包みをあけて万年筆を一本取り出したのかもしれない」

「どちらの万年筆にもインクがはいっていません。すでにたしかめました」エラリーは苛立《いらだ》ちを抑えながら言った。「当然、ウィルスンにもそれはわかっていたはずです。しかし、仮にここで包みをあける理由がほかにあったと考えても、送り主である本人が包装紙を破く理由はまったくありません」エラリーは包装紙を親指ではじいた。「用具セットを包んでいた紙はずたずたに引き裂かれている。「この包装紙はもう、本来の目的にはまず使えないでしょう。それに、この家にはほかに包装紙などはありません。ですから、ウィルスンが包みをあけたのではないとだけは言えるでしょう。もしあけたなら、紙を破かないよう注意したはずですから。しかし犯人の場合は、そんなことを考えてひるんだりしません」

「それで？」デ・ジョングは言った。

エラリーは呆気《あっけ》にとられた顔をした。「ああ、デ・ジョングさん、なんと愚かな質問を！　いまの段階では、ぼくはおもに、犯人が犯行現場で何をしたかを明らかにすることに関心があるんです。動機については、重要であろうとなかろうと、あとで頭を悩ませればいい……。さて、凶器として使われたあのペーパーナイフです。用具セットにはいっていたことは疑う余地もなく――」

「そりゃそうだ」デ・ジョングは太い声を響かせた。「そのために犯人は包みを引き裂いたんだ――ナイフを出すためにな。包みをあけたのは犯人だと、もっと早くきみに言ってやればよかったよ」

エラリーは眉《まゆ》を吊《つ》りあげた。「それが理由だったとはとうてい思えませんね。まず、これはきのう購入されたばかりですから、今夜の犯行にうってつけの切れ味のいい新品のペーパーナイフがはいっていたことを、その女が知っていたとはまず考えられません。そうじゃない。ペーパーナイフを短刀代わりに使ったのはまったくの偶然だと、ぼくは確信しています。犯行の前に室内を歩きまわっているうちに、ただの好奇心からか、あるいは自分がしようとしていることを思って神経が高ぶったからか、ついあけずにはいられなかったんでしょう。ペーパーナイフを見つけたとき、持参した凶器よりもそちらを使うほうがいいと考えたのも自然なことです――どうやらこれは計画的な殺人だったようですから。それに、遠い昔から、この手の女にとって、人を殺したい衝動を心ゆくまで発散できるのは、なんと言ってもナイフですよ」

デ・ジョングは鼻をこすり、腹立たしげな顔をした。ビルがためらいがちに口を開いた。「犯人が歩きまわる時間があったとすると……しばらくここにひとりでいたことになる。じゃあ、ジョーはどこにいたんだ。その女はいきなりジョーを襲ったのか？　検死医は――」

「まあ、まあ、ビル」エラリーはなだめるように言った。「そんなことで頭を悩ませないほうがいい。まだじゅうぶんな事実はつかんでいないんだ。この贈り物のことは何も知らなかったのか、ビル」

「まったく知らなかったよ。なんと言うか……不意を突かれた感じだ。ぼくは誕生日などあまり気にかける性質《たち》じゃないからね。ジョーは――」ビルは顔をそむけた。

「ふむ」デ・ジョングは肩をすくめた。「たしかに、義弟の死体なんて、とんでもない誕生日の贈り物だな。ほかには何を見つけたかね、クイーンくん」

「報告書をまとめてよこせとでも？」エラリーは冷静に言い返した。「いいですか、デ・ジョングさん。あなたがたの厄介なところは、職業上どうしてもアマチュアをなめてかかることです。専門家に遠慮するアマチュアの例はいくつも見ましたが、逆については真じゃありません。マーフィーさん、ぼくだったらメモをとりますよ。いずれ当地の検事さんに喜んでもらえるかもしれませんし」

マーフィーはばつの悪そうな顔をした。だが、デ・ジョングは硬い笑みを漂わせてうなずいた。

「この家と、室内にあるものについて、ざっとあげていくと」エラリーは思案顔でブライヤーパイプを吹かした。「どうも不思議な結論に至ります。ひと間しかないこの家のなかには、ベッドも簡易寝台も見あたりません――どんなものにせよ、寝るための装備がないんです。暖炉はあるけれど薪《まき》がない――それどころか、燃えさしも灰もないうえに、炉床には異様なほど汚れがない。暖炉が何か月も使われていないのは明らかです。

ほかには？　壊れた古い石炭ストーブ。すっかり錆《さ》びついて、料理にも暖房にもまったく使い物になりません――家が不法に占拠されていたときの遺物にちがいない……。ついでながら、蠟燭《ろうそく》も石油ランプもないし、ガスも引かれていないし、マッチのたぐいもない――」

「たしかにな」署長はうなずいた。「こいつは煙草を吸わなかったのかね、エンジェルくん」

「ええ、まったく」ビルは正面の窓から外を見ていた。

「それだけじゃない」エラリーはつづけた。「この家の照明は、テーブルの上に置かれた卓上ランプだけです。付近に発電所は？」デ・ジョングがうなずく。「この家のいまの持ち主が電気を引いたのか、もとから引いてあったのかはたいした問題じゃない。おそらく後者でしょうけどね。とにかく、赤裸々な事実に着目してください。

さらに言うなら、ここにあるのは欠けた陶器がほんの少しだけです。食料品は影も形もなく、どんな貧しい家でも具《そな》えている救急箱すらありません」

デ・ジョングはふっと笑った。「全部書き留めたか、マーフィー。みごとだよ、クイーンくん。わたしでもそんなにうまくはまとめられない。だが、それをすべてあげつらねたところで、何かわかったと？」

「いろいろわかりましたよ」エラリーは切り返した。「あなたのご想像以上にね。この家の主は、ここでは眠っても食べてもいなかったんです——ここは住居らしい特徴が皆無に近く……一時的な隠れ家か、街道沿いの休憩所、単なる立ち寄り地点であることをにおわせています。

さらには、もろもろの痕跡《こんせき》から、家の主の人物像を推し量ることができます。この薄茶色の絨毯《じゅうたん》は、この家の備品のなかでは、不法占拠されていたころにはなかった唯一のものです——あまりにも豪奢《ごうしゃ》な高級品ですから。この家を使っていた人物が、古道具屋でなかなかの金額を出して買ってきたものだと思いますよ。途方もなく贅沢《ぜいたく》な好みの表れですね——その点は重要だと思いませんか？　この高級志向は衣装掛けの服や窓のカーテンを見てもわかります——物は上等なのに、ひどい吊《つる》し方ですが……言うまでもなく、いかにも男のやることですね。最後に、室内が執拗《しつよう》なほどていねいに片づけられています。絨毯のどこを見ても土も灰もまったく落ちていませんし、暖炉にも煤《すす》汚れすらなく、目を皿にして探しても塵《ちり》ひとつ落ちていません。こうしたことから、どんな男の姿が浮かびますか？」

窓の外を見ていたビルが振り返った。目のふちが赤い。「ジョー・ウィルスンの姿は浮かばない」きびしい口調で言った。

「そのとおり」エラリーは言った。「まったく浮かばないんだ」

デ・ジョングの笑みが消えた。「しかし、それではウィルスンがきょうの電話でエンジェルくんに話したこととつじつまが合わない——この家のことは自分しか知らないと言ったはずだ！」

「それはそうですが」エラリーは妙な口ぶりで言った。「ぼくは、もうひとり、まったく別の男がかかわっていると思いますね」

外の声が騒がしかった。デ・ジョングは顎《あご》をさすり、考えこむような顔をした。

「どうやら記者の連中だな」そう言って立ち去った。

「さて」エラリーは穏やかな声で言った。「親愛なる署長が哀れなウィルスンのポケットから何を見つけたのか、たしかめるとしよう」

　男がふつうに持ち歩くこまごまとしたものが、テーブルに小山を作っていた。鍵《かぎ》の束、二百三十六ドルの紙幣をおさめた使い古しの札入れ――エラリーはビルに目を向けたが、ビルはまだ窓の外を見つめていた。さらに、種々雑多な紙切れ、書留郵便の受領証数枚、ウィルスン名義の運転免許証、そして、飾り気のない木造家屋の前に立つ美女のスナップ写真二枚。それがビルの妹のルーシーであることはすぐにわかった。記憶にある姿よりふくよかになっているものの、大学時代と変わらない、あたたかく潑剌《はつらつ》とした女性だ。ほかには、フィラデルフィア・ガス社の領収証、万年筆、そして、ウィルスン宛《あて》の使用ずみ空封筒が数枚。裏にいろいろな計算が書き留めてある。エラリーは預金通帳を手にとり、開いてみた。フィラデルフィアを代表する貯蓄銀行が発行したもので、残高は四千ドルを少し超えていた。

「倹約家らしいな」身じろぎもしないビルの背中へ向けて言う。「何年も預金を引き出していないし、預け入れは少しずつだけれど、きわめて着実だ」

「ああ」ビルは振り返らずに答えた。「貯めていたよ。郵便貯金にもいくらか入れてあるはずだ。ジョーぐらいの地位しかない男の妻にしては、ルーシーはなんの不自由もしていなかった」

「債券や株は持っていたのか」

たのか」

「よせよ、エラリー。ぼくらが世界恐慌から五年目の下層中産階級だってことを忘れ
「すまない。当座預金はどうだ？　小切手帳が見あたらないんだが」

「いや、小切手帳は持ってなかった」ビルはひと呼吸置いた。「自分の商売では必要ないと、よく言ってたよ」

「妙だな」エラリーはやや驚いた口ぶりで言った。「それは――」言いかけてやめ、持ち物の山へ目をもどす。だが、もう新たなものはなかった。

エラリーは万年筆を手にとってキャップをはずし、一枚の紙切れにペン先を走らせてみた。「なるほど、ペン先は乾いてる。贈り物のカードをどこで書いたかという問題がはっきりするな。ここじゃないのはたしかだ。鉛筆を持たず、万年筆のインクは空っぽ。ぼくが少し検分したところでは、この家のどこにも、筆記具もインクもなかった。となると――」

エラリーはテーブルをまわりこみ、絨毯のその位置に釘《くぎ》で留められたかのように動かない死体のそばにひざまずいた。それから不思議な作業をはじめた――ウィルスンの空のポケットを裏返し、宝石商さながらの鋭い眼光で、縫い目にたまった細かい屑《くず》を調べたのだ。立ちあがって衣装掛けの前へ行き、吊してある四着のスーツの空のポケットをつぎつぎ探っていく。やがて納得したようにうなずいたが、顔にはかすかな

当惑の色も浮かんでいた。

死体のそばへもどり、動かぬ両手を持ちあげて、こわばった指を熱心に調べた。つづいて、顔をしかめながらも、意を決してどうにか死人の口を開かせ、その奥の強く食いしばった歯をあらわにした。立ちあがったエラリーは、ふたたびうなずいた。

テーブルについたエラリーが眉根《まゆね》を寄せて、ジョーゼフ・ウィルスンのゆがんだ顔を見おろしていると、デ・ジョングが数人の刑事を引き連れて騒々しくもどってきた。「第四階級の連中（新聞記者）を片づけるのにちょっと手間どってね」デ・ジョングはそっけなく言った。「あれからまた少しはお楽しみがあったかね、クイーンくん。こちらが何を発見したかも聞きたいだろう」

「それはどうも。ずいぶんご親切に」

ビルが窓から振り返った。「お忘れじゃないでしょうが、デ・ジョングさん、あなたがたがここでワルツを踊っているあいだに、あのキャデラックの女はまんまと逃げてしまいますよ」

デ・ジョングはエラリーに目配せをした。「まったく田舎町のおまわりは、かね？まあ、エンジェルくん、落ち着くんだ。ここへ来て五分後には、警戒を呼びかけたよ。まだ報告はないが、ハイウェイは州警察が総出で見張っていて、メリー警視監が直々に指揮を執っている」

「たぶんもうニューヨークへ逃げていますよ」エラリーはあっさりと言った。「だいぶ経ちましたからね、デ・ジョングさん。ところで、何を発見したんですって？」

「たんまりだ。外の二本の私道でな」

「ああ、タイヤの跡ですか」エラリーは言った。

「ハニガン巡査部長を紹介しよう」牛を思わせる顔立ちの男が、ひょいと頭をさげる。「車のタイヤ跡の研究のようなことを、個人的にやっていてな。聞かせてやれ、ハニガン」

「はい、では」巡査部長はエラリーに向かって話しだした。「この家の正面にある第一の私道ですが――キャデラックが停めてあったとエンジェルさんがおっしゃる、カーブしているほうの私道です――こちらは泥の上に三組のタイヤ跡がついています」

「三組だって？」ビルは低い声で言った。「見たのはあのキャデラックだけで、ぼくの車は正面の私道に入れなかったのに」

「タイヤ跡が三組です」ハニガンはきっぱりと言った。「車が三台という意味ではありません。実際には二台でした。ふた組は同じ車――キャデラックです。特徴のあるタイヤ跡ですから――たしかに大型のキャデラックですよ、エンジェルさん。三つ目は小型車のファイアストン・タイヤの跡です――断定はできませんが、おそらくフォードでしょう。跡はくっきりついていますが、少々磨り減っていますから、三一年か三二年型のフォードではないでしょうか。ただし、鵜呑《うの》みにはしないでください」

「ええ、もちろん」エラリーが言った。「キャデラックの跡が〝ふた組〟であってひと組ではないと、なぜわかるんですか」

「ああ、それは簡単にわかります」巡査部長は答えた。「まず、キャデラックのタイヤ跡がひと組ついていましてね。そのキャデラックの跡の一部に、ファイアストンの跡が重なっているんですよ。だから、キャデラックが最初に来ていたとわかります。ところが、そのファイアストンの跡の上に、もう一度キャデラックの跡が重なっている部分があるんです。つまり、まずキャデラックがここへ来て、去っていった。それからフォードが来て、去っていった。そのあとでキャデラックがもどってきた、というわけです」

「なるほど」エラリーは言った。「おみごとです。でも、ふた組あるキャデラックのタイヤ跡が、同じ車によってつけられたものだと、なぜわかるんでしょうか。最初の跡は、同種のタイヤを履いた別の車のものかもしれないのでは？」

「それはありえません。タイヤは指紋を残していったのです」巡査部長は妙な言いまわしを使ったあと、咳払《せきばら》いをした。「タイヤのひとつに斜めに裂け目が走っていて、それがどちらの跡にも残されています。まちがいなく同じ車ですよ」

「それぞれの動いた方向はどうでしたか」

「実にいいご質問です。まず、キャデラックがトレントンの方角から来て石段の前に停まり、その後、半円のカーブをまわってカムデンの方角へ走り去りました。フォードはカムデンのほうからやってきて石段の前に停まったあと、私道をまわり、それから鋭く右折してランバートン通りにはいり、来た道を引き返してカムデンへ向かいました。さらにその後、キャデラックがカムデンからもどってきて、石段の前に停まりました――そして、それがふたたびトレントンの方角へ走り去るのを、エンジェルさんがすれちがいざまに見たのです」

エラリーは鼻眼鏡をはずし、それを顎《あご》のくぼみにあてた。「すばらしいですね、巡査部長。鮮やかな描写です。ところで、家の脇の泥道のほうはどうでしたか」

「そちらには取り立てて指摘するようなものはありません。エンジェルさんがウィルスンのものだと言っていた古いパッカードは、トレントンの方角から乗り入れていますね――濡《ぬ》れた土の上にタイヤ跡がついているので、パッカードがここに着いたのは雨が降りだしたあとでしょう」

「雨がやんだあとの可能性が高いな」エラリーはつぶやいた。「そうでないと、雨に洗われて消えてしまう」

「そのとおり。それはほかのタイヤ跡についても言えます。今晩、雨は七時少し前にやみましたから、どの車もここに来たのは七時以後でしょう……。そのほかに脇の私道に残っているのは、エンジェルさんのポンティアックの跡だけです――一度だけ乗り入れて、一度だけバックして出ていった。そんなところです」

「よくわかりました、巡査部長。家に近づく足跡はありましたか」

「まったくなかった。そこの十五フィートのあいだにきみの足跡がついているだけだ」デ・ジョングが言った。「そこも、われわれが来るときに板を渡しておいた。よし、ハニガン、タイヤ跡の型をとらせておけ」巡査部長が敬礼して出ていく。「家の周囲にも、二本の私道にも、足跡はひとつもない。どちらの道もまっすぐポーチへつづいているから、今夜ここへ来た者たちは、おそらく地面へ足をおろすことなく車からポーチへ飛び移ったと見えるな」

「ボート小屋へ通じる小道の足跡は？」

デ・ジョングは、テーブルの向こう側にかがんで死体の両足をつつきまわしている刑事へ目をやった。「どうだ、ジョニー」

刑事は顔をあげた。「この死人がつけたものですよ、署長。ここへはいる前に、脇のポーチで靴の泥をこそげ落としたにちがいない。われわれがにらんだとおり、外の足跡はこの人の靴です」

「そうか」エラリーは言った。「では川へ行ったのはウィルスンだったんですね。そして、帰ってから殺された。向こうの小屋には何があるんですか、デ・ジョングさん。ほんとうにボート小屋なんですね？」

大男の警察署長はウィルスンの動かぬ顔を不審そうに見た。「そうだ」冷ややかな目にはどこか腑《ふ》に落ちない様子がある。「それから、この家をもうひとりの男が使っていたというきみの指摘はたしかに正しかったようだ。あちらに船外機つきの小型ヨットがある――ずいぶんと値の張る玩具《がんぐ》だな。モーターがまだあたたかい。ウィルスンの特徴に合致する男が今夜七時十五分過ぎに下の船着場からヨットを出すところを見たと、船舶ターミナルの係員が証言している」

「ジョーが？　ジョーがヨットを？」ビルはつぶやき声で言った。

「そうだ。係員はウィルスンが帰ってきたのも見ている――八時半ごろで、もどるときはエンジンが動いていたそうだ。出たときは帆だけを使っていたという。そう言えば、七時半ごろには風がやんでいたな」

エラリーは首の後ろをさすった。「妙だな……。ウィルスンはひとりだったんですか」

「係員はそう言っている。船室のない小型のヨットだから、まちがえようがない」

「川へ出たのか。ふむ」エラリーは死者の顔を見た。「緊急の用件があって、九時に義兄と会う約束をして――その二時間前にヨットを出し……不安を覚え、ひとりきりで考えたかった……なるほど、そうか。しかし当然ながら、デ・ジョングさん」エラリーはビルには目を向けず、不自然に付け加えた。「ウィルスンが乗ったからと言って、そのヨットが本人のものとはかぎらないはずです」

「ああ、そのとおりだ。ただし」デ・ジョングはまばたきをした。「その係員は、ウィルスンがヨットを出すのをこれまでに何度も見ている。そして、つねにひとりだった。ウィルスンはこのあたりに住んでいるも同然と見なされていたらしい」

「ジョーが頻繁にここに来ていたって？」ビルが声をあげた。

「何年も前からだ」

外でだれかが笑い声を立てた。

「信じられない」ビルは言った。「何かとんでもない誤解があるんだ。ぜったいにそんなはずは――」

「それだけじゃない」デ・ジョングは表情を変えずにつづけた。「奥の小屋には、もう一台の車があった」

エラリーがビルに同情するかのように尋ねた。「もう一台の車？　どういうことですか」ビルの両頬は濁った土色に変わっている。

「リンカーンのスポーツ・ロードスター、最新モデルだ。イグニッションにキーが刺さったままだった。しかしエンジンはすっかり冷えていて、ごたいそうな防水布がかぶせてあったよ。中に所有者の許可証はなかったが、製造番号からたやすく突き止められるだろう。すぐにもな」デ・ジョングはにやりと笑ってみせた。「薄茶色の絨毯《じゅうたん》を持ちこんで家を使っていた、この男のものにちがいあるまい。ようやくまともな手がかりをつかんだらしい。そう、そうだとも……。ああ、ほかにもあるぞ。ピネッティ！」

「驚いたな」ビルが苦しげな声で言った。「つぎはなんだ」

デ・ジョングの背後で口をつぐんでいた男のひとりが進み出て、小さな薄いスーツケースを上司に手渡した。デ・ジョングがそれをあける。陳列用の厚紙のシートに留められた安物の宝飾品類——首飾り、指輪、ブレスレット、カフスボタン、友愛団体の記章——が無造作に詰めこまれていた。

「ジョーのものだ」ビルは唇を湿らせた。「見本。それに商品です」

デ・ジョングは鼻を鳴らした。「パッカードのなかにあったよ。見せたかったのはこれじゃない。ピネッティ、もう一方のものを」

刑事は金属製の何かを差し出した。デ・ジョングはそれを掲げ、いかにも注意深く指先で裏返した。冷ややかな視線をビルの顔に鋭く向ける。

「これを見たことはあるか、エンジェルくん」デ・ジョングはそれをビルの手にぴしゃりと置いた。

なんとも不思議なことが起こった。まるで波立つ水面に油が流しこまれたかのように、デ・ジョングの問いかけでビルの様子は一変し、無表情に静まり返った。

エラリーは面食らい、デ・ジョングは目を険しくした。ビルの指がその物体をつかんだときの顔の変化を、ふたりは目のあたりにした。ふだんの顔つきがもどり、額に寄せていた皺《しわ》が消えて不可解な穏やかさだけが残っている。目は大理石のように硬くなった。

「もちろんです」ビルは微笑んだ。「何百という車についてる」そして両手のなかで、ゆっくりとひっくり返した。それは車のボンネット飾りの一部だった。点々と錆《さび》の浮いた、走る裸婦像で、金属の髪と腕を背後になびかせている。足首のあたりから折れていて、かつて土台についていた小さな金属の足先はぎざぎざになっていた。

デ・ジョングはまた鼻を鳴らし、小像をひったくった。「これは手がかりになるぞ、おふたりさん。家の正面の車寄せに半分埋まった状態で見つかったんだが――ハニガンが言うには――フォードのタイヤに踏まれた跡があったそうだ。ひと月前からそこに落ちていた可能性がないとは言わん。しかし」デ・ジョングは口を斜めにゆがめた。「落ちていなかった可能性もある。この意味はわかるな?」

ビルは落ち着き払って言った。「そのご指摘は、証拠物件としての弱さをみごとに突いていますよ、デ・ジョングさん。たとえそれを落とした車を発見したとしても、六月一日の夜に車の土台からもげたことを証明するためには、検事はさぞかし愉快な時間を過ごすことになる」

「ああ、そうだな」デ・ジョングは言った。「弁護士の考えそうなことだ」

エラリーはその小さな裸婦像から何気なくビルの顔へ目を移し、まばたきをして、テーブルの向こう側へまわった。死体の上にかがみこみ、絨毯を引っ掻《か》きつつ息絶えたウィルスンの指をじっと見る……。指輪がない。指輪がない。なるほど、そうか、とエラリーは思った。

かがんだまま目だけを動かして、ウィルスンの冷たい顔を観察する。こうするのは今夜すでに二十回目にもなるだろうが、そのたびにエラリーの顔には毎回同じかすかな当惑の色が浮かんだ。

デ・ジョングは得意げに話していた。「というわけで、わたしはさっそくこれがついていた車を追うぞ。そして、見つけたら……」

エラリーはゆっくりと体を起こした。ジョー・ウィルスンの死体越しに友人に目を向け、一瞬、もう少しで愚かな行動に出そうになった。それからまた死人に視線を落としたが、そのときはもう心もとなさや当惑はエラリーの顔から消え、驚きと確信と憐《あわ》れみだけが残されていた。

「すみません」エラリーは抑揚のない声で言った。「ちょっと外の空気を吸ってきます。この部屋は息苦しくて……」

デ・ジョングとビルはエラリーの顔を見た。エラリーはかすかな笑みを浮かべ、耐えきれなくなったかのように急いで外へ出ていった。

空は黒炭を間接光で照らしたようにつややかで、点々と散る星が水玉模様を描いていた。汗ばんだ頬に、夜気がひんやりとすがすがしい。刑事たちが横へ寄って道をあける。エラリーはぬかるんだ脇の私道に渡された不安定な板の上を、早足で歩いていった。

厄介だ。なんとも厄介なことになった、とエラリーは思った。とはいえ、いずれ知られることになる。自分ひとりの力でどうにかできるものなら……。

ランバートン通りに出ると、停められた何台もの車の陰で煙草を吸っていた黒い人影がいっせいにエラリーに詰め寄り、つぎつぎと質問を浴びせかけた。

「悪いな、きみたち。いまは話せない」

やっとのことで記者たちを振り切った。停まっている車のなかでエラ・アミティの長身が男の膝《ひざ》にすわっているのが見えた気がし、そして通りかかった自分に悠然と笑いかけたように思った。

船舶ターミナルから道路をはさんだ小さな木造の建物にたどり着くと、中にはいってそこにいた老人に何事かを告げ、札を一枚握らせて、受話器を手にとった。老人は十時十分だった。

不思議そうに見つめていた。エラリーは番号案内を呼び出して、ニューヨーク市内のとある名前を伝えた。待っているあいだに、もどかしい思いで腕時計を見た。十一時十分だった。

船舶ターミナルのそばに停めておいたデューセンバーグでエラリーが現場の家にもどったのは、十二時十五分前だった。ぼろ家のなかで何かが起こっていたらしく、殺到した新聞記者たちが巡査や刑事に罵《ののし》られ、押しもどされていた。非常線をすり抜けようとするエラリーの腕にエラ・アミティがすがりついたが、エラリーは振り切って足を速めた。

家のなかで変わったのは、そこにいる人々の顔ぶれだけだった。刑事たちは去っていた。デ・ジョングは居残っていて、冷淡ながら皮肉混じりの上機嫌な様子で、浅黒い顔をした風采《ふうさい》のあがらぬ小男に控えめな声で話をしていた。ビルもいた……そして、ルーシー・ウィルスン――旧姓ルーシー・エンジェルも。

十一年近い年月を経ていても、エラリーにはすぐにわかった。戸口で見守るエラリーに、ルーシーは気づいていない。テーブルのそばに立ち、ほっそりとした手をビルの肩に置いて、恐怖に凍りついた表情で床に目を落としていた。飾り気のない黒と白の服は皺が目立ち、本人の顔と同じように疲れている。薄手のコートが張りぐるみの肘掛《ひじか》け椅子にぞんざいに掛けてあった。靴は泥で少し汚れている……。

エラリーが知っていた当時と変わらず、いまも美しくきりりとした女性だった——兄と並ぶほどの長身で、力強い顎《あご》と黒い目も、ばねのように強靭《きょうじん》でしなやかな体軀《たいく》も変わっていない。年を重ねて体つきが成熟したらしく、気品とみずみずしさを内に具《そな》え、性的な美があふれ出している。女性に関してはけっして感情におぼれることのないエラリー・クイーン氏だが、いまだけは——過去にもルーシーの前ではつねにそうだったように——純粋に動物的な魅力に惹《ひ》きつけられていた。ルーシーがいつも無意識のうちに軽々と男を誘惑する女だったことをエラリーは思い出した。男はその魅力を手中にできなくても、なおも強く惹きつけられる。華奢《きゃしゃ》な体やなまめかしい雰囲気とは無縁で、ルーシーの魅力は、しっとりとして豊かな白い肌や、甘やかな唇と目や、大きく揺らぐ優雅な身のこなしにあった……。それがいまはすっかりこわばり、夫の冷たくなった体を見るその目には、ひたすら恐怖が浮かぶのみだった。ビルの肩にもたれた胸の輪郭は揺らぎつづけ、まるい池の水が石を投げこまれて震えているかのようだった。

エラリーは心配そうな声で呼びかけた。「ルーシー・エンジェル」

ルーシーの首はゆっくりとまわり、しばらく黒い目には床の上の恐ろしい現実のほかには何も映らないようだった。やがて急にその目に光が差した。「エラリー・クイーン。久しぶりね」ルーシーがあいていたほうの手を伸ばしたので、エラリーは近づいてその手をとった。

「なんと言ったらいいのか、ほんとうに――」

「来てくれてありがとう。こんなひどい、恐ろしいこと……ありえない」ルーシーは体を震わせた。「ジョーが死んでしまった――こんな惨めな場所で。エラリー、いったいどうして？」

「信じられないが、事実だ。きみはしっかり向き合わなきゃいけない」

「あなたが居合わせた事情は、ビルから聞いた。エラリー――帰らないでね」

エラリーはルーシーの手を強く握った。ルーシーはかろうじて、かすかな笑みらしきものを浮かべてみせた。それから顔をそむけ、ふたたび目を下に向けた。

ビルは冷ややかに言った。「デ・ジョングが汚い真似をしたよ。ぼくがルーシーに電報を打ったことは知ってたのに、部下に指示して、署の車でこっそりフィラデルフィアへ行かせたんだ。その刑事は映画から帰宅したルーシーを待ち伏せして、引っ張ってきた。まるで妹が何か――」

「ビル」ルーシーがそっと言った。エラリーは自分の手のなかにルーシーの手のあたたかさを感じた。薬指にはめられた素朴な細い金の結婚指輪が、手のひらを強く揺るぎなく押し返してくる。ビルの肩に載せたほうの手は心痛で血の気が引き、松材の十字架のようになんの飾りもない。

「自分の仕事をしたまでだよ、エンジェルくん」デ・ジョングのことばに悪意はなかった。「ウィルスン夫人とは知り合いらしいな、クイーンくん。旧友といったところか」エラリーは顔を赤らめ、あたたかな手を放す。「夫人の話したことを、きみも聞きたいだろう」

ビルが喉《のど》の奥からうなり声を漏らした。けれども、ルーシーは顔をそむけもせず、しっかりした声で言った。「聞いてもらいたいわ。たいした話はないの、エラリー。ああ、わたしに説明できることなんかなくて……この人の質問にすべて答えただけ。そう、わたしが事実を答えているって、あなたからも言ってもらえたら」

「奥さん」デ・ジョングは言った。「誤解しないでくださいよ。わたしは自分の仕事をしたまでです」気分を害したらしい。「さて、セラーズ。ご苦労だった。そのへんで待機していてくれ」デ・ジョングと背が低く顔の浅黒い刑事は、目を合わせてひそかに互いの意を汲《く》んだ。刑事は表情を変えず、うなずいて出ていく。「ではお聞かせしよう。ウィルスン夫人の話では、ご主人はけさ、いつもの商用旅行のためパッカードで出かけていったそうだ。以後はご主人を見ていないし、どうしていたかも知らないと言っている。元気そうに見えたし、少しぼんやりしていたかもしれないが、仕事の心配事か何かだろうと思っていた。そうでしたな、奥さん」

「はい」ルーシーの視線は死者の顔から離れなかった。

「奥さんは雨がやんで間もない今夜七時ごろ、フェアマウント・パークの自宅を出て――夕食を家でひとりですませてからだ――路面電車で街へ向かい、フォックス劇場で映画を観た。それから路面電車で帰宅。そこで待っていたわたしの部下に連れ出されたというわけだ」

「言い忘れていらっしゃるようですが」ビルが心中穏やかならぬ声で言った。「妹は、夫がいない土曜の夜にはいつも映画を観にいくんです」

「そうだった」デ・ジョングは言った。「そのとおりだよ。おわかりだね、クイーンくん。さて、事件についてだ」デ・ジョングは指で数えながら要点をあげていった。「奥さんは、この家については、これまでに見たことも聞いたこともなかったそうだ。ウィルスンはひとことも話さなかった。奥さんはそう言っている。夫が何か厄介な問題をかかえていたかどうかはわからない。いつも自分にはやさしくて、知るかぎりでは――」デ・ジョングは微笑んだ。「誠実だった、と……」

「お願いです」ルーシーは消え入りそうな声で言った。「あなたがたが考えていらっしゃることはわかります――こんな事件ですから。でも、夫はわたしに対してまちがいなく誠実でした。ぜったいに！　わたしを愛していたんです。このわたしを！」

「ご主人の仕事についてはあまりご存じない。その点では秘密主義だったようだが、奥さんも穿鑿《せんさく》する気はなかったらしい。奥さんは三十一歳、ご主人は三十八歳。この前の三月で結婚して十年だ。子供はない」

「子供はない」そうつぶやいたエラリーの目に、際立った安堵《あんど》の表情が浮かんだ。

デ・ジョングは落ち着き払ってつづけた。「ご主人がエンジンのたぐいに強いことは知っていたが、ヨットを操れるのは知らなかった。金持ちの友人がいることも知らなかった。夫妻の友人と言えば——フィラデルフィアに少しいるだけだそうだが——自分たちと同じく金のない連中ばかりらしい。奥さんが言うには、ご主人には悪習はなかった——酒も煙草も賭《か》け事も麻薬もやらなかった。家にいるときは——たまに家にいるときは——ピクニックに出かけたり、日曜日にはよくウィロー・グローヴへドライブしたり、あるいは家にこもって」——デ・ジョングはルーシーを小ばかにするように横目で見た——「愛を育《はぐく》んでいたと。そうでしたな、ウィルスンさん」

「この野郎——」ビルはつぶやき声を漏らした。

エラリーはビルの腕をつかんだ。「なんですか、署長。いったいどういう腹づもりですか。あてこすりをする理由がわかりません」

ルーシーは身じろぎもしなかった。その目は涙に暮れて、はるか遠くへ向けられている。

デ・ジョングはふっと笑った。そして戸口へ向かい、大声をあげた。「記者どもを入れていいぞ！」

時が過ぎ、気がつくと騒音の海に呑《の》まれていた。さまざまな意味で、悪夢そのものだった。天井の低い部屋には、たちまち不快な煙草の煙が立ちこめ、カメラマンの焚《た》くフラッシュがときおりそれを明るく照らし出した。笑い声と怒鳴るような話し声が周囲の壁に反響する。数分おきに、デ・ジョングが死体の顔にかぶせた新聞紙を引き剝《は》がす者がいて、新たな角度から写真を撮っていた。エラ・アミティは赤毛のハルピュイア（ギリシャ神話で、人間の女の顔を持つ怪鳥）よろしく集団から集団へと飛びまわっていたが、不本意ながら即位させられた女王さながらに肘掛け椅子に鎮座する黒い目のルーシーのもとへ、たびたび舞いもどった。そして自分のものだと言わんばかりにルーシーに付きまとい、ひそひそと話しかけ、手を握り、髪をやさしくなでた。ビルは背後から目を光らせながら、無言で怒りに震えていた。

ようやく記者たちが部屋から去った。「では、諸君」最後の車のエンジン音が聞こえなくなったとき、デ・ジョングが言った。「今夜はここまでにしよう。むろん、あなたはいつでもこちらに来られるようにしていてください、奥さん。ご主人の遺体は死体保管所へ――」

「デ・ジョングさん」エラリーが部屋の隅から声をかけた。「待ってください」

「きわめて重大な問題がありましてね」エラリーの声は重々しかった。「とにかく待ってください」

「待つ？　なぜだ」

戸口にいたエラ・アミティが濁った声で言った。「また直感ってとこね。何を企《たくら》んでるの、クイーンさん。このエラを出し抜こうとしても無駄よ」赤毛が乱れ、歯がきらめいてる。そのまま壁に寄りかかり、毒蛇のように目をぎらつかせた。

長々と押しだまっていたので、何時間ものあいだ忘れていた川からの不規則な音が、また家のなかへ忍びこんだ。

やがて、デ・ジョングは「まあいい」とどこか苛立《いらだ》ち混じりに言って、出ていった。ルーシーは息をついた。ビルは口を固く結んでいる。しばらくすると、デ・ジョングが担架を持った巡査ふたりをともなって帰ってきた。担架は死体のそばに乱暴に置かれた。

「いや」エラリーは言った。「まだです。どうか死体はそのままに」

デ・ジョングは鋭く言った。「外で待て」そして葉巻の端を嚙《か》みながら、敵意をこめた目をエラリーに向けた。しばらくして、うろうろと歩きまわるのをやめ、腰をおろした。だれひとり動かなかった。

だれもが麻痺《まひ》したように動きを止めていた。口を開いたり異を唱えたりする力が残っていなかった。

やがて深夜二時、まるで事前に取り決めてあったかのように、一台の車がうなりをあげてランバートン通りを走ってきた。

エラリーは両腕をわずかに曲げた。「外へ来てください、署長」と抑揚のない声で言い、ドアへ向かった。デ・ジョングが口を引きしめてあとにつづく。エラ・アミティは勝ち誇ったように、爪を赤く染めた手を力強く握った……。ビル・エンジェルはためらって、妹をちらりと見てから、静かに外へ出た。


運転手つきのリムジンからタール舗装の路上へ三人の人物がおり立った。刑事たちに誘導され、正面の私道に渡された板の上をいかにも不承不承という足どりで、ゆっくりと歩いてくる。三人とも同じくらいの長身で、こういう状況にもかかわらず、物腰はどこか落ち着いていた——ひとりは中年の女、ひとりは若い女、もうひとりは中年の男である。身につけているのは夜会服だ——年長の女はスパンコールのついた白いドレスに黒貂《くろてん》のコート、若い女は裾《すそ》を引きずるほど長い真紅のシフォンのドレスに丈の短い白貂のマントといういでたちで、男はシルクハットを手に携えていた。女ふたりは泣いている。男のいかめしく骨張った顔は険しく、怒りに満ちた皺《しわ》が刻まれていた。

私道に出たエラリーは穏やかに声をかけた。「ギンボール夫人ですね」

年長の女がどんよりとたるんだ目をあげた。自信を打ち砕かれたばかりの青い目は冷えきっている。「ではあなたが父に電話をくださったかたね。ええ、そうです。こちらは娘のアンドレア。こちらは大切な友人のグロヴナー・フィンチさんです。それで、どこに――」

「何事だね」デ・ジョングがやんわりと言った。

ビルは明かりに照らされた戸口から離れ、暗がりに立っていた。やや目を険しくして、若い女の美しい左手の細い指をじっと見ている。近づきすぎて、白貂のマントにふれそうなほどだ。デ・ジョングのいぶかるような低い声、シルクハットの男の洗練された声、年長の女の疲れのにじむ震え声は、どれも耳にぼんやりと響くだけで、ろくに聞こえていなかった。ビルは暗がりに立ったまま、若い女の手から顔へとおそるおそる視線を移した。

アンドレア・ギンボールか。それがこの人の名前だ。ビルが見たところ、その顔は若々しくて穢《けが》れがなく、自分が知る娘たちの顔や、いつも新聞の社交欄に載っている若い女たちの顔とは似ても似つかなかった。よい顔というのか、繊細さと柔和さを具《そな》えていて――なぜか心の琴線にふれた。妙なことだが、この人に話しかけたいと思った。脳のどこか冴《さ》えたところから警告が発せられていたが、みずから無視を決めこんだ。ビルは暗がりから手を伸ばし、そのむき出しの腕にさわった。

ゆっくりと振り返った青い目は、動揺のあまり深くくぼんだ。ビルの指がふれた肌はにわかに冷たくなった。やはりふれるべきではなかった。アンドレアが反射的に体を引こうとするのがわかる。それなのに、どういうわけかビルはその腕をつかむ手に力をこめ、強く抗《あらが》うでもなく黙したままのアンドレアを、自分のいる暗がりに引き寄せた。

「あなたは――いったい――」アンドレアはことばを切り、ビルの顔をたしかめようとした。ぼんやりとしか見えなかったようだが、それでも安堵したらしく、ビルの指先にふれた肌があたたかさを取りもどし、動揺していた目にはただ疲れだけが浮かぶ。

ビルは後ろめたさを覚えつつ腕を放した。

「ミス・ギンボール」ビルはささやいた。「少ししか時間がないんです。どうか話を聞いてください……」

「どなたかしら」アンドレアは静かに尋ねた。

「そんなことはどうでもいい。ビル・エンジェルです。名乗るような者じゃありませんが」だが、ビルはそう口にしながらも、本心ではないことを承知していた。「ミス・ギンボール、ぼくはこの場であなたのしたことを暴くつもりでした。てっきり――でも、わからなくなりました」

「暴く？」アンドレアはたじろいだ。「どういうことでしょう？」

ビルは闇にまぎれて近づいた。アンドレアの髪と肌のかすかな香りが感じられる。それから唐突にアンドレアの左手をとった。「指輪を見てください」

そのうろたえぶりと、手をさっとあげて目を瞠《みは》る不自然な所作を見て、ビルは自分が正しかったことを確信した。そして奇妙にも、自分がまちがっていればよかったのにといまは願っていた。アンドレアはビルが思い描いていた女とまったく異なっていた。

「指輪」アンドレアは声を出すのもやっとだった。「わたしの指輪。石が――宝石がないわ」

指輪は左手の薬指にはめられていた。きわめて繊細なプラチナの指輪だが、上を向いた石留めの爪があらわになり、うち二本が少し曲がっていた。石があったはずの場所がぽっかりと口をあけている。

「石はぼくが見つけました」ビルは小声で言った。「そこで」そして家のほうへ顎《あご》をしゃくってみせた。にわかにあたりを気にしだしたビルの様子に、アンドレアは不穏なものを感じとったらしい。その目にふたたび動揺が浮かび、体をビルのほうへわずかに近づける。「さあ、早く」ビルはささやいた。「ほんとうのことを話してください。キャデラックに乗っていたのはあなたですね？」

「キャデラックですって?」アンドレアの声はビルの耳にはほとんどはいらなかった。気が変になりそうなその一瞬、匂い立つ香気がますます強くビルの鼻腔《びこう》を満たした。「真実を聞かせてください」ビルはくぐもった声で言った。「ぼくは警察に言うこともできたんです。あなたはさっき、キャデラック・ロードスターでここへ来た。ちがう服を着ていましたね——黒っぽい服です。そしてこの家から出てきた。ここで何をしていたんですか、ミス・ギンボール。話してください!」

ビルのことばが耳にはいらなかったのかと思うほど、アンドレアは長いあいだ押しだまっていた。ややあって口を開いた。「まあ、ビル・エンジェルさん。わたし、すっかり恐ろしくなってしまって——なんと言ったらいいの。まさかそんな……。あなたが信頼に足るかたなのかどうか——」

ビルは胸の内で毒づいた。女に弱いからこういうことになるんだ。この女はうまく言い抜けようとしているのか、それとも破れかぶれなのか。そして、ビルは声を落として言った。「考える時間がなかったんです。ぼくは女性を信用しません——ふだんなら。しかし、もしかしたら……」

アンドレアのすらりとした体が押しつけられ、不思議な抑揚を帯びた声がビルの意識のなかへ流れこんだ。「もちろんわたしには、こんなことを言う権利などありませんね、ビル・エンジェルさん——どこのどなたか存じませんけど。でも、どうかだまっていてくださいますか？　わたしを守ってくださいますか？　ああ、どうしたって——誤解されてしまいますもの！」

アンドレアは冷たい水からあがったばかりのように、身を震わせていた。

「そうですか」ビルはやっとのことで答えた。「それなら……ええ、何も言わないことにします」

ほっとした小さな叫び声は、音楽そのものだった。呆然《ぼうぜん》としたその一瞬、ビルはアンドレアの腕が自分の首に巻きつけられ、唇がぎこちなく、それからしっかりと自分の唇に押しあてられるのを感じた。アンドレアが暗がりからそっと抜け出していくと、ビルはなんとも言えぬ孤独感を覚え、体を震わせた。そしてふたたび家のなかへ、醜い現実へともどっていった。

近くの暗がりから、エラリーの静かな声がした。「署長、そういったことは全部あとまわしにしてはどうですか」

アンドレアの母親と背の高い男、それにデ・ジョングも、アンドレアの姿を見逃しはしなかった。一同はだまりこみ、やがてデ・ジョングが家のなかへと導いた。

ルーシー・ウィルスンは、残されたときと同じその場にすわっていた。ほんの一瞬しか過ぎていないかのようで、身じろぎもせず真っ青な顔のまま、何も変わっていない。ビルは部屋の隅で床を見つめていた。白貂《しろてん》のマントの娘には目を向けられなかった。このまぶしい明かりに包まれて、ビルの神経の一本一本が癒《いや》しを求めていた。きっと愛らしい女性なんだろう、とビルは思った。いや、すばらしい美女だ。自分はなんということをしてしまったのか。

「どこに――」戸口でためらっていた黒貂の夫人が切り出した。本来よりも年老いて見えるその目が不安そうにひとりひとりの顔を探り、やがてゆっくりと恐怖の色を浮かべながら、テーブルの奥にある動かぬ脚に釘《くぎ》づけになった。

アンドレア・ギンボールがささやく。「お母さま。どうか、どうか落ち着いて」

そのとき、ビルはアンドレアを見た。卓上ランプの光のなかで目に映ったのは、気品と若さと美貌《びぼう》――それに、自分の唇に残るぎこちない感触を軽く焼けつかせるような何かだった。あまりにもむなしく、あまりにも間が悪い、とビルは思った。この女性は、ビルがずっと蔑《さげす》んできたありとあらゆることを具現している。上流階級の娘。社交界。富。家柄自慢。遊興。自分とルーシーが重んじてきたものとは正反対だ。自分の果たすべき義務は明らかだった。法への義務だけでなく、それ以上のものがある。椅子にすわったまま死んだように動かぬ妹に目をやった。ルーシーも美しい――が、それは別種の美しさだ。しかも、自分の妹である。こんなときに、こんなことを考えるとは……。そしていま、ふたつのものが熱を発していた――自分の唇と、絨毯《じゅうたん》から拾いあげたダイヤモンドをポケットのなかで握りしめている指だ。

「ギンボール夫人」エラリーがよそよそしく冷静な声で言った。「身元の確認をお願いできますか」

ルーシー・ウィルスンの顔から血の気が引いた。一段と蒼白《そうはく》になった妹の顔を見て、ビル・エンジェルははっと我に返った。

「まだ腑《ふ》に落ちないな」デ・ジョングが困惑した様子で言った。「いったいどういうつもりなんだね、クイーンくん」

だが、黒貂のコートを着た夫人は、薄茶色の絨毯の上を夢遊病者のように進んでいった。誇り高く背すじを伸ばしているものの、乾ききったようなその痩《や》せた姿は、まさしく鋼だった。娘はもとの場所にとどまっている。シルクハットの男が片手を差し出して夫人を支えた。

デ・ジョングは鼻をひくつかせていたが、テーブルの向こう側へすばやく足を運び、ジョーゼフ・ウィルスンの顔から新聞紙をどけた。

「これは――」夫人は言いかけて口ごもった。「この人は――」たくさんの宝石で飾られた手を背後に伸ばし、テーブルを探る。

「たしかですか？　まちがいはありませんね」戸口からエラリーが穏やかに尋ねた。

「まちがいありません……ぜったいに。十五年前に自動車事故で怪我をしたそうですから。いまも消えない傷跡が左の眉《まゆ》の上に残っています」

ルーシー・ウィルスンがわけのわからない叫び声を発して跳びあがった。もう抑えはきかなかった。地味な衣服に覆われた胸が激しく上下している。そして、夫人を八つ裂きにでもしそうな勢いで走り出た。

「何を言ってるの？」ルーシーは叫んだ。「なんなの？　ここへ来てそんなことを言うなんて。どういうつもり？　あなたはだれ？」

背の高い夫人はゆっくりと首をまわした。ふたりの目が合った――若く燃えたぎる黒い目と、歳月を重ねた冷たい青い目が。

ギンボール夫人はまるで侮辱するようなしぐさで、黒貂のコートをしっかりと体に巻きつけた。「それで、あなたはどなた？」

「わたし？　わたしのこと？」ルーシーは金切り声をあげた。「わたしはルーシー・ウィルスン。これはジョー・ウィルスンです、フィラデルフィアの。わたしの夫です！」

一瞬、夜会服の夫人はとまどったように見えた。それから戸口にいるエラリーと目を合わせ、冷ややかに言った。「ふざけたことを。わたくしにはなんのことやらさっぱりです、クイーンさん。これはいったいどんなおふざけですの？」

「お母さま」アンドレア・ギンボールが苦しげな声で言った。「やめて、お母さま」

「ウィルスン夫人に教えてあげてください」エラリーは微動だにせず言った。「床の上のその人が、どこのだれなのかを。さあ、ギンボール夫人」

夫人は冷たく言い放った。「この人は、ニューヨークのパーク街に住むジョーゼフ・ケント・ギンボール。わたくしの夫です。わたくしの夫ですわ」

エラ・アミティが大声をあげた。「まあ、大変！」そして、猫のように戸口へ突っ走った。

第二部　痕跡　THE TRAIL

「……蛇の通った痕跡《こんせき》が一面に残っている」（トマス・ムーア『ララ・ルーク』より）

第二部　痕跡

「これは驚いたな」デ・ジョングは言った。「おい、待て！」口から葉巻をむしりとって床に投げつける。そして、あわててアミティのあとを追った。

ルーシー・ウィルスンはそこが破裂しそうだとばかりに、自分の喉《のど》を強くつかんでいた。黒い目は底知れぬ苦悶《くもん》を浮かべ、ギンボール夫人と床の男のあいだをさまよっている。アンドレア・ギンボールは体を震わせて、唇を嚙《か》んでいた。

「ギ、ン、ボ、ー、ル」ビルが愕然《がくぜん》として声をあげた。「あきれましたね、ギンボール夫人。ご自分が何をおっしゃってるのか、おわかりですか」

夫人は血管の浮き出た白く華奢《きゃしゃ》な両手で、いかにも尊大な身ぶりをした。ランプの下で宝石がきらめく。「正気の沙汰《さた》ではありませんわね。この人たちはどなたなの、クイーンさん。それに、どうしてわたくしがこのようにおかしな目に遭わなくてはなりませんの？　夫が……ここで事切れているというのに」

ルーシーの鼻が嵐のなかの帆のごとくふくらんだ。「夫ですって？　あなたの？

この人はジョー・ウィルスンよ。たぶんご主人が、たまたまわたしのジョーに似ているんでしょう。ああ、お願いだからもう帰ってくださらない？」

「身内のことを、あなたにとやかく言われるいわれはありません」ギンボール夫人は傲然《ごうぜん》と言った。「捜査の責任者のかたはどこへ行ったのかしら。このような不名誉をさらして――」

「ジェシカ」背の高い中年の男がなだめるように言った。「まずは腰をおろして、この件はクイーン氏とわたしにまかせてください。とんでもないまちがいが起こっているのはたしかですが、苛立《いらだ》ったり言い争ったりしても、どうにもなりませんよ」嚙んで含めるような話し方だった。眉間《みけん》の怒りに満ちた皺《しわ》は消えていた。「いいですね、ジェシカ」

夫人は唇を苦々しく一文字に結んだ。そして腰をおろした。

「先ほどうかがったお話ですと」シルクハットの男は慇懃《いんぎん》に尋ねた。「あなたはフィラデルフィアのフェアマウント・パークにお住まいの、ミセス・ルーシー・ウィルスンでいらっしゃいますね」

「ええ。そうよ！」ルーシーは声をうわずらせた。

「なるほど」ルーシーを一瞥《いちべつ》した男の目は冷たく、そのうえ抜け目のない感じがした。まるでルーシーのどこまでが本物で、どこまでが偽物かを慎重に見きわめようとしているかのようだ。「なるほど」男は繰り返した。このときにはふたたび眉間の皺が刻まれていた。

「そう言えば」ビルが疲れたように言った。「お名前を聞きそびれたようですが」

長身の男は苦笑いをした。「グロヴナー・フィンチです。ボーデン家とギンボール家のみなさんとは、数えきれないほど長年の親交がありましてね。今夜ここへ来たのは、ギンボール夫人の父君のジャスパー・ボーデン氏がご病気のため、代わって同行するようご依頼があったからです」フィンチはシルクハットをそっとテーブルに置いた。「そういう事情でして」穏やかな口調でつづける。「ギンボール夫人の友人として来ております。とはいえ、まったく別の役割を果たす必要が生じたようですね」

「それは」ビルはやんわりと言った。「どういう意味だろう」

「そちらがどのようなお立場かを尋ねてよろしいでしょうか」

ビルの目が光った。「ぼくはビル・エンジェル、フィラデルフィアの弁護士です。ウィルスン夫人の兄です」

「ウィルスン夫人のお兄さまでしたか。なるほど」フィンチはエラリーに目を向け、たしかめるようにうなずいた。フィンチは戸口から一歩も動かずにいた。エラリーは、小声で何かつぶやいた。フィンチはテーブルをまわりこんで、死体の上に身をかがめた。手はふれなかった。少しのあいだ、上向きにねじれたまま凍りついた顔をじっと見つめ、れから小声で言った。「アンドレアさん、もし無理でなければ、ここへ――」

アンドレアは息を呑《の》んだ。気分が悪そうだった。それでもなめらかな顎《あご》をしっかり引き、前へ進み出て、フィンチの背後からどうにか下を見やった。

「ええ」アンドレアは血の気の引いた顔をそむけた。「ジョーです。たしかにジョーですわ」

フィンチはうなずいた。アンドレアは母親のすわる椅子の後ろへ行って、苦しげな顔をしている。「ウィルスン夫人」フィンチは上品な口調でつづけた。「ご自分が恐ろしいまちがいを犯していることがおわかりですね?」

「いいえ!」

「重ねて申しあげますが、まちがいです。まちがいであることを――そして単なるまちがいであることを、切に望みますよ」ルーシーの両手が抗議をこめて振り動かされる。「もう一度はっきりさせましょう」フィンチは落ち着き払ってつづけた。「床の上に横たわるこの紳士は、ニューヨークのジョーゼフ・ケント・ギンボール。椅子に掛けていらっしゃるご婦人と、法に則《のっと》って結婚された夫君です。このご婦人はジェシカ・ボーデン――のちにリチャード・ペイン・モンステルの夫人となり、後年――モンステル氏が早世されたあと――ジョーゼフ・ケント・ギンボールの夫人となられました。こちらの若いご婦人は、ジョーゼフ・ギンボールの義理のお嬢さんにあたるアンドレア――ジェシカ・ギンボール夫人と最初の夫君とのあいだに生まれた娘さんです」

「どうかご容赦願えませんか」エラリーが口をはさんだ。「家系についての詳細は」

フィンチの澄みきった正直そうな灰色の目はひるまなかった。「わたしはジョー・ギンボールがまだプリンストン大学の学部生だったころから、二十年以上の付き合いになります。父上も存じあげていまして――ロジャー・ギンボール氏は、ボストンのバックベイに居を構える分家筋にあたられ、大戦中に亡くなりました。母上も六年前に他界なさいましたが、プロヴィデンスのケント家のご出身です。ギンボール家は何世代にもわたって――」一瞬口ごもる。「この国でも有数の名家でした。もうおわかりでしょうが、そのような人物があなたの夫だったとは、とうてい考えられないでしょう、ウィルスン夫人」

ルーシー・ウィルスンは希望がついえかけていると言わんばかりの、奇妙な短いため息を漏らした。「わたしたちは名のある人間ではありません。ただの労働者階級です。ジョーもそうでした。まさかそんな――」

「ルーシー」ビルがやさしく声をかけた。そして言った。「なんとも不思議ですが、ぼくたちはこの男がフィラデルフィアのジョー・ウィルスンであることを、やはり確信しています――安い宝飾品を中流家庭の主婦に売って生計を立てていた巡回セールスマンですよ。ジョーの車が外にありますし、商品見本もあります。ポケットの中身も、筆跡の見本も——すべての証拠が、この人物がセールスマンのウィルスンであって、上流階級のギンボールではないことを示しています。とうてい考えられないとおっしゃいましたね、フィンチさん。あなたには信じられまい」

フィンチはビルの目を見つめ返した。その形のよい顎には、ためらいと頑《かたく》なさが入り混じっている。

ジェシカ・ギンボールは言った。「セールスマンですって？」嫌悪に満ちた声だった。

アンドレアは、家に足を踏み入れたときから消えない恐怖の色を目に浮かべたまま、ビルを見つめていた。

「答は」エラリーが戸口から声を発した。「もうはっきりしています。もちろんきみも察しがついていたな、ビル」そう言って肩をすぼめた。「この男は両方だったんです」

デ・ジョングが目をぎょろつかせて意気揚々と飛びこんできた。そして急に足を止めた。

「やあ、親睦《しんぼく》は深まったかね」両手をすり合わせながら言った。「それでいい。よけ

える。

まだ手をすり合わせていた。通りから、立てつづけに何台もの車が出ていく音が聞こ
いな揉《も》め事をしてもしかたがない。ただでさえ、とんでもない事件なんだ」それでも

「たったいま結論が出たところですよ、デ・ジョングさん」エラリーがゆっくりと進み出た。「今回の件は、双子やなりすましといったどこかの小説のような話ではなく、巧妙に二重生活が作りあげられたという卑劣な事態です。世間では、意外によくある話ですがね。二重生活を送っていたことには疑問の余地がありません。どちらの側からも、まちがいなく本人であると確認できるでしょう。何もかもつじつまが合います」

「そうかね」デ・ジョングはどこか楽しげだった。

「この人物は何年ものあいだ、ジョーゼフ・ウィルスンとして、フィラデルフィアでルーシー・ウィルスンと週に二、三日だけ暮らしていたことがわかっています。ビル、きみも義弟の行動が異様だと言っていたじゃないか。一方でギンボール夫人も、ご主人が週に何日かはニューヨークのギンボール家をあけていたと証言なさるでしょう」

中年の女の目は、抑えていた怒りゆえに凶暴に血走り、骨張った顔のなかで光を発していた。「以前から」ギンボール夫人は言った。「ジョーはつねづね……。おお、いったいなぜこんなことをしたの？　ときどきひとりきりにならないと、頭がおかしく

なってしまうのだと言っていました。けだもの、けだものですわ！」気持ちが高ぶるあまり、声を詰まらせた。

「お母さま」母親の震える肩に、アンドレアがか細い両手を置いた。「ジョーはニューヨークから遠くないところに隠れ場所があると言っていたんです。母にもほかのだれにも、場所は明かしませんでした。男にはひとりの生活が必要だと言って。人付き合いが好きではない人でしたから、変に思ったりしませんでしたけれど……」

「ようやくわかりました」ギンボール夫人は大声で言った。「あれはただの言いわけだったのです。家を出て、この……この女のところへ出かけていたのよ！」

ルーシーは一撃を食らったかのように体を震わせた。グロヴナー・フィンチが、ギンボール夫人をとがめて諭すようにかぶりを振った。しかし夫人の勢いは止まらなかった。

「それなのに、わたくしは一度も怪しんだことがありませんでした。なんと愚かだったのでしょう！」その口調は激しかった。「卑劣よ。卑劣きわまりない。こんな卑しい真似を……わたくしに対して！」

「ギンボール夫人、卑劣というのはひとつの見方ですが」ビルが冷ややかに言った。「ぼくの妹もかかわっていることを、どうかお忘れなく。妹も同じように――」

「ビル」エラリーは言った。「そんな子供じみたなじり合いをしていても、どうにもなるまい。ともあれ、事態をはっきりさせることが必要なのはたしかだ。

まず、この家の存在そのものが二重生活説の裏づけになります。ここではふたつの人格が混じり合っています。ウィルスンの服とギンボールの服、ウィルスンの車とギンボールの車。ここは、言ってみれば中立地帯です。フィラデルフィアへ行く途中にいつも立ち寄って、ウィルスンの服に着替え、ウィルスンのパッカードに乗り換えたのはまちがいない。そして、ニューヨークへもどる途中にもまたここに立ち寄って、ギンボールの服に着替え、ギンボールのリンカーンに乗り換えたのです。むろん、安物の宝飾品を売り歩いたことなどありません。ウィルスン夫人にそう言い含めていただけです……。ところでギンボール夫人、ご主人が――この人がウィルスン夫人と浅ましく不埒《ふらち》な関係を結んでいたと推測なさったのはなぜですか」

ギンボール夫人は唇をゆがめた。「ジョー・ギンボールともあろう人物が、このような女にほかに何を求めるというのですか。ええ、たしかに、この人にはよろしくない魅力がおありのようですし――」ルーシーが胸の谷間まで真っ赤になる。「そうは言っても、ジョーは育ちも趣味もよい人でした。ほんの出来心だったにちがいありません。それを夫だなどと！　おふざけにもほどがあります。何かの策略ですわ」憎しみのこもった冷酷な目が、ルーシーをむしばむように見据えた。衣服を溶かし、にらまれた者を丸裸にしそうな視線だ。その酸を浴びせられてルーシーはひるんだが、目には強い光があった。ビルは小声で妹をたしなめた。

「ギンボール夫人――」エラリーが冷ややかに言いかけた。

「もうたくさん！　ねえ、フィンチさん、お願い。この女に口止め料でもなんでも払ってやって。いくらでもかまわない！　小切手さえ渡せば口を閉じるでしょうよ。そういうものですわ」

「ジェシカ」フィンチが腹立たしげに言った。「およしなさい」

「ところが、事はそう単純ではないんですよ、ギンボール夫人」エラリーがきっぱりと言った。「ルーシー……ルーシー！」

エラリーの顔を見たルーシーの黒い目は、煙をあげているかのようだった。「はい」

「きみはジョーゼフ・ウィルスンだと信じていた人物と結婚式をあげたかい？」

「ジョーはわたしと結婚したのよ。わたしはけっして……。結婚、結婚したのよ！」

「結婚したって」上流階級の夫人は鼻で笑った。「ありがちな作り話ね！」

「結婚はどこで？」エラリーは静かに尋ねた。

「結婚許可証はフィラデルフィア市庁舎でもらったの。式は――街なかの教会であげた」

「結婚証明書はあるかい」

「ええ、あるわ」

ギンボール夫人はそわそわと落ち着かなかった。「まったく、いつまでこの我慢ならないやりとりを聞いていなくてはいけませんの？　何かの策略なのは明らかです。フィンチさん、どうにかしてちょうだい！　結婚証明書だなんて……」

「おわかりにならないの、お母さま」アンドレアが消え入りそうな声で言った。「ウィルスン夫人は——お母さまがおっしゃるようなかたではないわ。ねえ、お願い。これはもっと深刻な——ああ、真剣に取り合ってくださらないと！」

ビル・エンジェルが息の詰まるような声で訊《き》いた。「あなたがジョーゼフ・ケント・ギンボールと結婚なさったのはいつですか」

ギンボール夫人は答えるまでもないと言いたげに、顎《あご》をつんとあげた。しかし、グロヴナー・フィンチが不安げな声で言った。「ニューヨークの聖アンドルー大聖堂にて、一九二七年六月十日に結婚しています」

ルーシーが叫び声をあげた。まるで勝利の雄叫《おたけ》びか何かのようで、冷ややかに対峙《たいじ》していた夫人は愕然《がくぜん》とした。ふたりは五フィートの空間を置いて向かい合っていて、そのあいだを、死者の硬直した両脚が柵《さく》の横木のごとく仕切っていた。

「日曜日。五番街」ルーシーは声を震わせながらつぶやいた。「大聖堂。シルクハット、リムジン、宝石、フラワー・ガール、社交欄の記者たち、司教さまみずからが式を……。なんとまあ！」ルーシーは笑った。「ジョーがウィルスンという名を騙《かた》ってフィラデルフィアでわたしに求愛したのは、卑劣なおこないだったと思います――たぶん本名を明かして深入りするのがこわかったのね。わたしと恋に落ちて結婚したのも、卑劣なことだった」ルーシーはいきなり立ちあがり、驚いてだまりこむ人々のなかでその声を響かせた。「八年間、卑劣な真似をしていたのはすべてジョーの側であり、あなたの側です。わたしが卑劣ですって？　八年間、あなたがジョーと暮らしてきたと言っても、あなたにはなんの権利もありません――街の女と同じですわ！」

「それは」アンドレアが消え入りそうな声で言った。「どういう意味ですか、ウィルスンさん」

ビルがゆっくりと口を開いた。「ジョーゼフ・ウィルスンという名前の男は、一九二五年の二月二十四日に妹と結婚しました。あなたのお母さまと結婚する二年以上も前なんですよ、ミス・ギンボール」

その後数秒のうちに発せられた音は、ジェシカ・ギンボールの口から絞り出された鋭く短い悲鳴だけだった。夫人は言った。「一九二五年？　あなたはジョーが重婚者だと責めて、わたくしに――わたくしに資格が……。そんな嘘を、あなたがたは寄ってたかって！」

「それはたしかですか、ビル・エンジェルさん」アンドレア・ギンボールがか細い声で尋ねた。「ほんとうに、たしかなの？」

ビルは唇をこすった。「事実です、ミス・ギンボール。証明もできますよ。そちらが一九二五年二月二十四日よりも前の日付の結婚証明書を提示できないとしたら、お母さまはまずいことになります。こちらは正当な主張をしているだけですし、わが身を守らなくてはなりません」

「ああ、それにしてもなんと忌まわしい！」ギンボール夫人は憤然と言った。「何かのまちがいにちがいありません。ぜったいに！」

グロヴナー・フィンチが言った。「まあ、どうぞ早まらないでください。エンジェルさん、ギンボール夫人がひどく興奮なさっているのはやむをえませんし、むろん妹さんについてあれこれ申しあげたことは悔いていらっしゃいます。どうにか穏便におさめる手立てはありませんか？　だめですよ、ジェシカ。そうだ、クイーンさん、あなたからもどうか――」

「手遅れです」エラリーは冷たく答えた。「あの赤毛の若い女が飛び出していったのをご覧になったでしょう。あれは新聞記者です。話はすでに電送されてしまっていますよ、フィンチさん」

「しかし、重婚という話ですが、そこまではあの人の耳にははいっていません。きっと――」

ビルはむずかしい顔をして、うろうろと歩きはじめた。「あの鼻自慢の猟犬どもが、結婚の日付を嗅《か》ぎつけないはずがない。双方とも、この件にはいやでも向き合うほかないでしょうね。みな同じ窮地に立たされてるんです」ルーシーはすわりこんで、死んだように微動だにしない。

「いいでしょう」フィンチはゆっくりと言った。大きな顎の筋肉がわなないている。「もし、それで戦いとなれば、こちらにも手はあり――」

「まあ、ともかく」部屋の隅から皮肉めいた声が聞こえた。「そこまでにしてもらおうか」デ・ジョング署長が感情のない薄笑いを浮かべていた。そこにいることを、一同はすっかり忘れていた。「みなさんが喧嘩腰《けんかごし》となると、わたしも手きびしくいかなくてはね。マーフィー、何もかも書きとったな?」戸口にいた刑事が鉛筆を嚙《か》んでうなずく。「さて」デ・ジョングは前へ進み出た。「話を整理しよう。まずきみからだ、クイーンくん。きみのしたことを説明してもらおうか」

エラリーは肩をすくめ、パイプをしまった。「この男の顔がずっと気になっていたんです。なぜだかわかりませんでした。やがて思いあたることがありましてね。引っかかっていたのは、似ていたからなんですよ。何か月か前にある人の祝い事の晩餐《ばんさん》会に出席したんですが、そのときに出会って話をした人が、今夜ルーシーの夫だと聞かされたジョー・ウィルスンと、双子の兄弟かと思われるほど似ていました。しかし、その会話の相手《テト・ア・テイト》は、ニューヨークのジョーゼフ・ケント・ギンボールだと紹介されました。ジョーゼフ・ウィルスンが習慣的にフィラデルフィアの自宅をあけると聞いたのを思い出して、もしかしたらウィルスンとギンボールが同一人物だという恐ろしい事態ではないかと考えました。ですから、通りを少しもどって、ニューヨークのギンボール邸に電話をかけたというわけです」

「その点はわれわれもすぐに探りあてただろうがね」デ・ジョングは恨みがましく言った。「それから?」

エラリーはデ・ジョングを見据えた。「家にいたのは、ギンボールの義父にあたるジャスパー・ボーデン氏ただひとりでした。少しばかり質問したところ、やはりギンボールは先週の中ごろから家をあけているというので、自分の読みが正しかったと確信しました。それで、何があったかを伝えたんです。ボーデン氏は、家族は出かけているが、すぐに知らせてできるだけ早くこちらへ向かわせるとおっしゃいました」

「ボーデンだと?」デ・ジョングはつぶやいた。「あの鉄道事業家か。父上はなぜお越しにならんのですか」

アンドレアが息をついた。「祖父はもう何年も家から出ていません。一九三〇年に脳卒中を起こして、左半身が不自由でして」

「あなたがたは今夜どこにいたんですか。連絡がついた場所は?」

「母とわたしは慈善舞踏会に呼ばれてウォルドーフ・ホテルにいました。お友達とそろって参りましたわ。フィンチさん、わたしの婚約者でニューポートにお住まいのバーク・ジョーンズさん、それに――」

「みなさんおそろいだった、と」デ・ジョングは言った。「ずいぶん盛大な会だったんでしょうな」

なぜかははっきりしないが、ビル・エンジェルは自分の顔が赤くなるのを感じた。わかっていたことじゃないか、と胸の内でつぶやく。アンドレアの顔をそっと見て、それから左手に目を移した。土台だけの指輪はすでにはずされていた。

「もし、わたしたちのうちのだれかが」フィンチが冷ややかに言った。「こっそりと抜け出してここまで車を飛ばし、ジョー・ギンボールを刺し殺したという可能性をお考えでしたら、仮説としてはありうると思います。しかし、そのばかげた説を結論だとおっしゃるなら、わたしにも申しあげたいことが――」

「確固たるアリバイがあれば、どなたも困らないはずですがね」デ・ジョングは悠然と言った。「あなたの婚約者とやらはどこにいるんですか、ミス・ギンボール。そのジョーンズという人です」

「ほんとうにジョーなのかどうか、定かではなかったもので……」アンドレアは口ごもった。ビルとは目が合わないように避けている。「ですから――バークには伝えなかったんです。祖父はわたしたちの居場所がわかると、母に電話で知らせてきたんですが、わたしたち、信じられなくて。それでもあまりに強く言うものですから、たしかめに出向かなくてはと思いました。バークを巻きこみたくなかったんです。こんな……」

「なるほど、なるほど」デ・ジョングは言った。「良縁が台なしになりかねませんからな。婚約者に捨てられでもしたら大変です。ろくでもない新聞の種にされてしまう。ふん、ばかばかしい！　ところでフィンチさん、さっきから何か吐き出したくてたまらん様子ですね。はっきり言ったらどうです」

「ふつうの状況でしたら」フィンチは堅苦しい口調で切り出した。「このような問題は、申しあげることさえはばかられます。しかし、こちらにも守るべき立場というものがありまして。裕福な者に対する中産階級の敵愾心《てきがいしん》というのはですね、デ・ジョングさん、ときに我慢がなりません。ええ、たしかに、わたしには打ち明けなくてはならないことがあります。しかも、残念ながらそれは不愉快な内容になるでしょう」

エラリーが身じろぎした。「要するに、何が言いたいんですか」

「あなたがたはわたしが何者であるかご存じないでしょう。ふだんならどうでもいいことですし、自分からそれを持ち出したりはしませんが、はからずもこれから申しあげる話とかかわりがありますもので――わたしはナショナル生命保険の取締役副社長をつとめております」

「ほう」デ・ジョングは言った。ナショナル社は世界有数の保険会社だが、特に感銘を受けた様子でもなかった。

「ですから、会社とのつながりから」フィンチは穏やかにつづけた。「たくさんの友人たちに保険へ加入してもらっています。むろん、周旋そのものが目的ではありませんよ——われわれも昔とはだいぶ変わりました」かすかに笑ってみせる。「純然たる親切心からですよ。友人たちからは、世界一高給とりの周旋人と呼ばれていますがね。はっはっは！」

「はっはっは」デ・ジョングはつまらなそうに言った。「それで？」

「ギンボールは、わたしが個人的に担当をつづけている数少ない保険契約者のひとりでした。そのことでよく冗談を言い合ったものです。それはもう、大変な契約内容ですからね。一九三〇年のことでしたが、自分に百万ドルの生命保険をかけてくれと持ちかけてきたのですよ」

「いくらだって？」警察署長は息を呑《の》んだ。

「百万ドルです。これはけっして、わたしがこれまで目にした保険契約の最高額というわけではありませんが、これほど若い人にかけられた額としては異例です。一九三〇年ですと、ギンボールはまだ三十三歳でしたからね。年払い保険料は二万七千ドル程度ですみました。ともかく、ギンボールのためにそういう保険を作ったのです。本人はまったくの健康体でしたから、その年からということで保険証書が発行されました」

「ナショナル社が全額を?」エラリーが小声で尋ねた。「なんらかの法律によって、一社でそれほど多額のリスクを負うことは禁じられていると思っていましたが」

「そのとおりです。法律上の限度額は一社三十万ドルです。その額を超える契約の場合、超過額は他社が引き受けることになっています。ごくふつうの手順ですよ。ギンボールの保険の場合は、ナショナル社が三十万ドル、ほかに七社が十万ドルずつ引き受けるように組みました。契約は一括という扱いにしたので、ギンボールはナショナル社を通じて保険料を払いこみました。優良な契約でして——貸付金はないですし、保険料の支払い遅延もありません」

「百万ドルか」ビルはぼんやりと口にした。デ・ジョングは畏敬《いけい》の念をこめて、動かぬ死体をじっと見た。

「で、要するに」エラリーがじれったそうに促した。「何をおっしゃりたいんですか」

長身の男はエラリーの目をじっと見た。「わたしはナショナル社の役員です」そっけなく先をつづける。「保険会社というものは、被保険者が死亡した際に調査をおこなうことがありましてね。今回の件は明らかに殺人事件です。それどころか、被害者に百万ドルもの保険金がかけられていた殺人事件なのですよ。あなたも法律をご存じでしょう。法によると、被保険者が保険金受取人によって死に至らしめられたと判断しうるじゅうぶんな証拠がある場合、保険契約は自動的に無効とされます」

少しのあいだ、口を開く者はいなかった。やがてギンボール夫人があえぐように言った。「けれど、あなた――」

「フィンチさん！」アンドレアが声をあげた。「気でも変になったのですか」

フィンチは微笑んだ。「当然ながら、まずは会社のために尽くすことがわたしの義務です。型どおりの手順に従えば、この殺人事件は徹底的に調査する必要があります。莫大《ばくだい》な金額がかかっていますからね。もしもギンボールを殺害したのが保険金受取人で、それが証明されたとなると、ナショナル社ならびに他の七社が支払い義務を負うのは、ギンボールが払いこんだ金額に累積配当金と金利を加えた金額のみになります――期間がわずか五年で、しかも解約払戻金にすぎないことを考えると、保険証券の百万ドルという額に比べればまるで問題になりません」

「まさか」デ・ジョングは思わず大声をあげた。「ナショナル生命保険ほどの会社が、三十万ドルの金が払えないわけがない」

フィンチはあきれた顔をした。「何をおっしゃいますか。大事なのはそこではありません。法のもとでは、生命保険を取り扱う会社が資金面の危機に陥ることなどほぼ不可能です。ましてやナショナル社ですよ……。ばかばかしい！　あくまで原則の問題であり、それだけのことですよ。保険会社がこのような調査をして自衛しなくては、道義にはずれた保険金受取人たちがこぞって被保険者を殺しかねません」

「それで、だれが」エラリーは尋ねた。「ギンボールの保険金受取人なんですか」

数時間前に担架を持ってきた巡査ふたりが、重い足どりで帰ってきた。死体のかたわらに担架を乱暴に置く。

突然、ギンボール夫人が険しい顔を両手にうずめて泣きだした。グロヴナー・フィンチとアンドレアの呆気《あっけ》にとられた表情から察するに、ジェシカ・ギンボールが涙をこぼすというのは、サハラ砂漠に雨が降るのと同じくらい珍しい光景らしい。

「ジェシカ」フィンチはうろたえた声で言った。「ジェシカ！　まさか、わたしが――」

「さわらないで、この――このユダめ！」夫人はしゃくりあげた。「わ、わ、わたくしにそんな疑いを――そんな……」

「ギンボール夫人が受取人ですか？」エラリーはそう言って、無表情な目をじっと向けた。

「ジェシカ、よしてください。わたしが悪かった……。いえ、クイーンさん、もちろんジェシカ・ギンボールが殺人犯だと言い立てているのではありません。そんな……」とんでもないことだと説明する適当なことばが見つからないらしい。「つまりわたしは、ジェシカ・ギンボールはかつてジョー・ギンボールの保険金受取人だったと言うつもりでした。いまはちがうのです」

泣いていた夫人は身をこわばらせた。アンドレアがすらりとした体を伸ばし、青い目に怒りの火花を散らした。「あんまりじゃありませんか、フィンチさん。母がジョーの保険金受取人であることはみなが知っています――そもそも、保険にはいるようジョーに勧めたのは祖父ですし。昔ながらの夫の〝義務〟という考えからです。母が望んだのではありません！　なのに、そんなご冗談を」

「しかし、冗談ではないのです」フィンチは情けない声で言った。「わたしはあなたに教えられる立場にはなかったのですよ、ジェシカ。そうでなければもっと早く言っていたでしょう。こうした事柄は内密を要します――ジョーが受取人を変更したと知ったとき、他言するなと本人から固く口止めされました。わたしに何ができたと？」

「はっきりさせましょう」デ・ジョングが獲物に襲いかかるように目を輝かせた。「あらためて最初から。ギンボールがそちらへ顔を出したのは、いつのことですか」

「本人は来ませんでした。三週間ほど前――五月十日ですが――わたしは秘書のミス・ザカリーから報告を受け、ギンボールから保険金受取人変更の申請書類を求める手紙が届いていると知りました。ジョーがわたしに直接伝えなかったことには驚きました ね――ジョーの契約はそれまでずっと、わたしを含むごく一部の者が内々に扱ってきたものですから。とはいえ、ギンボールの保険証券に関する件はかならずわたしのもとへ報告が来るので、たいした差はありません。当然ながら、要求された書類を即座に送り、それからジョーのオフィスに電話をかけました」

「ちょっと待ってください」デ・ジョングはしゃがれた声をあげた。「おい、おまえたち、死体をここから運び出せ。何をのんびり見物しているんだ」呆然《ぼうぜん》としていた巡査たちは、覆いのかけられた自分たちの荷物を持って、あわてて出ていった。

「ジョー」ルーシーは声を詰まらせて、閉じられたドアを見つめていた。そしてまただまりこんだ。ギンボール夫人は、死んだ夫のしたことをぜったいに許せないとでも言うように、恨みがましくドアをにらみつけた。宝石で飾られた手指が小刻みに震えている。

フィンチは口早に言った。「わたしは確認のために電話をかけました。なぜ保険金受取人を変更したいのかわからなかったからです。むろん、厳密に言うと、わたしが口出しする問題ではありません。そのことはすぐに伝えました。ところが、ジョーは腹を立てたりはせず、ただ落ち着かない様子でこう言いました。たしかに受取人を変更するつもりだが、あまりにもこみ入った事情だから、まだ説明できない。ジェシカは本人だけでもじゅうぶんな財産を持っているから、保険によって守る必要などないとか、そんなようなことも言っていました。そして、いずれわたしとふたりだけで話し合う機会が来るまで、この件は秘密にしてもらいたいとのことでした」

「そして、機会はあったんですか」エラリーはひそやかな声で尋ねた。

「残念ながらありませんでした。三週間前に電話で話したきり、会うことも話すこともかないませんでした。なんとなく避けられていた気がします。もしかしたら、説明すると請け合ったものの、逃れたかったのかもしれません。申請書類に記された新たな保険金受取人の名前を見ても、やはりわたしにはわけがわかりませんでした。最初はジェシカとジョーが仲たがいでもしたのではないかと心配しましたが、その後はすっかり忘れていました」

「電話で話したあと、どうなったんですか」デ・ジョングが尋ねた。

「数日後には、ジョーは申請書類に記入し、保険証券を同封して、わたし宛《あて》に郵送してきました。ほかの保険会社との手続きなどに二週間ほどかかりましたが、この前の水曜日には変更ずみの保険証券を返送しました。それで終わりのはずでした――今夜までは」フィンチは眉間《みけん》に皺《しわ》を寄せた。「ところが今夜、何者かの手にかかって殺されてしまった。奇怪きわまりないことです」

「どうやら核心に近づいてきました」エラリーは辛抱強く言った。「ずいぶん遠まわりでしたけどね。よかったら、そろそろ――」

フィンチはひとりひとりの顔に目を向けた。「おわかりいただけるものとは思いますが」不安げに言う。「これから申しあげることはただの一事実にすぎません。わたしもまだ判断がつきかねていますし、自分の立場を誤解されたくはないもので……。今回の受取人名義変更にどれほどの意味があったのか、今夜この家に足を踏み入れるまで思いも寄りませんでしたが、まさか……」いったんことばを切る。「ギンボールが申請書類と保険証券を送ってきたとき、保険金受取人の欄にはジェシカ・ボーデン・ギンボールに代わって……ルーシー・ウィルスンと記入されていたのです。もう一度言います。ルーシー・ウィルスン、住所はフィラデルフィアのフェアマウント・パークです！」

「わたし？」ルーシーが弱々しく言った。「わたしに？　百万ドルを？」

「たしかですか、フィンチさん」デ・ジョングが勢いよく身を乗り出した。「わたしの目を欺こうとでっちあげたんじゃないでしょうね？」

「いまは」フィンチは冷ややかに言った。「いちいち腹を立ててなどいられませんね。はっきり申しますが、わたしはウィルスン夫人に対してなんの敵意もありません。これまでお会いしたことはないし、むしろ恐ろしい誤解を受けている被害者だと考えていますよ。しかし、ひとこと言わせていただくと、おっしゃるような〝でっちあげ〟をわたしが仕組むなど、あまりにも愚かなことです。ナショナル社は人物の影響や個人的策略の可能性を超越した組織ですから」

「アメリカ合衆国のことばを話してくださらんかね」

フィンチは目を見開いた。「そのように無礼な態度はどうかお控えください。ともかく先をつづけますが、記録が存在するのですよ。そして、何人《なんぴと》たりとも――わたしであれ、社長のハサウェイであれ、この地球上のだれであれ――記録を曲げることはできません。そのうえ、ジョーゼフ・ケント・ギンボールの手書きと証明できる申請書類が、わたしどもの複写のファイルから、そして本人がオフィスの金庫か銀行の金庫室に保管している保険証券からも発見されるはずですよ」

デ・ジョングは苛立《いらだ》たしそうにうなずいた。その目は憶測をたたえてルーシーを容赦なく見据え、椅子から動けなくした。ルーシーは畏縮《いしゆく》しきって、服のボタンを指先でいじっている。

「ジョーは非道なことを」激昂《げきこう》したギンボール夫人は声を張りあげた。「こんな……こんな虫けらが保険金の受取人だの、妻だの……。ぜったいに信じませんわ。お金の問題ではありません。それよりも、この無神経な、悪趣味な――」

「ヒステリーを起こしてもなんの役にも立ちませんよ、夫人」エラリーは言った。鼻眼鏡をはずし、気のないていでレンズをこすっている。「ところでフィンチさん、保険金受取人の変更については、だれにも漏らしていませんか」

「もちろんですとも」フィンチは相変わらずむっとした様子だ。「ジョーがだまっていてくれと頼んだので、そうしました」

「当然、ギンボール自身は口外したはずがない」エラリーはつぶやいた。「どうやら、心のなかでなんらかの岐路に立っていたようだな。すでに行動を起こし、どう話を打ち明けるかを決めようとしているところだった。これで何もかも筋が通りますね。きのう、ビル・エンジェルはウィルスンから——とりあえず、この男のふたつの人格は区別して考えましょう——電報を受けとりました。緊急事態だから夜にここへ来てくれという内容です。窮地に陥ったと電報は告げていました。ウィルスンがビルに一部始終を話そうとしたこと、苦しい胸の内を洗いざらい吐き出して今後の身の振り方について助言を請うつもりだったことはまちがいありません。自分では腹を決めていたと思いますね。保険金受取人をルーシーにすでに変更ずみだったんですから。しかしおそらく、自分がまったくの別人であるという告白をルーシーがどう受け止めるのか、不安でならなかったでしょう。きみはどう思う、ビル」

「ぼくには考えられない」ビルはげんなりした様子で言った。「でも、たぶんそのとおりだろう」

「それから、金曜日にきみのところに置いていったという分厚い封筒だがね。そのなかに八社ぶんの保険証券がはいっていたような気がしないか」

「たしかにそうだな」

「そう、だれだってそういう結論に──」

「ウィルスン夫人」デ・ジョングがつっけんどんに言った。「わたしを見るんだ」

ルーシーは催眠術にかかったかのように従った。とまどいと苦しみと衝撃は、柔らかく強いその顔立ちからまだ流れ去ってはいなかった。

ビルは低い声で言った。「そういう物言いには好感が持てませんね、デ・ジョングさん」

「なら我慢してもらおう。ウィルスン夫人、ギンボールが保険をかけていたことは知っていたかね」

「わたしが？」ルーシーはたじろいだ。「わたしが知っていたかって？　いいえ、ぜんぜん……。ジョーは保険になんかはいっていませんでした。まちがいありません。一度、理由を尋ねたことがありますけれど、そういうものは信用しないと言っていましたから」

「もちろん、そんな理由ではなかった」エラリーはゆっくりと言った。「ジョー・ウィルスンにしてみれば、保険と言えば健康診断を受け、書類に署名することにほかならない。二重生活が明るみに出ることをつねに恐れて暮らしていますから、署名はできるだけ避けるものです。小切手帳を作らなかった理由も説明がつきますね──危険はわずかでしょうが、ごまかしつづけることに絶えず細心の注意を払って、限界まで神経を磨《す》り減らしてきたにちがいありません。おそらく、字を書くことは可能なかぎり避けていたはずです」

「ウィルスン夫人、あんたは保険をかけていたことを知っていただけでなく」エラリーをねめつけながら、デ・ジョングはたたみかけた。「ひょっとして、受取人をギンボール夫人から自分へ変更するように説得したんじゃないのか」

「デ・ジョングさん――」ビルが言い、足を踏み出した。

「きみはだまっていろ！」

ニューヨークから来た三人は凍りついた。殺風景な部屋のなかに、たちまち険悪なものが流れこんだ。デ・ジョングの顔は真っ赤になり、こめかみの血管が浮きあがっていた。

「何をおっしゃりたいのかしら」ルーシーは小声で言った。「夫が名のある人物だったなんて、知らなかったと申しあげたではありませんか……ジョー・ウィルスンではないほかのだれかだったなんて。この奥さまのことだって、知っていたはずがないでしょう？」

デ・ジョングは鼻を小さく鳴らし、皮肉な笑いを浮かべた。それから脇のドアへ向かい、ドアをあけて指で合図を送った。ルーシーを連れてきた浅黒い小柄な男が歩み入り、光を受けて小さくまばたきをした。

「セラーズ、この善良なる人たちのために、フィラデルフィアのウィルスン夫人の家を訪ねたときのことをもう一度話してくれ」

「家は迷うことなく突き止めましたんで、車からおり、呼び鈴を鳴らしました」刑事は疲れた声で話しはじめた。「応答はありませんでした。家は真っ暗です。ふつうの住まいでしたよ。しばらくポーチで待ちましたが、思いついて家のまわりを見てみることにしました。裏口のドアには、表と同じく鍵《かぎ》がかかっていました。地下室もです。車庫ものぞきました。ドアは閉まっていました。ドアに打ちつけられた鉄の留め金が錆《さ》びて壊れ、どこにも錠が見あたりません。だからドアをあけ、明かりをつけてみました。二台が停められる車庫でしたが、空っぽでした。ドアを閉めてポーチにもどり、ウィルスン夫人の帰りを待って――」

「もういい、セラーズ」デ・ジョングが言い、浅黒い男は出ていった。「ところでウィルスン夫人、映画を観るのに車で街へ出たんじゃないんだな。路面電車に乗ったと聞いた。なら、あんたの車はどこにあるんだ」

「車？」ルーシーは弱々しく返した。「まあ、そんなはずがないわ。刑事さんはよその車庫をのぞいたのではありませんか。きのうの午後、ひとりで車に乗って出かけて、雨のなかを帰宅したんです。車は車庫へもどして自分でドアを閉めました。ですから車は中にありました。いまも、いまもあります」

「セラーズがないと言うんだから、ないんだよ。車がどうなったか知らないんだな、ウィルスンさん」

「いま答えたでは――」

「車種と年式は？」

「もうしゃべるな、ルーシー」ビルは静かに言った。そして前へ進み出ると、大柄な署長に胸を突き合わせるほど近づいて、しばし真正面からにらみ合った。「デ・ジョングさん、あなたのご質問は悪意のかたまりです。ほんとうに許しがたい。妹にはこれ以上ひとこともしゃべらせません」

デ・ジョングは無言でビルをじっと見つめていた。やがて、ゆがんだ笑みを浮かべた。「まあ、そう熱くなるなよ、エンジェルくん。これが型どおりのやり方なんでね。だれを責めているわけでもない。ただ事実を突き止めたいだけだ」

「たいそう立派な心がけですね」ビルは唐突にルーシーに向きなおった。「さて、ルーシー。ここを出ようか。エラリー、すまなかったな。だが、こいつは我慢ならない。あす、またここで――トレントンで会おう。このまいてくれるなら」

「いるさ」エラリーは言った。

ビルはルーシーに手を貸してコートを着せてやり、子供の手を引くようにドアへ導いた。

「少しお待ちください」アンドレア・ギンボールが言った。

ビルは立ち止まり、耳の先まで真っ赤に染めた。ルーシーはその白貂《しろてん》をまとった若い娘をはじめて目にしたかのように、物珍しそうに見とれていた。

アンドレアはルーシーに近づき、大きくて柔らかな手をとった。「どうかおわかりいただきたいんですが」ビルの目を避け、落ち着いた口調で言う。「このたびのことは、心の底からお気の毒だと思っています……何もかも。わたしたちはけっして非道な人間ではありません、ほんとうです。わたしたちが、あなたを——傷つけるようなことを申しあげたのでしたら、どうかお許しください。あなたは実に気丈な、そしてお気の毒なかたです」

「まあ、ありがとうございます」ルーシーは小さな声を絞り出した。そして目に涙を浮かべ、背を向けて駆けだしていった。

「アンドレア！」ギンボール夫人の声は驚きと怒りに満ちていた。「なんということを——いったいどうして——」

「ミス・ギンボール」ビルがかすかな声で呼びかけた。アンドレアがようやくビルと視線を合わせる。ビルは少しのあいだ口を開かずにいた。「このことは忘れません」そう言ってきびすを返し、ルーシーのあとを追った。ドアが音を立てて閉まり、一瞬ののち、ビルのポンティアックがカムデン方面へと走りだそうとする音が響いた。大胆不敵にエンジンを吹かす音が聞こえ、デ・ジョングの顔は憤怒《ふんぬ》のあまり蒼白《そうはく》になった。煙草に火をつける手が震えている。

「ようこそ《アウエ》、そして《アトクエ》、さらば《ワレ》」エラリーは言った。「あいつが気に食わないようですね、デ・ジョングさん。でも、なかなか立派な男なんですよ。動物の雄と同じで、身内の雌が危険にさらされると凶暴になるんです……。ミス・ギンボール、友に代わってお礼を言わせてください。それから、手を見せてくださいませんか」

アンドレアはおずおずと目をあげた。「わたしの手を?」消え入りそうな声だった。

デ・ジョングは口の中で何やらつぶやくと、足音も荒く出ていった。

「こういう痛ましい状況でなければ」エラリーはアンドレアの両手をとって言った。「うれしくてたまらないんですがね。ぼくにアキレスのかかとがあるとすれば、ミス・ギンボール、なんだか矛盾しているようですが、それはかかとではなく、手なんです。美しく手入れの行き届いた女性の手に弱くてね。あなたの手は、言うまでもありませんが、完璧《かんぺき》な手のお手本のようです……。たしか婚約なさっているとおっしゃいましたね」

アンドレアの手のひらが汗ばむのをエラリーの指は感じとっていた。柔らかな肌にほんのかすかな震えが走ったようだ。「ええ。そうです」

「いえ、もちろん」エラリーはささやいた。「ぼくが口をはさむようなことじゃありません。ただ、近ごろは、まもなく花嫁となる裕福なお嬢さんが誓いのしるしを身につけないのが流行なんですか？　パブリリウス・シュルスは〝神は満たされた手ではなく、清らかな手を見る〟と言いました。とはいえ、わが国の上流社会が古典の教えを取り入れているというのは初耳だ」アンドレアは何も言わない。顔が真っ青になり、いまにも気を失いそうに見える。エラリーは情けをかけるように、アンドレアの母親に顔を向けた。「ところでギンボール夫人、ぼくの仕事は証拠を追い求めることです。あなたの――その――ご主人としておきましょう、この話に関しては。ご主人の手にはニコチンがしみついた形跡がなく、歯にも変色が見られませんでした。ポケットの隅をつついても煙草の屑《くず》は出ませんでしたし、ここには灰皿もありません。となると、煙草を吸わなかったと考えていいでしょうか」

デ・ジョングがもどった。「こんどは煙草がどうしたって？」うなるように言う。

ギンボール夫人はぴしゃりと言った。「ええ、ジョーゼフは煙草を吸いませんでした。つまらぬことばかりお尋ねになるのね！」夫人は立ちあがり、力のはいらない腕をフィンチに差し出した。「帰ってもよろしいかしら。こんなのはもう……」

「どうぞ」デ・ジョングは不機嫌そうに返事をした。「しかし、朝にはまたお越しいただかなくてはなりません。いくつか手続きがありますから。それと、たったいま知りましたが、検事が——ポーリンジャー検事ですが——あなたがたの話を聞きたいそうです」

「また来ます」アンドレアが小声で答えた。もう一度身震いをして、マントを体にしっかりと巻きつける。目の下には青白い隈《くま》ができていた。エラリーをそっと盗み見てから、足早に立ち去った。

「どうにかなりませんかね」フィンチは食いさがった。「あの話を……つまり、一度目の結婚の件を伏せておくことはできないものでしょうか。こういうかたがたですから、恐ろしく不名誉なことになります」

デ・ジョングは肩をすくめた。心ここにあらずといった様子だった。ニューヨークの三人は気落ちしたように正面の戸口に立ちつくしていた。ギンボール夫人はとがった顎《あご》を高くあげていたものの、痩《や》せた肩はスカートのなかの重い腰枠《パニエ》のごとく、ぐったりとさがっている。やがて、重苦しく沈黙したまま、三人は帰っていった。車の音が消えるまで、残された者たちは黙していた。

「さてと」ようやくデ・ジョングが口を開いた。「そういうことだ。しかし、とんでもないことになったな」

「とんでもないことになったのは」エラリーは帽子に手を伸ばした。「あなた自身のせいもあると思いますよ、デ・ジョングさん。ともあれ、これは実に魅力的な事件です。ブラウン神父なら心を躍らせたでしょう」

「だれだって？」デ・ジョングは気のないていで言った。「きみはニューヨークへ帰るんだろう？」いかにもそれを望んでいるかのような様子を少しも隠そうとはしない。

「いいえ。この謎には、解明を待ちわびている要素がいくつもありますから。いま手を引いたら、ぼくは眠れなくなってしまいます」

「ふん」デ・ジョングはテーブルのほうを向いた。「そうか。では、今夜はこれで失礼」

「おやすみなさい」エラリーは快活に言った。デ・ジョングはテーブルの上の皿を中身ごと紙袋におさめた。その幅広の背中には、苛立《いらだ》ちと敵意がにじみ出ていた。

エラリーは口笛を吹きながら車へ引きあげ、スティシー＝トレント・ホテルへ帰っていった。


日曜日の午前中、エラリー・クイーン氏はばつの悪い思いでホテルを出た。ベッドという柔らかな腕に欺かれ、すでに十一時を過ぎていた。

力強い日差しのなか、トレントンの中心街には人気《ひとけ》がなかった。角まで歩いて東へ曲がり、通りを渡って大法官府通り《チャンセリー・レーン》という古風な名前のついたせまい抜け道にはいる。その区画の中ほどで、背が低く横に長い、兵舎にそっくりな三階建ての建物を見つけた。前の歩道には、てっぺんにガラスの火屋が載った背の高い旧式の街灯が一本立っている。そこには四角い白地の標識がついていて、大文字の活字体でこう書かれていた。

警察本部　駐車禁止

いちばん近くのドアから中へはいると、そこはせまくて陰気な待合室だった。色むらのある壁、長机が一台、低い天井。その奥の部屋には緑色の鉄のロッカーがところせましと並んでいた。いたるところが老朽化して茶色く煤《すす》け、むっとする男くささに気が滅入《めい》った。

内勤の巡査部長に案内されて二十六号室にはいると、デ・ジョングが痩せ細った背の低い男と熱心に話し合っていた。頭脳戦と消化不良のせいでしなびきった、青白い顔の男だ。そして、ビル・エンジェルが椅子に腰かけていた。目が赤く髪が乱れ、ひと晩じゅう眠りも服を脱ぎもしなかったらしい。

「おや、どうも」デ・ジョングがどうでもよさそうに言った。「クイーンくん、こちらはポール・ポーリンジャー。マーサー郡の検事だ。どこへ行っていたんだね」

「疲れ果てて魔法の草を口にした幼子のように眠っていました」エラリーは痩せ細っ

た男と握手を交わした。「けさは新たな出来事がありましたか」

「ギンボール家の連中には会えなかったな。顔を出したが、もう帰っていったぞ」

「こんなに早く？　やあ、ビル」

「おはよう」ビルは言った。検事をじっと見ている。

ポーリンジャーは葉巻に火をつけた。「そう言えば、フィンチという男が、あすの朝自分のオフィスできみに会いたいと言っていたよ」葉巻にかざしたマッチ越しにエラリーをじろじろと見る。

「そうですか」エラリーは肩をすぼめた。「検死報告はもう受けとりましたか、デ・ジョングさん。ぜひとも結果が知りたい」

「先生は、火傷《やけど》は見つからなかったと伝えろとのことだった」

「火傷？」ポーリンジャーがいぶかしげな顔をした。「どうして火傷が気になるのかね、クイーンくん」

エラリーは微笑んだ。「気にしてはいけませんか？　ぼくにとってはいつもの寄り道ですがね。検死医の報告はそれだけですか、デ・ジョングさん」

「ばかなことを言うな。たいしたちがいはないがね。ナイフについて何か言っていたよ、右手でギンボールをひと突きしたとか。だが、そんなのはごく当然の話じゃないか」

「では、ウィルスンが……いや、ギンボールが——ああ、ややこしいな——ここにいるビル・エンジェルに託した封筒の件は?」

検事はデ・ジョングの机の上の書類の束を人差し指ではじいた。「お察しのとおりだったよ。八社の保険証券だ。受取人をルーシー・ウィルスンに変更してあった。おそらくギンボールは、この先もウィルスンを守るために、エンジェルくんに預けておきたかったんだな。もうひとつの人格についても、すべてエンジェルくんに打ち明けるつもりだったのはまちがいないだろう」

「もしかしたら」デ・ジョングはにやりとした。「保険金受取人の変更も、取引の材料だったのかもしれん。義兄が激怒することがわかっていたんで、百万ドルを出して事をおさめようと思ったんじゃないか」

ビルは何も言わなかったが、検事から署長へ注意を移した。膝《ひざ》に置いた手がわなわなと震えていた。

「ぼくはそうは思いませんね」エラリーは考えを口にした。「並はずれて強い思いがないかぎり、心の苦痛に満ちた生活に八年間も身を投じる人間などいません。デ・ジョングさん、あなたのご意見は、ギンボールがルーシー・エンジェルをただの慰み物にしていたのであれば、正しい可能性もあります。しかし、十年も前に結婚しているんですよ。少なくともここ八年間は、波風立てず離婚したり、ただ行方をくらましただりして問題を解決することもできたのに、そのあたりまえの誘惑をはねつけてきたんです。とどまろうとすれば、自分の人生が複雑きわまりない地獄と化すのに」

「ジョーは妹を愛していた」ビルは強い口調で言った。

「ああ、当然だよ」エラリーはブライヤーパイプを取り出して、火皿に煙草を詰めはじめた。「強い愛情をいだいていたからこそ、ルーシーを失わないために、まさしくプルースト風の生活に耐えてきたんです。薄情な放蕩者《ほうとう》などではありませんよ。あの顔とこれまでのいきさつを知れば明らかです。最大の欠点をあげるとしたら、意志が弱かったところでしょうね。それに、ルーシー・ウィルスンとジェシカ・ギンボールを比べてみてください。あなたはルーシーに会っていませんね、ポーリンジャーさん。しかしデ・ジョングさんは会いましたから、蛇のような心臓でさえも鼓動が速くなったにちがいない。驚くほどの魅力を具《そな》えた若い女性です。一方、ジェシカ・ギンボールはというと……。まあ、ご婦人の皺《しわ》についてあれこれ言うのは、意地が悪いと思いますがね」

「まったくそのとおりかもしれないな、クイーンくん」ポーリンジャーは言った。

「しかし、そうだとしたら、どうしてその上流階級の女と二重結婚などしたのかね」

「野心ゆえではないでしょうか。ボーデン家は億万長者です。ギンボールのほうは、由緒正しい家柄の出ではありますが、近年は少々困窮していたふしがあります。そのうえ、ジャスパー・ボーデン翁《おう》には男の跡継ぎがいない。意志は弱いが野心を具えた男なら、誘惑に勝つのはむずかしいかもしれません——母親からの重圧もあったでしょうし。ギンボールの母親は口やかましい人だったらしく——社交界のご婦人がたのあいだでは、〞全米一のがみがみ屋〞と叩《たた》かれていたほどです。息子がのっぴきならない状況に陥るのも知らず、重婚へ追いこんだとしても、不思議はありませんね」

トレントンの検事と警察署長は目を合わせた。「たぶん、そんなところだろうね」ポーリンジャーは言った。「けさギンボール夫人から話を聞いたが、さまざまな面から見て、政略結婚と呼んでいいだろう——少なくともギンボールの側としてはね」

ビル・エンジェルがじれて体を動かした。「そういう話がぼくに関係があるとは思えません。もう帰っていいでしょうか」

「ちょっと待ちなさい」デ・ジョングが引き止めた。「ウィルスンのほうはどうなんだ。つまり、ウィルスンとしての遺言状は作成してあったのかね？」

「それはありません。作成するなら、ぼくに相談したはずですから」

「すべて妹の名義なのか」

「ええ。二台の車も、家もです——抵当にはいってもいません」

「そして百万ドルだ」デ・ジョングは回転椅子に腰をおろした。「さらに百万ドルとはな。若い美人の後家さんにはけっこうな額だよ」

「近いうちに、デ・ジョングさん」ビルは微笑した。「そのハイエナみたいなにやけ笑いを、あなたの薄汚い喉《のど》の奥に突っこんでやりますよ」

「なんだと——」

「まあまあ」ポーリンジャーがあわてて言った。「そんなことを言い合ってもどうにもなるまい。妹さんの結婚許可証は持ってきたかね、エンジェルくん」

ビルはデ・ジョングをにらみつけたまま、書類を机にほうった。

「ふむ」ポーリンジャーは声を漏らした。「フィラデルフィア市の記録にはすでにあたった。疑問の余地はない。ギンボールはジェシカ・ボーデンと結婚する二年前に、ルーシー・エンジェルと結婚している。厄介なことになった」

ビルは結婚許可証をひったくるように取りあげた。「まったく厄介なことですよ——妹のほうこそ、とんでもない目に遭わされたんだ！」

「だれもそんな——」

「それから、あの遺体の返還を要求します。ジョーはルーシーの夫であり、埋葬するのはこちらの合法的な権利です。その点は議論の余地がありません。あすには裁判所命令を出してもらいます。先に結婚していた証拠があるんだから、埋葬する権利をルーシーに認めない判事など、この国にひとりもいるはずがない！」

「おいおい、ちょっと待ちなさい、エンジェルくん」ポーリンジャーは落ち着かない様子で言った。「そんなことをしては、さらに摩擦を起こすことにならないだろうか。あのニューヨークの連中はかなりの有力者だ。しかも、きみの義弟はたしかにジョーゼフ・ケント・ギンボールだったんだ。そのやり方は正当とは――」

「正当ですって?」ビルはきびしい声で言った。「妹の正当な権利は、だれが考えてくれるんですか。女の一生のうちの十年間を、ほんのひと吹きで消し去ることができるとでも? あの連中に地位も金もあるからといって、ぼくが恐れるとでも? とんでもない話だ!」ビルは口を引きつらせ、床を踏み鳴らして出ていった。階段に響くその足音がやむまで、残った三人は口を開かなかった。

「前にも申しあげたとおり」エラリーは言った。「ビル・エンジェルは有能な男です。弁護士としての手腕も見くびってはいけませんよ」

「つまり何が言いたいんだね」検事は鋭く言い返した。

エラリーは帽子を手にとった。「キケロのことばを勝手に引用するなら――思慮とは、求むるべきもののみならず、避けるべきものにまつわる知識である。三月十五日《アイズ・オブ・マーチ》に気をつけろ（シェイクスピア『ジュリアス・シーザー』第一幕第二場。この日にシーザーは暗殺された）とか、そういったことですかね……。ではまた《ヴォワール》」

月曜日の朝九時三十分、こざっぱりとしたオリーブ色のギャバジンのスーツにパナマ帽というでたちのエラリーは、ナショナル生命保険の取締役室に姿を見せた。会社はニューヨークのマディソン街の南寄りに建つ垢抜《あかぬ》けたビルにある。日曜日はずっと家にこもり、ジューナが作る滋養たっぷりの食事をとったり、父である警視の少しばかり皮肉めいた批評を聞かされたりしながら、事件について考えをめぐらせていた。春めいた陽気な装いにもかかわらず、晴れやかな気持ちはどこにもなかった。

歯磨きの広告のような笑みをたたえた快活な若い女が、〝取締役副社長〟と書かれたオフィスの控えの間にいた。エラリーの名刺を見て、はっと眉《まゆ》をあげる。「フィンチさんはこんなに早くお越しになるとは思っていなかったようです、クイーンさん。まだ出社しておりませんの。お約束は十時では？」

「だとしても、聞かされていないんです。お待ちしますよ。フィンチさんがどんなご用件でぼくにお会いになりたいのか、何か思いあたりますか」

「そうですね、ふだんなら」女は微笑んだ。「存じあげないとお答えするところです。けど、あなたは探偵さんですもの、ごまかしても無駄ですね。きのうの午後、フィンチさんからうちに電話がありまして、すべて聞いております。用件というのは、トレントンでのあの恐ろしい事件のことです。おそらくギンボール夫人もおいでになるでしょう。フィンチさんのオフィスでお待ちになりません？」

エラリーは女のあとについていき、青と象牙《ぞうげ》色でまとめられた、まるで映画のセットのような豪奢《ごうしゃ》なオフィスに足を踏み入れた。「近ごろ、ぼくは黄金の世界をめぐっているようです」エラリーは言った。「これは比喩《ひゆ》でして、ことばどおりの意味ではありませんよ、ミス・ザカリー——そういうお名前でしたね」

「どうしてご存じですの？　どうぞおかけください、クイーンさん」女は特大の机へすばやく足を運び、箱を手にしてもどってきた。「紙巻き煙草はいかがですか」

「ああ、けっこうです」エラリーは青い革張りの椅子に体を沈めた。「パイプを吸いますから」

「なら、フィンチさんの刻み煙草をお試しになりません？」

「パイプを愛用する者なら、ぜったいに首を横に振れないお誘いですね」秘書が机から大きな広口の容器を運んできたので、エラリーはその中身をパイプに詰めた。「ふむ。悪くない。いや、実にすばらしい。どこの銘柄ですか」

「まあ、わたくしにはわかりかねますわ。こういうものには疎くて。外国かどこかの特別なブレンドだとかで、五番街のピエールの店で売っているんです。よろしければ少し届けてさしあげましょうか」

「いえ、それは——」

「フィンチさんなら何もおっしゃいませんよ。以前にもどなたかにさしあげたことが……。あら、おはようございます、ミスター・フィンチ」秘書はもう一度笑みを見せてから出ていった。

「これはお早いご到着でしたな」握手をしながらフィンチは言った。「いやはや、例の件はますます不愉快なことになってきましたね。けさの新聞をご覧になりましたか」

エラリーは苦い顔をしてみせた。「毎度のことながら、大騒ぎですね」

「恐ろしいことです」フィンチは帽子とステッキを片づけて、椅子に腰かけ、郵便物をざっとたしかめてから煙草に火をつけた。そして唐突に顔をあげた。「さて、クイーンさん。遠まわしに言ってもしかたのないことです。きのうの朝、社長のハサウェイと数人の取締役に事情を伝えました。そして会社としての立場から、すぐに行動を起こすべしと合意したのです」

「行動といいますと？」エラリーは慇懃《いんぎん》に眉を吊《つ》りあげた。

「一見して不審な点があることは、あなたもお認めになるはずです。告発するつもりはありませんが……。ちょっと失礼。きっとジェシカですよ」ミス・ザカリーがドアをあけ、ギンボール夫人とアンドレア、それにふたりの男を招き入れた。

この三十六時間でアンドレアの母親が一気に老けたことは、エラリーにもひと目でわかった。娘の腕にぐったりと寄りかかり、挨拶《あいさつ》をしようとあげた目には生気がない。フィンチのオフィスの窓から差しこむ澄みきった光のなかで、偏狭で尊大な心が絞め殺されつつあるのが見てとれた。歩くこともままならないらしい。フィンチは無言で夫人を椅子へと導いた。

フィンチが体を起こしたとき、顔は曇っていた。「クイーンさん、こちらはフリュー元上院議員。ボーデン家の顧問弁護士です」エラリーは赤ら顔に太鼓腹の小男のたるんだ手を握った。顎《あご》ひげが目立つその顔から、鋭い目が冷ややかにエラリーを値踏みしていた。フリューの評判はよく知っていた。連邦議会の元上院議員で、その弁護士事務所は高慢ながら超一流と言われ、顎ひげをたくわえたその顔はしじゅう新聞のコラムに登場していた。威厳のあるひげは先がふた股《また》に分かれていて、やや赤味を帯び、胸にまで届こうとしていた。よほどその顎ひげが自慢と見え、肉厚の手でひっきりなしにいじっていた。

「そして、こちらはバーク・ジョーンズ。ミス・ギンボールの婚約者です。きみがきょう来るとは思わなかったよ、バーク」

「ぼくも何かのお役に立てればと思ってね」ジョーンズの口ぶりには、どことなく自信のなさが感じられた。仔牛《こうし》を思わせるうつろな目をした大柄な青年で、肌は赤褐色に日焼けしている。背中をまるくして、右腕を三角巾《さんかくきん》で吊っている。「やあ。そうか、きみがクイーンか。きみの本はずっと前から読んでるよ」エラリーを見世物小屋にいるおなじみの化け物か何かと見なしているかのような口ぶりだった。

「本人に幻滅して読むのをやめてしまわないことを願いますね」エラリーは小さく笑った。「実を言うと、ぼくもあなたのご活躍を知らないわけじゃありませんよ。二週間前、メドウブルックのポロ競技場でひどい落馬をなさったとか。どの新聞も大騒ぎでしたね」

ジョーンズは渋い顔をした。「あれはろくでもない馬だった。どこか血統が悪かったんだろうな。ポロの馬も人間と同じで、血統が物を言うからね。ポロ競技で骨を折るなんて、はじめてだよ。脚じゃなくてよかった」

「みなさん、おかけください」フィンチが苛立《いらだ》たしげに言った。「ミス・ザカリー、邪魔がはいらないようにお願いします。わたしはたったいま、クイーンさんに」人々が腰をおろすのを待って先をつづける。「こちらが決めたことをお伝えしていたところです」

「ぼくがなぜこれほど上流階級のみなさんの注目の的になっているのか、実のところよくわからなくて」エラリーは言った。「いささか面食らっています。ぼくの血統も悪くはないんですよ、ジョーンズさん。それでも並みといったところですからね。だから、けさは少々場ちがいなところに来てしまった気がしてなりません」

アンドレア・ギンボールが身じろぎした。巧みな化粧で隠してはいるものの、若いアンドレアがひどく気を揉《も》んでいるらしいことは、エラリーも視界の隅で認めていた。

このオフィスに足を踏み入れてから、アンドレアはジョーンズ青年をちらとも見ていない。ジョーンズのほうも、恋する者らしからぬ気むずかしそうな皺《しわ》を、濃い眉のあいだに刻んでいる。ふたりは互いに腹を立てた子供たちのように、ぎこちなく並んでいた。

「先へ進む前に、フィンチくん」フリュー元上院議員がしゃがれ声で言った。「わたしがこの件に賛成してはいないことを、クイーンさんにご承知おき願いたい」

「なんの件です？」エラリーは笑顔を作った。

「このように、故意に動機を混乱させることだ」フリューは言い放った。「フィンチくんが斧《おの》を研いでいるのは、ろくでもない自分の会社を守るためだが、われわれにはまったく別の目的がある。ゆうべも言ったが、フィンチくん、わたしが同意したのは、ジェシカとおまえさんが折れなかったからだ。ジェシカはわたしの忠告を——あれはアンドレアの忠告でもあったな——聞き入れなかったが、もし聞き入れていれば、こんな胸糞《むなくそ》の悪いごたごたにかかずらうことはなかったろうに」

「いいえ」ギンボール夫人はかすかな声で言った。「あの女はわたくしからすべてを奪いました——名誉も、ジョーの愛も……。わたくしは戦います。これまでは、どなたに対しても遠慮ばかりしてきましたわ——父にも、ジョーにも、アンドレアにさえも。こんどばかりは、みずから身を守るつもりです」

夫人は可能性というものを信じすぎている、とエラリーは思った。夫人がみずから描写したような人間だとはとうてい思えない。「しかし、あなたにできることはほとんどありませんよ、ギンボール夫人」エラリーは言った。「ルーシーの——つまりウィルスン夫人の法的な立場については、疑問の余地はありません。まちがいなく正式な妻でした。夫が偽名を使っていても、妻だという事実にはまったく影響はありません」

「そのことは何度も母に言い聞かせたのですが——」アンドレアが小声で言った。

「ますます悪い評判が立つばかりなのよ、お母さま。どうか——」

ジェシカ・ギンボールは唇を固く結び、それから言った。押し殺した声の異様な響きに、だれもが一瞬静かになった。「ジョ、ジョーを殺、殺、殺したのはあ、あ、あの女よ」

「ああ、そうですか」エラリーは大まじめにうなずいた。「なるほど。では、どんな根拠があって、そのような告発をなさるんですか、ギンボール夫人」

「わたくしにはわかります。感じるのです」

「あいにくですが」エラリーはそっけない口調で返した。「法廷はそのような根拠は認めませんよ」

「おやめなさい、ジェシカ」グロヴナー・フィンチが苦しげな顔で口をはさんだ。「すみません、クイーンさん。当然ながら、ギンボール夫人はご自分を見失っています。むろん発言は理にかなったものではありません。しかし、わたしはここで弊社を代表して申しあげます。ナショナル生命保険会社としては、相手の女性を苦しめるような個人的動機をなんら持ち合わせていないことはぜひご理解いただきたい。ただ事実を突き止めることにだけ関心を注いでおります」

「そして、ぼくもまた」エラリーはゆっくりと言った。「おそらくは同じ目標を掲げている第三者だから、微力を尽くせというわけですか」

「ともかく、最後まで話を聞いてください。ハサウェイ社長の立場から申しあげましょう——本人からお話しすべきところですが、あいにく体調がすぐれませんもので。ウィルスン夫人は、当社の保険契約者が殺害されるほんの数日前に保険金受取人となりました。たしかにウィルスン夫人を受取人に据えたのは契約者本人です。しかし、夫人にだまされて、あるいは強要されて変更したのではないという証拠はありません」

「そういうことがあったという証拠もない」

「ええ、ごもっともです。とは言いましても、われわれの立場からはそのような万が一の事態も想定しうるのですよ。この契約では、百万ドルを新しい保険金受取人に支払う必要があるのですが、このたびは特殊な状況で支払いが発生しています。新たな保険金受取人は契約者の隠し妻でした——少なくとも、正式な身元を知る側から見れば、秘密の存在ですからね。もしその妻が急に夫の不実に気づいたとしたら、たとえそのときまで偽りのない愛を注いでいたとしても、愛情が憎しみに一変するのが人間というものです。その妻が百万ドルもの保険金の受取人である事実を合わせると——憎しみのあまり、夫を言いくるめて受取人を変更させた可能性は完全に無視するとしても——殺害につながる二重の動機を持っていたとも考えうるのです。弊社の立場はおわかりになりますね？」

フリュー元上院議員は顎ひげをまさぐりながら、椅子の上で落ち着きなく体を動かしている。エラリーは申しわけなさそうに言った。「ぼくも同じくらい強力な仮説を——失礼ながら、ギンボール夫人が関与したとする仮説を立てることができますよ。夫がほかの女と結婚していた、それどころか、自分がずっと法律上の妻ではなかった、さらには、その女を保険金受取人にするという最大の侮辱を自分に与えたことを知ったなら……。どうですか《ヴォワラ》」

「しかし大事なのは、保険金受取人はたしかにウィルスン夫人であり、百万ドルはあちらへ行くということです。先ほども申しましたように、こうした状況では、調査の結果が出るまでは保険金の支払いを保留しておかないと、ナショナル生命保険は保険契約者のみなさんに対する義務を怠ることになりましょう」

「なぜぼくに相談なさるんですか。社内には手慣れた調査チームがあるでしょうに」

「ええ、もちろんあります」フィンチは言いづらそうにことばを切った。「ただ、今回は個人的な要素がからんでいますものでね。目的にふさわしい部外者のかたに特別に依頼したほうが、その――より慎重に動いてくれると期待しているのです。しかも、あなたなら最初から現場にいらっしゃったことですし――」

エラリーは椅子の肘《ひじ》掛けを指で叩《たた》いた。みなの目が集まっていた。「しかし、まあ」ようやく口を開く。「妙な立場に置かれたものですよ。あなたがたが標的にしている人は、旧友の妹です。本来ならぼくは敵方の人間だと言っていい。ご依頼のなかで納得できる点はただひとつ――あらかじめ狙ったとおりの結果を期待しているのではなく、ただ真相を見定めたいとおっしゃっている点です……。慎重に動くことは請け合いますよ、フィンチさん。でも、ぼくの口を封じようとは考えないでください」

「それはどういう意味だね」フリュー元上院議員が訊《き》いた。

「だって、おのずとそうなりませんか？　ぼくは、慎ましくではありますが、使命に忠実であろうという信念を持って生きてきました。もしも真相を突き止めたら……どちらかの肩を持つような約束はできません」

フィンチは机の書類の山を掻《か》きまわしていたが、そのなかから一枚を抜き出すと、万年筆のキャップをはずして文字を書きはじめた。「ナショナル生命保険が望むのは」静かな声で言う。「ルーシー・ウィルスンが夫を殺害したのかしなかったのか、あるいは殺害させたのかさせなかったのか、それについて納得できる証拠を得ることに尽きます」書き終えたものに吸取紙をあてたあと、立ちあがって机の反対側へやってきた。「依頼料はこれでいかがですか、クイーンさん」

エラリーは目をしばたたいた。紙片は小切手で、独特の緑のインクで書かれたフィンチの署名の上に五千ドルという金額が判で押してあった。

「ずいぶんな額ですね」エラリーはつぶやいた。「しかし報酬の件は、ぼくがもう少し調べてからにしませんか。まだ決心したわけじゃありませんから」

フィンチは落胆したようだった。「もちろん、お望みのとおりに」

「ひとつかふたつ質問させてください。ギンボール夫人、もしおわかりになれば、現在のお宅の――ギンボールの財産がどのような状態にあるか、教えてくださいませんか」

「財産ですって？」夫人は呆然《ぼうぜん》と言い返したが、迷惑そうでもあった。

「ジョーには実業家としての才覚がなかったんです」アンドレアが苦々しげに言った。「自身の名義のものは何もありませんでした。ほかのことに劣らず、そういうことも不得手でしたから」

「きみが聞きたいのが遺言のことなら」顧問弁護士のフリューが不機嫌そうに言った。「ジョーはすべてをジェシカ・ボーデン・ギンボールに遺《のこ》している、と言っておこう。

だが、負債と保険のほかは何も遺していないに等しいのだから、いまとなってはむしろ皮肉な遺産だな」

エラリーはうなずいた。「ところで元上院議員、ギンボールが保険金受取人を変更すると決めたことはご存じじゃありませんでしたか」

「何も知らん。あの愚か者め！」

「あなたはどうですか、ジョーンズさん」

「ぼくが？」青年は驚いて眉《まゆ》をあげた。「知るはずないだろう。親密な間柄ってやつじゃなかったからね」

「おや、未来の義父はあなたを気に入っていなかったんですか、ジョーンズさん。それとも単に共通の関心事がなかったと？」

「おやめください」アンドレアが苛立《いらだ》たしげに言った。「そんなことをついて、なんになるとおっしゃるんです、クイーンさん。こちらのことには、ジョーンズは口を出したりしませんでした」

「そうですか」エラリーは立ちあがった。「お願いしますよ、フィンチさん。依頼をお受けする場合は、ぼくの捜査行動にいかなる条件もつけないでくださいますか」

「当然そのように考えていました」

エラリーはステッキを手にとった。「ぼくの判断は一両日中にお知らせします。トレントンから、もう少し事実関係を伝え聞いたあとでね。では、ごきげんよう」

月曜日の夕方、空が暗くなりつつあるなかで、エラリーはパーク街に建つ堂々たる建造物の十一階を訪ね、ボーデン&ギンボール家の呼び鈴を鳴らした。魚を思わせる無表情な顔の燕尾《えんび》服の男が、格式ばった作法でその複層式アパートメントの居間へと招き入れた。声がかかるのを待つあいだ、エラリーは部屋を歩きまわり、油絵や正真正銘の時代物の家具をながめながら、こんな豪壮な暮らしにかかる費用がだれのポケットから出ているのかと、ぼんやり思いをめぐらせた。アパートメントそのものの家賃も年に二万から三万ドルはかかるはずだ。そのうえ、居間を基準に考えると、設備一式で六桁《けた》に届きそうだ。ここは、きのうトレントンの死体保管所の台に残してきた詩人のような痩《や》せ形《がた》の男よりも、ジャスパー・ボーデン老人に似つかわしい場所に思えた。

魚顔の男に音もなく案内された部屋は、ほの暗い明かりがともり、ビロードの掛け布がさがる謎めいた空間だった。その中央には、玉座についた瀕死《ひんし》の王のごとく、とてつもなく大柄な老人が車椅子にすわっていた。近寄りがたい目つきの看護師を護衛のように背後に従えている。ウィングカラーに幅広のアスコットタイ、その上に紋織りのガウンといういでたちで、ふしくれだった右手の指には、風変わりな印章のついた重厚な指輪をはめていた。エラリーは老人が八十代にしては驚くほど若々しいと感じたが、やがて左半身が奇妙に硬直していることに気づいた。顔の左側の筋肉は動かず、左目はまばたきもせず前方を見据えているが、右目は泳ぐように動いている。生きている体と死んだ体を併せ持っているかのようだった。

「よく来てくれた、クイーンくん」低音のしゃがれた声が口の端から発せられた。「すわったままで失礼するよ。土曜の夜は親切にも知らせてくれて、感謝している。きょうはどんな用向きでおいでかな」

真っ暗ななかに古代の埋葬地を思わせる黴《かび》くささが漂っていた。この老人はすでに墓にはいっている、とエラリーは見てとった。コバルトブルーの両目をおさめた眼窩《がんか》は大きくえぐれ、まったく生気がない。ところが、乾いた大地の色をしたその顔の、いかつい顎《あご》や、くちばしのような鼻をじっと見ているうちに、ジャスパー・ボーデン老人が依然として侮れない力を持っているのが感じられた。動くほうの猛々《たけだけ》しい目は、自然の猛威のごとくエラリーを不安にさせた。

「お会いできて光栄です、ミスター・ボーデン」エラリーは口早に言った。「よけいな挨拶《あいさつ》を重ねてもお体がつらいだけでしょうから、手短にすませます。義理の息子さんの死に、ぼくがどんな関心を持っているかはおわかりですね？」

「きみのことは聞いているよ」

「しかし、ギンボール夫人は——」

「娘は何もかも話した」

エラリーはひと呼吸置いた。「ボーデンさん」ようやく言う。「真実とは不思議なものです。真実は否定しえないものですが、解明を早めることはできます。ぼくについてお聞き及びなら、このような悲劇にかかわるときにぼくが公平無私を貫くことは、あえて申しあげるまでもないでしょう。質問に答えてくださいますか」

くぼんだ動くほうの目が止まった。「クイーンくん、このたびのことがわたしにとって——わたしの名前と、わたしの家族にとって、どんな意味を持つのかわかるだろうか」

「ええ」

老人は口を閉じた。しばらくして言った。「何が知りたい」

「義理の息子さんが二重生活を送っていたことを、最初に知ったのはいつでしょう」

「土曜の夜だ」

「ジョーゼフ・ウィルスンという男を——本人あるいはその名前を——ご存じではありませんでしたか」重たげな頭が一度だけ、ゆっくりと横に振られた。「では、義理の息子さんが百万ドルの生命保険をかけたのが、あなたの勧めによるというのは？」

「そのとおりだ」

エラリーは鼻眼鏡のレンズを拭《ふ》いた。「ボーデンさん、それには何か特別な理由があったんですか」

かすかな笑みが、青白くこわばった唇の右の端を持ちあげたように感じられた。「犯罪に結びつくような理由ではない。勧めたのは、あくまでわたしの主義信条からだ。娘は夫から金銭的な庇護《ひご》を受ける必要はなかった。とはいえ」かすれた声がきびしさを増した。「男は神を恐れず、女は恥を知らず出歩くようなこの時世で、昔ながらの美徳を押し通す者がいても悪くはない。わたしは過去の人間なのだよ、クイーンくん。昔気質《かたぎ》でね。いまでも神と家庭を信じている」

「それも大変に強く、ですね」エラリーはすかさず応じた。「ところで、やはりご存じなかったと思いますが、義理の息子さんは――」

「あの男は」ボーデンは吐き出すように言った。「そういう人間ではなかった」

「では、ギンボール氏が――」

ボーデンは静かに言った。「あれは見さげた男だった。情欲しか持たぬけだものだ。上流の者たちが守ってきたあらゆるものへの不名誉な面汚しでしかない」

「お気持ちはよくわかります、ボーデンさん。お尋ねしたかったのは、ギンボール氏が保険金受取人を変更したことをご承知だったのかどうかです」

「もし知っていたら」老人はうなり声をあげた。「老いてこの憎き椅子につながれている身とはいえ、わが手で絞め殺してやるところだった！」

「ボーデンさん――少々立ち入った話になりますが、正確にはどのようないきさつがあって、ギンボールがお嬢さんに求愛し、結婚に至ったんでしょうか」エラリーは咳《せ》きこんだ。「ふさわしい表現を知らないもので陳腐な言い方になりますが、どうかお許しを」

一瞬、鋭い片目が光を放ち、すぐにまぶたが垂れた。「おかしな時代になったものだな、クイーンくん……。わたしはジョーゼフ・ギンボールがずっと気に入らなかった。わたしから見れば、意志薄弱で上っ面だけの男、身のほどを知らず恰好《かっこう》ばかりつけた無責任な男だった。ところが、娘はあれに夢中になってしまい、わたしとしてはひとり娘が幸福をつかむ好機をつぶすわけにはいかなかった。ご承知と思うが、娘は――」低い声がいったん途切れる。「一度、不幸な結婚をしている。きわめて裕福な、家柄も身分も申し分のない青年と若くして結婚したのだが、その最初の夫に大葉性肺炎で先立たれるという悲劇に見舞われた。時が流れ、ギンボールが現れたころには、ジェシカはすでに四十歳になっていた」大きな右の肩が小さく震えた。「女とはどういうものか、きみも知っているだろう」

「では、その当時のギンボールの経済状態は？」

「貧乏人だ」ボーデン氏は鼻を鳴らした。「あれの母親というのが、ずる賢い悪魔のような女でな。母親の野心のせいで、息子が重婚という危険を冒すことを決めたとしか思えない。ジョーゼフ・ギンボールには虱《しらみ》を追い払う度胸すらなかったから、あの母親のようなけだものに刃向かえるはずもなかった。ジェシカには本人名義のそうような財産があった——亡くなった先夫の財産と、わたしの妻の遺産を合わせたものだ——むろんわたしも、何も持たせずに娘を結婚させるわけにはいかず……。あの男は無一文だった。わたしの事業に引き入れてやったよ。それでうまく行けば、と考えてな。ありとあらゆる機会を与えたのだが」棘《とげ》のあるつぶやきはしだいに小さくなった。「卑怯者《ひきょう》め。恩知らずの卑怯者だよ。あんな男がわたしの息子だったとは……」

看護師が傲然《ごうぜん》として合図を送ってきた。

「ギンボールは、あなたから課せられた仕事はうまくこなしていたんですか、ボーデンさん」

「何かやらかしても、最も損害の少ない仕事だがね。わたしは株もかなり持っている。口出しのできるいくつかの会社では、役員として置いてみたりもした。ところが一九二九年から三〇年の恐慌で、わたしの与えたものをすべて失ってな。あの大暴落の金曜には、休暇をとってフィラデルフィアのねぐらに隠れ、あちらの女と酒でも飲んで浮かれていたにちがいない！」

「そのころあなたはどうなさっていたんですか、ボーデンさん」エラリーは当たりさわりなく気をまわして尋ねた。

「当時はまだ現役だったよ、クイーンくん」老人は冷たい声で言った。「ジャスパー・ボーデンには一分の隙もない、と言われたものだ。それがいまでは――」また肩が痙攣《けいれん》する。「いまのわたしは役立たずで、生ける屍《しかばね》も同然だ。葉巻さえ吸わせてもらえない。食事もスプーンで口に運ばれて、まるで――」

看護師は立腹していた。親指をドアに向けて立てている。

「もうひとつだけ」エラリーはあわただしく言った。「あなたは以前から、離婚に関しては道義上反対すべしというお考えですか」

エラリーは一瞬、この億万長者の老人がまた発作を起こすのではないかと思った。悪くないほうの目が円を描いて激しく動き、顔は全体が暗い血の色に染まった。「離婚だと！」老人は声を張りあげた。「罪深き悪魔の所業だ！　わたしの子供にはぜったいに……」そして口ごもり、だまりこんだ。しばらくすると、穏やかと言ってもよい声で告げた。「離婚はわたしの信条が許さないのだよ、クイーンくん。なぜそんなことを尋ねる？」

だがエラリーは、ただ小さな声で返した。「ありがとうございました、ボーデンさん。どうもご親切に。ええ、わかっていますよ、看護師さん。もうおいとましますから」そして、ドアのほうへとあとずさった。

背後から、だれかが張りのない声で「クイーンさん」と言った。振り返ると、黒ずくめの亡霊のようなジェシカ・ギンボールがそこにいた。かたわらにはフィンチの長身がある。

暗い空気が息苦しかった。エラリーは「失礼」と言って、脇へよけた。弱々しく通り過ぎるギンボール夫人は、エラリーの存在をすでに忘れたようだった。フィンチがため息をつき、あとに従った。

エラリーが立ち去りかけたとき、ジャスパー・ボーデンが不機嫌そうに言うのが耳にはいった。「ジェシカ。そんなふうに、いまにも死にそうな顔をするんじゃない！いいな？」するとギンボール夫人は素直に答えた。「はい、お父さま」

エラリーはせわしなく思考をめぐらせながら階段をおりた。これまで曖昧《あいまい》だった背景のかなりの部分が明らかになってきた。そして、何にも増してわかったのは、屍と化しつつあるあのジャスパー・ボーデンがいまだ衰えぬ権力を振るい、この家を支配しているという事実だった。

下の階に控えていた魚顔の執事は、感情らしきものを自分なりに精いっぱい表現できる範囲で、いかにも困惑したような表情を浮かべてみせた。エラリーが、この神聖なる領土を離れる前にミス・アンドレア・ギンボールにお目にかかりたい、とうやうやしく申し出たからだ。アンドレアが奥の部屋から姿を現すと、執事は自分には令嬢を侵攻から守る義務があるとばかりに、体をこわばらせて脇に立った。

アンドレアのすぐあとから、バーク・ジョーンズがゆるやかな足どりで歩いてきた。ディナージャケットを着こみ、贅沢《ぜいたく》にも黒い絹の飾り帯で腕を固定している。

「やあ、クイーンくん」ジョーンズが声をかけてきた。「探偵の仕事かい。まったく、うらやましいね。ものすごく刺激的な生活を送っているんだろうな。成果はどうだ」

「めぼしいものはないですね」エラリーはにっこりとした。「こんばんは、ミス・ギンボール。またあなたの前に現れましたよ」

「こんばんは」アンドレアも言った。エラリーの姿を目にしたとたん、奇妙なほど血の気が引いた。襟ぐりの深い大胆なシルエットの黒のイブニング・ドレスを、ほかの青年ならばほれぼれと見たにちがいない。だがエラリーはやはりエラリーであり、見とれるかわりにアンドレアの目を観察していた。怯《おび》えきって大きく見開かれている。

「あなたは――わたしにご用なのですか」

「ここへ来る途中」エラリーはさりげなく言った。「クリーム色の車が路肩に停めてあったんです。十六気筒のキャデラックで……」

「ああ」ジョーンズは言った。「きっとぼくの車だ」

アンドレアの顔にほかでもない恐怖の波が押し寄せる瞬間を、エラリーは見逃さなかった。アンドレアは思わず叫んだ。「バーク！」そして唇を嚙《か》み、椅子の背をつかもうと手探りをした。

「おい、どうしたんだ、アンディ」ジョーンズが眉根《まゆね》を寄せて尋ねた。

「あなたの車でしたか、ジョーンズさん」エラリーはつぶやくように言った。「妙ですね。ジョーゼフ・ギンボールが殺されたあの夜、事件のあった隠れ家の正面の私道から、クリーム色で十六気筒のキャデラック・ロードスターが走り去るのをビル・エンジェルが見ているんですよ。実に奇妙です。ビルは危うくはじき飛ばされるところだったらしい」

ジョーンズの胡桃《くるみ》色の肌が灰色に変わった。「ぼくの——車だって？」ようやく言って、唇を湿らせた。うつろな目をちらりとアンドレアへ向け、すぐにもどす。「おい、クイーンくん、そりゃありえないぜ。土曜の夜は、ギンボール家の人たちといっしょにウォルドーフ・ホテルの慈善舞踏会に出ていて、車は遅くまでパーク街に停めてあったんだ。ほかの車にちがいない」

「ああ、やっぱり。では、むろんミス・ギンボールもそれを保証なさいますね」

アンドレアは口をほとんど動かさなかった。「ええ」

「おや」エラリーは言った。「保証なさるんですか、ミス・ギンボール」

アンドレアの手がわずかに震えた。「はい」消え入りそうな声だ。ジョーンズはアンドレアを見ないようにしている。まるで、戦いに臨みながらどう動きだせばいいのかわからないかのように、広い両肩を少しまるめて小さくなっていた。

「だとしたら」エラリーはしかつめらしく言った。「こうするほかないですね、ミス・ギンボール。あなたの婚約指輪を見せてもらえますか」

ジョーンズが体を硬くした。視線はエラリーからアンドレアの左手へとすばやく移り、恐ろしいものを見るようにそこに釘《くぎ》づけになった。

「婚約指輪だって？」ジョーンズはつぶやいた。「いったいなぜ――」

「理由は、きっと」エラリーは言った。「ミス・ギンボールが答えてくれますよ」

上のほうから、人の話し声が聞こえてきた。ジョーンズはアンドレアに小さく一歩近づいた。「どうしたんだ」きびしい口調で言う。「こいつに見せてやればいいじゃないか」

アンドレアは目を閉じた。「バーク……」

「ほら」ジョーンズの声が荒くなった。「見せてやれと言ってるんだ。アンドレア、どこに置いた？　なぜこいつがそんなことを訊《き》く。きみはぼくに何も――」

上階のバルコニーでドアが大きな音を立てた。ギンボール夫人とグロヴナー・フィンチが姿を見せた。「アンドレア！」夫人は大声をあげた。「どうしたのです」

アンドレアは両手で顔を覆った。左手の薬指にはやはり何もない。やがて、嗚咽《おえつ》を漏らしはじめた。

ギンボール夫人はすばやく階段をおりてきた。「めそめそするのはやめなさい！」きびしくたしなめる。「クイーンさん、説明してくださいますか」

「ぼくはただお願いしただけですよ」エラリーは辛抱強く言った。「お嬢さんに、婚約指輪を見せてくださいとね」

「アンドレア」ジョーンズの声がかすれた。「このごたごたにぼくを巻きこむなら――」

「アンドレア」ギンボール夫人は言った。「どうして――」夫人の顔は青黒く、老けこんで見えた。フィンチも階段を駆けおりてきたが、見るからに困惑している。

「まあ」アンドレアはすすり泣いた。「みんなでわたしを責めるの？　おわかりにならない？　わたし――わたしは――」

ギンボール夫人は冷たく言い放った。「娘があなたのつまらない質問に答えたくないなら、答えることはないでしょう、クイーンさん。なんのつもりか存じませんけど、あなたがフィラデルフィアのあの不快な若者の大事な妹とやらをかばおうとしていることは、もうよくわかりました。あなたはわたくしたちの味方ではありません。あの女がジョーを殺したことを知っているくせに！」

エラリーはため息をつき、戸口へ向かった。「ああ、そう言えば」隣にいた無表情な魚顔の執事をがっかりさせる。「フィンチさん」

「子供じみたことを」フィンチはあわてて言った。「これについてはよく話し合って――」

「言うは女、行動するは男です。ぼくは本来の男らしさを取りもどすほうがよさそうだ」

「そんなことは――」

「そもそも、こんな状況では」エラリーは不本意そうに言った。「ナショナル生命保険の支援を受けてこの事件の調査をするのはとうてい無理です。このとおり、まったく協力が得られないんですからね。あれほど単純きわまりない質問だというのに！というわけで、ご依頼はおことわりせざるをえません」

「もし依頼料が――」フィンチは弱り果ててそう言いかけた。

「依頼料なんかどうだって……」

「エラリー」小さな声がした。エラリーは振り返った。ビル・エンジェルが戸口に立っている。

魚顔の執事は怒りだす寸前のように見え、肩をそびやかさんばかりだった。それでも、つんと上を向いて脇へ退き、ビルを中へ通した。

「やあ、ビル」エラリーは目を険しく細めて、ゆっくりと口に出した。「やっと来たな。来るだろうと思ってたよ」

ビルは浮かない様子だったが、形のよい顎《あご》には力がはいっていた。「すまないな、エラリー。事情はそのうち話すよ。それはそうと」ビルは大声で言いながらも、落ち着いて周囲を見まわしていた。「ミス・ギンボールと話をさせてください――ふたりきりで」

アンドレアは立ちつくしたまま、片手で喉《のど》を押さえた。「まあ、こんなところまで来ては……」

「アンドレア――」ギンボール夫人は金切り声で言いかけた。

ジョーンズがそっけない声で言った。「ぼくはもう精いっぱい、このわけのわからない話に付き合ってきた。アンドレア、きみにからかわれるのは、もうたくさんだ。いまここで説明してくれ。さもないと、ああ、ぼくらの仲も終わりだ！　こいつはだれだ？　指輪はどこへやった？　土曜の夜、ぼくの車でいったい何をした？　もしきみがこの事件にかかわってるなら……」

ほんの一瞬、アンドレアの目が輝いた。すぐに目は伏せられ、頰にかすかな色がもどった。

ビルが驚いて言った。「きみの車？」

「さあ、わかったろう」エラリーが静かに言った。「正直に向かい合うことが恋愛の大きな要素なんだぞ、ビル。ゆうべ話しておけばよかったんだが、アンドレアさんはクリーム色のキャデラック・ロードスターの持ち主ではなく、ふだんから乗っているわけでもない。初歩の初歩だよ、適切な場所で意味のある質問をしさえすればいいというのは……。さあ、ドアを閉めて腰を据え、分別ある者らしく話し合いませんか」

フィンチに何事かを指示されて、執事は悲嘆に暮れたような様子でドアを閉め、姿を消した。ギンボール夫人は口を固く結び、憤然と腰をおろした。何か悪意に満ちたことばを吐きかけたいのに、どう言ったらいいのかわからないようだ。ジョーンズはアンドレアを苦々しげににらみつけ、アンドレアはじっと床に目を落としていた。もう顔は青白くない。ビルはと言えば、にわかに自分の足が気になりだしたらしい。両足をそわそわと動かして、惨めそうな顔をしていた。

「ところで、いったい」エラリーはそっと尋ねた。「ミス・ギンボールとなんの話がしたかったんだ、ビル」

ビルはかぶりを振った。「それはミス・ギンボールしだいだな。ぼくからは何も言うことはない」アンドレアは怖《お》じ気《け》づいたような、なんとも言えない悲痛な目で、ビルをちらりと見た。

「どうやら」張りつめたような沈黙がしばしつづいたあと、エラリーは言った。「やはり、ぼくが話さなくてはいけないようですね。聞き役にまわりたかったところですけど。それにしても、ふたりとも妙にふるまったものですね――ミス・ギンボール、あなたと、ビル、きみのことだよ。その点は子供じみていたとしか言いようがない」

ビルが赤面する。「何が起こったのか、お話ししましょうか。土曜の夜、あの家でぼくが絨毯《じゅうたん》を調べていたとき、きみは絨毯の毛羽のあいだに何か光るものが埋まっているのをたまたま見つけた。その上に足を置き、やがてだれも見ていないと思ったときに、靴紐《くつひも》を結びなおすふりをして拾いあげた。でも、ぼくは見ていて、気がついたんだよ。それは、少なくとも六カラットはある大きなダイヤモンドだった」

ビルは身じろぎし、アンドレアは小さく息を吞《の》んだ。ジョーンズの顔はまた灰色に変わり、怒りのあまり頰骨が引きしまった。「ぼくはてっきり――」ビルが小声で言いかけた。

「だれにも見られていないと思ったんだろう。だけどね、ビル」エラリーはやさしく言った。「ぼくはあらゆるものに目を向けるための訓練を重ねてきたし、真実の探求を友情がはばむことを許さないという信条を持ってもいる。きみはそのダイヤモンドがだれのものか知らなかったが、そのことをデ・ジョングに話すのをはばかった。何か謎めいた事情があって、ルーシーが巻きこまれるかもしれないと思ったからだ。そこへミス・ギンボールが現れ、その手に石のはずれた指輪がはめられているのがわかった。偶然のはずはない。きみはミス・ギンボールが以前にもこの家に来たことがあるのだと気づいた……。でも、ビル、ぼくもそのことには気づいていたんだよ」

　ビルは気落ちしたように小さく笑った。「やっぱり、ぼくは第一級の愚か者だな。平謝りするしかないよ、エラリー」お手あげだと言いたげに、首をすくめてアンドレアにひっそりと合図を送る。アンドレアは緊張感と苦痛のなかで、かすかな笑みらしきものを浮かべた。ジョーンズはそれを見て、薄い唇をきつく結んだ。

「きみは暗がりにミス・ギンボールを引き入れた」何事もなかったかのようにエラリーはつづけた。「ちょうどいい按配《あんばい》の暗がりがすぐ隣にあったから、ぼくは友情を踏みにじられた仕返しとばかりに盗み聞きをした。まだつづけるかい」

　アンドレアが小さな声を漏らした。そして、突然顔をあげた。その目は澄んでいた。「もうけっこうですわ、クイーンさん」きっぱりと言う。「無駄なことをしたものです。やはりわたしには――ええ、このようなことは向いていませんね。ありがとうございました、ビル・エンジェルさん。あなたはよくやってくださいました」ビルはふたたび顔を赤くして、気まずそうにしている。

「きみは土曜の午後、ぼくの車を使った」バーク・ジョーンズがぼそりと言った。

「なんてことだ、アンドレア。ぼくがかかわってないことは、はっきりさせてくれ」

　アンドレアは蔑《さげす》むような目をした。「ご心配なく、バーク、そうするわ。クイーンさん、土曜の午後、わたしは電報を受けとったのです――ジョーから」

「アンドレア」ギンボール夫人が弱々しく声をあげた。

「待ってください、アンドレア」フィンチが声をひそめて口をはさんだ。「そういうことは軽率に――」

アンドレアのまぶたがおりて目を覆った。「何も隠すことはないのよ、フィンチさん。わたしが殺したのではありませんもの――みなさん、そうお考えかもしれませんけど」ことばを切る。「電報には、緊急の用件があるのであの家に来てもらいたいと書いてありました。そこへの道順も示されていて、時刻は九時と指定されていました」

「きっとぼくに宛てたものとまったく同じ文だ」ビルはつぶやいた。

「わたしはバークの車を借りました――午後にいっしょに外出していましたし、バークは運転できなかったものですから……。行き先は告げませんでした」

「きみが運転したとはっきり言えばいいじゃないか」ジョーンズが荒い声で言った。「ぼくはこのとおり腕を骨折してるんだから、運転なんかできなかった」

「やめてちょうだい、バーク」アンドレアは静かに言った。「クイーンさんにはおわかりいただけると思います。あちらには早めに到着しました。あの家にはだれもいなかったので、少し時間つぶしでもと思い、カムデンへ向かいました。家にもどると――」

「何時でしたか」エラリーは尋ねた。「最初に着いたのは」

「それはわかりません。八時くらいかしら。もどると――」

「では、二度目は何時ごろでしたか」

アンドレアはことばに詰まった。「覚えていないんです。だいぶ暗くなっていましたけれど。わたしは中にはいりました——明かりがついていましたから——すると……」

エラリーは姿勢を変えた。「さえぎって申しわけありません、ミス・ギンボール。二度目にあの家に着いたとき、何か疑わしいことはありませんでしたか」

「いいえ、ぜんぜん、何も」アンドレアがあまりにすばやく答えるので、エラリーはつぎの質問を控えて、煙草に火をつけた。「そのときはまったく感じませんでしたわ。そして中にはいると、ジョーがいました……。ええ、床に倒れて。死んでいると思いました。さわっては——いません。できませんでした。血だらけで……。わたしは叫んだと思います。それから走って外へ出ました。表の通りの、家からすぐのところに別の車が停まっているのが見えたので、ますます恐ろしくなりました。それでキャデラックに跳び乗って逃げだしたんです。もちろん、いまとなっては、危うくぶつかりそうになったその相手がエンジェルさんだったと承知しています」アンドレアは息をついた。「これですべてですわ」

沈黙がつづくなか、バーク・ジョーンズが咳払《せきばら》いをした。その声には、先刻までとはちがう困惑の響きがあった。「そうか……。ごめん、アンドレア。ぼくに打ち明けてくれさえすれば……。きみが日曜に、ぼくの車を使ったことはだまっていてもらいたいと言ったとき――」

「そのことはとても感謝しているわ、バーク」アンドレアは冷ややかに言った。「ご親切はけっして忘れません」

グロヴナー・フィンチがアンドレアのそばへ行き、肩を叩《たた》いた。「思慮が足りませんでしたよ、アンドレア。クイーンさんの言うとおりです。なぜわたしやお母さまに打ち明けなかったんですか。あなたは何もまちがったことはしていない。それを言うなら、同じように人知れず電報を受けとってあの家へ行ったエンジェルくんは、何も臆《おく》することなく――」

アンドレアは目を閉じた。「疲れてしまいました。もしよろしければ――」

「ところで、ミス・ギンボール、指輪の石のことですが」エラリーはさりげなく言った。

アンドレアは目を開いた。「あの家を出るときに、ドアに手をぶつけたような気がします。あのときにダイヤモンドがはずれたのではないかしら。わたしは――あの夜、あとになってエンジェルさんに指摘されるまで、なくしたことにはまったく気がつきませんでした」

「そうですか」エラリーは立ちあがった。「どうもありがとうございました、ミス・ギンボール。できれば、この話はポーリンジャー検事にも報告してもらえると――」

「いえ、だめです！」アンドレアは愕然《がくぜん》として叫んだ。「それはできません。ああ、どうか検事さんにはだまっていてくださいませ。あの人たちと顔を突き合わせなくてはならないなんて――」

「その必要はないだろう、エラリー」ビルが小声で言った。「事をややこしくしてどうするんだ。なんの役に立つわけでもないし、ミス・ギンボールが悪い噂に悩まされるだけじゃないか」

「エンジェルくんの言うとおりですよ、クイーンさん」フィンチが強くうなずいた。

エラリーは小さく笑った。「なるほど、純粋に多数決で、ぼくの負けらしい。では、失礼します」

エラリーはフィンチ、ジョーンズと握手を交わした。ビルはどこか所在なげに戸口に立っていて、アンドレアと目を合わせたが、すぐにそらした。そして、エラリーのあとを追い、肩を落としてアパートメントから出ていった。

トレントンへの道中、ふたりはあまり口をきかなかった。プラスキ・スカイウェイを経て、ニューアーク空港の灯火をあとにしたところで、ビルがぼそりとつぶやいた。

「だまっててすまなかった、エル。どうしたことか――」

「もういい」

ポンティアックは重い音を立てて走っていく。「つまるところ」暗闇のなかでビルは言った。「あの人が真実を語ってくれたのはまちがいなさそうだ」

「へえ、そうかな」

ビルはしばらくだまっていた。やがて早口でまくしたてた。「どういう意味だ？　だれが見たって、あの人は真っ当だ。まさかきみは、あの人が――おい、そんなの、ばかげてるぞ！　妹が犯人のはずはないが、あの人も人殺しとはとうてい考えられない」

エラリーは紙巻き煙草に火をつけた。「どうもきみは、ここ数日のあいだに驚くべき心変わりをしたらしいな」

「意味がわからない」ビルはつぶやいた。

「そうか？　おい、ビル、そこまで鈍くはあるまい。ずるいやつだな。きみはついこのあいだの土曜の夜、金持ちをこきおろしていたじゃないか――それもとりわけ金持ちの若い女をね。アンドレア・ギンボールがきみの大きらいな世に寄生する特権階級の一員なのは明らかなのに、なぜ肩を持つんだろうな」

「あの人は――」ビルは弱々しくことばを切った。「あの人は――ちがうんだ」

エラリーはため息を漏らした。「きみがあれだけのことで、こんなに変わるとは……」

「ぼくがなんのことで、どう変わったって？」ビルは暗闇で目をむいた。

「おい、落ち着けよ」そしてエラリーは煙草を吸いつづけた。ビルはアクセルを踏みこんだ。残りの道のりはふたりとも沈黙を通した。

チャンセリー・レーンのデ・ジョング署長の部屋は空《から》だった。ビルは南ブロード通りへまわりこみ、マーケット通りの近くにポンティアックを停めた。ふたりはマーサー郡裁判所の暗いロビーへ駆けこんだ。二階の郡検事執務室で、小柄で胃弱のポーリンジャーと警察署長が話し合っていた。

ふたりは後ろめたさでもあるように、あわてて顔を離した。「やあ、来たな」デ・ジョングが妙な口調で言った。

「噂をすれば、だ」ポーリンジャーは落ち着かない様子だった。「すわってくれ、エンジェルくん。いまニューヨークから着いたのかね、クイーンくん」

「ええ。進展があれば、どんなことでも直接お聞きしたかったもので。ビルとはたまたまいっしょになったんです。新しい情報はありますか」

ポーリンジャーはデ・ジョングをちらりと見た。「そうだな」検事は軽い調子で言った。「その話にはいる前に、きみの考えが知りたいね、クイーンくん。もし考えがあればだが」

「クォト・ホミネス・トト・センテンティアエ（テレンティウス『ポルミオ』より）」エラリーは愉快そうに笑った。「人の数だけ意見がある。ぼくにもありますよ――ささやかながら、自分ならではの意見がね」

「フィンチが会いたいと言ってきた用件はなんだったね」

「ああ、それですか」エラリーは軽く肩をすくめた。「フィンチはナショナル生命保険のためにこの事件の調査をするよう、ぼくに依頼してきました」

「保険金受取人の線からか」ポーリンジャーは机を指で叩いた。「あちらはそう出ると思っていたよ。もちろん喜んで力を貸すとも。協力し合えばいい」

「あいにくですが」エラリーは小声で言った。「ぼくはことわったんです」

「なんだと」ポーリンジャーは驚いて眉《まゆ》をあげた。「そうか、そうか。とにかく、きみの意見を聞こうじゃないか。わたしはアマチュアの助言を見くびる偏狭な法律家どもとはちがうぞ。話したまえ」

「ビル、すわれよ」エラリーは言った。「どうやら、ぼくらはいいところに舞いこんだらしい」ビルが従う。その目はまた油断なく構えていた。

「それで?」デ・ジョングがおもしろがるように言った。

エラリーはパイプを取り出した。「ぼくは不利な立場にあるんですよ。あなたがたはきっと、ぼくの知らない情報をつかんでいるらしい……。いまのところ、特定の人物に焦点を絞った仮説はありません。少なくとも、ぼくが手に入れた事実からでは、結論を導き出すのは無理です。とはいえ、ウィルスンとギンボールが同一人物だと知ったその瞬間、有益な結果につながりうる調査の道筋がひとつあることに思いあたりました。このところの地元の新聞は読んでいらっしゃいますね」

ポーリンジャーは浮かぬ顔をした。「新聞は大はしゃぎだ」

「そのなかで、あなたがたの町の女性が書いたある記事には」エラリーはつづけた。「正直なところ、ぼくは感心しました。《トレントン・タイムズ》の特集記事を担当している、あのかわいらしい赤毛のおてんば娘が書いたものですよ」

「エラ・アミティはなかなかのものだ」デ・ジョングは気のない様子で言った。

「おや、しっかり目をあけてくださいよ、デ・ジョングさん。そんな褒めことばじゃ足りません。あの記者は、あなたがたが見逃している何かをつかんでいますよ。ギンボールが死んだあの家に、アミティがつけた呼び名を知っていますか？」

検事と署長は抗《あらが》うこともなく呆然《ぼうぜん》としていた。ビルはただじっと指の関節を口に押しあてている。

「その名は」エラリーは言った。「中途の家です」

「中途の家」ポーリンジャーはどこか、じれているように見えた。「ああ、そうだな」

「あまり心を打たないようですが」エラリーは淡々と語った。「鮮やかなものです。あの抜け目のない指は問題の核心を突いているんですよ」

デ・ジョングはせせら笑った。「わたしには妙ちきりんな名前に聞こえるがね」

「それはもったいない。このことばは、たしかなひらめきそのものです。意味するところがわからないんですか」エラリーは煙を吐いた。「さあ、答えてください。あなたがたが捜査しているのは、だれの殺人事件ですか」

「だれのって――」検事はまっすぐに姿勢を正した。

「謎かけだな」デ・ジョングはにやりとした。「降参だ。ミッキーマウスかね」

「それも悪くありませんね、デ・ジョングさん」エラリーは言った。「もう一度訊《き》きますよ。殺害されたのはだれですか?」長い指をひらつかせる。「被害者の名前を決められなければ、犯人を見つけるのはますますむずかしいはずです」

「何が言いたいんだ」ポーリンジャーが嚙《か》みついた。「もちろんジョーゼフ・ケント・ギンボールだよ。あるいはジョーゼフ・ウィルスン、なんならヘンリー・スミスでもほかのどんな名前でも、好きなように呼べばいい。その人物の死体はわれわれのもとにある。その点こそが重要で、われわれはそれが何者なのかを知っている。名前で何が変わるというのかね」

「ひょっとしたら、何もかもが一変するかもしれません。残念ながら、シェイクスピア翁《おう》はこの犯罪科学の時代の人物ではありません（『ロミオとジュリエット』第二幕第二場で、ジュリエットは「名前になんの意味があるの?」と自問する）。そう、わからないんですよ。ギンボールなのか、ウィルスンなのか――正確にはね。その男はフィラデルフィアではウィルスンであり、ニューヨークではギンボールでした。そして、このトレントンで殺害された……。中途の家、とわれらがエラ・アミティは呼びました。あまりにも的確な命名です。

さて、その中途の家のことをもう少し考えてみましょう」エラリーは大まじめにつづけた。「そこではギンボールの衣服とウィルスンの車が見つかっています。中途の家において、その男はギンボールであり、同時にウィルスンでもありました。そこでもう一度お尋ねしましょう。その男は、どちらの人格として殺されたのでしょうか。ギンボールとしてだったのか、それともウィルスンとしてだったのか。犯人である女はどちらを殺害したつもりだったのか――ニューヨークのジョーゼフ・ケント・ギンボールなのか、それともフィラデルフィアのジョー・ウィルスンなのか」

「そんなふうに考えたことはなかったな」ビルがつぶやいた。ポーリンジャーが立ちあがり、机の向こう側を早足で落ち着きなく歩きまわりはじめた。

デ・ジョングがあざ笑うように言った。「ばかばかしいにもほどがあるな。もったいぶるんじゃない」

ポーリンジャーは足を止めた。まばらな眉の下から奇妙な視線をエラリーに投げかける。「それで、きみはどちらの人格として殺されたと思うんだ?」

「そう」エラリーは大きく息をついた。「そこが問題なんです。ぼくには答えられません。あなたはどうですか」

「いや」ポーリンジャーは腰をおろした。「わたしにも無理だ。だが、純粋に理論上の問題のようにも思える。いったいどう考えたらいいのか……。ところで、そうだ」

「いよいよだな」ビルが言った。両手を膝《ひざ》のあいだにだらりとさげて、すっかり落ち着き払っている。エラリーは静かに煙草を吸っていた。

検事は細い指で机の上のペーパーナイフをもてあそんだ。「デ・ジョングが大発見をした。土曜の夜にギンボールを殺した者が使った車を見つけたのだよ――ファイアストンのタイヤをつけた小型車だった」

エラリーはビルを見やった。ポーリンジャーの短いことばに、ビルが異様なほどの反応を示している。顔は腐食剤でもかぶったかのように引きつれ、枯れて年老いたかのように見える。少しでも動いたら雪崩が起こるとでもいうように、椅子の上に縮こまっている。

「それで？」ビルは咳払《せきばら》いをした。「それで？」

ポーリンジャーは肩をすくめた。「乗り捨てられていたのだよ。事故を起こしてね」

「どこにあったんですか」エラリーが尋ねた。

「心配には及ばんよ」デ・ジョングが悠然と言った。「疑問の余地はない。まちがいなくその車だ」

「ずいぶん尊大な物言いですね。どうして確信できるんですか」

ポーリンジャーが机のいちばん上の抽斗《ひきだし》をあけた。「根拠となる決定的な事実が三つある」そう言って、写真の束を投げてよこした。「タイヤの跡。あの家の前の泥道からとってあった真ん中のタイヤ跡の型を、発見した車のタイヤと比較した――三二年型のフォード、ちなみにクーペで塗装は黒だ。そう、跡とその車のタイヤの模様は一致した。これが第一の根拠だ」

ビルは緑色の笠《かさ》をかぶった電灯がまぶしすぎるのか、何度かまばたきをした。「第二の根拠は？」

「第二は」検事はふたたび抽斗に手を入れた。「これだ」取り出したのは、事件の夜にデ・ジョングの部下が正面の私道で見つけた、錆《さび》の浮いた裸婦像だった――像のくるぶしのあたりで折れたボンネット飾りだ。つづいてもうひとつ、同じような錆が点々とついた金属の物体を、その隣に置く――飾りの土台の部分だった。金属が欠けて、突き出た二か所の先端がぎざぎざになっている。「たしかめるといい。壊れたくるぶしの先と、土台に残った折れ跡は、ぴたりとはまる」

「土台の部分はフォードのクーペについていたものですか」エラリーは真剣な声で尋ねた。

「もしそうでなかったら」デ・ジョングは言った。「それを取りはずしたときのわたしは、夢を見ていたことになるな」

「当然ながら」ポーリンジャーはぎこちない口ぶりでつづけた。「これは指紋と同じくらい信頼に足る証拠だよ。さあ、第三の根拠だ」抽斗に手を入れるのは四度目だった。取り出した手には、黒っぽくて薄いものが巻きつけられていた。

「ヴェールですか!」エラリーは声をあげて、それに手を伸ばした。「いったいどこで見つけたんです」

「クーペの運転席だ」ポーリンジャーは椅子の背にもたれかかった。「このヴェールが証拠品としてどれだけ重要かはわかるな。タイヤ跡と壊れたボンネット飾りは、フォードが土曜の夜に犯行現場を訪れたことを示している。このヴェールで犯行は確定だ。フォードから発見されたのだから、フォードを運転していたのが犯人だと推論できる。被害者自身が、死の間際にエンジェルくんに対して、犯人がヴェールをかぶっていたと告げたのだからな。それに、近ごろはヴェールをつけることもあまりない」

ビルはヴェールをにらみつけていた。「法律家なら」ビルはかすれた声で言った。「むろん、それがきわめて薄弱な状況証拠であることはおわかりですね。関連づけがされていませんから。目撃者はどこですか。そこが問題です。それから、事件に関連する時刻はすべて調べたんですか？　車が犯行時のずっと前から置き去りにされていたわけではないと、なぜわかるんでしょう。どうして——」

ポーリンジャーはゆっくりと応じた。「ああ、法律ならとてもよく理解しているよ」立ちあがり、また歩きまわりはじめた。

ドアをノックする音がして、小柄な痩《や》せぎすの検事はくるりと振り返った。「はいりたまえ！」

デ・ジョングの部下で、小柄で浅黒い肌をしたセラーズがドアをあけた。後ろにもうひとり刑事を連れている。先客のふたりを見て、少々驚いたようだった。

「なんだ」デ・ジョングが声を張りあげた。「すべて順調か？」

「問題ありません」

デ・ジョングはポーリンジャーにちらりと目を向けた。検事はうなずいて、背を向けた。ビルは椅子の肘掛《ひじか》けをつかみ、鋭い目でひとりひとりの顔を観察した。

セラーズが何かささやくと、もうひとりの刑事は姿を消した。そしてまもなく、ルーシー・ウィルスンの腕をつかんでもどってきた。

すべての血液が、永久に肌から抜けてしまったかのようだった。輝かしい両目の下に、紫色をした大きな半円形の隈《くま》ができていた。両のこぶしが握りしめられ、豊かな胸が上下に波打っている。その姿があまりにみすぼらしく悲しげに見えて、しばらくのあいだ、だれも口がきけなかった。

やがてルーシーが弱々しく言った。「ビル。ああ、ビル」そして、兄のほうへよろめいた。

ビルは弩《いしゅみ》からはじかれたように椅子から跳びあがった。「このスカンク野郎！」デ・ジョングに向かって怒鳴る。「こんな夜分に妹を引っ張ってくるなんて、いったい何を考えてる！」

デ・ジョングの合図を受け、浅黒い肌の刑事は足を踏み出してビルの腕を押さえた。

「やめるんだ、エンジェルくん。こちらもきみとはいざこざを起こしたくない」

「ルーシー」ビルは刑事を押しのけた。ルーシーの両肩をつかんで、体を揺する。「ルーシー！　なんだってニュージャージーまで引っ張り出されてきたんだ。こいつらにそんなことはできない。引き渡しの令状がなければ、州境は越せないんだぞ」

ルーシーは消え入りそうな声で言った。「だって、わたし……わけがわからない。ああ、ビル。この人たちが――ポーリンジャーさんが話を聞きたがっていると言ったの。この人たちが――」

「ずる賢い、いかさま検事め！」ビルは大声で言った。「あんたにそんな権利は――」

ポーリンジャーは小男なりの威厳をもって、ゆったりと進み出た。そして、ルーシーの両手に何かを押しこんだ。「ウィルスン夫人」改まった口調で尋ねる。「この自動車に見覚えはありますか」

「答えるんじゃない！」ビルは叫んだ。

しかし、ルーシーは疲れた顔をゆがめて言った。「はい。ええ、これはわたしの車です。何年か前の誕生日に、ジョーが買ってくれたフォードです。ジョーが……」

「土曜日にこのあなたの車がお宅のガレージから消えた理由を、まだ知らないとおっしゃいますか」

「はい。いいえ、いいえ。ですから、わかりません」

「車は、フィラデルフィアのフェアマウント・パーク地区の道路脇で、木に衝突していたのが発見されました」ポーリンジャーは抑揚のない声で言った。「お宅から五分と離れていない場所ですよ、ウィルスン夫人。土曜の夜、そこで事故を起こしたのではありませんか――トレントンから帰る途中で」

その場の空気のこわばった感じ――緑の笠をかぶったまばゆい電灯、沈黙して立ちつくす男たち、書棚にきっちりと並ぶ法律関係の本、散らかった机――が、ルーシーの頭にじわじわと染み入った。鼻腔《びこう》が震え、小さな鼻柱には汗の粒が噴き出している。

「いいえ」小声で言う。「とんでもないことです、ポーリンジャーさん。ちがいます！」黒い目が怯《おび》えて光っている。

ポーリンジャーは黒いヴェールを手にとった。「では、この黒いヴェールはあなたのものではありませんか」

ルーシーは目を大きく開いたが、それを見てはいなかった。「なんですって？　どういうこと？」

「そんなやり方じゃ何も聞き出せませんよ、ポーリンジャー検事」デ・ジョングがぶっきらぼうに言った。「りこうな女だな。さっさと終わらせましょう」

壁の時計がやかましく時を刻んでいる。浅黒い肌の刑事がルーシー・ウィルスンの袖《そで》をきつくつかんだ。ビルは前のめりに構えてこぶしを握り、恐ろしい予感で目をぎらつかせていた。

「みなさん」エラリーは語気を荒らげた。「ぼくは警告します――気の毒なこの女性を、世論への生《い》け贄《にえ》として差し出してはなりません。ビル、動くんじゃない！」

「わたしは自分の責務を承知していますよ、クイーンさん」ポーリンジャーは硬い口調で言った。そして机の上の書面へ手を伸ばした。

ビルが叫んだ。「やめろ！　この野郎、そんなことは――」

「ルーシー・ウィルスン」ポーリンジャーは疲れきった声で言った。「ここにあるのは、あなたの逮捕状です。ニュージャージー州民の名のもとに、一九三五年六月一日、土曜日の夜、ニュージャージー州マーサー郡にて、ジョーゼフ・ウィルスン、別名ジョーゼフ・ケント・ギンボールを予謀の犯意をもって殺害したかどによって、あなたを告発します」

ルーシーは黒い瞳《ひとみ》をうわずらせ、気を失って兄の腕のなかへ滑り落ちた。

第三部　裁判　THE TRIAL

「わたしを見たまえ、神よ、
そしてわたしに与えられた力に見合う裁きをくだしたまえ」（ジョン・ミルトン『仮面劇コーマス』より）

第三部　裁判

「マーサー郡裁判所では、ルーシー・ウィルスンが夫のジョーゼフ・ウィルスン、もしくは、ニューヨークの資本家にして社交界の名士であったジョーゼフ・ケント・ギンボールを殺害したかどで告発され、みずからの生死を決する裁判に臨むことになるが」（統計を得意とするAP通信社の記者の書いた文章である）「その法廷を擁する裁判所庁舎は、トレントンの南ブロード通りとマーケット通りの角近くに建つ、年月を経た石造りの建物であり、これと隣接するクーパー通りの郡拘置所では、きたるべき壮絶な戦いのために、ルーシー・ウィルスンが体力を養っている。

その兄にあたるフィラデルフィアの弁護士ウィリアム・エンジェルが、月曜日の朝から、ニュージャージー州による告発に対して答弁をはじめるのは、二階の北端に位置する二〇七号室である。ここでは民訴裁判所の法廷が開催され、マーサー郡における殺人事件の裁判はたいがいここでおこなわれる。

この法廷は出入口が後部にあり、奥行きも間口も広く、高い天井には四角いパネルに磨《す》りガラスの天窓がふたつ開いている。

老練なアイラ・V・メナンダー判事が裁判官をつとめる席は、高さも幅もじゅうぶんにあり、判事の背の高い椅子がほとんど隠れるほどだ。裁判官席の背後の壁には三か所のドアがある。いちばん右は陪審員室へ、いちばん左は拘置所とつながる〝嘆きの橋〟へ、そして判事の椅子の真後ろのドアは判事室へと通じている。

裁判官席の右手には証言台、その向こうには四脚の椅子が三列に並ぶ陪審員席がある。

裁判官席の前には」（AP通信社の記者は熱心に書き連ねていく）「書記官が控えるせまい空間と、弁護人と検察官用の円形テーブルが二台置かれた広い一画がある。法廷の残りを占める傍聴人席は、通路によってふたつに分かれている。どちらの側にも木の長椅子十脚が五列ずつ並ぶ。一脚に六ないし七人がすわれるため、この法廷に収容できる傍聴人の数は百二十から百四十人である」

《トレントン・タイムズ》紙の特集記事担当記者ミス・エラ・アミティは、このような無味乾燥な細部の羅列を軽蔑《けいべつ》していた。六月二十三日の日曜版の紙面では、読む人の涙を誘う饒舌《じょうぜつ》な語りで事件の核心に切りこんだ。

「明朝、夏時間の午前十時」アミティは語りだす。「若さと活気で光り輝き、この狂乱の時代の放埒《ほうらつ》さに毒されぬ容貌《ようぼう》を具《そな》えたひとりの美しい女性が、クーパー通りの郡拘置所から窓ひとつない〝嘆きの橋〟を渡り、殺風景で薄汚れた小さな控えの間へと導かれる。その先に待っているのは、マーサー郡の最も凶悪な犯罪者たちが裁かれる法廷である。

その女性は古代の奴隷のごとく枷《かせ》をはめられて保安官助手の手につながれたのち、司法の競売台に載せられ、より高値をつけた入札者に売られる——買うのははたして、マーサー郡の地方検事ポール・ポーリンジャーが代表するニュージャージー州か、それとも、この女性の才気縦横にして献身的な実兄であり、その弁護を担当するウィリアム・エンジェルか。

被害者の心臓にペーパーナイフの先端を突き立てたのが、妻であるフィラデルフィアの若き主婦ルーシー・ウィルスンなのか、あるいはほかの女なのかを判断するのは、被告人と同等の地位にある陪審員たちだ。ルーシー・ウィルスンを裁くのは同等の地位にある者たちでなくてはならない、さもなくば正義は実現されない、というのが世の多くの人々の意見である。

というのも、生命を賭《と》した裁判に臨むのはルーシー・ウィルスンではなく、社会そのものだからだ。この社会では、財産も身分もある男が、他の都市に住む労働者階級の貧しい女性と偽名を使って結婚し、その女性の人生の最も貴重な十年という歳月を奪ったすえ――遅きに失してから――真実を告げておのれの忌まわしい罪を打ち明ける決意をするようなことがまかり通ってきた。この社会では、そんな男が重婚を企て、フィラデルフィアの貧しい妻とニューヨークの裕福な妻を持ち、ふたりの妻とふたつの都市のあいだを通勤者のごとく平然と行き来して暮らすようなことがまかり通ってきた。

無罪にせよ有罪にせよ、真の犠牲者はルーシー・ウィルスンその人であり、ジョーゼフ・ウィルスンという名でフィラデルフィアの共同墓地に埋葬された男でも、一九二七年にニューヨークの聖アンドルー大聖堂において、男の本名であるギンボールという姓をむなしくも名乗るようになった金満の女相続人でもない。社会はルーシーをみずから守れるだろうか。社会はみずからがルーシーの人生から奪った十年間を贖《あがな》えるだろうか。社会はまた、富と社会的影響力を持つ奸智《かんち》に長《た》けた勢力がその無慈悲なかかとでルーシーを踏みつぶさぬよう、取り計らえるだろうか。

これこそが、今日《こんにち》トレントンが、フィラデルフィアが、ニューヨークが、アメリカ全土が、みずからに投げかけている問いである」

ビル・エンジェルは陪審員席の手すりを、こぶしが白くなるほど強く握りしめていた。「陪審のみなさん、法によって、被告人側にも検察側と同様、これから何を立証するつもりなのかを平明なことばであらかじめ説明する特権が与えられています。たったいま、郡検事からの話がありました。こちらはあまり時間をとらないようにしましょう。

賢明なる検事殿と裁判官閣下はご存じのことですが、たいがいの殺人事件の裁判では、被告人側はあらかじめ陪審員のみなさんへ呼びかける権利を放棄します。それはほとんどの場合、被告人側には何か隠蔽《いんぺい》しておきたいことがあるか、検察側の主張からこぼれた残り滓《かす》から自分たちの主張を組み立てなくてはならないからです。しかし、このたびの被告人側には、隠したいことなど何もありません。マーサー郡では正義を実現できる、そしてマーサー郡ではたしかに正義が実現されると固く信じて、心の底からみなさんへ呼びかけるものです。

これだけは申しあげておきたい。どうか、わたしがこのたびの被告人ルーシー・エンジェル・ウィルスンの兄であることをお忘れください。ルーシーが人生の盛りにある美しい女性であることもお忘れください。ジョーゼフ・ウィルスンが被告に対し、男としてこの上なく残酷な不正を働いたこともお忘れください。その男が実はジョーゼフ・ケント・ギンボールという富豪であったことも、被告人があなたがたとまさしく同じ社会的階級に属する、ルーシー・ウィルスンという貧しくも忠実な妻であることもお忘れください。十年間の安穏な結婚生活のあいだ、ルーシー・ウィルスンがジヨーゼフ・ケント・ギンボールの莫大《ばくだい》な財産から、一セントたりとも恩恵を受けていないことも、どうかお忘れください。

わたしがルーシー・ウィルスンの無罪について、ほんの一瞬でも、ほんのごくわずかな疑念でもいだいたことがあるなら、みなさんにこうした事情を忘れてくれなどとは申しません。もし有罪だと考えているとしたら、いまあげた事情をむしろ強調し、みなさんの同情心に取り入ろうとするでしょう。しかし、有罪だとはまったく考えていないのです。わたしはルーシー・ウィルスンがこの殺人事件について無罪であることを知っています。そして、わたしの話が終わるのを待たずとも、みなさんはルーシー・ウィルスンが無罪であることを知るでしょう。

ただひとつ、みなさんの心にとどめていただきたいのは、謀殺というものは文明国家が一個人に対して突きつけうる最も重大な罪状だということです。そして、だからこそみなさんには、裁判のあいだ忘れずにいていただきたい。州検察がルーシー・ウィルスンを真犯人だと立証するためには、合理的な疑いの余地がほんのわずかでも残されてはなりません。裁判官からかならず説示があるはずですが、今回のような状況証拠に頼る裁判では、検察側は犯行のまさにその瞬間に至るまでの被告人の行動を、順を追って、ごくわずかな空白もなく証明する必要があります。当て推量がはいりこむ隙があってはいけません。それが状況証拠を扱う鉄則であり、みなさんもそれに従うことになります。そして、立証責任はすべて検察側にあることもどうかお忘れなく。この点についても裁判官から説明があると思います。陪審員のみなさん、この原則をつねに心に留め置いてくださいますよう、ルーシー・ウィルスンからお願い申しあげます。ルーシー・ウィルスンは正義を求めていて、その運命はあなたがたの掌中にあります。それは善意の手に委《ゆだ》ねられているのです」

「ねえ」エラ・アミティが言った。「なんでもいいから、その瓶にはいっているのを飲ませて」

エラリーは砕いた氷とソーダ、それにアイリッシュ・ウィスキーを混ぜ、できあがった飲み物を赤毛の若い女に手渡した。ビル・エンジェルは上着を脱いでシャツの袖《そで》をまくりあげた恰好《かっこう》でかぶりを振り、エラリーの部屋の窓辺へ歩いていった。窓はあけ放たれている。トレントンの夜は熱くざわめき、カーニバルのように騒然としていた。

「なあ」エラリーはだまっているビルの背中を見ながら言った。「きみはどう思ってる」

「あたしがどう思ってるかを聞かせてあげる」エラ・アミティは脚を組み、グラスを置いた。「敵はかなりの切り札を隠してると思う」

ビルがさっと振り返った。「なぜそんなことを言うんだ、エラ」

上に組まれたほうの脚がじれったそうに弧を描いた。「聞きなさい、ビル・エンジェル。あたしはこの町を知っていて、あなたは知らない。ポーリンジャーがただの間抜けだとでも思ってるの？　だれか煙草をちょうだい」

エラリーが応じた。「ぼくも記者さんに同意するよ、ビル。ポーリンジャーはきのう生まれたばかりの世間知らずじゃない」

ビルは顔をしかめた。「ぼくだって、あいつがあれだけ有能とは驚いたさ。でも、それがなんだ。事実ありきだろう！　重要なことは出しつくして、もう残っていないはずだ」

エラはステイシー・トレント・ホテルの肘掛《ひじか》け椅子に深々と体をうずめた。「よく聞きなさい、おばかさん。ポール・ポーリンジャーはこの州いちばんの切れ者だと言ってもいい。乳離れした瞬間から法律の本を食べて育ったような人よ。メナンダー判事のことも知りつくしてるのよ、あたしが男女のあれこれを熟知しているようにね。そのうえ、この郡の陪審の専門家だし。そういう検事がそんなへまをすると思う？　言っておくけど、ビル――用心しなさい」

ビルはむくれて顔を赤くした。「わかった、わかった。じゃあ、頼むから、あの奇術師が帽子から何を出すつもりなのか教えてくれよ。ぼくだって、この事件のことなら、自分の手のひら並みによく知ってる。ポーリンジャーは、世間をあっと言わせる事件で有罪を勝ちとりたくて、考えちがいをしてるんだ。前にもうまくいった、だからこんどもうまくいく、とね」

「つまり、きみは」エラリーは尋ねた。「有罪になる可能性はないと思ってるのか」

「ぜったいにないさ。陪審へ送られさえしないだろう。ニュージャージー州だろうがどこだろうが、法律は法律だよ。ポーリンジャーが検察側の弁論を終えたら、こっちは当然の手順として告発の取りさげを要請する。一セント残らず賭《か》けてもいいが、メナンダー判事が即座にこの裁判を棄却することはまちがいない」

女性記者はため息をついた。「あなたって、哀れなくらい、ひとりよがりね。あたしがこんなに時間とエネルギーを無駄にしてるのもそのせいよ。たいした自信ね！すてきよ、ビル。だけど、あたしの忍耐にも限度がある。あなたは妹さんの命をもてあそんでるのよ。いったいどうしてそんなに自信満々なの？」

ビルはふたたび窓の外をながめた。「あのね」ようやく口を開く。「ふたりとも法律家じゃないから、ぼくの狙いがわからないんだ。きみたちのとらえ方は、状況証拠というものに対するよくある素人の誤解だ」

「ずいぶん強力な証拠だと思うけど」

「とてつもなく薄弱だよ。ポーリンジャーはここまで何をつかんでる？　死ぬ間際の告白。これはあいにく、ぼくが明らかにしたものだけどね。まもなく息絶えることをはっきりと自覚した被害者本人による告白――この点は法的に重要なんだが――そのなかで、自分がヴェールをかぶった女に刺されたと言ってる。それから、犯行現場前の泥道に残っていたフォードのタイヤ跡。タイヤ跡をつけたのがルーシーのフォードだとする専門家の鑑定を向こうが持ち出したとしても、ぼくは議論のために受け入れてもかまわない。だって、そんなことになんの意味がある？　ルーシーの車を犯人が使ったというだけじゃないか。

ルーシーの車のなかでヴェールが発見されたが――これだって本人のものじゃない。ぼくにはわかるんだ。妹はヴェールを身につけたことも持っていたこともないからね。だから、向こうはそれがルーシーのものだと証明できるはずがない。となると、向こうが言えるのは、ルーシーの車に犯人が乗ったことと、犯人がヴェールを身につけた女であることだけだ。もしかしたら、犯行現場近くでヴェールの女がフォードに乗っているのを見た、と証言する者を連れてくるかもしれない。だけど、どんな目撃者であれ、そのフォードの女がルーシーだとは断定できないだろう。たとえ目撃者が嘘《しんぴよう》をついたとしても、あるいは記憶ちがいから同一人物だと証言したとしても、その信憑性《せい》を否定するのはたやすい。法的には、ヴェールをかぶっていたという事実そのものが、本人と断定しうる信頼性を損なうからだ」

「ルーシーにはアリバイがない」エラリーは指摘した。「そして厄介なことに、理屈の上では有力な二重の動機がある」

「そんなものはまやかしだ」ビルは殺気立っていた。「法的に言って、アリバイなど不要なんだ。でも仮に必要なら、フォックス劇場の切符売りにルーシーを確認させればいいだろう。とにかく、ポーリンジャーが主張できるのはここまでだ。では、きみたちに訊《き》こう——この一連の事実のうち、ルーシー本人の関与をほんの少しでもにおわせるものがあるだろうか？　きみたちは法律を知らない。有罪判決につながるほど強力な状況証拠は、ほかのあらゆる証拠をさておいても、被告人が犯行現場にいたことを立証できるものじゃなきゃいけないんだ。ルーシー・ウィルスン自身が、当の本人が六月一日の夜にあの家にいたことをポーリンジャーがどのように立証するというのか、聞かせてもらおうか！」

「ルーシーの車が——」エラが言いかけた。

「くだらない。車があったからといって、ルーシーがいたことにはならない。あの車を盗むことは、だれにだってできた。そして、現実にそのとおりのことが起こったんだよ」

「でも推論では——」

「法はそんな推論なんか支持しない。たとえポーリンジャーが、ルーシーが身につけるものを――ハンカチでも、手袋の片方でもなんでもいいが――あの家で発見して法廷に提出したとしても、それだけでは本人がそこにいた証拠にはならないんだ。つまり、ただの状況証拠の範囲内でしかないということだ」

「ねえ、そんなにかっかしないでよ、ビル」エラは深く息をついた。「あなたのお説のとおりならだいじょうぶそうね、でも……」眉《まゆ》をひそめ、グラスを手にとってひと息にあおる。

ビルは表情を和らげた。エラのそばに寄り、あいているほうの手をとる。「礼を言わなきゃな、エラ――その機会がなかったんだ。恩知らずだと思わないでくれ。きみが心の大きな支えだったし、きみの新聞記事が世論を動かしたのはまちがいない。ぼくらの味方でいてくれて、どれほどありがたいことか」

「いやあね、それ仕事だもの」エラはそっけなく言ったが、笑みはやさしかった。

「あたしにはルーシーがあの猿を刺したとは思えない。恋と殺人事件の裁判では、手段を選ばないものでしょ？　それにこの事件では、階級という切り口にたまらない魅力があるのよ……。どちらにしても、あのパーク街の連中の性根は大きらいなんだけど」エラはとられた手をほどいた。

「それは」エラリーがつぶやいた。「ビルも同じだな」

「いや、ただ――」ビルが言った。「人としてのよし悪しというのは、かならずしも

――」そこでことばを切り、顔を真っ赤にした。

エラ・アミティは眉をあげてビルをちらりと見た。「あら。なんだかロマンスのにおい。どうしたのよ、ビル。モンタギュー家とキャピュレット家の事件の再来?」

「ばかなことを言わないでくれ」ビルははねつけた。「きみたちには、些細《ささい》なことを大事件に仕立てる困った才能があるな! あの人は婚約してるんだぞ。それに、ぼくとは身分がちがいすぎる。ぼくはただ……」

エラはエラリーに向かって左のまぶたをゆっくりと閉じてみせた。ビルはやるせない怒りに歯がみして、顔をそむけた。エラは立ちあがり、もう一度グラスを満たした。しばらくのあいだ、だれも口を開かなかった。


人がひしめき合う法廷で、ポール・ポーリンジャーは鋭く牙《きば》をむいて検察側の陳述をはじめた。冷静かつ堅実で、あたかもこの裁判を、すでに決まった有罪判決のための形ばかりの手続きと見なしているかのようだった。縦長の窓と天窓を開き、扇風機もまわしているにもかかわらず、廷内は人いきれで息が詰まりそうなほどだ。ポーリンジャーの服の襟はよれ、ビルの顔は湯気を立てている。被告人側のテーブルで眼光の鋭い州警察官ふたりに両脇をはさまれたルーシー・ウィルスンだけが、暑さを感じていないかのようだった。その肌は青白く乾ききって、発汗という生理現象をすでに止めているかに見える。ルーシーは体をこわばらせて両手を膝《ひざ》に置き、メナンダー判事の皺《しわ》深い顔をじっと見て、陪審のさまざまな面々の気まずそうな視線をまともに受けないようにしていた。

「一日目の終わりには」《フィラデルフィア・レッジャー》紙に属する斜視気味の記者がこう書いた。「ポーリンジャー検事は、またしても殺人事件の裁判において、重要な要素を電光石火のごとく組み立てていく才能を見せつけた。

ポーリンジャー検事はすばやく立証を進めた。この日証言台に招いたのは、検死医のハイラム・オデル、被告人側弁護人のウィリアム・エンジェル、デ・ジョング警察署長、ニューヨークのグロヴナー・フィンチ、ジョン・セラーズ、アーサー・ピネッティ、ハニガン巡査部長、ならびにニューヨーク市警のドナルド・フェアチャイルド警部補である。検事はこうした証人たちによる証言を通して、保険金がらみの動機や死体発見時のおもな状況を示し、被告人のフォードのクーペから落ちたとされる、ふたつに分かれたボンネット飾りと土台をはじめ、多くの重要な証拠物件を提示した。

ポーリンジャーは弁護人エンジェルの度重なる質問や異議申し立てがあったにもかかわらず、きわめて重要な証拠、すなわち、ジョーゼフ・ケント・ギンボール（ウィルスン）が刺殺された家の前の泥道に刻まれていたファイアストン・タイヤの痕跡《こんせき》についての、専門家らの証言を記録に加えることができたが、これは識者によると、機を逃さぬ決定的な一撃だという。午後はずっと、タイヤ跡を最初に調査したトレントン警察のトマス・ハニガン巡査部長、ウィルスン夫人の所有するフォードのクーペを発見したデ・ジョング署長、そしてフェアチャイルド警部補の直接証言および反対尋問に費やされた。フェアチャイルド警部補は、自動車のタイヤ跡の鑑定における権威として知られている」

「証言台において」記者室の電信技手は、《レッジャー》紙の記者の報告を送信した。「フェアチャイルド警部補は、調査報告に疑義を生じさせようと執拗《しつよう》な攻撃を仕掛けるエンジェル氏に徹底的に抗戦した。警部補の報告は、ハニガン巡査部長の証言をごく細部にいたるまで裏づけるものだった。このニューヨークの専門家は、路上に残されたタイヤ跡の写真および石膏《せっこう》型と、検察側によって法廷に提示されたウィルスン夫人のフォードのタイヤの実物とを比較照合した。

〝自動車の磨《す》り減ったタイヤは〟調査報告を要約して、フェアチャイルド警部補は証言した。〝人間の指紋と同じように、確実な鑑定が可能です。どれほどの期間にわたって使用されたタイヤであれ、可塑性の物質の表面に同一の圧痕を残すものはふたつとありません。ここにあるファイアストン・タイヤは数年にわたって使用されたものので、接地面に傷や裂け目がついています。

わたしは被告人の車を、事件の夜とまったく同じ条件のもと、犯行現場の前の私道で慎重に動かしました。その結果、これらのタイヤの傷や裂け目や摩耗部分などの跡が、この石膏型と完全に一致すると判明したのです〟

〝では、このことからあなたの結論はどうなりますか、警部補〟ポーリンジャー検事は尋ねた。

〝これらの写真と石膏型のもととなったタイヤ跡が、証拠として提出されている四本のタイヤによってつけられたものだと断定してよいと、わたしは考えます〟

被告人側のエンジェル弁護士は、〝証拠として提出されている四本のタイヤ〟がウィルスン夫人の車のものではなく、警察側が故意にすり替えた可能性を示唆したが、ポーリンジャー検事の再直接尋問によって鮮やかに否定された」

「まだ花火はあがらないよ」三日目の晩、ビル・エンジェルがエラリーに言った。ふたりはステイシー・トレント・ホテルのビルの部屋にいた。ビルはアンダーシャツ姿で、冷たい水に顔を浸していた。「ふう。何か飲んでくれ、エラリー。ソーダは棚の上だ。ジンジャーエールもあるぞ」

エラリーは小さくうなって腰をおろした。麻のスーツは皺だらけで、顔には土ぼこりがこびりついている。「いや、遠慮する。たったいま、下ですばらしくまずいライム入りの代物を二杯も飲んできたところでね。きょうはどうだった？」

ビルはタオルをつかんだ。「変化なしだ。実を言うと、ぼくも少しばかり心配になってきたよ。ポーリンジャーが有罪判決を勝ちとるとは思えないがね。まだ何ひとつルーシーには結びつけていない。きみのほうは一日じゅうどこへ行ってたんだ」

「ぶらぶらしてきた」

ビルはタオルをほうり出し、洗濯ずみのシャツを着た。「へえ」そう言いながら、どことなくがっかりした様子だった。「とにかく、帰ってきてくれてありがたいよ。こんどの騒ぎでは、きみの予定も乱してしまったろうしね」

「わかってないな」エラリーは深く息をついた。「ニューヨークへ行って、きみのためにちょっとした調べ物をしてきたよ」

「エル！　いったい何を？」

エラリーは身を乗り出して、謄写版刷りの厚い書類の束に手を伸ばした。その日の証言をまとめた公式の写しだ。

「無駄足に等しかったけどね。ひとつ思いついたんだが、うまくいかなかった。この写しを読んでもいいかな。不在のあいだに何があったのかを知りたいんだ」

ビルは浮かない顔でうなずき、服を着終えてから出ていった。エラリーはすでに写しを読むことに没頭していた。

ビルはエレベーターで七階へあがり、七四五と表示された部屋のドアをノックした。

ドアをあけたのは、アンドレア・ギンボールだった。

ふたりともどこかきまりが悪そうで、少しのあいだ、ビルの顔はアンドレアの青白い肌と同じ色になった。アンドレアはハイネックのさっぱりとしたワンピースを身につけ、襟もとを真珠の留め金でとめていた。なんとなくきびしい印象を受け、その瞬間、アンドレアは苦しんでいるのではないかという思いがビルの脳裏をよぎった。青い目のまわりにずいぶん目立つ隈《くま》ができ、やつれて具合が悪いように見えた。ほっそりとした体をドア枠にもたせかけている。

「ビル・エンジェルさん」アンドレアは息を呑《の》んで言った。「まあ――びっくりしました。どうぞおはいりになって」

「おはいんなさい、ビル、いらっしゃいよ」中からエラ・アミティの声が響いた。「あなたが来たら盛りあがるから!」

ビルは顔をしかめたが、部屋に足を踏み入れた。室内にはたくさんのみずみずしい花々が飾られ、いちばんゆったりとした椅子でエラ・アミティが体を横たえていた。すぐそばにグラスを置き、煙草を指のあいだにはさんでいる。窓枠に腰かけていた長身のバーク・ジョーンズがビルをにらみつけ、吊《つ》られた腕を危険信号のように前方へ突き出した。

「おや、すみません」ビルは立ち止まった。「別の機会に出なおします、ミス・ギンボール」

「何事だ」ジョーンズが言った。「ご挨拶《あいさつ》にお見えかい？　たしか柵《さく》の向こう側にいたはずだが」

「ぼくが来たのは」ビルはむっとして答えた。「ミス・ギンボールに話があるからです」

「あなたは敵ではありませんよ」アンドレアは弱々しい笑みを浮かべた。「どうぞおかけになって、エンジェルさん。なかなか機会がなくて……それにしても、少々気詰まりですわね」

「そうですね」ビルは間の抜けた返事をして、腰をおろしてから、なぜすわってしまったのかと自問した。「ここで何をしてるんだ、エラ」

「エラお嬢さんは取材中なのよ。あちら側のみなさんがどんな暮らしをなさってるのかが知りたくてね。きっと記事の種になるはずよ。ミス・ギンボールはご親切なんだけど、ミスター・ジョーンズはあたしがスパイだと思ってるから、まさに完璧《かんぺき》よね」

エラはくすくす笑った。

ジョーンズは筋骨たくましい体をもどかしそうに動かして、窓枠からおり立った。

「きみらは、なぜわれわれをそっとしておいてくれないんだ」苦々しげに言う。「こんな薄汚い穴蔵に留め置かれているだけで、うんざりなんだが」

アンドレアが自分の両手に目を走らせた。「ねえ……バーク。あなた、気になるのかしら」

「気になる？　気になるだって？　なぜぼくが気にするんだ」ジョーンズは奥のドアへ向かい、勢いよくあけてから、力まかせに閉めて出ていった。

「まあ、お行儀の悪いこと」エラが言った。「怒りっぽい恋人ね。あの人はもっと修業を積まなくちゃ。というより、いやなやつよ」エラは気怠《けだる》げに立ちあがって、グラスの中身を飲みほし、あでやかな笑みをビルとアンドレアに向けてから部屋を出ていった。

ふたりはしばらく無言ですわっていた。しだいに沈黙が耐えがたくなる。互いに目を合わせようともしなかった。やがて、ビルが咳払《せきばら》いをして言った。「エラのことは気になさらずに、ミス・ギンボール。悪気はないんですよ。だって、新聞記者ってものは……」

「気にしていません、まったく」アンドレアは自分の手に視線を向けたまま言った。「ところで、あなたは――」

ビルは立ちあがり、両手をポケットに突っこんだ。「これがぼくたちふたりにとって、よくないことなのはわかってます」そう言って顔をしかめる。「ジョーンズの言うとおりですよ。たしかにぼくたちは柵の反対側にいます。ぼくははじめからここへ来るべきじゃなかった」

「どうして？」アンドレアはささやいた。手が髪へとさまよっていく。

「それは……適切ではないからです。まさか自分が――」

「はい？」アンドレアは正面からビルを見据えた。

ビルは椅子を蹴《け》った。「しかたがない、言いましょう。ひとりでよく考えました。真実を口にしたからって、捕まるわけじゃない。たぶんぼくはあなたに好意を持っています。なんともばかげた……。いえ、言いたかったのはそんなことじゃない。いま、妹が生命を賭《と》して戦っています。手にはいる武器はなんでも使いたいんです。実のところ、使わざるをえないと言ってもいい」

アンドレアは少し青ざめた顔をし、唇を湿らせてから口を開いた。「話してください。何かお考えがあるのね。それは――」

ビルはふたたび腰をおろし、大胆にもアンドレアの手をとった。「いいですか、アンドレア。ぼくは自分の本能とたしなみに逆らって、今夜ここに来ました。というのも――いいえ、あなたに恨まれたくはなかったんです。それでも」大きく息を吐く。「アンドレア、ぼくはおそらくあなたを証言台に立たせなくてはならない」

アンドレアは火傷《やけど》でもしたかのように手を引っこめた。「ビル！　まさか、そんな！」

ビルは両手で目を覆った。「状況しだいでは、やむをえないんですよ。どうかぼくの立場を理解してもらいたい。ぼくはいま、ただのビル・エンジェルではなく、ルーシーの弁護士として話しています。ポーリンジャーが陳述を終えるのも、そう先ではないでしょう。これまでに立証できたことを見るかぎり、向こうに勝機はありません。ただし、終えるまでに、形勢を一転させるような何かを持ち出す可能性もある。そのときは、こちらも徹底抗戦しなくてはなりません」

「でも、そのことがわたしとどんなかかわりが？」アンドレアは小声で言った。ビルは絨毯《じゅうたん》へ視線を落としたままで、アンドレアの目に浮かぶ恐怖には気づかなかった。

「殺人事件の場合はたいがいそうですが、今回の弁護も、つまるところ反証ですよ。つまり、争点を混乱させる必要があるわけです。陪審員たちの頭のなかに、なるべく多くの疑念を生じさせなくてはならない。ところで、あなたが犯行現場を訪れたことは、まちがいなくポーリンジャーも承知しているはずです。キャデラックの件を調べれば自明ですからね。検事がそのことをあなたに話したかどうかまでは知りませんが」ビルはしばし口をつぐんだが、アンドレアのことばはなかった。「当然ながら、検事があなたを証言台に立たせることはありません。検察にとって不利になるだけですから」もう一度アンドレアの手をとろうとしたが、できなかった。「しかし、検察にとって不利なら、すなわち被告人側にとって有利ということなんですよ。おわかりでしょう?」

アンドレアは立ちあがった。それを見たビルは、高慢で理不尽な、取りつく島もない態度に出るつもりなのだろうと思った。ところが、そうではなかった。アンドレアは唇を噛《か》み、椅子を手探りした。「ビル……。やめてください。お願い。わたしは――物を頼みこむことに慣れていません。だけど、いまはそうするしかないの。証言台には立ちたくない。立つことなんかできない。ぜったいに!」その叫びは泣き声に変わった。

このときはじめて、ビルの頭は冷たいシャワーを浴びたかのように、はっきりと澄み渡り、輝きを取りもどした。ビルは立ちあがり、ふたりは顔を突き合わせた。「アンドレア」ビルは抑えた声で言った。「なぜ立ってはいけないんだ」

「ああ、それは説明できない! わたし――」アンドレアはふたたび唇を噛んだ。

「悪い評判が立つことがいやだと?」

「いえ、ちがう、ちがうのよ、ビル! そうじゃない。そんなことをわたしが――」

「アンドレア」ビルの声は険しくなった。「あなたは何か大事なことを隠している!」

「いえ、そんな。隠してなんかいないわ」

「いや、きっと隠してる。やっと何もかもわかった。あなたはぼくをいいように利用していたんだ。ぼくの思いやりにつけこんでね」怒りのあまり、ビルはアンドレアをにらみつけ、両肩をつかんだ。アンドレアが縮みあがり、両手に顔をうずめる。「もう好意も何もない！　ぼくにはいい教訓になるだろうよ。あなたはずっとそうやって奥に隠れていればいい。ぼくに一杯食わせて、油断させて、口を封じたつもりなんだろう――ぼくの妹が生死にかかわる裁判に臨んでいるこのときに！　でも、それはまちがいだ。ぼくはもうだまされない。親愛なるミス・ギンボール、あなたには証言台に立ってもらおう。妹を救えそうなことを知っているのに、だまりとおすつもりなら、立ってもらうしかない！」

アンドレアはいまや泣きじゃくっていたが、ビルはふれているのも耐えがたいと言わんばかりに、その肩から手を放した。「あなたにはわからないのよ」アンドレアはくぐもった声で言った。「ああ、ビル。どうしてそんなひどいことを言うの？　わたし――お芝居なんかしていないのに。妹さんを……助けたくても、どうすることもできない。わたしの知っていることでは――」

「じゃあ、何か知っているんだ！」ビルは叫んだ。

アンドレアの目いっぱいにひろがった恐怖に、ビルは不意を突かれた。人の顔にそんな表情が浮かぶのを、これまで見たことはなかった。怒りが引いていく感覚が訪れ、ビルはあとずさりした。

「何も知りません」アンドレアは口早に答えた。息も絶えだえの苦しげなささやき声だった。「自分でも何を言っているのかわからない。気が——動転してしまって。とにかく何も知らないの。ああ、ビル、どうか——」

「アンドレア」ビルは抑えた声で言った。「いったいなぜだ。打ち明けてくれたら、こちらも力になれるのに。何か面倒に巻きこまれてるんだな。あなた自身がこの事件にかかわってるのか。あなたが……殺したのか？」

アンドレアは跳びすさった。「とんでもない！　何も知らないと言ったはずよ。ほんとうに何ひとつ知らないの。それでも、どうしても証言台に立たせるつもりなら、わたし——逃げます！　この州を出ます！　そして——」

ビルは深々と息を吐いて心を落ち着かせた。「なるほど」穏やかに言う。「そういうことなら、ぼくにも打つ手はある。ミス・ギンボール、あなたのために……警告しよう。早まったことをしたら、ぼくはあなたが死ぬまで追いまわしつづける。ぼくは窮地に立ってるけど、あなたも同じだ。でも、ルーシーにはもっと恐ろしい運命が迫ってる。あなたがじっとしていてくれたら、ぼくもなるべく手きびしいことはしない。わかったな？」

アンドレアは何も答えず、長椅子のクッションに顔をうずめて泣きじゃくっていた。ビルは長いあいだ、頰の筋肉を痙攣《けいれん》させながらその様子を見ていたが、やがてきびすを返して立ち去った。

エラリーは証言の記録をひととおり読み終えると、ゆっくりと上着を脱ぎ、煙草に火をつけて、もう一度じっくりと読み返した。膨大な量の証言のなかで、ある一か所が特に注意を引いた。その証人は午後の遅くに召喚されている。ゆっくりと一語一語読んでいくうちに、眉間《みけん》の皺《しわ》が深くなっていった。

ポーリンジャー氏による直接尋問

問　あなたの氏名は？　答　ジョン・ハワード・コリンズです。
問　あなたはガソリンスタンドを経営していますね、コリンズさん。答　はい。
問　では、そのガソリンスタンドの所在地はどこですか。答　うちの店はランバートン通りをくだったところにあります。トレントンから六マイルほどのところです。つまりトレントンとカムデンの中ほどですね。ただ、近いのはトレントンのほうで――
問　この地図の上で、ある地点を指しますよ、コリンズさん。あなたのガソリンスタンドがあるのは、このあたりですか。答　まさにそのあたりです。はい。
問　あなたはこの界隈《かいわい》のことをよく知っていますか。答　もちろんです。ここに店を出してから九年か十年になります。これまでずっとトレントンのそばに住んでいましたし。

問　では、船舶ターミナルの場所は知っていますね？　この地図の上で指し示してもらえますか。答　はい。（証人は指示棒を受けとり、地図上の船舶ターミナルを指す）ここですよ。
問　そうですね。証言台へもどってください。さてコリンズさん、あなたの店は船舶ターミナルからどれくらい離れていますか。答　三マイルです。
問　ことしの六月一日の晩のことを覚えていますか？　まだひと月足らずしか経っていませんが。答　はい。
問　はっきりとですか。答　そうです。
問　その晩のことをはっきりと覚えているのは、どういうわけですか。答　ええ、それは、いろいろなことがあったからです。第一に、午後はずっと雨が降っていて、ほとんどお客さんが来なかったんです。第二に、七時半ごろに従業員と口論になって、辞めさせたんですよ。第三はといいますと、金曜の夜遅くにガソリンの在庫が少なくなったんで、土曜の朝いちばんに配給会社に電話をかけて、トラックを出してくれ、特別に、大急ぎだと頼みましてね。日曜に足りなくなるのは避けたいですから。なのに、土曜は一日じゅう待っても、トラックが来なかったんです。
問　なるほど。つまり、三つの出来事のせいで、その日のことをはっきりと記憶しているのですね、コリンズさん。では、これから検察側の証拠物件第十七号である、自動車の写真をご覧に入れます。この写真の車を見たことがありますか。**答**　はい。この車は、あの夜八時五分にうちの店に来ました。**問**　この写真の車が、六月一日の午後八時五分にあなたのガソリンスタンドに来た車と同一だと、どうしてわかるのですか。**答**　ええ、これは三二年型のフォードのクーペですが、店に来た車もそうでした。でも、ナンバーを控えてなかったら、同じ車だと言いきることはできないでしょうね。この写真のには同じナンバープレートがついています。**問**　ナンバーを書き留めていたのですか、コリンズさん。なぜそうしたのですか。**答**　運転していた女が、どこか怪しげな感じだったからです。つまり、フォードが。そう、フォードの女が変だったんです。何かに怯《おび》えてるようなそぶりでした。そのうえ、顔をすっかり覆い隠すヴェールをつけてたんですよ。近ごろはヴェールなんて、ええ、ああいうヴェールなんかは見かけませんからね。とにかく、どうもおかしいと思ったんで、へたなことはしないようにして、ナンバーだけ書き留めておいたんです。**問**　そのヴェールをつけた女が店に来たときに何があったのか、陪審のみなさんに話してください。**答**　ええ、まず、わたしは事務室から走り出て、声をかけました。「量は？」「ガソリンですか？」ってね。すると、相手は首を縦に振りました。だから「量は？」と尋ねました。そんな具合です。で、五ガロンを女につぎこんでやりました。

裁判官　法廷はこのような無作法を許容しない。こうした不適切な笑い声を発するなど、もってのほかだ。廷吏はこの規律ある尋問の進行を妨げる者は、だれであれ退廷させるように。ではつづけてください、検察官。

問　それで、フォードのタンクに五ガロンのガソリンを入れたあとは、何がありましたか、コリンズさん。**答**　相手は一ドル紙幣をよこして、釣り銭を待たずに走り去っていきました。ああ、そう、そのせいもあって、その女のことを覚えてるんですよ。

問　どちらの方角へ走っていきましたか。**答**　船舶ターミナルのそばの、殺人事件のあった家のほうへ行きました。

エンジェル氏　裁判官、不確実な結論をほのめかす答弁には異議を申し立てます。証人自身の証言によれば、ガソリンスタンドは船舶ターミナルから三マイルの距離があります。さらに、答え方は明らかに偏見をいだかせるものです。

ポーリンジャー氏　車がトレントンの方向へ走り去ったなら、すなわち犯行現場の方向へ去っていったことになります、裁判官。方向を問題にしているのであって、目的地ではありません。

裁判官　それはそうだ、検察官。それでもやはり、示唆が感じとれる。先ほどの返答は取り消すように。

問　フォードはカムデンの方向へ去っていったのですか。**答**　いいえ、カムデンのほうから来たんです。トレントンのほうへ去っていきました。

問　コリンズさん、検察側の証拠物件第四十三号をご覧に入れます。これが何かわかりますか。**答**　はい、女物のヴェールです。フィラデルフィアで乗り捨てられていた車から見つかって――

エンジェル氏　異議あ――

ポーリンジャー氏　必要以上のことを言わないように、コリンズさん。あなた自身が直接見知っている範囲だけで答えてください。そのとおり、これは婦人用のヴェールです。このヴェールに見覚えはありますか。**答**　はい。

問　最後に見た場所はどこですか。**答**　あの晩、うちのガソリンスタンドへ車で来た女が身につけていました。

問　被告人は立ちあがってもらえますか。さて、コリンズさん。被告人をよく見てください。あの人を見たことはありますか。**答**　はい。

問　いつ、どこで、どんな状況下でしたか。**答**　あの晩フォードに乗ってガソリンを入れに来たのは、あの人です。

廷吏　静粛に。廷内は静粛に。

ポーリンジャー氏　反対尋問をどうぞ、弁護人。

エンジェル氏による反対尋問

問　コリンズさん、ランバートン通りのその一か所だけで九年間もつづいているんですから、ガソリンスタンドは繁盛していると考えていいですね。

ポーリンジャー氏　異議あり、裁判官。

問　お気になさらず。ご商売は順調ですか、コリンズさん。答　うまくいっています。

問　順調だからこそ、そこで九年間つづけられるんでしょうね。答　そうです。

問　一年に何千台もの車が、ガソリンを入れたり、自動車にまつわるほかのサービスを利用したりするために、あなたのスタンドに寄るんでしょう？　答　ええ、そう思います。

問　そうお思いですね。何台くらいでしょうか。だいたいでかまいません。この一か月で、あなたのスタンドに給油に寄ったのは何台くらいだと思いますか。答　答えにくいですね。そういう記録を残してませんから。

問　それでもきっと見当がつくんじゃありませんか。百台ですか？　千台？　五千台？　答　ですから、答えられません。わからないんですよ。とてもたくさんです。

問　もう少し具体的に言えませんか。ひと月あたり百台とすると、一日あたりは？

答　約三台。それよりは多いですね。

問　一日三台よりは多い。一日三十台くらいにはなりますか。答　まあ、はっきりとはわかりませんが、ええ、それくらいでしょう。
問　一日三十台。すると、ひと月でだいたい千台というところですね。答　ええ。
問　となると、あなたは六月一日の晩から、およそ千台の車にガソリンを入れたということですか。答　そういう言い方をすれば、たしかにそうです。
問　そして、ひと月が過ぎ、千人の運転者とことばを交わし、千台の車のタンクにガソリンを入れたあとでも、特定の一台の車をはっきりと記憶していて、いまここでその車と運転者の特徴を語ることができるというんですね？　答　覚えている理由なら、さっき言いました。あの日は雨が降ってたんです。
問　六月一日以降、雨の降った日は正確には五日ありましたよ、コリンズさん。その五日の出来事についても、同じようにはっきりと記憶していますか。答　いいえ。でも、あの日は従業員を辞めさせましたし――
問　従業員を解雇したせいで、千台も前の車に乗っていたひとりの運転手を覚えている、と。答　それに、ガソリン配給会社に電話をかけていますから――
問　コリンズさん、貯蔵タンクの残量が少なくなったのは、ことしの五月三十一日と六月一日だけですか。答　いいえ。
問　わかりました。コリンズさん、先ほどあなたが確認なさったフォードのクーペですが、ナンバーを書き留めていたと証言なさいましたね。そのメモを見せていただけますか。**答**　持ってきていません。
問　どこにありますか。**答**　もう一着のスーツです。
問　もう一着のスーツとは、どこにあるんですか。**答**　自宅です。
廷吏　法廷は静粛に。法廷は静粛に。
ポーリンジャー氏　証人はすみやかにそのメモを提出するでしょう。
エンジェル氏　検察官、この反対尋問を被告人側弁護人におまかせくださるよう、お願いできますか。
問　それは現物そのものですね、コリンズさん。**答**　そのとおりです。
問　写しではありませんね？　**答**　メモはあす持ってきます。
ポーリンジャー氏　裁判官、弁護人による暗示には強く異議を申し立てます。検察側はこの証人が提出するメモの信頼性を立証できます。きょうメモを提出できなかったのは、不運な過失でしかありません。
エンジェル氏　そして裁判官、わたしは検察官自身が証言をおこなうことに強く異議を申し立てます。
裁判官　この方面の検討は、いったん中断したらどうだろうか、弁護人。証拠物件が提出されてから再開すればいい。

問　コリンズさん、ヴェールをつけた女性があなたのガソリンスタンドに来てから去っていくまでに、何分が経過しましたか。答　五分ほどです。
問　五分ほど。さて、あなたはその女性の車のタンクに五ガロンのガソリンを入れたと証言しています。作業に費やした時間はどれくらいでしたか。答　時間ですか。大部分と言っていいでしょう。四分ぐらいか。キャップのつけはずしに少し手間どりましてね。ねじ山が錆《さ》びてくっついてたんですよ。
問　するとあなたは、五分のうち四分は、車のガソリンタンクにかかりきりだったんですね。タンクの場所はどこですか。答　もちろん、車の後部です。
問　後部ですね。では、その五分のあいだに、ヴェールの女性が車の外へ出ることはありましたか。答　ずっと運転席にすわってました。
問　つまり、五分のうち四分、あなたはその女性の姿をまったく見ていなかったんですね。答　まあ、そうです。
問　では、あなたが女性を実際に見ていたのは、すべて合わせてもせいぜい一分というところでしょうか。答　そのように計算すればね。
問　ええ、そのように計算すれば。どう思います、そういう計算になりませんか。五から四をひけば一でしょう？　答　はい。
問　そうですね。では、あなたがヴェールの女性を見ていたその一分のあいだ、姿はどの程度まで見えていましたか？　答　ええ、けっこう見えてましたよ。
問　もう少し具体的に答えられませんか。　答　そうだな――
問　腰は見えていましたか。　答　ああ、いえ、そこまでは。運転席にすわってましたからね。ドアをあけもしませんでしたし。胸から上しか見えませんでした。
問　見えた範囲で、女性は何を身につけていましたか。　答　つばの広い大きな帽子をかぶり、外套《がいとう》か何かを着ていました。
問　どんな種類の外套でしたか。　答　ゆったりした外套です。布の外套でした。
問　どんな色でしたか。　答　よくわかりません。濃い色でした。
問　濃い？　青ですか、黒ですか、茶色ですか。　答　はっきりとは答えられません。
問　コリンズさん、女性が来た時間は、まだ昼間と同じくらい明るかったのではありませんか。　答　はい。標準時では、七時少し過ぎでしょう。
問　明るいうちに見たのに、外套の色がわからないのですか。　答　ええ、正確にはね。まちがいなく濃い色のでしたけど。
問　外套が何色だったか覚えていないということですか。　答　覚えているのは濃い色だったということです。
問　しかし、外套を見たのはたしかですね。　答　いましがたそう言ったじゃないですか。

問　では、六月一日の晩には女性の外套がどんな色をしていたかを知っていたけれど、きょうはどんな色だったか知らないということですか。答　あなたの言い方にならうなら、知りませんでした。色には特に注意しなかったんでね。ただ濃い色の外套だったというだけで。

問　しかし、女性の外見には注意したんですね。答　ええ、そうです。

問　一か月前にそのフォード・クーペに乗っていた女性と被告人が同一人物であると、その証人用の椅子からでも断定できるくらいに、しっかりと外見に注意を払ったんですね？　答　そうです。

問　それなのに外套の色は記憶にないと？　答　ないです。

問　帽子は何色でしたか。答　わかりません。つば広の——

問　女性は手袋をはめていましたか。答　覚えていません。

問　そして、あなたは女性の胸から上だけ見たんでしたね？　答　はい。

問　そして、合わせてもわずか一分しか女性を見ていないんですね？　答　そんなものです。

問　そして、女性は顔をすっかり覆い隠す厚いヴェールをつけていたんでしたね？

答　はい。

問　にもかかわらず、あなたは被告人が自分の見たフォードの女にまちがいないと断定するんですか？　答　ええ、どちらも同じ体つきですし。
問　おや、同じ体つきですか。当然それは、胸から上が同じ体つきという意味ですね。
答　ええ、そうだと思います。
問　そうだと思う。あなたの証言は、推測に基づくのか、知りえた事実に基づくのか、どちらですか。
ポーリンジャー氏　裁判官、弁護人がわたしの証人に執拗《しつよう》な質問攻めをおこなっていることについて、謹んで異議を申し立てます。このように無益な反対尋問は――
裁判官　弁護人には、証人が人物を特定するにあたって、証人自身の記憶の信頼性を反対尋問によって確認する権利があります、検察官。つづけてください、弁護人。
問　コリンズさん、あなたはそのフォードのクーペが、六月一日の午後八時五分過ぎにあなたのガソリンスタンドに来たと言いました。それは事実に則した発言でしょうか、あるいはこれも推測に基づいた発言でしょうか。答　いいえ、推測じゃありません。事務室の時計で八時五分過ぎだったんです。きっかりでした。
問　その車が着いたときに、時計を見たんですね？　そういう習慣があるんですか、コリンズさん。答　車が来たときに、ちょうど時計を見てたんですよ。事情はさっき言いましたが、その車が来たとき、わたしはガソリン配給会社の人と電話で話してました。朝に電話で頼んでから半日経つのに、なぜトラックをよこさないのかと苦情を言って、「おい、もう八時五分過ぎなんだぞ」と文句をつけてたんですよ。だから時計を見てました。
問　では、ちょうどそのときフォードが表に停まったのですか。　答　そのとおりです。
問　そこであなたは事務室から出て、その女性にガソリンを何ガロン入れたいのかを尋ねたんですか。　答　はい、すると女は指を五本出してみせました。それで、わたしはいっぱいまでガソリンを入れました。
問　女性が手をあげたのに、手袋をはめていたかどうかを覚えていないんですか。覚えていることと、いないことがあるんですね。　答　手はあげました。手袋については覚えてません。
問　そうですか。いっぱいまでガソリンを入れたと言いましたね。容量いっぱいになるんですか、五ガロン。　答　そうです。
問　しかし、コリンズさん、フォードのガソリンタンクの容量をご存じないんですか。
答　知ってますとも。およそ十一ガロンです。
問　すると、五ガロンでいっぱいまで入れたというのは、言いまちがいですね。　答　いいえ、いっぱいにしたんですよ。ほぼ満杯というか。
問　おや、ではタンクは空《から》ではなかったんですか。残り少ない状態でもなかったんですね。答　そのとおりです。まだ五ガロンほど残っていたんですよ。五ガロン足したらキャップの近くまで来ましたから。

問　なるほど、わかりました。言い換えると、その女性が車でやってきて、五本の指を立てて五ガロンのガソリンを入れてくれと伝えたとき、タンクは空ではなく、また空になる寸前でもなかった。まだ半分ほどはいっていたということですね。残っていたガソリンだけでも、まだかなりの距離を走ることもできた、と。答　はい。

問　まだガソリンがタンクに半分残っているのにスタンドに寄るなんて、奇妙だと思いませんでしたか。答　それはよくわかりません。出先でガソリンが切れるのをいやがる人もいますから。だけど、わたしも少し不思議に思いましたよ。

問　少し不思議に思った。そう思った理由に心あたりはありませんでしたか。

ポーリンジャー氏　異議あり。証人の考えを尋ねています。

裁判官　取り消してください。

問　コリンズさん、つい先ほど、その女性が五本の指を立てて必要なガソリンの量を示したとおっしゃいました。その女性は何も言わなかったんですか。答　何も言いませんでした。

問　つまり、あなたがその女性と車に対応していた五分のあいだ、相手は口を閉じたまま、ひとことも発しなかったのですか。答　ひとことも口にしませんでした。

問　ではあなたは、その人の声をまったく聞いていないんですね。答　そうです。
問　ここにいる被告人が法廷で立ちあがって何かしゃべったとしても、声だけではその車の運転者であると識別することができないということですね。答　できません。できるはずがないでしょう。話す声をまったく聞かなかったんですから。
問　つまり、被告人がその車の運転者であると判断した根拠は、胸から上の体つきが似ていることだけですか。女性の声や、覆い隠されていた顔ではなく。答　はい。でも、大柄な女でした。がっしりしていて、まるで――
問　さて、あなたが確認したこのヴェールです。たしかあなたは、これがその車の女性が身につけていたヴェールと同一にちがいないと証言しましたね。答　ええ、たしかに。
問　そっくりに見えても、別のヴェールだという可能性はありませんか。答　ありうるでしょうね。でも、女の人がこんなヴェールをつけている姿は、この二十年見かけません。それと、あのとき特に気になったのは――その――なんと呼ばれてるものなのか――名前が――
ポーリンジャー氏　メッシュですか。
エンジェル氏　検察官はどうか、証人に答を吹きこまないようお願いできますか。
答　それです。メッシュです、網みたいな。それが特に目につきました。とても細かいひだが寄せてあって、向こう側が透けないんです。あのヴェールならどこで見てもわかりますよ。

問　そのヴェールならわかり、メッシュ部分のデザインも覚えているのに、外套《がいとう》と帽子の色や、手袋をはめていたかどうかは覚えていないんですか。答　そのことはもう百回答えましたよ。

問　あなたは先ほど、フォードはカムデンの方角から走ってきたと証言しましたね。

答　はい。

問　しかし、車がガソリンを入れるために表に停まったとき、あなたは事務室のなかにいたんでしょう？　答　ええ、でも――

問　車がカムデンからランバートン通りを走ってきたところを、実際に見たわけじゃないでしょう？　答　外に出ると車はすでに停まってましたけど、トレントンの方角を向いてたんです。だから、カムデンの方角から来たにちがいありません。

問　しかし、走ってくるところを実際に見たのではありませんね。答　見ていません。でも――

問　トレントンの方角から走ってきたのに、ガソリンスタンドに立ち寄る際に、カムデンの方角から来たように見せかけて停車することも可能ですよね。答　それはそうでしょう。しかし――

問　その車が立ち寄ったのはまちがいなく六月一日の晩であり、五月三十一日や六月二日ではなかったと、自信を持って言えますか。答　はい、言えます。
問　運転していた人の外套の色は覚えていないのに、正確な日付は覚えているんですか。答　前にも言いましたが――
エンジェル氏　これで――
ポーリンジャー氏　弁護人は、証人が言おうとしていることを最後まで言ってもらってはいかがですか。五分も前から、弁護人に対して説明を試みているのに、それができずにいるようです。
エンジェル氏　その五分を与えれば、よりよい結果が得られるとでもお考えですか、ポーリンジャーさん。もしそうなら、喜んで尋問をつづけますがね。しかし検察官自身が弁護人をさえぎって、最後まで言わせてくださいませんでした。わたしは「これで終わります」と言いかけていたんです。
ポーリンジャー氏による再直接尋問
問　コリンズさん、運転者の識別の問題はともかく、その女性が証拠物件第十七号に写っているものと同一の車に乗っていたことは、自信を持って言えますか。答　はい、言えます。

問　その車が六月一日の夜八時五分過ぎに立ち寄ったことについても、あなたが先に述べた信頼に足るじゅうぶんな理由によって、確信しているのですね。答　確信しています。

問　車にはその女性のほかにだれも乗っていませんでしたか。答　乗っていませんでした。

問　ひとりきりだったのですね。答　はい。

問　そしてその人は、わたしがいま手に持っているこのヴェールをつけていたのですね。答　はい。

問　また、どちらの方角から来たにせよ、去っていく先はたしかにトレントンの方角だったのですね。答　はい。

問　その人の車がトレントンの方角へ走り去っていくのを、あなたはその場で見送りましたか。答　はい、見えなくなるまで。

ポーリンジャー氏　以上です、コリンズさん。

エンジェル氏による再反対尋問

問　車にはその女性がひとりきりだったと言いましたね、コリンズさん。答　たしかにそう言いました。それは事実です。

問　車は後部に折りたたみ補助席のついたクーペでしたね。答　そうです。
問　その補助席は開いてありましたか。答　いいえ。きっちり閉じてありました。
問　きっちり閉じてあった。となると、その閉じてあった補助席の仕切りの下に何者かが隠れていて、あなたが気づかなかった可能性はないでしょうか。その女性がひとりきりだったと断言できないのでは？　答　それは――
ポーリンジャー氏　その質問の形式にも内容にも異議を申し立てます、裁判官。弁護人は意図して――
エンジェル氏　まあ、その点は争うのをやめておきましょう、ポーリンジャーさん。いいでしょう。これで終わります。コリンズさん。
　証人は退廷を許された。

「いよいよだ」翌朝の法廷で、ビルはエラリーに小声で告げた。

　ポーリンジャー自身が謎の男だった。痩《や》せ形《がた》で胃弱にもかかわらず、本職の賭博《とばく》師を思わせる鋭い目と年齢不詳の風貌《ふうぼう》の持ち主だった。人がひしめき合う法廷において、だれよりも冷静沈着な人物である。だが、ほっそりとして小柄で清潔感に満ち、雀のように用心深く害がなさそうに見えた。

　検察側のテーブルの後ろにある証人用の革張りの長椅子にジェシカ・ボーデン・ギ

ンボールが腰をおろし、手袋をはめた指を組んでいた。喪服を着て、装身具は何もつけていない。化粧でも隠しきれないやつれた血色の悪い顔は、目が落ちくぼみ、肌が干からびて、きびしく不安定な下層階級の暮らしによって老けこんだのかと見まがうほどだった。かたわらには、死人のように真っ青なアンドレアがいた。

部屋の反対側にいる母娘を見て、ビルは唇をきつく結んだ。テーブルの陰で、妹の手を軽く叩《たた》く。だが、催眠術にかかったように硬いルーシーの表情は変わらなかった。そして、長椅子にいる年かさの女の顔から目を離すことはなかった。

「フィリップ・オルレアン、証言台へ」

ざわめきが湧き起こり、引き潮のように静まった。どの顔も張りつめていた。メナンダー判事でさえ、ふだんより重々しい表情に見える。痩せて背が高く、苦行者を思わせる骨張った顔に煌々《こうこう》と目を光らせた男が、宣誓ののち静かに証言台に立った。ビルは身を乗り出して頰杖《ほおづえ》を突いた。その顔はアンドレアに劣らず蒼白《そうはく》だった。

ビルの背後にある証人用の長椅子では、エラリーがかすかに身じろぎして、深々とクッションに体を沈めた。その目は要《かなめ》であるポーリンジャーに向けられていた。

ポーリンジャーはみごとだった。態度は平生とまったく変わった様子がない。あえて言うなら、ふだんよりもさらに冷静沈着だった。

「オルレアンさん、あなたはフランス共和国の国民ですね」

「そうです」長身の痩せた男はフランス風の鼻にかかった発音で話した。しかしその声には教養と自信が感じられた。

「お国ではどのような資格の職についていらっしゃいますか」

「パリの警察庁《シュルテ》に所属しています。こちらの国でいう犯罪鑑識局長に相応する身分です」

ビルが何かに気づいて戦慄《せんりつ》し、体を硬くしたのを、エラリーは見てとった。エラリー自身もまた、長椅子の上で思わず姿勢を正した。一瞬、その名前がこの人物と結びつかなかった。けれども、ようやく思い出した。オルレアンと言えば、現代犯罪史上、最も高名な人物のひとりだ――国際的な評価も高く、この上なく実直な人柄で知られ、その貢献に対して十を超える国の政府から勲章を授けられている。

「すると、犯罪における鑑識の専門家という立場でいらっしゃいますね」

オルレアンは微笑した。「本法廷で、わたしの経歴について説明させていただければ光栄に存じます、ムシュー」

「それはありがたい」

エラリーは、ビルが落ち着きなく唇をなめているのに気づいた。この著名人が証人として呼ばれたことに不意を突かれたのは明らかだった。

「わたしは犯罪鑑識学を」オルレアンはよどみなく述べた。「生涯の仕事としております。二十五年のあいだ、それに専念してきました。アルフォンス・ベルティヨン（犯罪捜査のための人体測定法を考案した学者）のもとで学び、光栄にも貴国のフォーロット警視とは個人的な友人であり同僚でもあります。専門家として協力した事件としましては――」

ビルは顔色がすぐれないながらも、しっかりと立ちあがった。「被告人側はこの専門家証人の資格を認めます。拒否はしません」

ポーリンジャーの口の端が一ミリ持ちあがった。これまでに唯一見せた勝利のしるしだった。ポーリンジャーは証拠物件の置かれたテーブルへ足を運び、犯行現場で発見されたペーパーナイフを取りあげた。柄には札がつけてあり、刃にはギンボールの黒ずんだ血のすじがそのままこびりついている。ポーリンジャーが凶器を注意深く取り扱う手際は感嘆すべきものだった。ナイフの先端をつまみ、人間の血が付着しているものに指先がふれることは意に介していない。そしてナイフを指揮棒のように、自分の目の前でそっと振り動かした。さながら法廷が実はコンサートホールであり、傍聴人が忠実なオーケストラの面々であるかのように、廷内の目という目がナイフに吸い寄せられた。

「ではオルレアンさん」ポーリンジャーは小さな声で言った。「弁護人ならびに陪審のために、あなたが本件の証人として出廷なさったいきさつをお話しくださいますか」

ビルの目は、ほかの人々の目と同じくペーパーナイフに釘《くぎ》づけになっていた。顔は灰色から黄味がかった色へ変わっていた。ルーシーは口を開いてその刃に見入っていた。

「五月二十日から」オルレアンは答えた。「わたしはこの国の各地の警察をめぐっていました。六月二日にはフィラデルフィアに居合わせました。そのとき当市のデ・ジョング署長の訪問を受け、この事件の証拠に関して、専門家としての意見を求められたのです。いくつかの物件を渡されて、検査をしました。ここへ来たのはそれについて証言するためです」

「オルレアンさん、トレントン市警察の事前の検査結果については、まったくご存じなかったのですか」

「まったく知りませんでした」

「協力に際しては謝礼を受けることになっていますか」

「謝礼をとのお申し出はありましたが」著名な専門家は肩をすくめた。「わたしは辞退しました。職務外のことでは報酬を受けとらないことにしておりますので」

「ここにいる個人——本件の被告人、弁護人、検察官のなかに、お知り合いはいませんか」

「いません」

「あなたは純粋に真実と正義のために証言なさるのですね」

「まさしくそのとおりです」

ポーリンジャーはことばを切った。そして、やにわにその専門家の目の前で、ペーパーナイフをひと振りしてみせた。「オルレアンさん、検察側の証拠物件第五号をご覧ください。これはあなたが検査したもののひとつですか」

「はい」

「実際にどのような検査をしたのか、お尋ねしてもいいでしょうか」

オルレアンはかすかな笑みを浮かべ、歯を光らせた。「指紋を探しました」

「それで、発見したものは？」

オルレアンには芝居気があった。すぐには答えずにいる。聡明《そうめい》に輝く目が、冷静に法廷を見渡した。シャンデリアの光を骨張った額が照り返している。廷内はすっかり静まっていた。

「発見したものは」ようやく、明瞭《めいりょう》で感情のこもらない声を発する。「ふたりの人物の指紋です。仮にその人物をAとBと呼びましょう。Aの指紋のほうが、Bのものよりも数多くついていました。正確な数はつぎのとおりです」メモをたしかめる。「人物Aは、ナイフの刃に、母指《ぼし》の指紋が一、示指《じし》が二、中指《ちゅうし》が二、環指《かんし》が二、小指《しょうし》が一。同じくAについて、ナイフの柄には、母指が一、示指が一、中指が一でした。そして人物Bは、ナイフの刃に、母指が一、示指が一、中指が一。同じくBについて、ナイフの柄には、示指が一、中指が一、環指が一、小指が一です」

「人物Bに絞ってお尋ねしましょう、オルレアンさん」ポーリンジャーが言った。「ナイフの柄にあったBの指紋は、どのような配置で残っていたのでしょうか。指紋の位置はばらばらだったのか、それともなんらかの順序で並んでいたのか」

「ナイフを立てて持ってくださいますか」ポーリンジャーは要請に従い、床に対して垂直に、柄が上になるようにしてナイフを掲げた。「柄についていたBの指紋は、上から下へ、いま申しあげた順序で並んでいました。つまり、いちばん上が示指で、示指の真下に中指、中指の下に環指、環指の下に小指です。すべて近接してひとつのまとまりを作っていました」

「その専門用語を、おなじみの言い方に直しましょうか、オルレアンさん。このナイフの柄には、いまわたしが持っている状態で上から下へ、四本の指の跡がついていた――人差し指、中指、薬指、小指の順で。これでまちがいありませんか」

「まちがいありません」

「この四つが近接してひとつのまとまりを作っていたということですね。指紋の専門家として、このまとまりをどのように解釈なさいますか」

「Bはこの凶器の柄を、人が何かをひと突きするときのふつうの握り方でつかんでいたにちがいありません。親指の指紋がつかないのは、この握り方では親指はほかの指の上に重なるからです」

「どれも明瞭な指紋だったでしょうか。いわゆる誤読の可能性はありませんか」

オルレアンは眉根《まゆね》を寄せた。「いま話に出た指紋はじゅうぶんに明瞭でした。もっとも、判読できない汚れのようなものは多数ありましたが」

「柄にはなかったでしょうか」ポーリンジャーは口早に訊《き》いた。

「おもに柄にありました」

「しかし、あなたがBのものと特定なさった明瞭な指紋については、疑問の余地はないのですね？」

「まったくありません」

「柄についたBの指紋の上に重なるような、ほかの指紋はありませんでしたか」

「いいえ。あちらこちらにかすかな汚れはあります。けれど、その指紋にほかの指紋が重なっているようなことはありません」

ポーリンジャーは眼光を鋭くした。証拠物件のテーブルの前へ行き、小さなフォルダーをふたつ手にとる。「では、こんどは検察側の証拠物件第十号をご覧に入れましょう。ジョーゼフ・ケント・ギンボール、別名ジョーゼフ・ウィルスンの死体の手から採取した指紋です。あなたは凶器についていた指紋を分析したとき、ここにある指紋を比較のために利用しましたか」

「はい」

「では、ナイフに残るふた組の指紋を仮にA、Bと名づけ、そのうえで判明したことを、陪審のために説明してください」

「わたしが人物Aとした指紋は、その証拠物件第十号の指紋です」

「言い換えれば、Aの指紋とはジョーゼフ・ケント・ギンボールの指紋なのですね」

「そうです」

「もう少しくわしく説明していただけますか」

「つまり、ナイフの柄にも刃にも、ギンボールの両手の指の指紋がついています」

ポーリンジャーは一瞬の間を置いた。やがて口を開く。「ではつぎに、オルレアンさん、検察側の証拠物件第十一号をご覧に入れます。この証拠物件についても同様に説明してくださいますか」

オルレアンは淡々と告げた。「わたしが人物Bとした指紋は、証拠物件第十一号に記録されている指紋と同一です」

「より具体的にお願いします」

「はい。刃についたBの指紋は左手のものです。柄についたBの指紋は右手のものです」

「陪審のために、証拠物件第十一号につけられた見出しを読みあげてくださいますか」

オルレアンはポーリンジャーの手から小さなフォルダーを受けとった。そして静かに読みあげた。「検察側証拠物件第十一号。指紋記録。ルーシー・ウィルスン」

ポーリンジャーは証人から離れ、声をひそめるようにして言った。「ご自分でもたしかめてください、弁護人」

エラリーがじっと腰かけたまま見守る前で、ビル・エンジェルが丸テーブルの上に両手を突き、疲れきったようにそれを押して立ちあがった。ビルの顔は死人のようだった。テーブルを離れる前に、ビルは石と化したかのような妹へ顔を向けて微笑んだ。その微笑があまりにも異様で、勇猛で、乾いたものだったので、エラリーは目をそむけた。

それからビルは証言台へ歩み寄って、言った。「オルレアンさん、あなたの指紋鑑定の専門家としての信頼性については、被告人側としてもなんの懸念も持っていません。真実のために私心なくご尽力いただいていることにも感謝しています。ですから――」

「異議あり」ポーリンジャーが冷ややかに言った。「弁護人は演説をしています」

メナンダー判事は咳払《せきばら》いをした。「弁護人は反対尋問を進めるように」

「すぐにそうします、裁判官。オルレアンさん、あなたはジョーゼフ・ケント・ウィルスンの殺害に使用されたペーパーナイフに、ルーシー・ウィルスンの指紋がついていたと証言なさいました。また、そのナイフには、判読できない汚れた指紋の跡のようなものが多数ついていたとも証言なさいましたね」

「それはわたしが言ったとおりのことばではありません」オルレアンは丁重に答えた。「わたしは判読できない汚れのようなものが多数あったと言ったのです」

「指でつけたような汚れの跡ではないんですか」

「判読できない汚れでした。じかに指でつけたものとは思えません」

「しかし、人造の何かをかぶせた指でつけられた可能性はありませんか」

「それは考えられます」

「たとえば手袋をはめた指は？」

「ありうることです」

ポーリンジャーは憤然としていた。ビルの頬にかすかな色味がもどった。「オルレアンさん、あなたは、そうした汚れの多くは柄のほうについていたとも証言なさいました」

「はい」

「ナイフを振りあげようという人間なら、つかむのはふつうは柄のほうでしょう？」

「ええ」

「そして、この独特な汚れは、柄に残されたルーシー・ウィルスンの指紋の上についていたんですね？」

「そうです」専門家はわずかに体を動かした。「しかし、その汚れが何であるかをこの場で特定せよと言われたら、おことわりせざるをえません。何によってつけられたものかはわかりませんね。科学的にも判別はつかないと思います。当て推量がいいところでしょう」

「柄についていた汚れは、指先の形をしていましたか」

「いえ、ちがいます。輪郭の不規則な、ぼんやりとした跡です」

「手袋をはめた手で柄を握ったときにつくような跡でしょうか」

「もう一度申します。それもありうることです」

「そして、その汚れはルーシー・ウィルスンの指紋の上に、ついていたんですね？」

「はい」

「すると、彼女がその柄にふれたあとで、何者かがそれを持ったということにはなりませんか」

オルレアンはまた歯を見せた。「そうとは言いきれません。その汚れは、人間がつけたものとはかぎらないのです。たとえば、そのナイフが薄紙でゆるく包んで箱に入れてあったとすると、箱が揺さぶられたせいであのような汚れの跡がついたのかもしれません」

ビルは落ち着きなく歩きまわった。「オルレアンさん、あなたはまた、ナイフの柄に残るルーシー・ウィルスンの指紋がまとまりを持っているのは、何かをひと突きするために柄を握ったからであろうと証言なさいました。それは不確実な結論を提示することにはなりませんか」

オルレアンは眉をひそめた。「どういうことですか」

「何者かが単にナイフを観察するために手にとったとしても、あなたが発見したようなまとまった指紋を残す可能性があるでしょう？」

「ああ、それは当然です。わたしはその指紋のまとまり方についての例としてあげたにすぎません」

「だとしたら、あなたは専門家として、ルーシー・ウィルスンがそのナイフを殺害の目的で使用したと断言することはできないんですね？」

「それはもちろんできません。わたしが関心を持っているのは事実です。変えようのない事実です。その解釈は――」オルレアンは肩をすくめた。

ビルがさがると、ポーリンジャーが勢いよく立ちあがった。「オルレアンさん、あなたはこのナイフにルーシー・ウィルスンの指紋を発見しましたね？」

「はい」

「この法廷にいらっしゃってお聞きになったとおり、ペーパーナイフは犯行のわずか一日前に被害者自身が購入したものであり、また発見された場所はフィラデルフィアの自宅ではなく被害者が殺害された家でした。購入時の包装のまま、ルーシー・ウィルスンではなく被害者の手書きによる贈り物用のカードが添えられ、いっしょに——」

「異議あり！」ビルが怒鳴った。「異議があります。それは適切では——」

「以上です」ポーリンジャーは静かな笑みをたたえて言った。「ありがとうございました、オルレアンさん。裁判官」しばし間をとって、深く息を吸いこんだ。「検察側の尋問を終わります」

ビルは体をひるがえし、訴えの取りさげを要求した。しかし、フランスの指紋専門家の証言が、事件の形勢をすっかり変えていた。メナンダー判事は要求をはねつけた。

ビルの顔は真っ赤になった。怒りが心にひろがり、息が荒くなっていた。「裁判官、被告人側は休廷を要求します。最後の証人による証言はまったくの不意打ちです。われわれにはこの証言の内容について調査検討する時間がなかったので、その時間を与えていただきたい」

「いいだろう」裁判官は立ちあがった。「あすの午前十時まで休廷とする」

ルーシーが連れ去られ、陪審が一列に並んで退席すると、新聞記者席がいっせいにざわめいた。記者たちは興奮してわれ先にと法廷を飛び出していった。

ビルは疲れきった様子でエラリーを見やり、それから法廷の反対側へ目を走らせた。アンドレア・ギンボールが唇をきつく結び、陰鬱《いんうつ》な苦悶《くもん》の表情を浮かべてこちらを見つめていた。

ビルは目をそらした。「寝耳に水だった。ルーシーはそんなことを何も言――」

エラリーはそっとビルの腕をとった。「行くぞ、ビル。やることがある」

赤毛のエラ・アミティは、静かな川面《かわも》に臨む州議会議事堂裏のベンチで、エラリーが思案げに煙草を吸っているのを見つけた。ビル・エンジェルは、ベンチの前の歩道を超人的な気力で休みなく行きつもどりつしていた。

「まあ、ここにいたの」エラは屈託なく声をかけ、エラリーのそばにどさりと腰をおろした。「ビル・エンジェル、靴の底が擦り切れるって。だいいち、この暑さだってのに！　それに、教えてあげてもいいけど、世界じゅうの新聞記者が必死にあなたを探しまわってるんだから。答弁の前夜とかなんとか言って……。ねえ、たぶん」エラは唐突に言った。「あたし、だまったほうがいいね」

ビルの黄ばんだ顔には、ふさぎこんでやつれた表情が刻まれていた。ふたつの目は、赤くふちどられたくぼみの底でどんよりと光っている。午後から夜にかけてずっと、専門家に連絡し、調査員を送り出し、証人を駆り集め、仲間と協議をし、数えきれないほど電話をかけて過ごした。疲れ果ててふらつきかけているにちがいなかった。

「そんなことをつづけても、あなた自身にもルーシーにもけっしていい結果にはならないのよ、ビル」エラは声を抑えた。「気がついたら病院で目が覚めた、なんてことになるのが落ちよ。そうしたらあの気の毒な人はどうなるの？」

ビルはそれでも歩みを止めなかった。エラはため息を漏らし、長い脚を組んだ。川のほうから女の軽薄な叫びと、男の深みのある笑い声が聞こえてくる。背後にある州議会議事堂は静まり返り、年をとったウシガエルのごとく暗い芝生の上にうずくまっていた。

突然、ビルが両手をあげ、煙った夜空に向かって振り動かした。「ルーシーが話してさえくれていたら！」

「ルーシーはなんと言っていた」エラリーが小声で尋ねた。

ビルは苦しげに鼻を鳴らした。「考えられる最も単純な説明なんだ――単純すぎてだれにも信じてもらえそうにない。金曜の夜に、ジョーがあの忌まわしい筆記用具セットを家に持って帰ってきたそうだ。当然、ルーシーは中身が見たいと思った。それで包装を解いて品物をたしかめた。それが金属の部分にルーシーの指紋がついてた理由なんだよ。みごとだろう？」ビルは短く笑った。「そして、ルーシーの供述を裏づけることができるただひとりの証人は死んでるときた！」

「ちょっと、何言ってるのよ、ビル」エラ・アミティが軽い調子で言った。「筋が通ってるじゃない。ふたりからの贈り物を両方ともが手にとったと聞いて、だれが疑うのよ。ジョーとルーシーから贈られた筆記用具セットだから、ほらご覧、ジョーとルーシーの指紋がついてるって。どうして陪審がそれを信じないって？」

「〈ワナメイカー〉の店員の証言はきみも聞いてたな。あのセットはジョーが購入したんだ――ひとりでね。手渡す前に包装係がきれいに拭《ふ》いてる。贈り物のカードは、ジョー自身が店頭で書いた。ここまでルーシーは影も形もないだろう？　それからどうした？　ジョーは帰宅した。ぼくはそれを立証できるのか？　無理だ！　たしかに、ジョーは翌朝にフィラデルフィアを発《た》つとぼくに言った――つまり、その夜はルーシーとともに過ごすつもりだという含みがあった。だけど、含みがあるだけでは証拠にならないし、それを聞いたのがだれかと考えると、偏った証言と見なされかねない。金曜の夜にジョーが帰宅したのを見た者はいないし、また土曜の朝に家を出たのを見た者もいない。ルーシーのほかにはね。偏見に満ちた陪審が、裏づけのない被告人の証言なんか信じるわけがないんだ」

「陪審は偏見に満ちてなんかいないって、ビル」エラはすぐさま言った。

「うれしい嘘だがね。陪審員第四号の顔を見たかい？　あの女性ならうってつけだと考えて選任したんだ――太ってて、五十歳で、まちがいなく中流階級に属し、家庭を大切にする……。それがいまや怒れる女と化した！　ルーシーがあまりに美人すぎるんだ。ルーシーを見ると、女は妬《ねた》ましくてたまらなくなるらしい。ほかにも――第七号の男は胃痛ばかり起こしてる。そんなこと、ぼくにわかったはずがないじゃないか。あの男は世の中のことが癪《しゃく》にさわってどうしようもないんだ。ばかばかしい」ビルは腕を振りまわした。

三人は何も言うことを見つけられず、沈黙に陥った。ややあってから、ビルがつぶやいた。「もういい、あすは戦いになる」

「ルーシーを証言台に立たせるつもりか」エラリーが静かに尋ねた。

「しかたがないさ、ルーシーだけが唯一の望みなんだから！　映画を観ていたアリバイを裏づける証人は発掘できないし、指紋の件も同じとくれば、ルーシーが自分で証言するしかない。たぶん証人として共感を呼ぶくらいはできるだろう」ビルは向かいのベンチにすわりこみ、髪を掻《か》きむしった。「それすらできなければ、もう打つ手がない」

「でもね、ビル」エラが言い返した。「あまりにも弱気じゃなくて？　法律をよく知ってる巷《ちまた》の人たちに訊《き》いてみたんだけど、みんなポーリンジャーにとってきびしい評決が出ると考えてる。なんと言っても、状況証拠でしかないもの。合理的疑いの余地なら、いくらでも――」

ビルはじれったそうに言った。「ポーリンジャーは一流の検事なんだ。そして陪審に対して駄目押しの一手を持ってる。そのことを忘れちゃだめだ――検察側は被告人側のあとで締めくくりをする。経験を積んだ法廷弁護士ならだれもが気づくことだが、ポーリンジャーは自分の言い分の半分で譲歩して、最後の印象を陪審の心に焼きつけようとする。さらに世論が――」ビルは険しい顔をした。

「世論がなんですって？」エラは憤然と尋ねた。

「エラ、きみは頼もしい味方だ。でも法律的な視点がない。あの保険の問題でこちらがどれだけ不利な立場になったか、きみにはわかってないんだ」

エラリーはベンチで姿勢を正した。「どんな視点だって？」

「この事件が裁判になりもしないうちに、ナショナル生命保険がルーシーへの保険金の支払いを控えていることが漏れたんだ。受取人が被保険者を殺害した疑いがあるとしてね。大ニュースだよ。ハサウェイ社長が新聞記者を前に一席ぶったらしい。むろんあからさまな言い方をしたわけじゃないけど、意味するところは明らかだった。当然ながら、ぼくはその悪影響を少しでも和らげるために、保険金の支払いを命じる訴えをニューヨークで起こした。でも、そんなのは形だけにすぎない。重要なのはこの裁判の結果だからね。それにしても、この郡で陪審に選任される可能性のある者は、だれもがその記事に目を通したんだよ。実際に法廷に来た連中は否定したけど、たしかに読んでるんだ」

エラリーは煙草をはじき飛ばした。「どう弁護するつもりだ、ビル」

「指紋がらみの問題やアリバイなどについては、ルーシーが自分で釈明する。きみには、検察側が説明できずにいる矛盾点を指摘してもらいたい――もちろんやってくれるだろうな、エラリー」ビルは突然申し出た。

「あまり無茶を言わないでくれ、ビル」

「きみの力を借りたいことがひとつあるんだ、エル。例のマッチの燃えさしだよ」

「マッチの燃えさし？」エラリーは小さくまばたきをした。「あれがなんだって？どうするつもりだ」

ビルはベンチからすばやく立ちあがって、また歩きだした。「あのマッチの燃えさしから考えて、犯人がギンボールを待ち伏せしているあいだに煙草を吸っていたのはまちがいない。ルーシーが煙草を吸わないことも、過去に吸ったことがないことも、証明するのは簡単だ。もし、ぼくがきみを証言台に呼び出したら――」

「だが、ビル」エラリーはゆっくりと言った。「それには問題があるな。きわめて重大な問題だ。それどころか、あまりにも重大だから、論理的に指摘されたら、きみが完全にまちがっていることが明らかになる」

ビルは立ち止まった。「なんだ、それは？　煙草を吸ってたんじゃないのか」ビルはうろたえたらしく、落ちくぼんだ目が一段と顔の奥へ沈んだかのようだった。

エラリーは大きく息をついた。「ぼくはあの部屋を隅々まで調べたんだよ、ビル。たくさんのマッチの燃えさしが皿の上にあるのを見つけた。たしかに、すぐに煙草と結びつけたとしても無理はない。しかし、事実はどうだろうか」

「探偵講座、第一課ってとこね」エラが愉快そうに笑ったが、その目はビルを気づかうように見守っていた。

「マッチで火をつけるものと言えば」エラリーは眉間《みけん》に皺《しわ》を寄せて言った。「煙草だ。煙草と言えば、灰と吸い殻だ。ぼくは何を見つけただろうか。灰や吸い殻らしきものはまったく落ちていなかった。燃えたものであれ、そうでないものであれ、細かい葉屑《くず》さえ見あたらないんだ。焦げ跡はどこにもなく、皿にもテーブルにも、紙巻き煙草を揉《も》み消した痕跡《こんせき》はない。暖炉のなかにも絨毯《じゅうたん》の上にも、焦げ跡や灰や吸い殻と思われるものの跡は少しも見つからなかった――絨毯は細かく観察して、毛羽のひとつひとつまで探ったんだがね。さらに、窓の外の地面やその周辺を調べても、吸い殻や灰はまったく見あたらず、部屋から窓の外へ投げ捨てられたのではないこともわかった」エラリーは首を左右に振った。「ちがうんだ、ビル。あのマッチは煙草を吸う以外の目的で使われた」

「じゃあ、はずれか」ビルはそう言って、口をつぐんだ。

「ちょっと待て」エラリーは別の煙草を振り動かした。「はずれもあるが、同じ理由であたりもあるんだ。そっちはきみの攻撃の基本計画を支えることになるかもしれないぞ。だが、その話をする前に」エラリーは煙の奥で目を細くしてビルを見据えた。「ミス・アンドレア・ギンボールについて、きみはどうするつもりなのか聞かせてくれ」

薄手の服を着た背の高い女が、男の腕に手をかけて小道を歩いてきた。ベンチにいた三人はすっかり沈黙した。女の顔はよく見えなかったが、どうやら連れの男の話に耳を傾けているらしく、男のほうは何かに腹を立てているのか、がっしりとした体軀《たいく》を左右に落ち着きなく動かしていた。やがて、頭上の街灯の光が届くところまで来ると、そのふたりがアンドレア・ギンボールと婚約者だとわかった。

バーク・ジョーンズは突然足を止め、不機嫌な表情を浮かべた。アンドレアも立ち止まり、幽霊でも目にしたかのようにビルを見た。すると、ビルの顔が緊張のあまり赤く染まりはじめた。両手を握り、そのこぶしをじっと見おろす。

アンドレアは妖精《ようせい》のごとく身をひるがえし、もと来た道を走りはじめた。ジョーンズは一瞬ためらっていたが、ビルをにらみつけた目をアンドレアへ向け、自分もまた駆けだした。吊《つ》られた腕が激しく揺れて、上着を打っている。

エラ・アミティがさっと立ちあがった。「ビル・エンジェル、しっかりしなさい！」声を張りあげる。「いったいどうしちゃったの？　ばかね。こんないい機会に、はじめて恋をした子供みたいな態度しかとれないなんて！」

ビルは握りしめていた手を開いた。「きみにはわからないんだよ、エラ。ふたりともわかるまい。あの人は、ぼくにとってはなんでもない」

「戯言《たわごと》はやめて！」

「アンドレアに興味があるのは、あの人が何かを隠してると気づいたからだよ」

「へえ」エラの声音が変わった。「何を？」

「わからない。でも、本人にとってはよほど重要なことらしく、証言台に立たされると考えただけでひどく取り乱すんだ。それなら――」ビルは手をせわしなく握ったり開いたりした。「なんとしても証言台に立たせなきゃいけない。それが愚かなことだと？」小道の奥へとよろけながら駆けていく人影に目を凝らす。「愚かなのはどっちなのか、彼女に気づかせてやるつもりだ。アンドレアはぼくにとって重要人物なんだよ――かわいそうなルーシーにとってもね。だから、ぼくの最後の重要な証人としてとってあるんだ！」

「ビルったら。法律の大家ブラックストンみたいな物言いね。たいしたものだよ、弁護士先生。これって公表してもいい？」

「正式にはまずい」ビルは硬い声で言った。「ただ、噂ということならかまわない。ポーリンジャーだって、どうすることもできないだろう。アンドレアはすでに召喚ずみだ」

「では噂ということで、閣下。じゃ、またね！」エラは指を軽く鳴らし、小道の奥に消えたふたりを追って走り去った。

「ビル」エラリーが言った。ビルはその目を避け、腰をおろす。「きみにとってその決心にどんな意味があるのか、ぼくはわかってるつもりだ」

「意味？　ぼくにとって、なんの意味があるって？　ルーシーのためには喜ばしいことだよ。まったく、きみたちにはうんざりするな。意味とはね！」

「もちろん喜ばしいことだよ、ビル」エラリーはなだめるように言った。「ぼくもそう思ってる。でも、その理由は」エラリーは思慮深い声で付け加えた。「ひとつじゃないんだ」


メナンダー判事の説示ののちに陪審員たちが退席すると、素人法律家たちのあいだでは意見がさまざまに分かれた。多くの者は、すみやかに無罪の評決がくだされるだろうと考えた。評議が長引いて意見がまとまらないと予測する者もいた。有罪を予見した者はほんのひと握りだった。

たしかに、ルーシーは聡明《そうめい》な証人とは言えなかった。はじめから神経をとがらせ、怖《お》じ気《け》づいて過敏になっていた。ビルの誘導に従って証言しているうちは、それなりに落ち着いてすらすらと答え、ときにはかすかな笑みさえ浮かべることもあった。兄の思いやりのある質問を受けて、ルーシーは自分にとってジョーゼフ・ウィルスンであった男との人生について語った。夫の自分に対するやさしさ、互いの愛情、ふたりの出会い、求婚、結婚、日々の暮らしについて、つぶさに答えていった。

ビルは徐々に、事件直前の数日の状況へと導いていった。ルーシーは順を追って説明した。ビルの誕生日に贈り物を買おうとふたりで相談したこと。夫が金曜日、つまり死の前日に〈ワナメイカー〉で何か買ってくると約束したこと。その夜、夫があの筆記用具セットを買って帰ったので、自分は包みを解いて中身をたしかめたこと。そして土曜の朝、夫がその日のうちにビルに会って贈り物を渡すと請け合い、それを持って家を出たこと……。

ルーシーが証言台で直接尋問を受けたのは一日半にも及び、ビルが尋問を終えたときには、すべてを説明しつくし、検察側の主張をことごとく否定した。しかし、そこからポーリンジャーの反撃がはじまった。

ポーリンジャーは激しすぎるほどの敵意をむき出しにして、ルーシーを攻め立てた。

乱暴な身ぶりを駆使して、千変万化の声音に棘《とげ》を忍ばせるさまは、まさしく生きた疑問符だった。そして、ルーシーの潔白だという主張を冷ややかに受け止めた。夫の正体を知らず、疑いもしなかったという供述を一笑に付し、夫について知るべきことが数多くあったにもかかわらず――しかも〝信じられないことに〟ほとんど家をあけていたというのに――女がそれを知らないまま十年もいっしょに暮らしてきた、などという言い分を信じる陪審員などいない、と言い放った。容赦のない反対尋問に、ビルはたびたび立ちあがって、異議を叫びつづけた。

あるとき、ポーリンジャーはこんなふうに吠《ほ》えかかった。「ウィルスンさん、あなたにはきょうを待たずとも、ずっと以前から陳述の機会があった――いくらでもあった――そうですね？」

「はい……」

「あなたの指紋がペーパーナイフについたいきさつを、なぜもっと早く話さなかったのですか。答えてください」

「それは――わたし――だれにも訊《き》かれなかったもので」

「しかし、あのナイフに自分の指紋がついていたことは知っていたのでしょう？」

「わたし、気がつかなくて――」

「それでも、あなたはおわかりですね――手持ちの術策のなかからこんなお粗末な釈明をいきなり引っ張り出してきたことで、どれだけ心証が悪くなったかということを。形勢が不利だと悟ってから、弁護人と相談したのですか」

この質問は激昂《げきこう》したビルの異議によってまるごと削除されたものの、打撃は大きかった。陪審員たちは顔をしかめていた。ルーシーは手を揉《も》み絞っていた。

「また、あなたの証言によると」ポーリンジャーはぴしゃりと言った。「ご主人は土曜の朝、あなたのお兄さんの事務所に寄って贈り物を渡してくると請け合ったのでしたね」

「ええ。はい」

「しかし、そうしなかったのですね？　贈り物はもとの包装のまま、フィラデルフィアから数十マイルも離れたあの一軒家で発見されました」

「わたしには――きっと夫は忘れていたんです。きっと――」

「気づかないのですか、ウィルスン夫人。ここにいるみなさんには、あなたがその贈り物について嘘をついていることが明白なのですよ。あなたが自宅でそれを見たというのも。あの家ではじめて見たということも――」

ポーリンジャーの反対尋問が終わったときには、ビルがあらゆる手を尽くして非難がましい質問を取り消させたにもかかわらず、ルーシーはすっかり取り乱して、すすり泣き、ときにはかっとなって、幾度となく――ポーリンジャーの仕掛けた単なることばの罠《わな》のせいで——自分自身の証言と食いちがう発言を繰り返した。ポーリンジャーは実に巧みだった。その荒々しさはまったくの表向きで、証人の揺れ動く心理にうまく合わせた、計算ずくの激情にすぎなかった。腹のなかは機械のように冷徹で非情だった。

ルーシーが錯乱状態から回復するまで、しばし休廷とせざるをえなかった。

ビルは陪審に向かって不屈の笑みを見せ、弁護に突き進んだ。

ビルはつぎつぎと証人——近所の住民、友人、商店主など——を喚問し、被害者が死ぬ前日までともにつつがなく幸福に暮らしていたというルーシーの証言を裏づけさせた。だれもが、ジョー・ウィルスンの二重生活は思いも寄らぬことであり、ルーシーがそれに気づいていた様子はまったくなかった、と証言した。ビルはさらに何名かの証人を呼び出し、土曜の夜に夫が〝商用旅行〟で留守のとき、ルーシーには街へ映画を観にいく習慣があったという証言を引き出した。友達や行きつけの衣装店の店員の話から、ルーシーがヴェールを買ったことも身につけたこともないと証明した。そのあいだずっと、ポーリンジャーは冷静かつ着実に干渉し、証言の弱い点や偏見めいた発言をすかさず突いた。

それから、ビルは車をめぐる問題に立ち向かった。

しばらく前に、ポーリンジャー側の証人として、フォードの鑑識を担当した指紋の専門家が証言したが、ビルはそのときすでに、車内でルーシーの指紋のみが発見されたという事実にはなんの意味もないと指摘していた。車はルーシーのものであって、何年ものあいだ本人しか運転していないので、ルーシーの指紋がそこらじゅうについているのは当然だからだ。ビルはまた、ハンドルとシフトレバーについた汚れは手袋をはめた手でさわった跡であるという説を、自信のないまま披露した。しかし、証人はその点を認めようとしなかった。

そこでいま、ビルはまさにその点を立証するために何人もの専門家をつづけて証言台へ呼んだが――検察官の手際のよい攻撃によって、専門家として信頼性に乏しい、法廷での実績が不足している、明らかに偏っているといった理由で、ことごとくやりこめられた。タイヤ跡の真偽に関しては、ビルはあえてふれなかった。そのかわり、連邦標準局に勤務する金属の専門家を召喚した。

この証人はみずからの見解として、フォードのボンネット飾りはポーリンジャーが主張するような過程――錆《さ》びた部分が車の振動によって強度を失い、結果として犯行現場で人の力によらずに折れたという流れ――を経て〝脱落〟したとは考えられないと証言した。その専門家は、ふたつに折れたボンネット飾りの双方を分析したが、強烈な衝撃を加えないかぎり、金属の小さな女性像がくるぶしの部分で折れることはないと言った。また、圧力と金属の経年劣化についてもくわしく説明した。この見解に対して、ポーリンジャーは執拗《しつよう》に反対尋問をおこない、ついには、正反対の見解を述べる専門家を反証の際に連れてくると言いきった。

そして、ビルは被告人側の答弁の四日目にエラリーを証言台へ呼び出した。

「クイーンさん」エラリーがみずからの準専門家としての経歴を簡単に述べたあと、ビルは言った。「あなたは警察が到着するより前に犯行現場にいらっしゃいました。そうですね？」

「はい」

「そして、この事件に対する職業上の関心から、犯行現場を入念に調査なさった」

「はい」

ビルは特徴のない小さなものを掲げてみせた。「調査の途中、これを見たのを覚えていますか」

「はい」それは安物の皿だった。

「部屋を調べていたとき、これはどこにありましたか」

「部屋に一台だけ置かれていたテーブルの上です。死体が横たわっていたのはそのテーブルの向こう側でした」

「ということは、よく目立つ位置にあった。見逃すようなことはないですね」

「ありません」

「あなたが見たときには、クイーンさん、この皿の上に何か載っていましたか？」

「はい。紙マッチがたくさんあって、どれも燃やされた形跡がありました」

「つまり、マッチを擦って、消したあとということですか」

「はい」

「あなたは検察側による申し立てをすべて聞いていましたか。公判の最初から本法廷にいたでしょうか」

「はい」

「この皿」ビルは重々しい口調で尋ねた。「あるいは、あなたが犯行現場で見たマッチの燃えさしについて、検察側は一度でも言及したでしょうか」

「いいえ」

ポーリンジャーが勢いよく立ちあがり、それから五分間、メナンダー判事の前でビルと議論を戦わせた。ようやくビルが尋問をつづけることを許された。

「クイーンさん、あなたは犯罪捜査の専門家としてよく知られています。検察側が用心深く無視したそのマッチの燃えさしについて、陪審に説明できることがありますか」

「ええ、あります」

ふたたび議論が交わされ、先ほどより長引いた。ポーリンジャーはいきり立っていた。しかし、エラリーは先をつづけることを許された。マッチが喫煙の目的で使用された可能性は理論上ないという、数日前の夜にビルに聞かせた推論をひととおり述べた。

「いまのご説明では、クイーンさん」ビルは間を置かずに言った。「マッチは煙草を吸うために使われたとは考えられないとのことでした。あの家を調査したとき、なんのためにマッチが使われたのかを説明できそうなものを見つけましたか」

「はい、たしかに。あの日の夜、わたしだけでなくデ・ジョング署長や配下の刑事たちもいっしょに検分したものがひとつあります。その状態から考えて、いまの状況なら当然の結論に至るでしょう」

ビルは何かを振りかざした。「あなたのおっしゃっている品物はこれですか？」

「はい」それはペーパーナイフの先端についていた黒焦げのコルクだった。

またしても議論が起こり、こんどは激しさを増していた。険悪なやりとりを裁判官がおさめ、そのコルクを被告人側の証拠物件に加えることを許した。

「クイーンさん、このコルクは、あなたが発見したときにはもう焼け焦げていましたか」

「まちがいなく」

「ギンボールを殺したナイフの先についていたものですか」

「はい」

「犯罪の専門家として、このコルクの意味を明らかにできそうな説をお持ちですか」

「考えうる解釈はひとつだけです」エラリーは言った。「ギンボールの心臓にナイフが突き立てられたときに、コルクが先端についていたはずがない。となると、コルクは殺害後に犯人が先端につけ、皿の上にあった小さな紙マッチで何度もあぶって焦がしたとしか考えられません。犯人はなぜそのようなことをしたのか。また、ナイフの先端に焦げたコルクをつけて、なんの役に立つのか。不便ながら筆記具として使えます。ナイフが握りとなり、先端にある炭化したコルクは、判読可能な文字を書けるペン先となるんですよ。言い換えれば、その女は犯行のあと、なんらかの目的のために何かを書いたということです」

「なぜもっと簡単な道具を使わなかったのだと思いますか」

「何もなかったからです。あの家にも、被害者の着衣や持ち物のなかにも、インク入りのペンや鉛筆などの筆記具はありませんでした。ただひとつ、机の筆記用具セットにはペンとインク壺《つぼ》がありましたが、どちらも新品で、インクが補充されていなかったんです。だから、もし犯人が何か書きたいのに、自分に筆記具の持ち合わせがないとしたら、その場で道具を作らなくてはならなかった。そして実際にそうしたわけです。もちろん、コルクは筆記用具セットに最初からあったものです。たぶん、凶行に及ぶために、犯人がペーパーナイフの先からはずしたんでしょう。つまり、物を書く必要が生じるより前から、そこにコルクがあることを知っていた。そのような方法については、たとえば劇場では焦がしたコルクを扮装《ふんそう》などに使うのが広く知られていますから、さほど聡明《そうめい》でなくても思いついたはずです」

「検察側のここまでの被告に対する主張のなかで、この焦がしたコルクに言及するのを聞いたでしょうか」

「いいえ」

「メモ、あるいはなんらかの伝言などは発見されたでしょうか」

「いいえ」

「そのことからどういう結論を出されますか」

「書いたものが持ち出されたのは明らかです。犯人がメモを書いたとしたら、それはだれかに宛てたものにちがいありません。したがって、その人物がメモを持ち去ったと考えるのが筋ですし、この事件にはこれまで想定していなかった新たな要素があると考えるべきです。また、考えにくいことですが、仮に犯人が自分自身の書いたメモを持ち去ったのだとしても、その事実だけで、検察側の主張では説明のつかない要素が現れたことになります」

一時間ものあいだ、エラリーとポーリンジャーは証言台の手すりをはさんで議論を戦わせた。ポーリンジャーの論点は、エラリーがふたつの理由によって証人として不適格だということだった。すなわち、エラリーが被告の個人的な友人であることと、エラリーの名声が〝実践ならぬ理論〟に基づいているということだ。ようやくエラリーが退いたときには、ふたりともしたたるほど汗をかいていた。それでもやはり、被告人側がここで重要な一点を稼いだことは、新聞も認めた。

そのときからビルの様子は一転した。目は晴ればれとした自信に満ちて、陪審をも感化しはじめた。陪審員第二号である明晰《めいせき》そうなトレントンの実業家が、隣の陪審員に熱心にささやきかけていた。話しかけられた陪審員は、世の移り変わりに縁のなさそうなぼんやり顔をしていたが、真剣に頭を悩ませるようになったのか、うつろな表情が消えた。陪審員席のほかの面々も、この数日に比べると関心が高まったように見受けられた。

最終日の朝、被告人側のあまり重要ではない五、六名の証人尋問がすむと、ビルは目の届く範囲のだれもが驚くような身構えた顔つきで法廷に立った。青ざめていたが、以前ほど蒼白《そうはく》ではない。廷内をざっと見渡したその目の荒々しさに、ポーリンジャーも怪訝《けげん》そうな顔をした。

ビルはただちに取りかかった。「ジェシカ・ボーデン・ギンボール、証言台へどうぞ！」

検察側のテーブルの後ろで、アンドレアが小さく息を呑《の》んだ。ギンボール夫人は吐き気を催すかのような顔をしていたが、それが困惑の表情に変わり、ついには憤怒《ふんぬ》の形相になった。検察のテーブルですばやく話し合いが持たれ、公判のはじめからポーリンジャー検事とともに坐《ざ》していたフリュー元上院議員が取り仕切った。やがて、ギンボール夫人は懸命に表情を和らげようとつとめながら、証言台に立った。

ビルは手きびしい質問で夫人を翻弄《ほんろう》し、ポーリンジャーの横槍《よこやり》にもすみやかに対処した。容赦のない尋問にさらされた夫人は、怒りのあまり血の気を失った。夫人の激しい抗弁にもかかわらず、尋問が終わるころには、夫人には世界のだれよりもはるかに強いギンボール殺害の動機があるという心証が築かれた。反対尋問に立ったポーリンジャーは、夫人が心正しく、誤解を受けて当惑しきった女性であること、ギンボールの非道に対して正当な結婚というせめてもの救いさえ得られなかったことを強調して、痛手を和らげた。また、事件当夜の夫人の行動、つまりウォルドーフ・ホテルの慈善舞踏会に出席していたこと——これについてはビルがすでに尋問していた——を明らかにし、夫人が不在を悟られることなく会場を抜け出して、八十マイルほどの道のりを車で往復したのではないかと勘ぐるのは、まったくもって無理があると述べた。

ビルは即座にグロヴナー・フィンチを証言台へ呼んだ。そしてこの保険会社の取締役に、ギンボールが死ぬ数週間前まで、保険金受取人がギンボール夫人であったことを認めさせた。また、フィンチ自身は否定したものの、ギンボール夫人がフィンチを通じて受取人の変更を知っていた可能性があることを指摘した。そして締めくくりに、事件の夜にフィンチがデ・ジョングに対し、〝自分たちのだれでも、こっそりと抜け出して、ジョー・ギンボールを殺すことができた〟という趣旨の発言をしたことを、本人に思い出させた。

ポーリンジャーは、速記録に残された正確な発言を持ち出して反撃した――〝もし、わたしたちのうちのだれかが、こっそりと抜け出してここまで車を飛ばし、ジョー・ギンボールを刺し殺したという可能性をお考えでしたら、仮説としてはありうると思います〟。そして尋ねた。「この発言の意図はどういうものでしたか、フィンチさん」

「仮説としてなら、どんなことでも可能だと言いたかったのです。しかしまた、そのばかばかしさも指摘し――」

「あの晩、ギンボール夫人がウォルドーフ・ホテルの舞踏場を少しでも離れることがあったかどうか、明言できますか」

「ギンボール夫人はあの晩、ホテルから出ていません」

「あなたは夫人に対し、夫と見なしていた男が急にほかの人物を保険金受取人にしたことを伝えましたか」

「伝えていません。そのことについては数えきれないほど証言しました。ギンボールが受取人を変更したことをわたしがほんのわずかでも漏らしたなどと主張する者は、ただのひとりも現れませんよ」

「以上です、フィンチさん」

ビルが立ちあがって、はっきりと言った。「アンドレア・ギンボール」


アンドレアは処刑場への長い道のりを歩くかのように証言台へと進んだ。目は伏せられ、体の前できつく組み合わせた両手は震えている。頬にはなんの色味も差していない。正式な宣誓をすませて席につくと、気を失ったのかと思うほどまったく動かなくなった。何か劇的な事情が隠されていることに、法廷じゅうがたちどころに感づいた。ポーリンジャーは爪を嚙《か》んでいた。その後ろではギンボール側の面々が、あからさまに不安げな様子を見せていた。

ビルが証言台に寄りかかってアンドレアを見つめていると、やがて磁石に吸い寄せられるように、互いの目が合った。ふたりを隔てる数インチの空間に放たれた信号がどれほど痛々しいものだったのかは、だれにもわからないが、視線を交わしたとたん、ふたりともいっそう蒼白になり、ビルの目は背後の壁へ、アンドレアの目は自分の手へと移された。

それからビルは奇妙なほど抑揚のない声で話しはじめた。「ミス・ギンボール、六月一日の晩はどこにいましたか」

答はかろうじて聞きとれる程度だった。「母の知り合いのかたがたといっしょに、ニューヨークのウォルドーフ・ホテルにいました」

「夜遅くまでずっとですか、ミス・ギンボール」

まるでアンドレアを慈しむような口調だったが、それは獲物を付け狙う動物の甘く残酷な誘いだった。アンドレアは答えず、息を詰めて唇を嚙んだ。

「質問に答えてください！」アンドレアは泣きだしそうになるのをこらえる。「わたしが思い出させてあげましょうか、ミス・ギンボール。それとも、思い出させてくれる証人を呼びましょうか」

「どうか……」アンドレアは消え入りそうな声で言った。「ビル……」

「あなたは真実を話すことを宣誓しました」ビルは冷然と言い放った。「わたしには答を聞く権利があります！　あなたはあの晩、ウォルドーフ・ホテルにいなかった時間に、自分がどこへ行っていたかを覚えていないんですか？」

検察側のテーブルに動揺が走るなかで、ポーリンジャーが鋭い声を発した。「裁判官、弁護人は明らかにみずからの証人の信憑性《しんぴょうせい》を疑っています！」

ビルは検事に向かって微笑んだ。「裁判官、これは殺人事件の公判です。わたしはこちらに敵意を持つ人物を証人として喚問しました。敵性証人であっても、わたしには直接尋問する権利があります。というのも、検察側がこの証人を喚問しなかったという単純な理由のせいで、検察側の尋問の際に反対尋問をおこなって証言を記録に残すことができなかったからです。これは適切かつ重要な証言ですから、検察官が機会を与えてくだされば、ただちに事件と結びつけることができます」ビルは悔しそうに付け加えた。

メナンダーが言った。「奇妙なことに、被告人側の弁護人が敵性証人を召喚して尋問をおこなうことにはなんの問題もない。進めてください、エンジェルさん」

ビルは低い声で言った。「最後の質問を読みあげてください」

速記者が応じた。アンドレアは疲れきってあきらめたような声で答えた。「覚えています」

「あの晩早くに、あなたがどこへ行っていたのかを陪審に話してください!」

「あの——川岸のあの家です……」

「つまり、ギンボールが殺害されたあの家のことですか?」

アンドレアはかすかな声で言った。「はい」

廷内は大騒ぎになった。ギンボール側の人々は立ちあがり、口々に叫んだ。ポーリンジャーだけは微動だにしなかった。混乱のさなか、ビルは表情を変えず、アンドレ

ア は目を閉じた。法廷が静けさを取りもどすまでに数分かかった。

それから、アンドレアは生気のない声でいきさつを語った。義父のジョーから電報を受けとり、婚約者のキャデラック・ロードスターを借りてトレントンへ向かったこと。そして、一時間早く到着したことに気づいて、近くを車でまわり、すっかり暗くなってからもどると、家には人気《ひとけ》がなく、ギンボールが床に倒れて動かなくなっていたこと。

「あなたは被害者が死んでいると思ったんですか。実際にはまだ息はありましたが」

ビルはきびしく追及した。

「はい……」

「体にはふれませんでしたね、ミス・ギンボール」

「ええ、ぜったいにそんな！」

アンドレアがそのときの衝撃や、叫び声をあげたことや、家から逃げだしたことを話しつづけているあいだに、エラリーは一枚の紙に二言三言書きつけて、それをビルに手渡した。アンドレアは説明の途中で口ごもった。目がぼんやりとした恐怖をとらえて大きく見開かれ、青から灰色へ変わった。

ビルの唇が奇妙にゆがんだ。指にはさんだ紙が小さく震える。「その家にいた時間はどれくらいですか——二度目に訪ねたときです」

「わかりません。わからないんです。ほんの数分かと」アンドレアはいまやすっかり恐怖にとらわれて、まるで自分を守るかのように両肩を小さくそびやかした。

「数分ですか。では、最初に訪ねたとき、つまり八時ですが――どちらかの私道に車が停められていましたか」

アンドレアは苦痛のなかで考え抜いて、口に出さずに懸命にことばを選んでいるらしい。「正面の私道には車はありませんでした。古いセダンが――あのパッカードですけれど――脇の私道にあって、家の横の小さなポーチの前に停めてありました」

「ウィルスンの車ですね。そのとおりです。そして、あなたがもどってきたとき――家にいたのがほんの数分なら、二度目にそこへ着いたのは九時ごろですね？　あなたが去るところをわたしが見たのが九時八分過ぎでした」

「たぶん……そうだと思います」

「そして、あなたが九時にもどったとき、パッカードはもちろんもとの場所にありました。それはともかく、どちらかの私道にほかの車はありましたか？」

アンドレアはすぐさま答えた。「いえ、いいえ。一台もありませんでした」

「さらに、あなたはたしか」ビルはきびしい声で言った。「最初に訪ねたときも、二度目のときも、家のなかにはだれもいなかったと言いましたね」

「だれもいませんでした。だれひとり」アンドレアはすでに息もつけない様子だった。

その瞬間、目をあげたが、その目があまりにも痛々しく、非難がましく、ことばにならない哀願に満ちていたので、ビルは少し顔を赤らめた。

「二度目のとき、正面の私道に車のタイヤの跡がありませんでしたか」

「それは――覚えていません」

「到着が早すぎたので、ランバートン通りをカムデンのほうへ一時間ほどドライブしたと証言なさいましたね。その行きか帰りのどちらかに、ヴェールをつけた女の運転するフォードのクーペとすれちがった覚えはありませんか」

「覚えていません」

「覚えていない。あの夜、ニューヨークへ引き返したのが何時だったかは覚えていますか」

「十一時三十分ごろでした。ええ――うちへ帰ってイブニング・ドレスに着替えたりしてから、ウォルドーフ・ホテルへ車を走らせ、母やごいっしょのみなさんと合流したのです」

「あなたがしばらくのあいだ不在だったことを、だれかが口にしませんでしたか」

「いいえ――いいえ」

「あなたの婚約者は、あなたがいないにもかかわらず、ずっとそこにいらっしゃった。お母さまも、フィンチ氏も、ほかのご友人もいらっしゃったというのに、あなたの姿が消えたことをだれひとり話題にしなかったんですか、ミス・ギンボール。そんなことをわれわれが信じるとでも？」

「わたし——取り乱していて。思い出せないのです……どなたが何をおっしゃったのか」

ビルは唇をゆがめた。顔を陪審員席へ向ける。「ところでミス・ギンボール、犯人があなたに残していったメモをどうしましたか」

ポーリンジャーが反射的に立ちあがったが、そこで思いなおしたらしく、何も言わずに腰をおろした。

「メモ？」アンドレアはたじろいだ。「なんのメモですか」

「焦がしたコルクで書かれたメモですよ。クイーンさんの証言をお聞きになったでしょう。そのメモをどうしましたか」

「何をおっしゃっているのか、わかりません」アンドレアの声が少し大きくなった。

「あそこには何も……いいえ、わたしはメモのことなど知りません！」

「犯行現場には三人の人物がいたんです、ミス・ギンボール」ビルは張りつめた声で言った。「被害者、犯人の女、そしてあなたです。いまはあなたについて、疑わしきは罰せず、としておきましょう。犯人は犯行後にメモを書いていますから、それは被害者に宛てたものではありません。当然、自分自身に宛てたものでもない！　さあ、メモはどこですか？」

「メモのことなんて知らない」アンドレアは理性を失って大声で言った。

「そのあたりで」ポーリンジャーが立ちあがって、ゆっくり言った。「もうじゅうぶんでしょう、裁判官。公判に付されているのはこの証人ではありません。異議を唱えられて当然の質問に対しても、じゅうぶんな答を返しているではありませんか」

ビルは激しく反発し、長々と意見を述べた。しかし、メナンダー判事は首を左右に振った。「あなたはすでに回答を得ています、エンジェルさん。質問を先へ進めるべきです」

「異議あり！」

「異議は認めます。どうぞ先へ進んでください」

ビルは荒々しく証言台に向きなおった。「では、ミス・ギンボール、陪審のみなさんに話してください。あなたはこの事件の捜査担当者に――つまりデ・ジョング署長、ポーリンジャー検事、あるいは部下のだれかに、あの晩の出来事の一部始終を報告しましたか」

またしてもポーリンジャーが立ちあがりかけたが、すわりなおした。アンドレアは検事をちらりと見て、唇を湿らせた。

「あなた自身に語っていただきたいんですよ、ミス・ギンボール」ビルは皮肉っぽく言った。「検事の援助を頼みにしないでもらえるとありがたい」

アンドレアは手袋をいじりまわしていた。「それは——はい、お話ししました」

「おや、話したんですね。みずから進んで話したんですか。あなたの自由意志によって申し出たと?」

「いいえ、わたし——」

「そう、では、デ・ジョング署長かポーリンジャー氏が話を聞きにきたんですね」

「ポーリンジャーさんでした」

「言い換えれば、もしポーリンジャー氏が接触してこなければ、自分から当局へ申し出ることはなかったということですか。ちょっとお待ちください、ポーリンジャーさん! あなたは当局の働きかけがあるまで待っていた! それはいつでしたか、ミス・ギンボール」

アンドレアは廷内から注がれる視線を避けるように目を覆った。「はっきりとは覚えていません。おそらくあの一週間後だったと……」

「犯行の一週間後ですか? 恐れずに言ってください、ミス・ギンボール。犯行と。このことばに恐怖を感じるわけではありませんね?」

「それは——ええ、ありません。もちろん平気です」

「犯行の一週間後に、ポーリンジャー氏が来てあなたに質問した。それまでの一週間は、殺人のあった夜に自分が犯行現場を訪れたことを、当局には伝えていなかった。

まちがいないですね?」

「それは――重大なことではなかったのです。わたしでは、なんのお役にも立てませんでしたし。掛かり合いになるのが疎ましくて――」

「見苦しい醜聞にはかかわりたくなかったんでしょうか。ところでミス・ギンボール、あの夜、現場にいるあいだに、あのナイフにさわりましたか」

「いいえ!」アンドレアの答に少し力がはいった。目が輝いて、青みを取りもどしている。ふたりは手すりをはさんでにらみ合った。

「ナイフはどこにありましたか」

「テーブルの上です」

「指一本ふれなかったと?」

「ふれませんでした」

「あの夜は手袋をはめていましたか」

「はい。でも、左の手袋ははずしていました」

「右の手袋ははめていたんですね」

「はい」

「あの家から逃げだそうとしたとき、ドアに手をぶつけて婚約指輪からダイヤモンドがはずれたというのは事実ですか？」

「はい」

「ダイヤモンドをなくしたんですね。落としたことには気づかなかったと？」

「わたし――気づきませんでした」

「犯行のおこなわれたその夜に、わたしがそれを見つけて、あなたに伝えました。するとあなたは、それをだれにも言わないでもらいたいと、わたしに懇願なさいました。事実ですか？」

アンドレアはいまや頭に血をのぼらせていた。「ええ！」頬が炎のように赤い。

「もうひとつ」ビルは熱のこもったかすれ声で尋ねた。「そのことを警察に漏らさないようにと、わたしに接吻《せっぷん》までしたのも事実ですね？」

驚きのあまり、アンドレアは椅子から半ば立ちあがりかけた。「あなた、なぜ――約束したのに！　あなたは――あなたは――」涙をこらえ、唇を噛《か》む。

ビルは昂然《こうぜん》と頭をあげた。「あなたは事件の夜、被告人を見ましたか」

アンドレアの頬から火が消えた。「いいえ」か細い声で答える。

「あなたは一度も被告人を見なかった――家のなかでも、周辺でも、あの家とカムデンを結ぶ道でも。そうですか？」

「見ませんでした」

「しかし、自分があの晩犯行現場を訪れたことと、それをポーリンジャー氏から直々に指摘されるまでだれにも告げずにいたことは認めますね？」

ポーリンジャーがこんどは立ちあがり、叫び声をあげた。長い議論がつづいた。

「ミス・ギンボール」ビルは嗄《か》れた声で尋問を再開した。「あなたは義父のジョーゼフが二重生活をしていたことを知らなかったんですね？」

「知りませんでした」

「六月一日の少し前に、百万ドルの保険金受取人の名義からあなたのお母さまをはずしたことも、知りませんでしたね？」

「知りませんでした！」

「あなたは義父を憎んでいたんでしょう？」

またしても激しい議論がはじまった。アンドレアは怒りと羞恥《しゅうち》のあまり血の気が引いて、すっかり蒼白《そうはく》になっていた。検察官のテーブルでは、ギンボール側の人々が憤慨して気色ばんでいる。

「いいでしょう」ビルがぴしゃりと言った。「こちらは以上です。尋問をどうぞ」

ポーリンジャーが証言台の手すりへ歩み寄った。「ミス・ギンボール、事件の一週間後に訪ねたとき、わたしはなんと言いましたか」

「キャデラック・ロードスターの手がかりを追ったところ、わたしの婚約者の車だとわかったとおっしゃいました。そして、事件の夜、あの——例の現場をわたしが訪れなかったか、そしてもし訪れたのなら、どうして自分から申し出なかったのかとお尋ねになりました」

「わたしがあなたをかばおうとしている、あるいはあなたの話を公にしまいとしていると感じることはありましたか」

「いいえ。ずいぶんときびしくお尋ねになりましたから」

「たったいま、ここにいる陪審に聞かせたとおりのことを、わたしにも話しましたね？」

「はい」

「それに対してわたしはなんと言ったでしょうか」

「その件を調査しようとおっしゃいました」

「わたしは何か質問しましたか」

「たくさんお尋ねになりました」

「質問は妥当なものでしたか？　証拠についてでしょうか。あなたが何を見て、何を見なかったとか、そのような内容でしたか？」

「はい」

「そのときわたしは、あなたのお話は検察側が訴追のために集めた証拠と少しも矛盾がないことを伝え、だからあなたに面倒や苦痛を強いて公判で証言台に立たせたりはしないと申しあげましたか？」

「はい」

ポーリンジャーは体を引き、鷹揚《おうよう》に微笑んでみせた。ビルが足音を立てて進み出た。

「ミス・ギンボール、検察側があなたをこの裁判の証人として呼ばなかったというのは事実でしょうか」

「はい」アンドレアはすでに疲れ果て、弱々しくぐったりとしていた。

「陪審が被告人の有罪に対して合理的な疑いをいだくであろう事実を、あなたが知っているにもかかわらず、ですね？」

被告人側の尋問は終わった。


評決を待つあいだに数時間が一日になり、やがて二日になり、それでもまだ陪審からはなんの音沙汰《おとさた》もなく、その見解は検察側が申し立てを終えたときから様変わりしていると評されていた。陪審員室での議論が長引くことは、被告人側にとってよい兆候だった。少なくとも、膠着《こうちゃく》状態にあることを意味するからだ。ビルは元気づけられ、時が経つにつれてかすかな笑みさえ浮かべはじめた。

反証提出のための短い時間のあと、最終弁論はすみやかに進んだ。まず証拠の要点を述べたビルは、ポーリンジャー個人に対して強烈な批判を展開した。ビルは、検察側の告発内容は被告人側にとってすべて合理的に釈明できるものだったことに加え、ポーリンジャーが神聖な職務において犯罪とも呼ぶべき怠慢を働いていたと主張した。ポーリンジャーが重大な証拠――アンドレア・ギンボールが犯行現場を訪れていた事実――を隠蔽《いんぺい》していたことを、激しく非難したのである。さらに、以下のような指摘もした。検察官のつとめとは、被告人を虐げることでも、事実を隠すことでもなく、真実を見つけ出すことである。だがポーリンジャーは、ほかにもふたつのきわめて重要な証拠――マッチの燃えさしと焦げたコルク――を故意に看過していた。もし被告人側の証人が注意していなければ、言及されずに忘れられただろう。このふたつについて検察側の説明はなく、むろん被告人との関連を探ることもなかった。そのうえ、検察側はヴェールが被告人のものであるとは証明できず、ヴェールの出どころを示すこともできなかった。

最後にビルは、被告人側が立てた仮説の概要を述べた。ルーシー・ウィルスンは、身分ある夫を殺害したという濡《ぬ》れ衣《ぎぬ》をまちがいなく着せられようとしている。富と社会的地位を持つ権力者たちが、貧しく無防備な者を――ギンボールから愛情のほかに何も与えられなかった女性を標的に選んだのである、とビルは力説した。何者かが生《い》け贄《にえ》として差し出そうとしている。ビルはこの説を裏づけるものとして、政府の金属の専門家による、ボンネット飾りは自然に脱落したものではないという〝強烈な〟証言をあげた。しかし、もし何者かが折りとったとしたら、それは故意におこなわれたにちがいない。そして、そんなことをするのは、ボンネット飾りのついていた車の所有者、ルーシー・ウィルスンを巻きこむため以外に考えられない。

そこを起点に、ビルは前夜にエラリーと熱心に検討した戦略に従って、この卑劣な陰謀のからくりを説明するのは児戯に等しいと述べた。犯人はルーシーの車を盗んだ。ガソリンスタンドに寄ったのは、その車とヴェールをつけた運転者の存在を、店主の記憶に刻みこむことだけが目的だった。「その証拠は」ビルは声を張りあげた。「実際にはガソリンを入れる必要がなかったという事実です。すでにタンクにはいっていたガソリンだけで、六十マイルから八十マイルは走れたはずなのです！」ビルはさらにつづけた。犯人は問題の家へ行ったあと、贈り物のカードが添えられていたペーパーナイフを見つけて、そのナイフでギンボールを殺害し、その後フィラデルフィアへ車でもどってから、警察に発見されやすそうな場所で――そして発見されたのだが――車をぶつけて壊した、と。

「もしもこの被告人、すなわちわたしの妹が」ビルは吠《ほ》えた。「犯人だとするなら、なぜヴェールなどつける必要があったでしょうか。あの家がほかの建物から離れた場所にあり、すぐに絶命する被害者以外の人間に姿を見られる恐れがほとんどないことは、わかっていたはずです。しかし、真犯人がルーシーを陥れるつもりであれば、ヴェールを用いる理由はじゅうぶんにあります！　だれかに顔を見られたら、陰謀は失敗に終わるのですから。さらに言えば、もしルーシーがこの真犯人であったら、ヴェールを車に残して発見されるような真似をするでしょうか？　一方、真犯人がルーシーを陥れるつもりで犯行を企てたとしたら、そうする理由はじゅうぶんにあるのです。

そしてまた、もしルーシーが真犯人だとしたら、その行動はどれも信じがたいほど愚かです。自分の車につながる手がかりを、あれほどあからさまに残すものでしょうか。泥道にタイヤ跡を残し、車が簡単に発見されるよう放置し、ヴェールを残し、自分のアリバイを用意する策を講じず、手袋をはめるという用心もせずにナイフを扱う――そんなことをするものでしょうか。実に愚かです！　あまりにも愚かすぎて、その愚かさ自体が主張しています」ビルは大声で言った。「ルーシーが潔白だということを。しかし、ルーシーを陥れた女には、そうしたあからさまな手がかりを残す理由がじゅうぶんにあるのです！」

これは感動的な最終弁論であり、陪審に鮮やかな印象を残した。ビルは合理的な疑いについてのことばで静かに締めくくった。もしも陪審のみなさんのなかに、いまなお正直かつ良心的に、合理的な疑いをはさむ余地なく被告人が有罪だと断言できるかたがいらっしゃるのなら……。ビルはそう言って両手をあげ、席についた。

しかし、最後に決定的な発言をしたのはポーリンジャーだった。検察官は被告人側の〝あからさまな〟陰謀説をあざ笑って……「旗色が悪い被告人側の、いつもの泣き言ですな」と評した。被告人の愚かな行動については、含みのある視線を露骨にエラリーへ向け、実践的な犯罪学者なら犯罪者がみな愚かであることを承知している、犯罪者がすぐれた知性の持ち主であるのは書物のなかだけである、と断じ、さらにこう言った。この被告人は常習的な犯罪者ではない。復讐《ふくしゅう》心に燃えた女性は、強い動機ゆえにたいがい向こう見ずな行動を起こす。そのため、自分で気づかぬうちに痕跡《こんせき》を残したのである、と。

ポーリンジャーはさらに、実際の犯行に至るまでの当日の被告の行動について、じゅうぶんな裏づけがとれたと力説した。被告人は犯行のわずか数分前に、あの家へ向かう道路で目撃されている。車は家の前の泥に明瞭《めいりょう》なタイヤ跡を残しており、当時の状況を鑑《かんが》みれば、検察側が立証したとおり、車があの家を訪れたのはほぼ犯行時刻前後と考えられる。こうした状況証拠から、被告人は犯行現場にいたと推定できる。そして、フォードを運転していたのが被告人であることに仮に疑いがあるとしても、本人の指紋が夫を殺害したナイフに残されていたのだから、その疑いは反駁《はんばく》の余地なく捨て去ることができる、と指摘した。

「指紋は」ポーリンジャーは皮肉をこめて言った。「でっちあげることができません

──おそらく、先ほど引き合いに出した書物のなか以外ではね」陪審員たちが微笑む。「被告人はあの家でナイフに手をふれました。そのことによって、被告人を死体と直接に関連づけることができます」

ポーリンジャーはつづけた。状況証拠に頼る事件においても、これはすべての疑いをぬぐい去るのにじゅうぶんな関連づけである。ナイフに指紋が付着していたというきわめて重要な問題に、被告人側はなんと答えたであろうか。指紋は前の夜に自宅でつけられたものだという。だが、この見え透いた言いわけの確証はどこにあるというのか。釈明の内容を裏づける目撃者などひとりもいない。あの金曜の夜に被害者がフィラデルフィアの自宅にいたかどうかさえ、証明するものは何もない……。しかもその釈明があったのはいつだったか。指紋がナイフに残されているという事実が法廷で明かされたあとのことだ！　不利な事実をごまかすために急いででっちあげた話だという何よりの証拠ではないか？

「心から申しあげましょう」ポーリンジャーは真摯《しんし》に言った。「本法廷において、自身の妹を実にみごとに弁護してきた気の毒な青年に対しては、深く同情します。どこまでも不利なこの事件において最善を尽くすため、長時間にわたって疲れを物ともせずに取り組んできたのですから。われわれはみな、憐憫《れんびん》の情を禁じえません。しかしながら陪審のみなさん、このことで事件に対するご判断を狂わせてはなりません。陪審員は事実を見定め、私情を捨て去る必要があります。評決にあたって、判断を誤らせるような感情に左右されてはならないと、肝に銘じてください」さらに、被告人側が事件の夜のアリバイをまったく裏づけることができなかった点を、事もなげに付け加えた。

ポーリンジャーは犯行の動機について概要を述べてから、殺意の有無という問題に手短に切りこんだ。「本件の動機は」検事は言った。「すでに示したとおり、二重に存在します。十年ものあいだ自分をだましてきた男への復讐と、あまりに非道な夫の欺《ぎ》瞞《まん》を罰しながらその死から利益を得ようという自然な欲望です。夫の正体がジョーゼフ・ケント・ギンボールであると知り、百万ドルの生命保険をかけていることを知り、しかも最近その受取人がギンボール夫人から自分へ変更されたことを知り、ウィルスン夫人は六月一日よりかなり前に多くの情報を得ていたはずです。さらに言えば、自分への卑劣な仕打ちの〝償い〟として、保険金受取人の変更を強要するようなことがなかったという証拠もありません。心理学的には、あらゆる事実が強要したことを示しています。それを踏まえれば、事件があらかじめ計画された謀殺であることを疑う者などいるでしょうか。それでもまだ疑念をお持ちのかたは、被告人が変装して――たしかに巧みとは言いがたいものの、自分を隠す努力をして――あの家へ向かい、そこで夫を殺害したことを思い起こしていただきたい。被告人側の主張では、買ったばかりのペーパーナイフが凶器に使われたのは、それが我を忘れた衝動的な犯行であったことを意味している、だから、たとえルーシー・ウィルスンが夫を殺害したのだとしても、あらかじめ計画された犯行とは考えられないということでした。ところが、現実に照らして調べれば、それがいかに誤った主張かがわかります！　というのも、もし被告人側の仮説を――ルーシー・ウィルスンはこの事件で濡《ぬ》れ衣《ぎぬ》を着せられようとしているという仮説を――受け入れた場合、ナイフを使ったのは単に被告人にとって都合のよい選択だったにすぎないことが、すぐにわかるからです。何者かがルーシー・ウィルスンを陥れようとしていたとしたら、それを実行するよりもずいぶん前から意図や計画があったにちがいない。しかし、その存在からして怪しげな〝何者か〟は、ジョーゼフ・ウィルスンが死の前日に筆記用具セットを購入することを予知できたはずがありません。だから、その〝謀略者〟は、何かほかの手段でウィルスンを殺す計画を立てていたことになる――拳銃《けんじゅう》でも、絞殺用の紐《ひも》でも、あるいは別のナイフでもかまいません。しかし、このペーパーナイフだけはありえないのです。にもかかわらず、使われたのはこのナイフでした。それだけで、謀略者など存在しないことになりませんか？　何者かが陥れたという主張はあらゆる点で誤っています。そんな証拠はどこにもありません。ルーシー・ウィルスンはひょっとしたら拳銃を、あるいは別のナイフを携えてジョーゼフ・ケント・ギンボールを殺しにきました。いざ立ち向かったときには、かっとなって、その場にあったペーパーナイフを使ったのです。そこを論点にすることにはなんの意味もありません」

その大演説は、抜かりのない説得術の集大成だった。やがてポーリンジャーは、だまってハンカチで首筋をぬぐいながら席についた。

メナンダー判事の陪審に対する説示は、意外なほど短かった。著名な判事は考えられる評決の概要を述べ、状況証拠の取り扱いの原則を説明した。判事がこの短い説示――ほんの二十五分ほど――のなかで、事件についての自身の判断を少しもほのめかさないよう配慮したことを、法廷の常連たちは驚きを持って受け止めた。死刑判決のかかっている事件において、担当の裁判官がみずからの意見を大いに表現することを認めている州では、珍しい出来事だった。

そして、事件は陪審に委《ゆだ》ねられた。

七十一時間目にはいってから、ようやく陪審が評決に達したという通知があった。それは午後遅く、ステイシー・トレント・ホテルのビルの部屋で即席の記者会見を開いているさなかだった。評決がくだるまで長時間を要したことから、ビルは最終的な勝利を確信し、以前の自分にもどっていた――もしかするとふだんより少しばかり陽気すぎたかもしれないほどで、朗らかに笑い、スコッチ・ウィスキーもはいってすっかりいい気分になっていた。楽観視するのにはじゅうぶんな理由があった。陪審が退席してから六時間後に、十対二で無罪に傾いているという情報が漏れ聞こえたからだ。評決に時間がかかっているのは、その二名の陪審員が頑固なせいにすぎないと思えた。そして、評決に達したという知らせは、そのふたりがようやく折れたという意味としか考えられなかった。

裁判所への出頭命令は、冷水を浴びせられたかのようにビルの酔いを覚ました。一同は急いでホテルを発《た》った。

ルーシーが隣接する拘置所から〝嘆きの橋〟を渡って法廷へ引きもどされるのを待ちながら、ビルは注意深くあたりを見まわした。そして椅子にどさりと体を沈めた。

「あとは勝利の叫びだけだ」ビルはエラリーを見て大きく息をついた。「ふむ……ギンボールの連中は逃げだしたらしい」

「たいした視力だ」エラリーはそっけなく言った。ちょうどそのとき、ルーシーが入廷したので、ふたりとも雑談どころではなくなった。ルーシーは半ば茫然《ぼうぜん》自失の状態で、被告人側のテーブルまで足を運ぶのがやっとだった。医師が気つけ薬を与えているあいだ、エラリーがルーシーの手をさすってやり、ビルが自然にゆったりと話しかけていると、ルーシーの目に光がもどり、頰にはかすかに赤みが差した。

お定まりのことながら、開廷は遅れた。ポーリンジャーの姿がない。やがて、どうにかつかまったポーリンジャーは、大急ぎで法廷に押しこまれた。カメラマンたちが保安官事務所の面々と揉《も》めている。だれかが法廷から追い出された。廷吏が静粛にと叫ぶ……。

ようやく陪審が列をなして入廷してきた。十二人の陪審員は汗にまみれ、疲れきっていて、だれもが伝染したかのようにどこか焦点の合わない目をしていた。陪審員第七号は具合が悪く腹立たしげだ。陪審員第四号はやけに傲然《ごうぜん》としている。だが、このふたりでさえ、書記官席の柵《さく》の前の開けた空間からは目をそむけていた。陪審員たちの顔を見た瞬間、ビルは椅子の上で体を硬くした。その顔は蒼白《そうはく》になった。深い静寂が正面の壁に掛けられた大時計の針の音を際立たせるなか、陪審長が立ちあがり、震える声で評決を発表した。

陪審はルーシー・ウィルスンを第二級謀殺で有罪とした。ルーシーは気を失った。ビルは指一本動かさず、椅子に凍りついたかのようだった。

十五分後にルーシーは意識を取りもどし、メナンダー判事から州刑務所にて禁錮《きんこ》二十年の判決を申し渡された。

騒然とする群衆のなかでエラリーがのちに知ったことだが、その驚くべき結果は陪審員第四号と第七号が生み出したもので、蒸し暑い評議室で七十時間三十三分も粘ったのち、はじめは十対二で無罪に傾いていた形勢を、十二対〇で有罪という結果へと覆したらしい。陪審員第四号と第七号は、弱気な同胞らを説き伏せるために死刑の要求を譲歩したというのだから、なかなかみごとな手並みだとエラリーは思った。「ナイフに残っていた指紋が決め手でした」のちに陪審員第四号が新聞記者たちに語った。「どうしても被告人を信じられなかったのです」陪審員第四号は鋼鉄の顎《あご》を持つ大柄な女だった。

エラリー・クイーン氏は心臓が締めつけられる感覚に苦しみながら、荷物をまとめ、電話でポーターを呼び、重い足どりで廊下をビル・エンジェルの部屋へと歩いていった。

表情を整えてから、ドアをノックした。応答がなかった。ドアノブをまわしてみる。意外なことに、施錠されていなかった。エラリーはドアをあけ、中をのぞいた。

ビルは服を半分脱ぎかけたまま、ベッドに横たわっていた。汚れた靴がシーツに大きな土の跡をつけている。ネクタイは襟のまわりでねじれ、シャツはまるで着たままシャワーを浴びたかのようにびしょ濡れだ。ビルはなんの表情もなく天井を見つめていた。目が真っ赤なので、泣いていたのだろうとエラリーは思った。

エラリーは穏やかな声で「ビル」と言ったが、ビルは身じろぎもしなかった。「ビル」もう一度声をかけてから室内へ足を踏み出し、ドアを閉じてそこに寄りかかった。

「伝えるまでもないと思うが、ぼくは——」自分の気持ちを言い表すのがこれほどむずかしいとは驚きだった。「そう、つまり、ぼくはこれから帰る。今回のことで、ぼくはまだ仕事を終えていない。それをきみに伝えずに逃げだすのは心外なんだ。見方によっては、ルーシーが受けた判決は幸運だった。もしも電気椅子だったら……。でも、こうなると時間と競争する必要もない」

ビルは微笑んだ。落ちくぼんだ真っ赤な目とデスマスクさながらの顔で笑みを見せるのは、あまりに奇妙に見える。「きみは独房にはいったことがあるか？」ビルは世間話でもするように尋ねた。

「いいんだ、ビル、わかってる」エラリーはため息を漏らした。「でも、ましなんだよ——そう、もうひとつの結果よりはね。すぐに取りかかるよ、ビル。それを知ってもらいたかった」

「ぼくが感謝してないなんて思うなよ、エラリー」ビルは顔も向けずに言った。「ただ……」唇がきつく引き結ばれる。

「ぼくはここまで何もしてないさ。この事件はとびきり難解な謎だった。いまではさらに難解になってるよ。それでもひと筋の光明は差していて……。まあ、いまこの話をするのはやめよう。ところで、ビル」

「なんだ」

エラリーは絨毯《じゅうたん》を足でこすった。「その――金のほうはだいじょうぶなのかな。この件であらゆる方面に借金をしたはずだ。そう、上訴だってある。ずいぶん費用がかかるんだろう?」

「いいんだ、エラリー、そんなことは……いや、とにかく感謝するよ。いいやつだな」

「そうか」エラリーは少しのあいだ、ためらって立っていた。しばしののち、ベッドのかたわらへ行ってビルの濡《ぬ》れた肩を叩《たた》き、それから部屋を出た。

ドアを閉めて振り返ると、ビルの部屋の向かいの壁にアンドレア・ギンボールが寄りかかっていた。

一瞬、エラリーは面食らった。アンドレアが服の皺《しわ》もそのままに、濡れたハンカチをまるめて持ち、赤くうつろな目をして――ビルと同じだ――この部屋の外に立っている光景は、どことなくこの場にふさわしくないように感じられた。ほかの面々といっしょにここを去り、生け贄《いにえ》が焼かれたことを仲間内で喜んでいるのが当然なのに。

「おや」エラリーはゆっくりと口にした。「だれかと思ったら。いいところへいらっしゃいました、ミス・ギンボール。お通夜のさなかですよ」

「クイーンさん」アンドレアの舌が唇を湿らせた。

「お帰りになったほうがいいんじゃありませんか、ミス・ギンボール」

「あの人は……？」

「賢明ではないでしょうね」エラリーは言った。「いま会おうとするのは。ひとりになりたいはずです」

「はい」アンドレアはハンカチをいじっていた。「わたしも――そう思ったのですけれど」

「とはいえ、よく来てくださいました。なんとご親切な……。ミス・ギンボール、ちょっとお話ししたいことがあります」

「なんでしょうか」

エラリーは廊下を横切って、アンドレアの腕をつかんだ。暑いにもかかわらず、その腕は異様に冷たかった。「あなたはビルに対して、そして二十年の刑を言い渡されたあの気の毒な女性に対して、自分が何をしたのかおわかりですか？」

アンドレアは答えなかった。

「それを償うことが――あなたがふたりに与えた損害を償うことこそが――いま求められていると思いませんか」

「わたしが――損害を与えた？」

エラリーは体を引いた。「あなたは寝覚めが悪いでしょうね」穏やかに言う。「ぼくのもとへ来て打ち明けるまでは。あなたの知る真実をです。おわかりでしょう？」

「それは――」アンドレアは口ごもり、唇を震わせた。

エラリーはアンドレアを見据えた。目を険しくし、ゆっくりと背を向けてから、廊下を自分の部屋のほうへ歩きだした。ポーターがエラリーの鞄《かばん》を持って待ちながら、ぐったりと壁に身をもたせかけたアンドレアを怪訝《けげん》そうにながめていた。

歩きだしたエラリーの耳に、アンドレアのことばがはっきりと響いた。しかし、口にした本人がそれに気づいていないことを、エラリーは知っていた。それは懇願でも祈りでもあり、あまりに深い苦悩がこめられていたため、エラリーは思わず足を止めて引き返したくなった。

「どうしたらいいの？　ああ、どうしたらいいか、わかりさえすれば！」

だが、エラリーはもどりたい衝動を抑えた。アンドレアの心にあるものは、内なる力によってしか呼び起こせない。

エラリーはポーターに合図して、ともにエレベーターへ向かった。乗りこむとき、もう一度アンドレアのほうへ目を向ける。エラリーは深く考えにふけっていた。

アンドレアはもとの場所に立ったまま、よれたハンカチを指でねじり、物音のしないビル・エンジェルのドアを見つめながら、あたかもそこに平和があるかのような、その平和へ自分はぜったいに手が届かないかのような面持ちでいた。どういうわけか、このとき見せた苦痛と絶望の表情は、その後いつまでもエラリーの心のなかに残っていた。そのほっそりとした体にはとらえどころのない何かが白熱しながらまとわりついていて、それが世間を騒がせたウィルスン - ギンボール事件の全貌《ぜんぼう》を大きく様変わりさせるという確信が、ますます強まるのだった。

第四部　罠　THE TRAP

「ある者は矢で……またある者は罠《わな》で」（ウィリアム・シェイクスピア『空騒ぎ』より）

「なんだ？」クイーン警視がうんざりしたように言った。「またか」

整理棚の上の鏡を見ながら蝶《ちょう》ネクタイを結んでいたエラリーは、口笛を吹くのをやめなかった。

「どうやら、おまえは」警視は不満げに言った。「例の友達がトレントンのとんでもない内輪揉《も》めに巻きこまれてからというもの、ブロードウェイのごろつきにでも転じたらしいな。どこへ行くんだ」

「ちょっと外へ」

「ひとりでだろう？」

「いや、そうじゃない。厳密にはデートと呼ばれるものに出かけるんだよ。相手はマンハッタンでいちばん愛らしくて、裕福で、非の打ちどころのない、名家の年若いお嬢さんでね。そのうえ、婚約者もいる。でも」エラリーは目を細くして、鏡に映る姿をしっかり点検した。「ぼくはぜんぜんかまわないけどね、ご承知のとおり」

「おまえの口ぶりは」老紳士は嗅《か》ぎ煙草を少々鼻に詰めながら、うなるように言った。「わたしが昔知っていた自分勝手な若造にそっくりだ。少なくとも以前は、おまえもそういう女に手を出さないくらいの分別はあったはずだが」

「年月には」エラリーは言った。「変化をもたらすという嘆かわしい性質があるんだよ」

「ギンボールの娘だな？」

「ああ。ところで、そのギンボールというのは、いまのところ一部の社交集団においては呪われた名前だ。正しくはジェシカとアンドレア・ボーデンで、ほかの名前で呼ぶのを、パーク街の連中に聞きつけられちゃまずい」

「それはありえまい。で、何を目論《もくろ》んでいるんだ、エル」

エラリーはコートに袖《そで》を通し、繻子《しゅす》の下襟をいとおしむようになでた。「目論見は」エラリーは言った。「おもに実地調査かな」

「ははは」

「いや、ほんとうなんだ。たまには社交界に出入りしてみるのもいいものだよ。つかの間だけど、特権階級の仲間入りをしたみたいな錯覚が味わえるからね。平衡を保つには、イーストサイドへ寄り道するといい。みごとなくらい好対照だよ」

「で、何を」警視は不機嫌そうに尋ねた。「実地調査しているんだ」

エラリーはふたたび口笛を吹きはじめた。クイーン家のなんでも屋のジューナが騒々しく寝室へはいってきた。「またですか？」非難がましく甲高い声をあげる。エラリーはうなずき、クイーン警視は両手をあげた。「きっとガールフレンドができたんですね」ジューナは怒ったように言った。「何か届いてますよ」

「何か？」

「小包です。たったいま来ました。使者がね。どっかの将軍みたいに着飾っていましたけど」ジューナは大きなものをベッドへほうり出し、鼻をひくつかせた。

「中身をたしかめてくれ」

ジューナが包み紙を破ると、品のいい缶と、平らな箱と、紋章つきの便箋《びんせん》に書かれた手紙が出てきた。

「ピエールという名前の人に煙草を注文したんですか」ジューナは尋ねた。

「ピエール？　ピエール？　ああ、そうか——あのたぐいまれなるミス・ザカリーだ！　ほらね」エラリーは手紙をつかんで、にっこりと笑った。「金持ち連中と付き合うと、こういうことも起こるんだよ、父さん」

手紙にはこう書かれていた。「親愛なるクイーンさま。遅くなりましたことをお許しくださいませ。わたくしどものブレンドは外国産の煙草を用いておりますが、ヨーロッパにおいての先ごろの労働争議のため、このたびの入荷が遅れておりました。この煙草はきっとお気に召していただけると存じます。箱入りの紙マッチを同封いたしましたので、どうぞおおさめください。わたくしどもの習いといたしまして、勝手ながらお名前をひとつひとつに入れさせていただきました。煙草が強すぎる、あるいは軽すぎるとお感じになりましたら、つぎの機会にはお好みに合わせてブレンドを調整いたします。店主敬白」

「さすがはピエール」エラリーは手紙を脇に置いた。「わが家の煙草保管箱にしまってくれ、ジューナ。さて、ぼくは出かけるよ」

「わかっている」警視はむっつりと言った。ずいぶんと心配そうな顔をしている警視をよそに、エラリーは帽子をうまく合わせ、ステッキを脇にはさんで、口笛を吹きながら出かけていった。

「ちがいます」その晩、アンドレアはきびしい口調で言った。「わたしがあなたに期待しているのは、こういうことではありません、エラリー・クイーンさん。これまでに連れていってくださった粋《いき》な酒場に比べたら、退屈すぎます」ラジオ・シティ（ロックフェラー・センター西地区にある世界最大級の音楽ホール。一九三〇年代に大富豪ジョン・D・ロックフェラーが建設）上層の落ち着いた優雅なクラブで夜空に包まれながら、エラリーは周囲を見渡した。「早まったことをしたくないんですよ、お嬢さん。こうした社会教育の問題は注意深く取り扱う必要があります。パンと水だけの食事ばかりがつづいては――」

「やめてちょうだい！　それより踊りましょう」

ふたりは心地よく静かに踊った。ゆったりと音楽に身をまかせたアンドレアと踊るのは、まさしく肉体的快楽だった。腕のなかであまりに軽やかに自在に動くので、エラリーはひとりで踊っているかのような感覚を味わった。それでも髪の香りはやけに気になり、あの夜トレントンのあばら屋の外でアンドレアに体を寄せられたときのビル・エンジェルの表情を、後ろめたい気持ちで思い出した。

「あなたと踊るのは大好きよ」音楽がやむと、アンドレアは陽気に言った。

「用心深さが邪魔をして」エラリーは深く息をついた。「なかなかありがたく受け止められませんよ」

アンドレアが少しびっくりしたような目を向けた。が、すぐに声を立てて笑い、ふたりはテーブルへもどった。

「これはこれは、おふたりさん」グロヴナー・フィンチの声がした。ふたりに笑顔を向けている。隣では、フリュー元上院議員がずんぐりした小柄な体を精いっぱいに硬くして、あからさまに見咎《とが》める顔をした。ふたりとも夜会服姿だ。フィンチはばつが悪そうだった。

「やあ、連れが増えましたね」エラリーは言い、アンドレアの椅子を引いてすわらせてやった。「ウェイター、椅子を頼む。さあ、おふたりともおかけください。今晩の追跡はさほど厄介じゃなかったでしょう？」

「フィンチさん」アンドレアは冷ややかに言った。「これはどういうことですか」フィンチはまごついた様子で、腰をおろして白髪交じりの頭に手をやった。フリューは柔らかいみごとな顎《あご》ひげをなでながらためらっていたが、やがて腹立たしげに腰をおろした。エラリーをじろりとにらむ。

エラリーは煙草に火をつけた。「どうしました、フィンチさん。まるで隣のジョーンズさんの畑で林檎《りんご》を盗んで捕まった田舎の少年が大きくなったような風情ですよ。楽になさってください」

「フィンチさん！」アンドレアは足を踏み鳴らした。「あなたにお尋ねしているのですよ」

「いや」フィンチは顎をさすりながらつぶやいた。「実はですね、アンドレア。お母さまが……」

「やはりそうね！」

「しかしアンドレア、わたしにはどうしようもないでしょう？　そのうえ、このサイモンまでもがジェシカの味方にまわったんですから。なんだかむずかしい立場に――」

「そんなことはまったくありません」エラリーが愛想よく言った。「なんとも思っていませんよ、アンドレアもぼくも。おふたりとも、何を疑っていらっしゃるのか——ぼくが右ポケットに爆弾、左ポケットには《デイリー・ワーカー》（共産党の機関紙）を隠し持っているとでも？　あるいは、単にぼくが青少年に悪影響を与える人物だとでも？」

「ここはわたしにまかせてください、クイーンさん」アンドレアが小さな白い歯を食いしばるようにして言った。「さあ、フィンチさん、はっきりさせていただきます。母はおふたりに、今夜わたしをこそこそ付けまわすようにとお願いしたのですね？」

元上院議員の肥えた指が顎ひげを乱暴に梳《す》いた。「アンドレア！　それは侮辱ですぞ。こそこそとは！」

「ああ、やめてください、サイモン」フィンチは赤面していた。「はた目にはそう映ってもしかたがないでしょう。わたしは気が進まなかった。しかし、お母さまがおっしゃるには、アンドレア——」

「それで、いったい」アンドレアは激しく言い返した。「母はなんと申しあげたのですか」

フィンチの手が弱々しく弧を描いた。「ええ……。怪しげな場所に出入りしている、と。クイーンさんがあなたを、お母さまが思われるところの——そう——いかがわしい店へ連れこんでいると言って。とにかくお気に召さないのですよ」

「ロックフェラー氏も気の毒に」エラリーは悲しげにかぶりを振って、店内を見まわした。「そんな罵《のの》りことばを聞いたら、さぞ心を痛めるでしょうよ、フィンチさん」

「いや、ここは別ですよ」フィンチはますます赤くなった。「ああ、とんでもない、だからジェシカにも言ったのです……。とにかく、ここならもちろん問題ありませんが、ほかのああいう店は――」

「ところで、アンドレア」エラリーはのんびりと言った。「今夜はあなたをランド・スクール（ニューヨーク市にあった、労働者のための社会主義教育をおこなう学校）へでも連れていきたかったんです。そんなことをしたら、このおふたかたがどんな目に遭うことか。プロレタリアの知識人たちは手きびしいですから」

「冗談を言っているつもりかね」フリューが脅すような声で言った。「なあ、クイーンくん、いったいどういうわけで、きみはアンドレアにちょっかいを出すんだ」

「いったいどういうわけで、あなたがたは」エラリーは快活に言った。「こんなよけいな世話を焼くんですか」

フィンチはいまや灰色の髪の根元まで真っ赤にしていた。「それこそこちらの勝手ですよ、クイーンさん」ゆがんだ笑みを浮かべる。「だから言ったでしょう、サイモン。最初から、ろくでもない思いつきだったんです」

フリューの顎ひげが白いクロスの上で、突然堰《せ》き止められた滝のごとく震えていた。

「クイーンくんはばかじゃない。もしアンドレアが――」

「そこまでになさって」アンドレアは言った。「もう我慢なりません！」

「だまっていなさい、アンドレア。この男とは腹を割って話をしようじゃないか。クイーンくん、何が望みなんだね」

エラリーは煙を吐いた。しかし、その目は皮肉っぽく輝いている。「人が望むものとはなんでしょうね。田舎の小さな家、庭、子供たち――」

「ふざけるのはやめろ。わたしをちょっとでもばかにしたら承知しないぞ、クイーン。あのウィルスンの事件をまだ嗅《か》ぎまわっているんだな？」

「それは質問ですか、それとも答の要らない修辞疑問ですか」

「わかっているだろう！」

「なるほど」エラリーはつぶやくように言った。「ほんとうに大きなお世話です。でも、せっかくお尋ねくださったんですから、お答えしましょう――イエスです。で、それがあなたがたとなんの関係があると？」

「サイモン」フィンチは落ち着かない様子だった。

「弱腰になるんじゃないぞ、グロヴナー。関係ならある。アンドレアの友人として――」

「友人ではありません」アンドレアは氷のような声で言った。しかし、その手のひらはクロスを何度もなでつけて、顔は血の気が引いていた。

「――トレントンであの女が有罪判決を受けてこのかた、きみがこうしてアンドレアに付きまとっているのは、単に交際が目的じゃないことぐらいわかっている。さあ、いったい何が望みだ」

「平和です」エラリーは大きく息を吐いた。「それと、あなたがたとぼくについて言うなら、完全に接触を断つことです。これでよろしいですか」

「なぜアンドレアに付きまとう？　この子の何を疑っているんだ」

アンドレアは毅然《きぜん》として言った。「もうたくさんじゃありませんか。どうかしていらっしゃるわ、フリュー元上院議員。フィンチさん、わたしは驚きました、あなたがこんなことを……。でも、たぶんまた母のせいね。いつだって母の言いなりですもの」

「アンドレア」フィンチはいたたまれない様子だった。

「何も言わないで！　それから、フリューさん、わたしはこれでも自分の意思を持つ大人です。力ずくで連れ出すようなことは、どなたにもできません。わたしがクイーンさんとごいっしょすることを選んだとしたら、それはわたしの問題で、あなたがたには関係ありません。自分のしていることぐらい、わかっています。仮にわかっていなくても」苦い笑みをうっすらと浮かべて付け加える。「すぐに気がつくでしょう。さあ、どうか――おふたりとも――お帰りになってくださいませんか」

「いいとも、アンドレア。それがきみの考えなら」フリューは言い、椅子から勢いよく立ちあがった。「わたしはきみのご家族に対しての責務を果たそうとしているにすぎない。今後は――」

エラリーも立ちあがったが、慎ましく黙していた。だれも何も言わない。だから小声で言った。「あなたのお役目は法の遵守だと思っていましたがね、元上院議員。探偵もはじめられたんですか？　もしそうでしたら、わが業界へようこそ。歓迎いたしますよ」

「ふざけたことを！」フリューは顎ひげを引っ張りながら、吠《ほ》えかかった。「せいぜい足もとに気をつけるんだな！」荒々しく出ていった。

「すまなかったな、アンディ」フィンチはアンドレアの手をとった。

「フィンチさんのせいではありません」アンドレアは笑顔を向けたが、手は引っこめた。フィンチはため息をつき、エラリーに会釈してから、連れの太った男のあとを追った。

「どうやら」エラリーは立ったまま言った。「帰ったほうがいいんじゃありませんか、アンドレア。今夜はもう散々ですから」

「おかしなこと言わないで。まだはじまったばかりよ。踊りましょう」

エラリーはデューセンバーグを発進させた。まるで年老いた獅子《しし》が尾をひねられたかのように、轟音《ごうおん》が徐々に激しさを増していく。そして、地獄の悪魔たちに総出で追われるがごとく、車はコンクリートの道路を飛ばしていった。

「ああっ！」アンドレアは帽子を押さえて甲高い叫び声をあげた。「どういう神経をしているの？　わたしはまだ若いし、命が惜しいのに」

「ぼくはね」エラリーは危なっかしい手つきで煙草を探った。「正真正銘、最高に頼れるドライバーですよ」

「ねえ、やめて！」アンドレアは大声で言い、自分の煙草をエラリーの口に突っこんだ。「この車は勝手に走るのかもしれないけど、わたしは運まかせなんて……。いえ」急にきっぱりと言う。「気にするわけではないけど」

「へえ。何を気にするんですって？」

アンドレアはエラリーの隣の席にぐったりと体を沈め、紐《ひも》のように流れていく道路を見るともなしに横目でながめた。「あら、なんでもないの。ふさぎこむのはやめましょう。これからどこへ？」

エラリーは煙草を振った。「どこでもいいでしょう？　広々としたハイウェイ、美しい異性の同乗者、ほかに車はないに等しく、太陽は力強く輝きを放っている……。ぼくは幸せです」

「うらやましい」

「どうしたんです」エラリーはちらりと目を向けた。

「あなたはちがうとでも？」

「いいえ、もちろん。すっかり有頂天よ」アンドレアは目を閉じた。エラリーは穏やかに車を走らせていく。しばらくして目をあけたアンドレアは、陽気な声で言った。

「聞いてちょうだい。けさ、白髪を一本見つけたの」

「へえ！　こんなにすぐ？　そうか、フリュー元上院議員の言うこともまちがいじゃなかったな。抜いたんですか」

「いやね。抜いたに決まっているでしょう」

「まるで」エラリーはそっけなく言った。「禿《は》げることによって悲しみが癒《いや》されるかのようだ」

「あら、それはどういう意味？　謎めいているけど」

「おや、謎なんかじゃありませんよ。『トゥスクルム論叢《ろんそう》』です。学校で〝淑女教育〟にとどまらずもっと何かを学ぶ時間を持てば、これが元老院議員のキケロが残した珠玉のことばであることをご存じでしょうにね。キケロが言ったのは、悲しいときに髪をむしるのは愚かなことだ——とか、そんなことばです」

「まあ」アンドレアはふたたび目を閉じた。「あなたはわたしが幸せではないとお思いなの？」

「いえ、ぼくが決めつけるなんて、とんでもない。ただ、意見を言わせてもらえるなら、あなたはこれからあっという間に堕落すると思いますよ」

アンドレアは憤慨して背すじをまっすぐ伸ばした。「それはどうも！　お気づきではないようだけど、この数週間、わたしがだれよりも多く顔を合わせていたのは、あなたなのよ」

エラリーはデューセンバーグのハンドルを切って、熱で浮きあがったコンクリートの割れ目を避けた。「もしぼくがあなたの不幸に加担してるなら、体を四つ裂きにされてもしかたがありません。実行するならぜひ手を貸そうという御仁も、何人かは思いつきます。でも、たしかにぼくは世界一楽しい相手じゃないかもしれませんが、あなたがそんなふうになったのはぼくの影響ではないと思いますよ」

「あなたのせいよ！」アンドレアは言い返した。「ゆうべ、このことで母がなんと言ったか、聞かせたかったわ――母があの名高い元上院議員の報告を受けたあとで、わたしが帰宅したときに」

「ああ、お母さまですか」エラリーは深く息をついた。「さすがにあのご立派な夫人が、クイーン警視の小せがれを認めてくださるとは思いませんがね。お母さまはぼくが何を狙ってるとお疑いなんでしょうか――あなたへの下心とか、あなたのお金とか、あとは？」

「下品なことをおっしゃらないで。こうしてしじゅう出歩くことが問題なのよ」

「エラ・アミティの言う〝中途の家〟の悲劇とのつながりではなく？」

「お願い」アンドレアは言った。「そのことは忘れましょうよ。そうではなくて、〈ヘレフティを待ちつつ〉のお芝居と、〈ヘンリー通りの隣保館《セツルメント》と、街の簡易宿泊所へ連れていってもらったら、ただただ怒ってしまって。あなたがわたしを毒すると思っているの」

「その疑念は不当とも言えませんね。病原菌は悪さをはじめましたか」

「はじめていないと言うと嘘になりそう。わたしは困窮とはどんなものか、いままで知らなくて……」アンドレアは小さく震え、帽子をとった。髪が日の光に輝き、頭のまわりで跳ねはじめる。「母はあなたをただただ世界一忌まわしい人間だと思っているの。別にわたしは気にしないけれど――母があなたをどう思っているかなんて」

「アンドレア！　それは突然の変化だ。いつからそんなふうに？」

「母は」アンドレアは眉根《まゆね》を寄せた。「あなたがくださったフォークナーの本――『標識塔』だったか――あれに出てくる、空を飛ぶ恐ろしい人たちにとてもよく似ているの。あの飛行機乗りたちについて、本のなかの記者はなんと言ったんでしたっけ。たしか――搾ったら血の代わりにシリンダー油が噴き出す、だったか」

「その比喩《ひゆ》はよくわからないな。お母さまはどんな液体を噴き出すんですか」

「年代物のワインね――もちろん、伝統ある銘柄もののワインだけど――悲しいことに、なぜかビネガーに変わってしまった古いワイン。かわいそうなお母さま！　これまで傷だらけの人生を送ってきて、それなのに自分がどういう目に遭ったのか、よくわかっていないのよ」

エラリーは含み笑いをした。「実にうまく言い表していますね。だけどアンドレア、ずいぶんと親不孝な言い方じゃありませんか」

「母は――やはり母なのよ。意味がわからないでしょうけど」

「たぶんわかります。信じがたいかもしれないけど、ぼくにもかつて母がいましたから」

アンドレアはしばらく口をきかなかった。「祖父は」やがてぼんやりとした声で言いはじめた。「そうね。ええ、そうだわ。あの弱々しい哀れな体を搾ったら、白血球ばかりが出てくるでしょうね。あの人には、赤いものは一滴たりとも残っていない」

エラリーは微笑む。「ああ、おもしろい！　フィンチさんはどうかしら」

「フィンチさん？　あなたのほうがよく知ってるでしょう」

「あの人は簡単よ」アンドレアは人差し指の先を口に入れた。「フィンチさん、フィンチさんは……ポートワイン！　ちがう、またワインだもの……。ああ、そう！　樟《しよう》脳《のう》よ。あんまりかしら」

「ぞっとしますね。なぜ樟脳なんですか」

「ああ、フィンチさんにぴったり。あなたにはわからないでしょうけどね。わたしの頭は――ごたいそうなものではないけど――樟脳と言えばかならず、むさ苦しいYMCAの寝室や、鼻風邪を思い出すの。わけは訊《き》かないでね。子供のころのおかしな条件反射にちがいないから」

「アンドレア、あなたは酔っていますね。あのうぬぼれた金権主義者とYMCAを結びつけるなんて、アルコールにしかできないことですよ」

「ひどいことをおっしゃらないで。わたしが飲まないことはご存じのくせに。だから、よけいに母が驚いているのよ。保守的な娘が突然酒飲みになったって……。さて、つぎはトルストイね」

「だれのことです」

「元上院議員よ。以前、トルストイの肖像画を見たとき、あの人が目に浮かんだの。あのいやらしい顎《あご》ひげ！　手入れへのこだわり方と言ったら、女の人がかけたてのパーマを大切にする以上よ。もちろん、あの人の血管に何が流れているかはおわかりね？」

「トマトジュースかな」

「ちがう！　混じりけのない防腐剤よ。あの人が一度でも偽りのない感情を持ったことがあるとしても、それは四十年も前から浸《つ》け置かれて固まったまま。というわけで」アンドレアは吐息を漏らした。「このお話はおしまい。つぎは何を話しましょうか」

「ちょっと待って」エラリーは言った。「お友達のジョーンズさんの話はどうですか」

アンドレアはしばし黙した。「それはあまり……もう二週間も会っていないの」

「おやおや。もし社交界の世紀の縁組を破綻《はたん》させた原因がぼくにあるのなら――」

「お願い、やめて。ふざけているわけじゃないの。バークとわたしは――」アンドレアは言いかけたことばを切り、座席のてっぺんに頭を載せて路面をじっと見ていた。

「確実なんですか」

「この世に確実なことなんてある？　以前は――わたしも心を決めていたわ。あの人こそ、女の望みうるすべてを具《そな》えた男性だと思っていた。大柄で――わたしは昔から大柄な男性に弱かったから――度を越した美男子でもなくて、ボクシングのマックス・ベアのようにたくましくて、礼儀作法も完璧《かんぺき》で……」

「ぼくにはどうも」エラリーは淡々と言った。「育ちのいい王子さまとは思えませんでしたが」

「バークは――少し気が立っていたんです。立派な家柄で、大変なお金持ちで……」

「ただし、灰色の脳細胞が決定的に欠けていた」

「意地悪ね。ええ、たぶんそのとおりよ。ばかな小娘の考えだったと、いまならわかるもの。こういうのはしかたのないことでしょう？」

「そうだと思いますよ」

「前は——」アンドレアはどこか奇妙な苦い笑みをかすかに漂わせた。「わたし自身も大差はなかった」

エラリーはしばらく無言のまま車を走らせた。アンドレアのまぶたがふたたび重くなってきた。何マイルもの距離がデューセンバーグの喉《のど》に滑りこみ、眠気を誘うなめらかな流れとなって背後へ吐き出された。

エラリーは体を揺すった。「自分のことをお忘れですね」

「なんですって？」

「もし、だれかが——たとえばビル・エンジェルが——あなたに無理を言って、さっきの辛辣《しんらつ》なたとえをつづけさせたら……」

「まあ」ひと呼吸置いてから、アンドレアは笑った。「自分自身のことは品よく評したいわ。ほかの人はそうしてくれないもの。わたしには人間のやさしさというミルクが流れている」

「ほんの少し凝固していませんか」エラリーは穏やかに尋ねた。

アンドレアはすばやく姿勢を正した。「ねえ、それはどういう意味なの、エラリー・クイーン」

「わかりませんか」

「それに、なぜ……ビル・エンジェルが？」

エラリーは肩をすくめた。「これは失礼。正直に語るという確固たるルールで遊んでいたつもりでしたが、ぼくの勘ちがいだったらしい」

エラリーは道路だけを見つづけた。アンドレアはエラリーの穏やかな動かない横顔を見つづけた。しばらくして、ついにアンドレアは唇を震わせ、目をそらした。

「すばらしい日ですね」ようやくエラリーが口を開いた。

「ええ」アンドレアの声は、か細かった。

「空は青。田園は緑。道路は牡蠣《かき》の白。牛は褐色と赤――その目で見ることができるなら」エラリーは間をとった。「もしその目で見ることができるなら」

「なんのことか――」

「その目で見ることができるなら、と言ったんです。もちろん、だれでも見ることができるわけじゃない」

アンドレアがじっとだまっていたので、聞こえなかったのだろうとエラリーは思った。一瞬だけアンドレアを盗み見た。頬が道路より白い。顔に激しくまとわりつく金髪の束は、風から精いっぱい逃れようとしているかのようだ。指は膝《ひざ》に置いた帽子をしっかりとつかんでいる。

「これから、どこへ」アンドレアはくぐもった低い声で尋ねた。「連れていってくださるの？」

「どこへ行きたいですか」

アンドレアは目を光らせた。椅子の上で立ちあがりかけて風にあおられ、フロントガラスの上端につかまって体を支える。「止めて！　ねえ、車を止めて！」言われるがまま、デューセンバーグは舗装されていない路肩に寄り、しばらくして停車した。

「止まりましたよ」エラリーはやさしく言った。「こんどはなんですか」

「引き返して！」アンドレアは叫んだ。「どこへ行くの？　どこへ連れていくつもり？」

「ある人を訪ねるんですよ」エラリーは静かに言った。「あなたとちがって、自由に物を見られない人です。その不運な人には、あなたのこの小さな手のひらで覆い隠せそうな広さの空しか見えないかもしれない。こんな日は、だれかが代わりの目になってやるのも親切じゃないかと思います……その女性のために」

「女性ですって？」アンドレアはつぶやいた。エラリーがその手をとると、手のひらのあいだに冷たく力なくおさまった。

ふたりは何分ものあいだ、そのまますわっていた。ときおり車が通り過ぎていった。一度、ニュージャージー州警察の澄んだ青の制服を着た大柄な若い警官が、オートバイの速度をゆるめて通りかかった。警官は振り返って頭を掻《か》き、ふたたび速度をあげて走り去った。動かない車に太陽が熱く照りつける。アンドレアの額と小さな鼻にうっすらと汗が浮きあがった。

やがてアンドレアは目を伏せ、手を引っこめた。ことばは発しなかった。エラリーはあらためてデューセンバーグのギアを入れ、向かっていた方角へそのまま走らせた。眉間《みけん》には不安げな皺《しわ》がかすかに刻まれていた。

制服姿の女戦士《アマゾン》がふたりを見据えたあと、脇へよけ、交通巡査並みに大きく無骨な手を振って、暗い廊下にいただれかに合図を送った。

ルーシーの姿が見えるより先に、足音が聞こえた。ゆっくりとした、きしむような、葬列を思わせる恐ろしげな足音だ。その音が近づくにつれ、ふたりの目は緊張でこわばった。うまく言い表せない、不快なにおいが鼻を突く。さまざまなにおいの断片――消毒薬、饐《す》えたパン、洗濯糊《のり》、古い靴、洗濯物の臭気――が、乱雑に混じり合っている。

そして、ルーシーがはいってきた。ふたりを認めると、生気のない目が少しだけ光った。ふたりは金網の仕切りの前に立ち、動物園の猿のように、それでいて騒ぐことなく網をつかんでいた。あまりにじっと静かにしているので、芝居の観客のようでもあった。

足音が速くなった。不恰好《ぶかっこう》な囚人靴を履いたルーシーが近づいてきて、両手をわずかに差し伸べた。

「うれしい。ほんとうにありがとう」落ちくぼんで痛々しい紫色にふちどられた目が、アンドレアのこわばった顔を恥ずかしげに見た。「おふたりとも」ルーシーは静かに言った。

ルーシーを見るのはつらかった。あたかも脱水機にでもかけられて、大柄な体の水分も活力もすべてが搾りとられたかのようだった。浅黒い肌はもはやオリーブ色ではなく、生よりも死をにおわせる粘板岩の色だった。

アンドレアは失っていた声を懸命に探って見つけ出した。「こんにちは」微笑もうとする。「こんにちは、ルーシー・ウィルスンさん」

「やあ、ルーシー。元気そうだな」エラリーは嘘が不自然に聞こえないようにつとめた。

「元気よ、ありがとう。とても元気。わたし――」ルーシーは口ごもった。狩られる生き物の影がよぎるかのように、その顔に一瞬の恐怖がひらめいた。それはすぐに消え去った。「ビルは来ないの？」

「きっと来るさ。最後に会ったのはいつだ」

「きのうよ」ルーシーの血の気のない指が金網を握った。金網の向こうの顔は、すでに転写された写真をさらに粗く転写しなおしたかのように――二重の覆いを施したかのように見える。「きのうなの。毎日来てくれる。かわいそうなビル。ひどくしょげてるのよ、エラリー。どうにかしてあげられない？　あんなに気に病まなくてもいいのに」声はしだいに消え入った。どこか奇妙だった。ルーシーの言うことはどれも、心の奥底に隠された本心を守るために、意識のぎりぎりの際《きわ》にあらかじめ用意したものに聞こえた。

「きみも知ってるじゃないか。ビルは何か心配事がないと楽しくないんだよ」

「そうよね」ルーシーは子供のような口ぶりで言った。唇に微笑みらしきものが浮かんだが、声と同じくらい遠くに感じられる。「昔からそうだった。強い人なのよ。ビルがいてくれるから、いつだってわたしは……」声の調子があがってはさがり、またあがるさまは、まるで自分の声の力に驚いているかのようだ。「元気でいられる」

アンドレアは何か言おうとして、口に出す前に止めた。手袋をはめた指を金網にからませている。ルーシーの顔は目の前にあった。突然、アンドレアの指が金網を強く握りしめた。

「ここではどのような扱いを受けていらっしゃるの？」アンドレアは早口で尋ねた。

「つまり……」

ルーシーの目がゆっくりとアンドレアの目を見返した。ルーシーの目は声と同じようにガラスで厚く覆われ、現実の世界、自由な世界、広い世界から守られている。

「ええ、とてもよくしてもらっています。不満はありません。みんな親切にしてくれます」

「あなたはじゅうぶんに……」アンドレアの頬が火照りはじめた。「ひょっとしたら……。わたしに何かできることはありませんか、ウィルスンさん。たとえば、何か必要なものがあればお届けするとか」

ルーシーは驚いたようだった。「必要なもの？」太く力強い女性的な眉《まゆ》を思案げに寄せる。「いいえ、何も。けっこうです」そう言うと、意外にも声を立てて笑った。それはほのぼのとしたさりげない笑いで、皮肉や嘲《あざけ》りは少しも感じられず、無邪気であたたかみに満ちていた。「ひとつだけ、ほしいものがあります。でも、それをあなたに届けていただくのは無理です」

「何かしら」アンドレアは哀願するように言った。「なんでもおっしゃって……。どうしてもお手伝いがしたいのです。ほしいものというのはなんですか、ウィルスンさん」

ルーシーはかぶりを振って、遠くかすかな笑みをふたたび浮かべた。「自由です」

ルーシーの顔をまた恐怖の影がよぎり、すぐに消え去った。

アンドレアの頬から火照りが退いた。脇腹をエラリーの肘《ひじ》につつかれて、反射的に微笑み返した。

「まあ」アンドレアは言った。「ごめんなさい、それは――」

「ビルはどうしたのかしら」ルーシーはゆっくりと面会人の出入口へ目を向けた。アンドレアは目を閉じて、唇の端を震わせる。しばらくしてルーシーは言った。「わたしの――いえ、監房をずいぶんきれいに飾ったのよ。ビルがお花や写真なんかを持ってきてくれてね。規則には反するのかもしれないけど、ビルはうまくやったみたい。そういうことが得意だから」ルーシーは気づかうような顔でふたりを見た。「ほんとうに、そうひどいところじゃないのよ。それに、ほんの少しのあいだでしょう？　ビルが言うには、すぐに――出られるって。上訴がうまくいけば……」

「その意気だよ、ルーシー」エラリーが言った。「がんばれ」ルーシーの血の気のない指を金網の隙間からやさしく叩《たた》く。「いいかい、きみには仲間がいて、休まずに動いている――けっしてあきらめずにね。そのことを忘れないでくれ」

「一瞬でも忘れたら」ルーシーはつぶやいた。「気が変になると思う」

「ウィルスンさん」アンドレアが口ごもりながら言った。「ルーシー――」

黒い目がせつなそうな表情を見せた。「きょうは、外はどんな感じかしら。いいお天気みたいね――ここから見ると」

壁のはるか上のほうに窓があり、頑丈そうな太い格子がふるいのように日光を通していた。そこからのぞく長方形の空は青かった。

「でも」アンドレアは声を詰まらせながら言った。「たぶん雨になりそうです。それほどいいお天気でも――」

離れて石壁に寄りかかっていたアマゾンが、抑揚のない声で言った。「時間です」人間味がなく超然とした、金属を思わせる声帯の持ち主だ。

またしても恐怖の影が差したが、こんどはすぐには消えなかった。太い指先で生傷を突かれたかのように、ルーシーの顎《あご》の筋肉が震えた。目を覆っていたガラスは砕け散り、底深くで揺れ動く澄みきった苦悶《くもん》があらわになった。「あら、早いのね」ルーシーは小声で言って微笑もうとしたが、そこで顔をしかめて唇を嚙《か》んだ。そして前ぶれもなく、顔つきが一気に変わり、堰《せき》を切ったように泣きだした。

「ルーシー――」エラリーはささやいた。

ルーシーは叫んだ。「ああ、ありがとう、ありがとう!」金網を放した指に青黒い網目模様がついていた。そしてルーシーは背を向け、性別不明の守衛のいかめしい巨体とともに、大きく口をあけた薄暗いドアの奥へと不安定な足どりで去っていった。

石の床をこするルーシーの靴音が聞こえなくなっても、ふたりはずっとたたずんでいた。金網の奥に残されたのは、よどんだ臭気のなかにかろうじて漂うルーシーの香りだけだった。

アンドレアの下唇に鮮やかな血がにじんでいた。

「こんなところで」面会人の出入口からとげとげしい声が響いた。「おまえはいったい何をしてるんだ」

エラリーは泡を食った猫のように愕然《がくぜん》とした。これは望んでいたことではない。ビル・エンジェルの大きな右手が、紙でくるんだ花束をだらりと下向きに握りしめていた。

「ビル」エラリーはすかさず言った。「ここへ来たのは――」

「ふうん」ビルは低い声で言った。その目はアンドレアを無慈悲ににらみつけていた。「ここはお気に召したかい。最高だろう?」

アンドレアはエラリーの腕を探った。エラリーは二の腕を強くつかまれたのがわかった。「まあ」アンドレアは消え入りそうな声で言った。「わたしは――」

「恥ずかしさのあまり倒れてしまいそうなものなのに。よくもまあ、ずうずうしい!」ことばが矢となって、きびしく突き刺さった。「まさかここへおいでとは! ご満足かな? とにかく、妹に会ったんだな。これで今夜はよく眠れるとでも思ったのか」

エラリーは二の腕に痛みを感じた。アンドレアの目は異常なほど大きく見開かれていた。やがてアンドレアはエラリーの腕を放し、ビルのいるほうへ駆けだした。そばまで来ると足どりが乱れた。ビルはアンドレアをにらみつけたまま、しかたなく道をあけた。アンドレアは顔を伏せ、足を速めてすり抜けた。

「ビル」エラリーは静かに声をかけた。

ビルは答えなかった。花束を見おろして、わざとエラリーに背を向けた。

アンドレアは廊下の端で殺風景な壁に寄りかかり、すすり泣いていた。

「さあ、アンドレア」エラリーは言った。「泣くのはやめるんだ」

「うちへ送ってください」アンドレアは声を詰まらせた。「ああ、この恐ろしい場所から連れ出して」

エラリーがドアをノックすると、ビル・エンジェルの「どうぞ」というくたびれた声が響いた。ドアをあけたところ、ホテル・アスターの細長く古めかしい部屋では、ビルが真鍮《しんちゅう》のベッドの上にかがみこんで鞄《かばん》に荷物を詰めていた。

「放蕩《ほうとう》息子の帰還だな」エラリーは言った。「やあ、ばかなやつめ」ドアを閉めてそこに寄りかかった。

ビルは髪を振り乱し、挑むように顎を突き出していた。だれもそこにいないかのように、荷物を詰めつづけている。

「妙な態度をとるんじゃない、ビル。靴下なんかこねまわしてないで、話を聞くんだ」ビルは答えない。「きみを追いかけて三つの州を走りまわったんだぞ。ニューヨークで何をしてるんだ」

するとビルは背すじを伸ばした。「ぼくの問題に関心を示すなんて、珍しいじゃないか」

「関心が衰えたことなんかないよ」

ビルは笑った。「なあ、エラリー。きみとは諍《いさか》いを起こしたくないんだ。きみを責めることはしたくない。きみの人生はきみのもので、もちろんぼくやルーシーのために投げ出す必要はない。手を引くと決めたなら、ほうっておいてくれないか。頼むから、ここからさっさと出ていってくれ」

「ぼくが手を引いたなんてだれが言ったんだ」

「何が起こってるか、ぼくがぜんぜん見ていないと思うなよ。きみはルーシーが有罪にされてからというもの、あのギンボールの娘に盛んに言い寄ってるじゃないか」

エラリーは小声で言った。「ぼくの行動を嗅《か》ぎまわってたのか」

「なんとでも言えよ」ビルは赤面した。「おかしなものだ。きみがアンドレアを調査してるとか、きみの寄せている関心が職業上のものだというなら、ぼくもこんなふうには考えないだろう。でも、いくら職業上の関心があるからといって、何週間ものあいだ女性をクラブやダンスや酒場へ夜な夜な連れ歩くなんて、聞いたこともない。いったいぼくのことをどう思ってる——大ばか者か？」

「そうだ」

エラリーはドアから離れ、帽子とステッキをベッドにほうり出してから、ビルの胃のあたりを思いきり突いた。ビルはうめき声をあげてベッドに仰向《あおむ》けで倒れこむ。

「そこでよく聞くんだ、この間抜け野郎」

ビルは跳ね起きて、こぶしを振りあげた。「何を——」

「決闘でもするか？」ビルはますます顔を赤くして、腰をおろす。「そもそも」エラリーは煙草に火をつけながら穏やかに言った。「頭がふだんどおりに働いてれば、きみだってこんな妙な真似はしなかったろう。だが、そうはいかなかったわけだから、それは許してやろう。きみはアンドレアにすっかり夢中だ」

「ばか言え。きみこそのぼせあがってるくせに」

「自分の恋情と、良心やルーシーへの義務感との折り合いをつけようと胸の内で戦ってるうちに、きみの頭脳は大混乱をきたしたんだな。ぼくに嫉妬《しっと》だなんて！　ビル、きみは恥を知るべきだよ」

「嫉妬だと！」ビルは苦々しく笑った。「きみには少しばかり友人として忠告してやろう。どんなに自信があったって、きみもただの男だ。あの娘には気をつけろ。ぼくと同じように、いいように手玉にとられるぞ」

「情緒の面では、きみは青春真っただなかの十七歳に還《かえ》ってる。問題は、自分でその兆候に気づけないことだ。彼女の夢を見ないなんて嘘はつくなよ。暗がりでキスされたあの瞬間が忘れられないくせに。きみはすっかり混乱して、一日二十四時間、休む間もなく自分自身と戦ってる。ぼくは裁判からずっと、きみを遠くから観察していたんだ。ビル、きみは間抜けだよ」

「なぜきみの話なんかに耳を貸しているんだろうな」ビルは荒々しく言った。

「きみが猛然と空まわりしている理由は、フロイトを持ち出すまでもない。だから、アンドレアへの〝職業上の関心〟なんていうきみの分析は青くさいだけだ」

「恋なんて。ぼくはそんなもの、ひどく軽蔑《けいべつ》して――」

「わかってるよ」エラリーはにっこり笑った。「だけど、ぼくがここへ来たのは、そういう恋のあやを講義しようというんじゃない。いまから事情を説明して、きみが詫《わ》びるチャンスを与えてやる」

「事情ならもう――」

「すわれって！　ルーシーがトレントンで有罪判決を受けたとき、ほかのことがすべて霞《かす》むほど際立った事実がひとつあった。それはアンドレアの奇妙な行動だ――証言台に立つ前と、さなかと、そのあとのね。それでぼくは考えはじめた」ビルが嘲《あざけ》るように鼻を鳴らす。「考えたあげくに、ある結論に達した。その結論に基づいてアンドレアと親交を深めることにしたんだよ。ほかにできることはなかった。ほかの手がかりはことごとくだめだったからね。ぼくは事件をあらゆる角度から検討し、再検討した。しかしどこにも不審な点はなく、どの道を進んでも真っ白な壁に突きあたるんだ」

ビルは怪訝《けげん》な顔をした。「アンドレアを連れ出すことで、いったい何がわかるって？　ぼくが疑うのも当然――」

「おや、ようやく冷静さを取りもどしたな。実のところ、ぼくがアンドレアにかいがいしく尽くすさまに気を揉《も》んだのは、きみの崇高な自我だけじゃなかった。ギンボール夫人は――ジェシカ・ボーデンと呼ぶべきか――憔悴《しょうすい》しきってるし、フリュー元上院議員は泡を吹いてるし、フィンチはあの手入れの行き届いた爪を嚙《か》んでる。ジョーンズのやつなんか、最近聞いたところでは、ポロの馬を殺しかねない荒れようらしい。すばらしいね！　ぼくの狙いどおりだ。ひとまず成功だよ」

ビルは首を左右に振った。「なんのことやらさっぱりだ」

エラリーは椅子をベッドに引き寄せた。「まず、質問に答えてくれ。ニューヨークで何をしてたんだ」

「片づけることがあってね」ビルはベッドに仰向けになって、天井を見つめた。「型どおりのことだよ。裁判のあと、通常どおりの死亡証明書を提出して、ナショナル生命保険に支払いを要求した。もちろんこれは意思表示にすぎないけどね。ナショナル社は正式な要求をはねつけた。保険金受取人が被保険者を殺害して有罪判決を受けたことを根拠に、保険証券の額面の金額を支払うのを事実上拒否したんだ」

「なるほど」

「保険会社はギンボールの遺言執行者に対して——一家の友人だというどこかの有力者だが——この先のいっさいの請求を放棄する条件で、保険契約の解約払戻金をギンボールの遺産として支払う用意があると知らせた。おそらくもう支払われているはずだ」

「有罪判決のせいで保険契約が無効になったのか」

「ああ、そのとおりだ」

「で、上訴はどうなってる」

「費用はニュージャージー州に出させたよ。新聞で読んだろう。こっちはさまざまな専門的な根拠を持ち出して、先延ばしにしてる。最終的に上訴は来年になってからだろう。それまでは」ビルの顔が暗くなった。「ルーシーはトレントンの拘置所にとどまる。刑務所よりはましだろう」ビルは眉《まゆ》を寄せて天井をにらんだ。そして言った。

「なんのつもりであんなところへ連れて……」

「だれのことだ」

「それは――おい、まったく意地が悪いな。アンドレアだ！」

「訊《き》きたいんだ、ビル」エラリーは静かに言った。「証言台に立つことをアンドレアがあんなにこわがってたのはなぜだ」

「知るもんか。アンドレアの証言の中身には、害があるものも重大な意味を持つものもなかった」

「そう言っていいだろうな。だからなおのこと、あれほど渋ったのが不思議なんだ。どう考えても、現場を訪れていたと知られるのをあれほどいやがる理由はない。ぼくたちが探る前だったら、知られるのがいやでだまっていたのかもしれないが、きみに証言を頼まれたときに渋るのはおかしい。むしろ、きみの求めになら進んで応じただろうに」

ビルは皮肉な笑いを浮かべた。「ああ、そうだろうよ！」

「子供じみた真似をするなよ。彼女はきみが好きなんだ――きみがめまいでも起こしかねないから、これ以上強烈な言い方は避けておくけど」ビルの顔が赤くなる。「ルーシーを気の毒がっていたが――」

「芝居だ！　ぼくの心をもてあそんで――」

「そんなことを言っても、きみは気づいてるよ、ビル。アンドレアはすばらしい女性だ。生まれ育った環境にも毒されない、揺るぎない心の強さを持っている。そして偽善者じゃない。さっきも言ったが、ふつうの場合なら喜んでルーシーの援護をしたはずだ。それなのに……そう、あのときの様子はきみも見ていたな」

「アンドレアがぼくたちのために何かするはずがないじゃないか。柵《さく》の向こう側にいるんだぞ。ギンボールのことでぼくたちを忌みきらってる」

「ばかを言うな。事件の夜、あの家でルーシーに人間らしい思いやりを見せたのは、アンドレアひとりだったじゃないか」

ビルは白いシーツをつかみ、ひねったり伸ばしたりを繰り返した。「わかったよ。じゃあ、答はなんだというんだ」

エラリーは窓際に立った。「あの家へ行ったことが明るみに出てから、アンドレアの心を大きく占めていたのはなんだろうか」

「恐怖だ」

「そうだ。では、何を恐れてる？」

「こっちが訊きたいくらいだ」ビルはうなった。

エラリーは窓を離れ、ベッドの足もとの横木をつかんだ。「明らかに、自分の知っていることを打ち明けるのをこわがっている。では、なぜ恐れているのか」ビルは肩をすくめ、またシーツをひねったり伸ばしたりしている。「その恐怖は、本人の内側からではなく、外から来ているんだと思わないか。外圧による恐怖。脅迫による恐怖だ」

「脅迫だって？」ビルはまばたきをした。

「焦げたコルクのことを思い出すんだ」

「脅迫か！」ビルは立ちあがった。突然湧いた希望に、驚くほど目が輝いている。「そうだったのか、エラリー。ぼくはちっとも――。ああ、かわいそうに！」ビルはぶつぶつとひとりごとを言いながら、ベッドの前を行ったり来たりしはじめた。

エラリーは問いかけるような目をビルに向けた。「そう、事態が動きだす《ラフェール・マルシュ》。少し前から、ぼくにはわかっていた。物心両面であらゆる事実を考慮すると、唯一立てられる仮説がそれなんだ。アンドレアはきみを助けたかったが、そうするわけにはいかなかった。あの夜、きみがアンドレアの顔を見ていたら……。いや、見なかったんだからしかたがない。どのみち、コウモリ並みに何も見えていなかったからな。アンドレアは地獄の苦しみを味わっていた。内なる恐怖によって沈黙を強いられていたんじゃなければ、あんなに自分を責めつづけるはずがあるまい？　どう見てもあれは自分の身に起こることを恐れてるんじゃない」

「その点は大ざっぱな分析しかできない。もしだれかに脅迫されていたとしたら――口を閉じていろと警告されていたら――その相手はアンドレアが知っている何かが暴露されるのを恐れていたにちがいない。だから、ぼくがとるべき行動の道筋は決まった。アンドレアの時間を独占して、ふたつのことを引き起こそうと考えたんだ。第一は、アンドレアの善良な内面に付け入って、何はともあれ最後にはぼくに打ち明けるように仕向けること。第二は」エラリーは煙草の煙を短く吐いた。「脅迫者に行動を起こさせることだ」

「だとしたら――」

ビルはすかさず言った。「エラリー、それはつまり――」

「つまり」エラリーは声を落とした。「アンドレアを危険に巻きこもうとしているということだ。そのとおり」

「だが、きみにそんなことをする権利はないぞ！」

「論調が変わったな。さっそくアンドレアの弁護を一手に引き受けるのか」エラリーはくすくすと笑った。「まあいい、性格をとやかく言うときじゃないからな、ビル。脅迫者がだれであれ、ぼくがアンドレアに付きまとってることはもう知ってるはずだ。ぼくが事件に関心を持っていることも知っている。アンドレアから何を聞き出したのかに興味津々だろう。そして思い悩む。ひとことで言えば、行動を起こすというわけだ」

「だったら」ビルは上着をつかんで大声をあげた。「こんなことしちゃいられない！」

エラリーは微笑んで、煙草を灰皿で揉《も》み消した。「いずれにせよ、ぼくは解明に至る道筋をどうにかつけた。先だってアンドレアをトレントンへ連れていったのは、最後の守りを突破するためだった。ルーシーがいま置かれている境遇を見せれば、きっと話すだろうと思ったんだ。ニューヨークへもどる道すがら、泣きどおしだったよ。たぶんきょうは……」

だが、ビルはすでに廊下へ出て、エレベーターのボタンを押していた。

例の魚顔の執事が眉根を寄せた。「アンドレアさまはお留守でございます」アンドレアさまはこの先も永遠に在宅しないと言わんばかりの口ぶりで、ビルを見据えた。

「とぼけるな」ビルはぴしゃりと言い、執事を押しのけた。ビルとエラリーは、ボーデン&ギンボール家のアパートメントのふたつの階にまたがる居間へ踏みこんだ。ビルはあたりをさっと見まわした。「さあ、アンドレアはどこだ？　一日じゅう待ってるわけにいかないんだ！」

「どうかご容赦ください」

ビルは執事の薄い胸に手をあてて、ひと突きした。魚顔の男はうつむいて、怯《おび》えた目をしてあとずさる。「さっさと言え、さもないと無理にでも吐かせるぞ」

「その——誠に恐縮ですが、ミス・アンドレアはいらっしゃらないのです」

「どこへ行った？」エラリーがすばやく訊いた。

「一時間ほど前にお出かけになりました。ずいぶんと急でしたが」

「行き先は言わなかったのか」

「はい。何もおっしゃいませんでした」

「家にいるのはだれだ」ビルが有無を言わさず尋ねた。

「ボーデンさまだけでございます。午後は看護師が休みをとりますので、お部屋で眠っていらっしゃいます。あのようなご容態ですから、どうか無体なことをなさらないでください」

「ギンボール夫人はどこだ」

執事は弱りきった顔をしていた。「奥さまもお留守です。オイスター・ベイにございますボーデンさまの別荘へお出かけになりました」

「ひとりで？」エラリーは不思議そうに尋ねた。

「はい。正午に出発なさいました。二、三日ゆっくりなさると思います」

エラリーは深刻な顔になった。それを見たビルもにわかに寒気を覚えた。「夫人が出かけたとき、アンドレアさんはまだ家にいたのか」

「何も言わず、一時間前に出かけたんだな。ひとりで」

「いいえ」

「ええ。あの、電報をお受けとりになって――」

エラリーは言った。「大変だ」

「遅かったか！」ビルは叫んだ。「おい、きみのせいだぞ、エラリー。どうしてあんな――」

「いや、ビル、たいしたことじゃないかもしれない。その電報はどこにあるんだ。わかるか？　急いでくれ！」

執事は大きく目を見開いた。「お嬢さまのお部屋へお持ちしました。きっといまもそちらに――」

「部屋へ案内してくれ！」

執事は小走りに階段のほうへ向かい、アパートメントの上階へふたりを案内した。ひとつのドアを指さし、怯えた顔をしてあとずさった。エラリーがドアをあけると、部屋にはだれもいなかった。あわてて出かけた形跡がある。緑と白でまとめられた涼しげな部屋はしんと静まり返り、どこか不吉な感じが漂っていた。

ビルがいきなり声をあげ、絨毯《じゅうたん》の上に投げ捨てられていた皺《しわ》だらけの黄色い紙に飛びついた。それは電報で、こう書かれていた。

恐ろしいことが起こったので、だれにも何も言わず、すぐにひとりで来ること。ロズリンとオイスター・ベイの中間、大通り沿いのノース・ショア・イン。急いで。

母

　エラリーはゆっくりと言った。「これはまずいぞ、ビル。ノース・ショア・インの持ち主はオーケストラ指揮者のベン・ダフィだ。もう何か月も空き家になっている」

　ビルの顔が引きつった。そして、何も言わずに電報を床にほうり投げ、戸口から飛び出していった。エラリーはかがんで黄色い紙を拾い、迷ったものの、それをポケットに突っこんで、ビルのあとを追った。

　ビルはすでに階下におりていた。エラリーはその場から一歩も動けない様子の執事に訊《き》いた。「きょうは珍しい訪問者がいなかったか」

「訪問者でございますか」

「そう。来客だ。はっきり答えろ！」

「え、ええ、はい。新聞社のご婦人が。少々変わったお名前でした。たしか――」

　エラリーはまばたきをした。「エラ・アミティだな」

「さようでございます！　そういうお名前でした」

「いつだ？　だれに会った？」

「けさ早くおいでになりました。どなたにもお会いにならなかったと存じます……。実は、わたくしにはわかりません。そのときは非番で――」

「まずい」エラリーは言い、階段を駆けおりていった。


日がかなり傾いたころ、薄汚れた看板に〝ノース・ショア・イン〟と記されたやけに大きくて派手な建物の私道へ、エラリーのデューセンバーグが乗り入れた。建物には板が打ちつけられていた。人のいる気配はない。

ふたりは車を跳びおりて入口へ進んだ。不吉なことに、ドアがあけ放たれていた。中へ急ぐと、そこはだだっぴろい空間だった。ほこりまみれで壁紙が剝《は》がれ、覆いのないテーブルや金色に塗られた椅子が高々と積みあげられている。薄暗くて、細かいところまではよく見えない。ビルが悪態をつき、エラリーは手を伸ばして制した。

「止まれ、ブケパロス（アレクサンダー大王の軍馬）。未知の場所へやみくもに突撃をかけても無駄だ」エラリーはことばを切り、声を落とした。「まさかとは思ったが……。どうやら遅すぎたらしい。とんでもない相手だ！」

ビルはエラリーの手を振り払い、突き進んでいった。奥へ走り、椅子やテーブルを押し倒して、乾いたほこりを舞いあがらせた。

エラリーはきびしい顔で立ちつくしていた。それから脇を向き、〝手荷物預かり所〟と表示されたカウンターの横にある低いドアへ向かった。上から身を乗り出し、薄目で覗《のぞ》きこむ。

「ビル！」エラリーは小声で呼びかけ、それからカウンターを跳び越えた。ビルが必死の形相ですっ飛んでくる。奥のせまい空間でエラリーがひざまずき、その横にアンドレアのぐったりした姿があった。汚れた床に両膝《りょうひざ》を曲げて横たわったアンドレアは、帽子が脱げて髪が乱れ、身じろぎもしない。薄闇に浮かぶその顔は灰色だった。

「なんてことだ」ビルは力なく言った。「アンドレアが――こんな――」

「心配ない。バケツに水を汲《く》んでこい。調理場に水の出る蛇口があるはずだ。きみは鼻がないのか？クロロホルムを嗅《か》がされてるんだ！」

ビルは息を呑《の》み、すぐに駆けだした。帰ってきたとき、エラリーはなおも膝を突いたまま、意識のないアンドレアを半ば抱き起こしながら、頬を軽く叩《たた》きつづけていた。エラリーの指の跡が見えたほどだが、それでも死体のように微動だにしなかった。

「だめだな」エラリーは静かに言った。「よほどしっかりと吸いこんだらしい。そのバケツを置け、ビル。タオルかテーブルクロスかナプキンを探してくれ――リネンのたぐいならなんでもいい。きれいなものじゃなくてかまわない。少しばかり荒療治が必要だ。椅子も二脚ほど持ってきてくれ」

ビルが二脚の椅子とひとかかえの汚いリネンの重みでよろめきながらもどったとき、エラリーはアンドレアの上半身にかがみこんで、すばやく手を動かしていた。

ビルは衝撃に目をまるくして、大声をあげた。「おい、何をやってる」

「女性の肌を見るのが耐えられないなら、よそを見ていてくれ。知りたいなら言うけど、胸をはだけてるんだよ。青くさい堅物め！　これも手当てだよ、大間抜け。だが、まずはその椅子を外の私道に置いて——並べてくれ。何はともあれ、新鮮な空気が必要だ」

ビルはまた息を呑み、急いで正面の入口へ行って、ドアをあけ放ったあと、振り返ってもう一度息を呑み、それから姿を消した。一瞬ののち、エラリーがアンドレアのぐったりした体をかかえて外へ出てきた。

「バケツを持ってきてくれ。椅子は並べろと言っただろう！　そう。さあ、バケツをくれ」

ビルがバケツを手にもどると、アンドレアは二脚の椅子の上で仰向《あおむ》けに寝かされ、頭を大きくのけぞらせていた。エラリーはアンドレアが外出用スーツの下に着ていたブラウスを手早くはだけて、ブラジャーをあらわにした。それは鮮やかなピンク色で、レースがふんだんに使われていた。

ビルはなす術《すべ》もなく突っ立っていた。エラリーは無言で手当てをつづけた。腰のくびれの下にテーブルクロスを詰め、ナプキンをバケツの冷たい水に浸す。ナプキンを取り出して、絞らないまま、理髪店の蒸しタオルのように鼻の先と穴だけが出るようにして、血の気のない顔に載せた。

「政治家みたいにえらそうに突っ立ってるんじゃない」エラリーは声を荒らげた。「こっちへまわって、脚を持って。高くあげるんだ――でも、椅子から転げ落とすんじゃないぞ。おい、どうした、ビル。女の脚を見たことがないとでも？」

ビルは絹のストッキングに包まれたアンドレアの脚に腕をまわし、少年のように頬を染めながら、スカートがめくれないようにと何度も引っ張って直した。エラリーはナプキンを何枚も濡《ぬ》らして、あらわにした胸に載せた。それを剝がして、胸に強く叩くことを繰り返す。

「なんのためにそんなことを？」ビルの唇は乾いていた。

「簡単なことだ。頭をさげて、脚をあげる――血液を脳へ送るんだ。血のめぐりをよくするんだよ。このやり方は」エラリーは口のなかでつぶやいた。「何年か前にホームズという男から教わった。若い外科医でね。そのときの患者は父で――あの歳だからもっと危ないところだったよ。〝シャム双子〟の事件のときだ。覚えてるか」

ビルは苦しげな声で答えた。「ああ、そうだった。そうだったな」暗くなりかけた空を見つづけている。

「脚をしっかり高くあげて！ そうだよ……。さあ、いかがですか、お嬢さん。ミス・アガサの舞踏学校では褒められそうもないポーズですが、きっとすぐに意識がもどると思いますよ」エラリーは胸に載せたナプキンを替えた。「ふむ。ほかにもできることがあったはずだが、なんだったか。そうか！ 人工呼吸だ。おいおい、手当てのなかでいちばん大事なところじゃないか！」巻いて顔に置いたナプキンの下に手を入れ、全力で口を開かせる。ナプキンをよけると、わずかに血の気がもどりつつあるびしょ濡れの顔が現れた。「ほら！ たしかに効いてるんだ。このままにしよう」エラリーは真剣な顔でアンドレアの舌を引き出した。それから上半身に覆いかぶさるようにして、アンドレアの両腕を上下に動かしはじめた。

ビルは弱々しく笑いながら言った。「ルーブ・ゴールドバーグの機械からくりみたいだな」

そのとき、アンドレアが突然、空に向かって目をあけた。

ビルはアンドレアの脚を持ちあげたまま、口を大きくあけた間抜けな顔で突っ立っていた。エラリーはアンドレアの頭を腕で支えて起こしてやった。アンドレアの目は呆然《ぼうぜん》としていたが、あちらこちらを見まわし、やがてビルのところで止まった。「やあ」エラリーは満足そうに言った。「どうでしたか、ドクター・クイーンの完璧《かんぺき》な仕事ぶりは。もうだいじょうぶですよ、アンドレア。味方がいっしょですから」血走った目にみるみる生気がもどった。頰が真っ赤に染まる。アンドレアはあえいだ。「何をしているの？」

ビルはまだ口を大きくあけている。「おい」エラリーが鋭く言った。「彼女の脚をおろせ、ビル！　いったいどういうつもりなんだ」

ビルは熱いものにでもさわったかのように手を放した。脚が落ちて鈍い音を立て、アンドレアは衝撃に顔をゆがめた。

「このばか者め」エラリーはうなるように言った。「さっぱり役に立たないな。だいじょうぶですよ、アンドレア。さあ、起きあがって……。ほら。気分はましになりましたか」

「くらくらする」アンドレアはエラリーの腕に支えられて体を起こし、自分の額に手をふれた。「何があったの？　まあ、汚い！」アンドレアは、バケツから砂利の上に散らばった汚れたナプキンへ、そして自分自身へと目を移した。ストッキングは膝のあたりで破れ、スーツには湿った泥がこびりつき、手にはいくつもの煤《すす》汚れがついている。それから、自分の胸を見おろした。

「まあ」アンドレアは息を呑み、スーツの下襟を引き合わせるしぐさをした。「わたしは――あなたがた――いったい――」

「そうですよ、ぼくたちがやったんです」エラリーは陽気に答えた。「なんでもありませんよ、アンドレア。ビルは見なかったし、ぼくは性的に無関心も同然ですから。重要なのは、気を失っていたあなたをぼくたちが介抱したことです。気分はどうですか」

アンドレアは顔をゆがめて微笑んだ。「いやな感じよ。とっても気持ちが悪い。胃のあたりが、まるで一時間くらいだれかに殴られていたみたい」

「クロロホルムのせいです。じきに治まりますよ」

アンドレアは顔を赤くしたまま、ちらりとビルを見た。ビルは広い背中をこちらに向け、道の向こうの雨ざらしで読めなくなった看板を熱心に見つめている。「ビル」アンドレアはささやいた。「ビル・エンジェル」

ビルの肩がぴくりと動いた。「このあいだはすまなかった」振り向きもせず、ぶっきらぼうに言う。

アンドレアはため息を漏らし、エラリーの腕にもたれた。「過ぎたことよ」

ビルは振り返った。「アンドレア――」

「何も言わないで」アンドレアは目を閉じた。「少し待って――気を落ち着かせたいから。いまは何もかも、混乱してしまって」

「情けないよ、アンドレア、ぼくはばかだった」

夕闇が深くなるにつれ、空気が冷えてきた。「あなたが？」アンドレアは少しつらそうに微笑んだ。「あなたがばかだったなら、ビル、わたしはなんだったの？」

「よかった」エラリーが言った。「おかげでぼくは、きみたちの性格について口を出す必要がなくなったよ」

「罠《わな》だったの」エラリーは腕のなかでアンドレアが身を硬くするのを感じた。「電報が――」

「電報のことなら知ってますよ。何があったんです」

アンドレアは突然跳びあがった。「お母さま！　お母さまのところへ行かなくては――」

「心配は無用ですよ、アンドレア。電報はでっちあげです。お母さまが送ったはずがない。あなたをここへ誘い出すのが目的だったんですよ」

アンドレアは震えた。「ねえ、お母さまのところへ連れていって」

「車で来たんじゃないんですか」

「ええ。列車に乗って、駅から歩いてきたの。お願い」

「いいですよ」エラリーは言った。「その前に、ぼくたちに話すことがありますね、アンドレア」

アンドレアの手が唇にふれ、汚れがついた。「わたし——もう一度よく考えなくては」

エラリーはアンドレアを見つめた。それから軽い口調で言った。「知ってのとおり、ぼくの車はふたり乗りです。でも、後ろの折りたたみ座席が使えますから、もし——」

「ぼくが後ろにすわろう」ビルが口ごもりながら言った。

「いいえ、きっと」アンドレアは言った。「三人でもどうにか……」

「ビルかぼくの膝《ひざ》にでもすわるんですか」

「ぼくが運転する」ビルは言った。

「だめだ」エラリーは言った。「この車を運転するのは、ドクター・クイーンただひとりだ。気の毒ですが、しかたがありませんね、アンドレア。巷《ちまた》の噂だと、ビルの膝は世界一すわり心地が悪いそうです」

ビルは歩きだした。背中がこわばっている。アンドレアは髪をつまんで直し、穏やかに言った。「試してみるわ」

エラリーは口笛を吹きながら、のんびりと車を走らせた。ビルはその隣で両手を脇につけて固まっていた。アンドレアはビルの膝の上でじっとしている。会話はなく、ときおりアンドレアがエラリーに道順を告げるだけだった。車は必要以上に縦に揺れているように感じられる。どういうわけか、エラリーは路面のどんなに小さな起伏にも抗しきれないようだった。

別荘に着いて十五分もしないうちに、アンドレアは斜面になった庭園で待つふたりのもとへ帰ってきた。汚れた服から、薄闇のなかではっきりしないが、涼しげな淡い色の服に着替えていた。アンドレアは籐《とう》の椅子に腰をおろし、しばらくはだれも口をきかなかった。庭師の撒《ま》いた水と午後の日差しのせいで、まだ湿っぽい生あたたかさが漂い、鼻腔《びこう》を満たす周囲の花壇の香りとあいまって、三人の疲れた肌を癒《いや》した。斜面をはるかくだった先では、濃紺のビロードのようなロングアイランド湾の水面がやさしく波を立てている。そこには静寂と平和があった。

アンドレアは椅子の背に体をもたせかけて口を開いた。「母はここにいないの。よかった」

「ここにいない？」パイプをくわえていたエラリーはかすかに眉《まゆ》をひそめた。

「昔からのお友達のカルー家にお邪魔しているのよ。使用人たちには、何も言わないよう伝えました……わたしがここに来たいきさつを。母を驚かせてもしかたがないので」

「そうだな……。あなたを見ていると、よくある雑な作りの映画のヒロインを思い出しますよ、アンドレア。いつでも都合よくきれいな着替えを見つけるんです」

アンドレアは答えられないほど疲れていて、ただ微笑んだ。しかし、ビルが喉《のど》もとまで緊張しきっているような硬い声で話しかけた。「それで？」

アンドレアはすぐには答えず、涼しそうな茂みに目を向けた。音も立てずに現れた使用人が、よく冷えているらしい背の高いグラスを三つ運んできた。補佐の者がテーブルとリネンを携えている。手短に仕事をすませ、ふたりは去っていった。

アンドレアはひと口呑《の》むと、なぜかグラスを置いて立ちあがり、歩きまわりはじめた。低木から花へと動きながら、ふたりのほうへまったく顔を向けなかった。

「アンドレア」エラリーがじれったそうに言った。「そろそろいいんじゃありませんか」

ビルがグラスを握りしめて前のめりになり、それきり身じろぎもしなかった。その目はアンドレアの気怠《けだる》い歩みに吸い寄せられていた。

アンドレアは小さく指を動かして、グラジオラスの長い茎を折った。それから、こめかみを指で押さえながら振り向いた。「ああ、もう、ひとりでかかえこむのはいや！」アンドレアは叫んだ。「ずっと悪夢だった。もう一日だまっていたら、すっかり気が変になっていたと思う。どれほどの苦しみに耐えていたのか、あなたがたにはわからないでしょうね。わかるはずがない。ひどすぎる、あんまりよ！」

「ブラウニングが『指輪と本』のなかでなんと言っていたかを覚えていますか」エラ

リーは尋ねた。「〝行きすぎた悪という大いなる正義〟です」

アンドレアはそれを聞いて落ち着いたのか、黄水仙に近づいて指でふれ、それからひとつ息をついて籐の椅子に腰をおろした。「おっしゃることはわかる気がする。この悪は正しいのかもしれない。そう思っていたの。そう思うしかなかったから。だけど」アンドレアはつぶやいた。「いまはわからない。もう確信が持てなくなってしまった。考えるだけでめまいがするのよ。いまはただ……こわい」

「こわい？」エラリーは静かに尋ねた。「そう、あなたが恐れてることには気づくべきでした、アンドレア。恐れてるから、ぼくたちがあなたを救いたい、哀れなルーシー・ウィルスンを救いたいと願ってるのがわからないんですか？　共同戦線を張れば、その恐怖を和らげ、危険を退けることができるのに」

「あなたは真実を知っているの？」アンドレアはあえぐように言った。

「すべてじゃありません。半分もないでしょう。ぼくが知ってるのは、あなたがデラウェア川のほとりの家を訪れたあの夜、何かが起こったということです。あなたの身に何かが起こった。アンドレア、ぼくはあのマッチの燃えさしと焦げたコルクについては、ルーシーの公判で正しく分析されたと思っています。犯人はあのコルクを鉛筆代わりにしてメモを書いたんです。メモは現場から消えましたが、あなたも消えました。となると、メモはあなたに宛てたものだったにちがいない。また、その後の行動を見るかぎり、あなたがそのメモで脅迫されていたことは明らかです」エラリーは手をあげて、自分のパイプから漂う煙をもどかしげに払いのけた。「ただし、これは憶測にすぎません。ぼくは事実を、真実を知りたいんです。犯人を除けば、真実を証明できるただひとりの人間であるあなたの口から」

「でも、お役には立てない」アンドレアは夕闇に隠れるようにしてささやいた。「ぜったいに無理よ。わたしがずっと自分の良心に従って耐えてきたのがわからないの？もしルーシーさんを救えると思っていたら、何があろうとお話ししたと思わない？」

「なぜその判断をぼくにまかせてくれないんですか、アンドレア」

アンドレアのため息は降参のしるしだった。「あなたに以前お話ししたことのほとんどは真実ですわ……。すべてではないにしてもね。ただ、あの電報は受けとったし、バークのキャデラック・ロードスターを借りて土曜の午後にトレントンへ向かったのもほんとうよ」

「それから？」エラリーは言った。

「着いたのは八時だった。車で乗りつけた時間のことよ。クラクションを鳴らしたけど、だれも出てこなかった。だから中へはいってみたの。ぜんぜん人気《ひとけ》がなかった。目にはいったのは、壁際に吊《つる》してあった紳士物のスーツとか、テーブルとか、いろいろ――それがひどく奇妙に目に映って、なんだかおかしな気分になってね。この場で恐ろしいことが起こったか、起ころうとしているか、そんな気がしてならないの。わたしは駆けだして車に跳び乗り、頭を冷やすつもりでカムデンのほうへ走った」アンドレアはひと息入れ、一同は黙していた。徐々に暗くなり、ビルがアンドレアに目を凝らすと、薄暗い椅子に坐《ざ》する静かな青白い曲線が浮かんで見えた。ビル自身の顔も、アンドレアの服に劣らず青白かった。

「それから、もどった」エラリーはつぶやいた。「ぼくたちには九時にもどったと言ったけど、そうじゃないんだな、アンドレア。九時まではずいぶん時間があったはずだ」

「ダッシュボードの時計では八時三十五分だった」

ビルはかすれた声で言った。「ほんとうかい？　アンドレア、こんどはまちがえないでくれよ。それはたしかなんだね？」

「ああ、ビル」アンドレアは嘆きの声をあげ、驚いたことにすすり泣きをはじめた。

ビルは体をこわばらせ、それから椅子を蹴《け》倒して駆け寄った。

「アンドレア」ことばがこぼれ出た。「もうどうでもいい。なんでもいい。どうか泣かないでくれ。ぼくはきみにひどい仕打ちをしてしまった。とにかく泣かないでくれ。でも、ぼくは知らなかったんだ。それはわかってくれるだろう？　ぼくは妹のことで必死だった。もしも――」

アンドレアの手がビルの手を探りあてた。ビルはおずおずとその手を握った。息もできないほどの様子で、信じられないほど貴重なものにふれたかのようだった。アンドレアはふたたび語りはじめたが、ビルはそのままいつまでも立ちつくしていた。いまではずいぶん暗く、エラリーが動かさずにいるパイプのボウルの火だけが浮かんで見えた。

「八時に着いたときには」アンドレアの声は奇妙に震えていた。「家のなかは薄暗くてね。わたしは明かりをつけた――テーブルの上のランプを。八時半を少し過ぎてもどったときにも、まだランプはついていたわ。正面の窓越しに明かりが見えていた」

エラリーが唐突に言った。「二度目のとき、半円形の私道にフォードが停められていたでしょう?」

「ええ。わたしはそのすぐ後ろに停めたの。だれの車かと不思議だった。古い型のフォードのクーペで、だれも乗っていなかったわ。あとに――」アンドレアは唇を嚙《か》んだ。「あとになって、それがルーシーさんの車だと知った。でも、そのときは知らなかったの。わたしはジョーに会うつもりで家にはいった」

「それで?」エラリーは言った。「それで?」

アンドレアはつらそうに小さな笑い声を発した。「びっくりしてしまったの、まさかあんな……あんな光景を目にするなんて。玄関のドアを押しあけて戸口で足を止めたとき、見えたのはテーブルと、その上のお皿と、あかあかと照るランプだけだった。そのときですら、こわくて死にそうだったわ。何かが知らせたのね――部屋にほんの数歩だけ足を踏み入れたそのとき……」ビルの手のなかでアンドレアの手が小刻みに震えている。

「アンドレア」ビルはささやいた。

「テーブルの奥の床に脚が二本見えたの。じっと動かない。私は口に手をあてて――一瞬、何も考えられなかった……。それから、何もかもがはじけ飛んだ。まわりが真っ暗になってね。覚えているのは後頭部の鋭い痛みと、自分の体が倒れる感覚だけだった」

「そいつはきみを殴ったのか！」ビルは叫んだ。

その声のこだまが消えるまで、だれも口を開かなかった。やがてエラリーが言った。

「犯人はあなたの車の音を耳にして、だれかが来ると気づいたんですね。脇の戸口から逃げることもできたが、あのフォードを動かさなくてはいけない。ルーシーを巻きこむことは計画に折りこまれていました。そこで、玄関のドアの陰で待ち伏せをした。そしてあなたがはいったとき、後頭部を殴りつけた。そんなことはぼくも気づくべきでした。あのメモは……。つづきを話してください、アンドレア」

「帽子をかぶっていたのは運がよかったわね」アンドレアは心の均衡を半ば失ったよ

うな笑い声を立てた。「ひょっとしたら、その女——犯人はあまり強く殴らなかったのかも。わたしが目を覚ましたのは九時を何分かまわったころだった。くらくらしていたけれど、腕時計を見たのは覚えている。家のなかには、また人の気配がなかった。そのときはそう思ったの。わたしはテーブルの手前の、殴られたあたりの床に倒れていた。頭がひどく痛かった。口に毛織りの布でも詰まっているみたいだった。立ちあがってテーブルに寄りかかったけど、それでも力がはいらなくてまだぼんやりしていて。そのとき、自分の手に何か握らされていることに気づいて……」

「どちらの手でしたか」エラリーはすかさず訊《き》いた。

「右よ。手袋をはめていたほう。それは一枚の紙切れ——包装紙だった。暖炉の上の炉棚にあった包装紙に似ていたわ。破りとったのね」

「ぼくはなんと愚かだったのか！　包装紙をもっとしっかり調べなきゃいけなかった。でも、びりびりに破られていて……。すまなかった、アンドレア。つづけてくださ い」

「頭がぼんやりしたまま、それを見たの。何か印のようなものが並んでいた。テーブルのランプのそばにいたから、その紙に書かれていたものを読んだわ」

「アンドレア」エラリーはやさしく言った。「できれば……。その手紙はどこにありますか。ああ、どうかお願いだ！　その手紙をとってあるんでしょうか、アンドレア」

エラリーには暗くて見えなかった。しかし、深い淵《ふち》にみごとに張り渡された命綱のごとくアンドレアの手を握っていたビルは、アンドレアのもう一方の手が、しっかりとしたすばやい動きでドレスの懐のあたりに隠れ、ふたたび現れたことに気づいた。

「いつか必要になるのはわかっていた……。ほかはともかく」アンドレアはあっさりと言った。「これだけはとっておいたの」

「ビル！」エラリーは鋭い声をあげた。立ちあがって一気に歩み寄り、ふたりをたじろがせる。「明かりだ。ぼくのポケットからマッチ箱を出すんだ。明かりが要る……。おい、手を握り合うのはあとにしてくれ！　とにかく明かりだ」

ごそごそと揉《も》み合ったあげく、ようやくマッチに火がつけられた。ビルの頰は血の気のせいで赤黒く見えた。アンドレアは小さな光の点のまぶしさに目を閉じた。だがエラリーはメモへと身を乗り出し、その皺《しわ》だらけの破れた紙切れが古代の神聖な文書であるかのように、記号のひとつ、文字のひとつ、語のひとつに至るまで余さず読みとろうとした。

マッチの火が消えた。ビルがもう一本擦った。つづいてもう一本。ひと箱のマッチをほとんど使いきるころ、エラリーは体を起こした。それでもなお、冷静さの入り混じった当惑と、懸念と、かすかな失望を顔に浮かべながら、ぎこちなく記された大文字をじっと見つめていた。

「どうだい」ふたたび安全な暗闇に隠れ、ビルは言った。「なんと書いてある？」

「ああ」エラリーはかすれた声で言い、自分の椅子へもどった。「長くはないが、要点は書かれている。差し支えがなければ預からせてもらいますよ、アンドレア……。内容はこうだ。〝今夜見聞きしたことについては何も口外しないように。母の命が惜しければ〟。〝何も〟という部分に太い下線が引いてある。ビル、ぼくたちはこのお嬢さんにお詫《わ》びしなくてはならないと思うよ、深き淵から《デ・プロフンディス》（詩篇のことばで、罪の許しを求めるために唱える）」

「アンドレア」ビルはしおらしい懇願するような声を出した。しかし、それ以上は何も言えない様子だった。隔たりの向こうから、アンドレアがため息をつくのがエラリーの耳に聞こえた。ビルは自分の手がかすかな力で握り返されるのを感じた。

「興味深い」エラリーは上の空のような口調で言った。「もちろん、ひとつには、アンドレア、あなたが口を閉ざしていようと思った理由がいま明らかになりました。お母さまの命を脅迫の材料として、犯人だと考えられる女があなたに沈黙を強いていたんですね。きょうの出来事でそれがいっそうはっきりしました」苛立《いらだ》ちのこもった小さな舌打ちが響く。「ぼくは実に愚かな戦略をとっていました。そこは手きびしく非難されてもしかたがない。あなたはいつ、どこで襲われてもおかしくなかったんですからね。そう、これはなんとも興味深い。お母さまはこのことをまったくご存じないんですね」

「ええ、もちろん」

「今夜までだれにも打ち明けていませんね？」

「言えるはずがないわ」アンドレアは小さく震えた。

「大変な重圧でしたね」エラリーはにこりともせず言った。「ぼくだって、そんなものをかかえるのはご免です」

「だけど、いま――今夜、その女も怯《おび》えているにちがいないわ。つまり、あの冷酷な犯人のことだけど。愚かだったのはわたしよ。あなたじゃない。わたしがもっと用心しなくちゃいけなかった。でも、きょうの午後に電報が届いたときは、取り乱してしまって。すっかりだまされたの。ありとあらゆる恐ろしい可能性を考えたわ。だからあの建物へあわてて出かけていって……。どんな人かわからないけど、油断も隙もない相手だった。ロビーへ駆けこんだ瞬間――だまされたなんて気づく暇もなく――手が伸びてきて、何か柔らかくて変なにおいのものを鼻に押しつけたので、わたしは気を失ってしまった。目が覚めたときには、外のあの椅子の上で、ビルがそばにいたというわけ」アンドレアが言い終えると、ビルは子供のようにもじもじした。

「何か見ませんでしたか――顔や、手や、着ているものの一部でも」

「いいえ、何も」

「手はどんな感じでしたか」

「手はまったくふれていないの。手だと思っただけで、ふれたのは布で――きっとハンカチよ――クロロホルムが染みこませてあった」

「警告だな。こんども警告だった。たいしたものだ！」

「何がたいしたものだって？」ビルが強い口調で言った。

「すまない。つい声に出てしまった。でも、警告は失敗でしたね、アンドレア。あなたが口を割らないよう締めつけをきつくするつもりが、逆にすっかり打ち明ける結果となったんですから」

「わかるでしょう？」アンドレアは大声で言った。「さっき、あなたがたのおかげで目を覚ましたとき、わたしにはすぐわかった。きょうの午後わたしを襲ったのは、あの日あの家でわたしを襲って、手にメモを握らせたのと同じ女にちがいない。そのとき、はっと気づいたの。そしていまは――ついに確信した」

「何を？」ビルは呆然《ぼうぜん》としていた。

「あなたの妹さんはその女じゃなかったということよ！　ルーシーがあの日ジョーを殺してわたしを襲ったと言われても、わたしはどうしても信じられなかったのよ、ビル。だけど、確証があったわけじゃない。それがきょう、はっきりとわかったの。ルーシーはいま拘置所にいる。だから、きょうのはぜったいに……。わかるでしょう？

ようやくすっかり納得できたのよ。それで決心がついたというわけ。もちろん、母を守ることは大切よ——前にもまして大切だと言える。でも、ルーシーに対する不当な裁きのことを思うと……ほんとうのことを話すべきだと思った」

「しかし、お母さまが——」

「ひょっとして」アンドレアは声を落とした。「だれかがここで……」

「われわれがここにいることはだれも知りませんよ、アンドレア」エラリーはやさしく言った。「それから、お母さまがもどられたら、ご本人には悟られずに厳重な警備をつけることにしましょう。しかし、このメモときたら……。書きだしの挨拶《あいさつ》も、署名もない。それは予想どおりです。ことばづかいにも特徴は見られません。しかし、これだけ長いと、書き手は少々苦労したでしょうね。〝母の〟からの部分は文字が徐々にかすれていって、最後はほとんど読めなくなっています。もちろん、メモの長さから言って、マッチは何本も使ったでしょう。コルクを焼いても炭化するのはごく表面だけです。炭の部分は線を一、二度走らせただけで磨《す》り減って、また火であぶる必要がある……。アンドレア、あの家にはいったとき——そして頭を殴られる前に——テーブルの上にあったナイフの先端には、コルクが刺さっていましたか」

「いいえ。そのとき、そこにはなかった。殴られたあとに目を覚まして、はじめてそこにあるのを見たの」

「その点は重要ですね。あなたが一撃を受ける前に、ナイフはギンボールの心臓に刺さっていたことになります。あなたが殴られてから目を覚ますまでのあいだに、犯人はナイフを抜き、先端にコルクを刺し、それを焦がし、包装紙を破り、あなた宛《あて》の手紙を書いた。そして、あなたが目を覚ます前にそのメモを握らせ、ルーシーのフォードで逃走した。殴った人物の姿を、ちらりとでも見ませんでしたか、アンドレア」

「いいえ」

「手だけでも——なんでもいいんですが」

「まったくの不意打ちだったから」

「意識がもどってから、どうしました？」

「メモを読んだわ。こわくてたまらなかった。それからテーブルの向こうを見たら、ジョーの姿が目にはいったの。床に倒れていて、胸が血だらけで……死んでいるように見えた。ジョーに気づいたときは、きっと悲鳴をあげたと思う」

「ぼくはその悲鳴を聞いた」ビルがつぶやいた。「百回は夢に出てきたよ」

「ああ、ビル、そんな……。わたしはバッグをつかんで、ドアのほうへ走ったの。表の通りに一台の車のヘッドライトが見えた。自分がどれほど危うい立場にいるのかがわかったわ——たったひとりで、死んだ人、それも義理の父のそばにいたのだから……。すぐにキャデラック・ロードスターに跳び乗って走りだし、その車とすれちがうときには顔をハンカチで覆ったの。もちろん、だれの車かも、だれが乗っていたのかも知らなかった。わたしは大通りからはずれ、脇道をあちこち通り抜けながら、十一時三十分ごろにはどうにかニューヨークの街に帰り着いた。だれにも気づかれずにアパートメントへもどり、イブニング・ドレスに着替えてから、車でウォルドーフ・ホテルへ向かったの。ほかのみなさんには、頭が痛かったなどと申しあげたけど、何も訊《き》かれたりはしなかった。あとのことは」アンドレアは疲れきった様子でため息を漏らした。「ご存じのとおりよ」

「その後は何かメッセージを受けとっていませんか、アンドレア」エラリーはさりげなく尋ねた。

「ひとつだけ。その、あの日の……翌日に。電報だった。〝何も言わないように〟とだけ書いてあったわ」

「それはどこに？」

「捨ててしまった。ただの電報だからと――」

「発信元はどこの局でしたか」

「見なかったと思う。すくみあがってしまって」アンドレアの声が大きくなった。

「だって、打ち明けるなんて無理でしょう？　だれかが闇で見張っていて、わたしが何かひとことでも告げようものなら、母に……危害が及ぶとわかっているのに」

「もういいんだよ、アンドレア」ビルはやさしく言った。

「だけどビル、わたしの話でルーシーの立場が変わることもありうるんでしょう？　これからは、わたしと母に――危害が加えられないよう取り計らってもらえるでしょうし。きょうわたしが襲われたことで、ルーシーじゃないことがはっきりしたんだから。あのときの――」

「いや、アンドレア。法律の見地からは、それはまったく証拠にならないんだ。ポーリンジャーはこう主張するだろう――きょうのきみへの襲撃は、すでに殺人の有罪判決がおりたにもかかわらず、無罪であるかのように見せようとして、ルーシーの仲間が仕組んだものであるとね」

「ぼくもビルと同意見です」エラリーが唐突に口を出した。「それどころか、ぼくたちは今後の戦略を大きく変えていかなきゃいけない。アンドレア、ぼくはあなたに、いわゆる肘鉄《ひじてつ》を食わせます――いまの状況では、願ってもないことですよ。きょうノース・ショア・インで襲われたことは、お母さまを含めて、だれにも言わないでください。そうすれば、あなたを襲撃した人物は、ぼくがあなたから聞き出すのをあきらめ、あなたも警告を肝に銘じて何もしゃべらなかったのだろうと推測して、安心するでしょう――今後の攻撃への備えとしてはじゅうぶんだと思います。あなたにクロロホルムを嗅《か》がせた人物も、血に飢えているわけじゃない。あなたは安全ですよ」

「おっしゃるとおりにするわ」アンドレアは小声で答えた。

「しかし、エラリー――」ビルは言いかけた。

「いや、だいじょうぶだよ。ぼくたちが手を引いても危険はない」エラリーは椅子を引いた。「もう帰ることにしよう、ビル。アンドレアのお母さまもすぐにもどるだろうし、ここにとどまってへたな言いわけをしてもしかたがない。つぎに会うのは――」

何者かが下生えを掻《か》き分けて進んでくる音がした。エラリーは口をつぐんだ。音が大きくなる。まるで目の見えない巨大な動物が、草木のあいだをよろめきながらこちらへ迫るかのようだ。

「声を出すな、ビル」エラリーはささやいた。「こっちへ来るんだ。早く！　アンドレア、そのままじっとして。何かあったら、すぐに全力で走って逃げるんです」

ビルは闇にまぎれてエラリーのほうへ寄っていった。エラリーはビルの腕を強くつかんだ。少し離れた場所にいるアンドレアは身じろぎもしなかった。

男の叫ぶ声がした。「アンドレア！」奇妙なだみ声だった。

「バークだわ」アンドレアがつぶやいた。

「アンドレア！」荒々しい大声が響く。「いったいどこにいるんだ？　こんなに暗くちゃ、何も見えない」

下生えをようやく突き抜けて表へ出たような音がした。男の息づかいは、まるで走ってきたかのように荒い。

「ここよ、バーク」籐《とう》の椅子にすわるアンドレアが静かに言った。

ジョーンズは低くうなった。手探りでアンドレアの位置を突き止めようとしているらしい。ビルはエラリーのかたわらに身をかがめ、音のするほうをにらみつけていた。

「ここにいたのか」ジョーンズの野太い笑い声が芝生のあたりから聞こえた。「ぼくを避けてるんだろう、アンディ。婚約者なのにひどい扱いだな。ずいぶん探したぜ。きみの家に電話をかけたら、お母さんといっしょにこっちへ来てると使用人が言うのでね。さあ、キスしてくれ。なあ――」

「さわらないで」アンドレアは言った。「豚みたいに飲んで、酔っぱらっているわね」

「友達と二、三杯引っかけてきただけだ。さあ、アンディ。熱烈なキスをしてくれ」

服が擦れるような音が聞こえたあと、ピリオドを打つかのように、鋭くぴしゃりと叩《たた》く音が響いた。「さわらないでと言ったのよ」アンドレアは淡々と言った。「酔っぱらいにさわられるのはご免よ。さあ、帰ってちょうだい、バーク」

「そういうことか、おい」ジョーンズは不満げに言った。「いいとも、アンドレア。きみがそう言うならな。ちょっぴり古風にかわいがってやろうじゃないか。ほら、ほら……」

「やめなさい、この穢《けが》らわしい――」

「きみにちらちら色目を使ってる、あのフィラデルフィアの弁護士のほうがいいってのか？　ふん、婚約者にほかの男といちゃつかれてたまるもんか。そうはさせないぞ。きみは婚約者だ。ぼくの所有物なんだぜ、アンディ。つかまえたら逃がさないさ。ほら、さっさとキスするんだ！」

「バーク、わたしたちはもうおしまいよ。どうか早く帰って」

「おしまい？　いいや、そんなことはない。どういうつもりなんだ――おしまいだと？」

「終わりだと言っているのよ。婚約は解消します。そもそもまちがいでした。あなたはいつものあなたじゃない。すっかり酔っているのよ、バーク。さあ、帰って。あとで悔いるようなことをなさる前に」

「おい、小娘、きみを少々懲らしめてやらないとな。解消だと……。こっちへ来い！」

芝生の先で、ふたりが揉《も》み合っているようだった。ビルはエラリーの手を振り切って、音を立てずにすばやく前へ進み出た。エラリーは迷いながらも、肩をすくめて木の下の奥まった場所に退いた。

何かを力いっぱい引き剝《は》がすような、物が裂ける音がした。ジョーンズは不意を突かれてうなり声をあげた。

「エンジェルだ」ビルはいかめしい声で言った。「おまえの姿は見えないが、芝生の向こうにいても鼻についたぞ、この豚め。腕の具合はどうだ」

「何を――」

「襟を放せ、この野郎」

「腕はもう治ったのか」

「そうだ！　放しやがれ、さもないと――」

こぶしが骨を打ち、体が芝の上にくずおれた。

「酔っぱらい相手に気は引けるがね」暗闇でビルが吠《ほ》えた。「自業自得ってやつだ」

ジョーンズはよろめきながら立ちあがった。「おまえ、ビルとかいうやつだな」低い声でうなる。「暗がりでこそこそ逢《あ》い引《び》きか？」汚いことばをはっきりと口にしたところで、ふたたび殴り倒された。

「ビル、やめて！」アンドレアが叫んだ。

ビルのこぶしがまた小気味よい音を立て、ジョーンズはまた地面に沈んだ。「お行儀よくポロの選手でもやってろ、ジョーンズ。さあ、おとなしく帰れ。さもないと叩き出してやる」

「ビル！」

ジョーンズの反応はなかった。エラリーは、芝にうずくまる姿が目にはいった気がした。それから立ちあがったらしい。数秒のあいだ、荒い呼吸の音と、こぶしが肉を打つ鈍い音だけが聞こえていた。そして、また倒される音がした。

ジョーンズが罵《ののし》りのことばを吐いた。やっとのことで起きあがり、足を引きずって去っていくのが聞こえた。やがて、遠ざかる車のエンジン音が響いた。

エラリーは芝生にもどった。「とんだ英雄だな」そっけなく言う。「きみは高潔なる騎士ガラハッド卿《きょう》か。自分をなんだと思ってるんだ、この愚か者」

「ほっといてくれ」ビルはふてぶてしく言い返した。「うぬぼれ屋の金持ち坊やの、あのいやらしい顔を最初に見たときから、いつかこてんぱんにしてやりたくてむずむずしてたんだ。おまけにアンドレアにあんなことを言って――」

「アンドレアはどこだ。異様に静かなんだが」

「ここよ」アンドレアは小声で答えた。

「どこですって？」

「この場所は」アンドレアは穏やかに言った。「あまり教えたくないわね」

エラリーは両手をあげた。「捜査が恋愛の神に大いに助けられるなんて、聞いたことがないぞ。とんでもないな！　まあ、このぼくの知ったことじゃない。どうぞよろしくやってくれ、ふたりとも。建物のなかまで送りましょうか、アンドレア」

「車で待っててくれ」ビルの声はどこか夢見心地だった。エラリーは闇にまぎれてにやりと笑った。ふたりがゆっくりと歩いていく音が聞こえた。

エラリーのもとへもどったビルは、何も言わず晴ればれとした顔をしていた。デューセンバーグのダッシュボードの明かりでそれを一瞥《いちべつ》したエラリーは含み笑いをし、それから車を発進させた。


エラリーは車をロズリンの目抜き通りに停め、ビルにことわってから、薬局へ急いではいった。しばらくかかった。店を出てくると、こんどは通りの先の電報局へ向かい、そこに足を踏み入れた。五分経ったころ、思案げな顔で車にもどった。

「何事だ」ビルは訊《き》いた。

「用事を二、三、片づけた。電話でね。一本はトレントンへだ」

「トレントン?」

「エラ・アミティと話したかったんだが、きょうは終日、新聞社にいなかったらしい。きっと何か思うところがあるんだろう。頭のいい女だ。それからヴェリー部長刑事と話した」

「おや、内緒話かい」エラリーがギアを入れると、ビルは椅子に深々とすわりなおし、ふたたび夢見るような表情を浮かべた。

「内緒と言いたければ言え」エラリーはくすくすと笑った。「部長刑事は、正真正銘の〝千歳《ちとせ》の岩〟でね。疲れたとき、ぼくはいつもあのがっしりとした肩にもたれるんだよ――父の忠実なる部下フライデーで、ファラオのミイラみたいに口が堅い男だ。そう、ヴェリーはいい紹介所を知ってるから、すぐに腕の立つ連中に警護させると約束してくれた」

ビルは唐突に体を起こした。「エラリー！　じゃあ、きみは――」

「ああ、当然だよ。きみがオイスター・ベイで派手に立ちまわってくれたおかげで、計画を変更せざるをえなくなったよ。ぼくがいることに気づかれないよう、わざと隠れてたのに。とにかく、ジョーンズにしゃべられたら、まずいことになるかもしれない。きみがあの場にいたとなると、怪しむ人物もいるだろうからな」

「ぼくはあんな野郎にむざむざと――」ビルはむきになった。

「はい、はい、ロミオ、よくわかるよ。計画を変更してよかった面もある。護衛というのは、護衛される人間がその存在に気づいていないほうが都合がいいんだ。ヴェリーの知り合いはアンドレアと母親をしっかり見張るから、心配はない。つまり、護衛をつけるというのは、なかなか望ましい状況というわけだ」

「でも、あの忌々しい犯人に感づかれたら――」

エラリーは心外そうな顔をした。「おい、ビル。こういう手筈《てはず》なら安全だとぼくが思ったんだから、きみにも納得してもらいたいものだな。ぼくはこうした繊細な物事には小うるさいほうなんだから」

「わかった、わかったよ。だけど、もし気づかれたらまずいことになる。アンドレアが打ち明けたとわかったら――」

「何を？」

「何をって？」

「アンドレアが何を打ち明けたというんだ」

「だって、あの夜のことをそのまま話したじゃ――」

「そうだが、そのことに何か意味があるのか」

「きみは何を言ってるんだ」ビルは顔をしかめた。

エラリーはしばらくだまって車を走らせた。「わからないか、ビル。この犯人がひどく恐れてるのは、あの夜アンドレアが犯行現場に居合わせたことに関連する何かなんだ」つぶやくように言う。「たしかに、きみはアンドレアの話を聞いた。それでひらめくものはあったか？　重要な事実へ至る道筋は示されたか？　あの話のなかに、犯罪捜査という見地から、一個人に不利になるような内容が何かあったと思うか？」

「いや」ビルは答えた。

「だが、あるはずなんだ。もしもアンドレアが犯人の顔、姿、服、あるいは手だけでも見ていたなら、このとらえどころのない影のような女が口止めの警告をしてくるのは当然だ。しかし、犯人はアンドレアが何も見ていないのを知っているはずなんだ。後ろから殴られて、すぐに気を失ったんだから。では、犯人は何を恐れているのだろうか」

「こっちが訊きたい」ビルは暗い顔で言った。

エラリーは軽い口調で言った。「今夜はうちに泊まらないか、ビル」それから、アクセルを踏みこんで、デューセンバーグがうなりをあげるのを聞きながら、ぼそりと言った。「たぶんこんどこそ、たぶんこんどこそ」

「どういう意味だ」

「いや、なんでもないさ」

「それから、あそこの電報局へ寄ったのはなぜだ」

「ああ、それか。アンドレアをノース・ショア・インへおびき寄せたきょうの電報についてたしかめたんだ」

「何かわかったのか」

「さっぱりだ。局員はだれが電報を打ったのか覚えていない」

翌朝、クイーン警視がすでにセンター街の警察本部へ出かけ、クイーン家の居間ではエラリーとビルが二杯目のコーヒーを飲みながらくつろいでいたとき、ドアの呼び鈴が鳴った。ふたりの耳には、独自の考えの持ち主であるジューナが、ドアをあけてすぐの小さな控えの間でだれかをきびしく問いつめる声が聞こえた。

「ジューナ！」エラリーが朝食のテーブルから呼びかけた。「だれだい」

「女の人です」居間の戸口に現れたジューナは、ふくれっ面で答えた。年端もいかない少年でありながら、頑固一徹の女ぎらいなのだ。

「もう大変」その後ろからアンドレア・ギンボールが言った。「こちらの若い人食い鬼さんに首を切り落とされそうだった。女が訪ねてくることはめったにないということかしら……。あら」

ビルは腰を浮かせ、借りている赤と黄褐色の縦縞《たてじま》のパジャマの上にはおった、こちらも借り物のガウンの下襟をつかんだ。あわてふためいて、思わず寝室のドアへ目を走らせる。

ビルは「やあ」と言い、間抜けな笑みを浮かべてすわりなおした。

「見栄っ張り過多症だな」エラリーはビルを評してにっこり笑った。「来てくれてうれしいですよ、アンドレア。まさしく、とんでもないところを見つか……。いや、お気になさらず。さあ、はいってください！　それからジューナ、こんどこのご婦人に吠《ほ》えかかったら、その青くさい首をねじりとってやるからな」

ジューナは顔をしかめて台所へ行った。しかしすぐに、和睦《わぼく》のための贈り物とばかりに、洗いたてのカップと受け皿、ナプキン、スプーンを運んできた。

「コーヒーを」ジューナはぼそりと言い、ふたたび姿を消した。

「なんてすがすがしい子なの」エラリーがコーヒーを注いでいるそばで、アンドレアは笑い声を立てた。「わたしは好きよ」

「あいつもあなたが気に入ったんですよ。自分がひそかに認めた相手にだけ、目いっぱい手きびしい態度をとるんです」

「ビル・エンジェル、あなた、見るからに落ち着きを失っているわ。独身男性というのは、どんな場でも鷹揚《おうよう》に構えているものと思っていたのに」

「パジャマのせいだよ」ビルは間抜けな笑みを浮かべたまま言った。

「たしかに変てこなパジャマね。あなたのでしょう、クイーンさん。どうもありがとう」アンドレアはコーヒーに口をつけた。明るく華やかな服をまとったアンドレアはすがすがしく、楽しげにさえ見えて、前日の騒ぎのことなどまるで感じさせなかった。

「ぼくの秘めたる欲望《リビドー》が漏れ出した結果ですよ」エラリーは言った。「それにしてもアンドレア、けさは上機嫌のようですね」

「ええ。ゆうべはよく眠れたし、けさはセントラル・パークで軽く馬を走らせて、それからここへ来たの。そうしたら、あなたたち――ふたりそろって、十時半だというのに着替えもまだなんて！」

「ビルのせいです。いびきがひどくて——もう名人の域ですよ。ひたすら驚嘆するしかない妙技でしてね。おかげでこっちは、ひと晩の半分は眠れずにいましたよ」ビルが不機嫌そうに顔を赤くする。

「まあ、ビル！」

「嘘だ。生まれてこのかた、いびきをかいたことなんてないよ！」

「よかった。わたし、とても耐えられないと思うわ、男の人が——」

「おや、そうなのか」ビルはやり返した。「でも、ぼくはいびきをかこうと思えばかけるんだ。見てみたいものだな、女の人が——」

アンドレアは意地悪く言った。「あら、子供みたいに怒っている。ビル、そんなふうに目を輝かせているとすてきね。それにおかしな顔をして——」

「ところで」エラリーがすかさず口をはさんだ。「何もかも、うまく運びましたか、アンドレア。ゆうべのことですが」

「ええ」アンドレアは真顔になった。「お帰りになったすぐあとに母がもどってね。わたしがいるので驚いていたけれど、あれこれ口実を作ってニューヨークの街へ連れ帰ったの」

「面倒は起こらなかったかい」ビルは少し心配そうに訊《き》いた。

「ええ、何も。あなたが〝面倒〟と呼ぶようなものはね」アンドレアの口もとがかすかにこわばる。「帰宅したら、バークのお母さまから、ひどく取り乱したおことばが山ほど届いていたわ。バークのお母さまのことは知らないでしょう？」

ビルは陰鬱《いんうつ》な顔で息を吐き、エラリーはそっけなく言った。「あいにく知りません。やはり馬好きの気どり屋ですか」

「馬どころじゃない。飛行機みたいな人よ——それもひどい部類の。そこらじゅう飛びまわって——だれにでも突っかかる。どんな立派な人でも怖《お》じ気《け》づくわ。短く切った灰色の髪に、シーザーみたいな鼻をして、ミダス（ギリシャ神話で、手をふれたものすべてを黄金に変えたフリギアの王）のようにお金持ち。そう、親愛なるジョーンズ夫人は、かわいいバーク坊やにいったい何があったのか、ご心配でたまらないらしくて」

「うわあ」ビルは言い、ますます不安げにアンドレアの顔を見た。

「どうやら」アンドレアは小声で言った。「バークがゆうべ帰宅したら、片方の目に黒いあざがあって、鼻がつぶれて、前歯が一本なかったそうよ。外見が自慢の人だから、しばらくはだれとも会わないでしょう」

「休んで馬の世話でもしてりゃいい」ビルはつぶやいた。「きみは——」

「それから、当然だけど」アンドレアはつづけた。「ジョーンズ夫人はなぜわたしが婚約を解消したのかとお尋ねだったわ。そこに母が来たものだから、それはもう、愉快な大騒ぎ。母が引きつけを起こして、わたしの寝室の絨毯《じゅうたん》に倒れてしまうんじゃないかと思ったくらい」

「きみは――」ビルがもう一度言いかけた。

「いいえ、まだ何も。だって」アンドレアは床へ視線を落とした。「びっくりさせるのは一度にひとつでじゅうぶんでしょう。そのうち……」アンドレアの声は沈んだ。それから、また明るくなり、顔に笑みがもどった。「わたしがここへ来た理由を知りたいんじゃない？」

「その日の事実はその日にて足れり（マタイ伝第六章三十四節〝その日の苦労はその日にて足れり〟より）」エラリーがやさしく言った。

「いいえ、でも、話すわ。けさ目を覚ましたら、きのうすっかり忘れていたあることを思い出したの。たいして重要じゃない、些細《ささい》なことだけど、あなたは何もかも知りたいとおっしゃったから」

「アンドレア」エラリーは立ちあがった。そしてすわりなおした。「あの夜、あの家で起こったことですね」

「ええ。あの残忍な女に殴られる前に、見たものがあるの」

「何かを見たって？」湧きあがる興奮がエラリーの冷静さを揺るがした。「何を見たんですか、アンドレア。重要じゃないなんて気づかいは要りません。頭を使うのはぼくにまかせてくれればいい。見たのはなんですか」

「マッチよ」アンドレアは肩をすくめた。「お皿に載っていたあの黄色い紙マッチ。些細なことだと言ったでしょう。ただ、ちがっていたの」

ビルが急に何か思いついたかのように、跳びあがって窓際へ行った。下を見ると、八十七丁目通りの路肩で、黒塗りの豪奢《ごうしゃ》なタウンカーが輝いている。その数ヤード後ろに、これといった特徴のないセダンがあり、運転席で強面《こわもて》の男が煙草を吸っていた。

「アンドレア！　きみは来てはまずかった。血迷ったのか？　いま気がついたよ。あんなタウンカーを下に乗りつけるなんて、居場所を叫んでるに等しい。その女に嗅《か》ぎつけられたりしたら――」

アンドレアの顔から血の気が引いた。ところが、エラリーはじれったそうに言った。

「何も危険はないんだ、ビル。細かいことで騒ぐんじゃない。さあ、アンドレア。そのマッチがどうしたんですか。どんなふうにちがっていたと？」

アンドレアは目を大きく開いてビルを見ていた。「あんなに多くなかったの」声を落として告げる。

「あんなに多くない？」エラリーは鋭く言った。「いつのことですか」

「テーブルの前に立っていて、犯人に頭を殴られる直前よ。お皿ははっきりと見た。何もかも、写真のようにはっきりと覚えている。きっと神経ね。神経が研ぎ澄まされて、頭が忙しく働いて――」

エラリーはこぶしが青白くなるまで握りしめ、テーブルに大きく身を乗り出した。

「犯人があなたを殴る前、皿に載っていたマッチの数は少なかった。いつと比べてですか」

「目を覚ましたときと比べてよ。手にメモを握らされ、犯人の姿がなく、ジョーが床に倒れていると気づいたそのときよりも少なかったの」

エラリーはテーブルを押して体を離した。「さて、アンドレア」穏やかに言う。「そこをはっきりさせましょう。部屋にはいって、テーブルのほうへ進み、皿を見て、それから頭を殴られた。意識を取りもどしたとき、前に来たときよりも皿の上のマッチが増えていることに気づいた。そうですね？　では、何本増えていましたか」エラリーの声に緊張がにじんだ。「どうかよく考えてください。ぼくは、正確な数が知りたいんです」

アンドレアは当惑顔になった。「でも、そのことがいったい――」

「アンドレア、質問に答えてください！」

アンドレアは生まじめに考えこんだ。「目が覚めたときに何本増えていたかはわからない。思い出せるのは、あの家に着いたときにお皿に載っていた数だけ」

「それでじゅうぶんです」

「六本。数はたしかよ。六本のマッチがお皿の上にあった。無意識に数えていたんだと思う」

「六本。六本か」エラリーはアンドレアとビルのあいだを行きつもどりつしはじめた。

「燃えたあとのものですね?」

「ええ。というより、半分燃えたあとと言ったほうがいいかしら」

「そうです。擦って、燃えさしになったマッチが六本」エラリーは唇を引きしめ、何かに夢中になったような目をして歩きつづけた。

「しかし、エラリー」ビルがおずおずと言った。「見た本数で何がわかるんだ」

エラリーはいかにももどかしそうな身ぶりをした。アンドレアとビルは顔を見合わせた。最初はとまどっていたふたりも、やがてエラリーが椅子へもどって指折り数えはじめると、半ば期待するような目つきに変わった。

やがてエラリーは数えるのをやめ、すっかり落ち着いた表情になった。「アンドレア、最初に家のなかを見たとき、あの皿はどんなふうでしたか」

「八時にという意味?」

「そうです」

「ええ、お皿は空っぽだったわ」

「すばらしい《ヴンダーリヒ》! アンドレア、それは重大なニュースです。ほかに言い忘れていることはありませんか。もうひとつ——もしかしたら……」エラリーはまた口をつぐみ、はずした鼻眼鏡で唇をつつきはじめた。

アンドレアは無表情のままだった。「もうないと思う。これで全部よ」

「アンドレア、どうかよく考えて。あのテーブル。見たままに場面を思い描いてください。八時には何が載っていましたか」

「空っぽのお皿。消えている卓上ランプ。わたしが点灯したことは話したわね。それだけよ」

「つぎに八時三十五分、ふたたび中へはいったとき――つまり襲われる直前には？」

「ランプ、お皿の上には燃えさしのマッチ六本、ほかには――あっ！」

「そうです」エラリーは言った。「記憶の琴線にふれましたね」

アンドレアは息をはずませて言った。「ほかにもあった。ようやく全部思い出したわ。お皿の上には、マッチのケースも載っていた！　蓋《ふた》は閉じてあった」

「なるほど」エラリーは言い、鼻眼鏡をかけなおした。「興味深い点だ」その口ぶりと、ふちのないレンズの奥で光る目のせいで、ビルが鋭い目を向けている。「そのマッチのケースについて、アンドレア――何か覚えていますか」

「いえ、何も。蓋がしてあったことだけよ。紙マッチのケースだった。ほら、マッチを擦るところに蓋を差しこむ、あの小さくて薄いケース――」

「はい、わかります。それだけですか、アンドレア。まちがいなく？」

「ほんとうにそれしか……ええ、それで全部よ」

エラリーは目をまたたいた。「そこまでが襲われる前のことですね。じゃあ、目を覚ましたときには、テーブルに何が載っていましたか」

「お皿の上に、あの黄色いマッチの燃えさしがたくさん——あの夜遅くなってから、あなたもご覧になったでしょう——ほかには卓上ランプ、あの恐ろしいペーパーナイフ——血痕《けっこん》がついて、先端に焦げたコルクが刺してあったあのナイフよ」

「ほかには何も？」

アンドレアは少しのあいだ考えた。「いいえ。それだけよ」

「マッチのケースはまだありましたか」

「いいえ」

「ふむ」エラリーはやや奇妙な目で、しばしアンドレアを見つめた。そして椅子から腰をあげ、ビルに言った。「二、三日のあいだ、アンドレアにぴったりくっついている仕事をしないか。ぼくは気が変わった。たしかに少しばかり危険かもしれない——ゆうべよりはね」

「だから言ったじゃないか！」ビルは怒って腕を振りまわした。「アンドレア、あれは子供じみていた——おおっぴらにここへ来るなんてね。で、何をすればいいんだ、エラリー」

「アンドレアを家まで送るんだ。そして、そのままとどまれ。影になって、ついてまわるんだ。それほどきつい任務でもないだろう」

「じゃあ、やっぱり——」アンドレアは消え入りそうな声で言った。

「そのほうが安全だからですよ、アンドレア。さあ、さあ、ビル、そんなところにマダム・タッソーの蠟《ろう》人形みたいに突っ立ってるんじゃない！」

ビルはあわてて寝室へ行った。そして信じられないほど速く身支度を整え、耳の先まで真っ赤になってもどった。

「ちょっと待つんだ」エラリーは言い、寝室へ消えた。帰ってきたときには、制式の三八口径リボルバーを慎重に掲げていた。「これを持っていくといい。弾は装塡《そうてん》してある。安全装置を不注意にさわるなよ。銃の扱い方くらい当然心得てるな？」

「扱ったことはある」ビルはしかつめらしい顔でそれを受けとった。

「おや、アンドレア、そんなに不安な顔をしないでください！　これはただの安全策ですよ。さあ、ふたりとも行って。アンドレアをくれぐれも頼んだぞ、ビル」

「家族の人たちと揉《も》めるかもしれないな」ビルはリボルバーを振りながらにっこりした。「だからこれを渡したのかい」

「そうだな」エラリーは大まじめな顔で言った。「あの魚顔の執事でも撃つといい」

ビルは当惑しきったアンドレアの腕をつかみ、微笑んだままアパートメントから出ていった。エラリーは早足で窓際へ向かった。身じろぎもせず立っていると、ビルとアンドレアが石段を駆けおりていくのが見えた。ビルは左手でアンドレアの腕を持ち、右手はポケットに突っこんでいる。ふたりはタウンカーにすばやく乗り、去っていった。その後ろに停まっていた特徴のないセダンも、すぐに動きだした。

エラリーは目を輝かせて寝室の電話機に飛びつき、交換手に長距離通話を申しこんだ。待っているあいだ、唇をゆがめ、なんとも言いがたい表情を作っていた。「もしもし、デ・ジョング署長を……。デ・ジョングさん？　エラリー・クイーンです。そう、ニューヨークの……。はい、元気ですよ。ところで署長、あのウィルスンの事件ですが、証拠物件についてお尋ねしたくて」

「おや、まだあの件をいじりまわしているのかね」デ・ジョングは鼻を鳴らした。

「どの証拠だ」

「はい、事件の夜にあなたが回収なさった、あの欠けた皿です。マッチの燃えさしが載っていた皿ですよ」

「ああ、あれならこっちで保管しているが」にわかに好奇心が湧いたらしい響きが、トレントンの警察署長の声音に混じった。「なぜだね」

「まだ具体的には言えませんが、相応な理由がありまして。署長、頼みを聞いてくださいませんか。その皿と内容物を引っ張り出して――」エラリーはひと呼吸置いた。

「マッチの燃えさしの数をかぞえてください」

「なんだと?」デ・ジョングが目をぱちくりさせているのが見えるようだった。「からかっているのか」

「これ以上ないほど大まじめですよ。燃えさしを数えてください。そして電話をください。待ってますから」エラリーは電話番号を伝えた。デ・ジョングはぶつぶつ言いながら電話を切った。折り返しを待つあいだ、エラリーはいまかいまかと早足で歩きまわっていた。ようやく電話が鳴った。

「どうでしたか」エラリーは鋭く言った。

「二十本だ」

「二十本」エラリーはゆっくりと口に出した。「さて、さて、どう考えるべきか。ありがとうございます、デ・ジョング署長。ほんとうに助かりました」

「しかし、いったいなんのつもりだ。マッチを数えるとは! わたしには——」

エラリーは曖昧《あいまい》に微笑んで何やらつぶやき、電話を切った。

しばしそこに立ったまま、考えこんでいた。やがてベッドに体を投げ出した。しばらくして立ちあがり、上着のポケットから煙草を取り出す。煙草を吸っているあいだ、整理棚の上の鏡に映る自分の顔を、なんとはなしにながめていた。それからまたベッドに横たわった。

ようやく吸い殻を灰皿にほうりこみ、居間へもどった。朝食の皿を片づけていたジューナが、アンドレアが使っていたカップを見て、浅黒い顔をしかめた。

ジューナは一瞬だけ顔をあげた。「さっきの女の人」そして尋ねた。「あの人の恋人でしょう?」

「え?　ああ、そうだろう」ジューナはほっとしたらしい。「きっとそうだよ、ジューナ」

「あの人はなかなかいいと思います」ジューナは言った。「とても頭がよさそうだし」

エラリーは窓際へ行き、手を後ろで組み合わせた。「ジューナ、おまえは以前から算術の達人だったな。二十から二十を引くと、何が残る?」

ジューナは怪訝《けげん》そうな顔をした。「子供でもわかりますよ。何も残りません!」

「いや」エラリーは振り向きもせず言った。「それがまちがいなんだ。二十から二十を引くと、不思議なことに残りは……すべてなんだよ。おもしろいと思わないか、ジューナ」

ジューナは鼻を鳴らし、仕事をつづけた。こういうときには議論をしてもしかたがない、と承知しているのだった。

少し経ってから、エラリーはどこか驚きに満ちたような声で言った。「すべてだ!　やあ、これで何もかもが、錫杖《しゃくじょう》のごとく明らか（巡礼者の持つ錫の杖を見れば、ひと目で敬虔な人物とわかることから）になった」

「はあ」ジューナはあきれたように言った。

エラリーはふだん警視がすわる大きな肘掛《ひじか》け椅子に腰をおろし、両手で顔を覆った。

「なんのごとくですって？」ジューナは眉根《まゆね》を寄せた。しかしエラリーは答えなかった。ジューナは肩をすくめ、盆を台所へ運んでいった。

「錫杖のごとく明らか。いや、それ以上にだ」エラリーは唐突に立ちあがり、「そうだ、まったくだ！」と大声をあげた。そして寝室へ移動し、電話をかけた。なすべき仕事があるとはっきりと悟った者らしい、すばやく迷いのない行動だった。

ここで、恒例どおり
読者に挑戦する

「民衆とは」かつてトマス・ド・クインシー（十九世紀イギリスの評論家）は書いている。「へたな推量をする者だ」と。当時の民衆について、この快楽主義者トミーのことばが正しかったとすると、総じて人間はこの一世紀のあいだに著しく変化したことになる。というのも、昨今の犯罪小説の作者なら、現代の民衆は――少なくとも、探偵小説に気晴らしを見出《みいだ》そうとする人々の一部は――実にすぐれた推量をすると語るにちがいないからだ。わたしに言わせれば、優秀すぎるほどだ。それどころか、哀れなわたしのもとに押し寄せる手紙を拝読するかぎり、読者がだまされることはむしろ例外であって、原則ではないらしい。

しかし、作者にも筋の通った言い分がある。当て推量は公正ではない。作者はだれしもみずからがホイル（トランプのルールを作ったイギリス人）であり、それぞれが独自のゲームのルールを設けているが、この原則にはみなが同意するだろう。当て推量は公正ではない。それは、どんな探偵小説でも、登場人物の数にはどうしても限界があるからだ。そしてどこかで——物語のどこかの段階で、読者は自分の出番とばかりに、最後に悪事の張本人として正体を暴かれる人物を疑いはじめる。

長年、わたしは荒野で叫ぶ声でありつづけ——無駄でなかったと信じたいが——読者に対し、当て推量の癖を思いきって捨て、科学的にゲームに参加するように求めてきた。そのほうがむずかしいが、楽しさも計り知れないほど増すからだ。

手はじめに、このジョーゼフ・ケント・ギンボール殺人事件で実行してみてはいかがだろうか。

物語のいまの時点で、読者諸氏はすでに、事件を完全かつ論理的に解明するために必要なすべての事実を入手している。読者諸氏の仕事は、決定的な手がかりを見つけ、それらを合理的な秩序に従って組み立てて、犯人と考えうる唯一の人物を推定することである。それは可能であり、このあとわかるとおり、実際におこなわれている。

むろん、うまくいかなかったら、いつでも昔馴染《なじ》みの当て推量にもどればいい。もし論理的推論に成功したら、わたしに教えてもらいたい。だが実のところ、そんな忠告はほとんど必要あるまい。ほんとうに成功したら、それはわたしの知る答と同じはずだからだ。そして、クイーン警視がよく知りたがる〝どうやって推論したか〟ともいっしょにわかる。

エラリー・クイーン

第五部　真実　THE TRUTH

「あらゆることを検討しているうちに、われわれはときに、思いも寄らぬところで真実を発見する」（古代ローマの修辞学者クィンティリアヌスのことば）

第五部　真実

アンドレアが半ダースのマッチの燃えさしについての興味深い挿話を口にするまで、ジョーゼフ・ケント・ギンボールの死は宙に浮いたまま、運命の黒い手によってそこに留められていた。しかし、その話が伝えられたとき、停止していたものが動きはじめ、謎は知識となり、疑念は確信へと変わった。エラリー・クイーン氏は黒い手から事件をもぎとり、以後は、犯罪専門家としての何年もの経験で身につけた慎重さと狡《こう》猾《かつ》さのすべてを注いで、その運命をつかさどることになった。

その後数日のあいだ、エラリーは恐ろしく多忙だった。何を目論《もくろ》んでいたにせよ、ほとんどの人に伏せておくつもりだった。トレントンへは二度、あわただしく足を運んだが、内密にすませた。何十本も電話をかけたことは、その相手であった人々を除いてはだれにも知られなかった。いかつい風貌《ふうぼう》のさまざまな面々とひそかに話し合い、ヴェリー部長刑事に専門的な助言を求めた。さらに、実のところ、自由な市民の権利を平然と無視して、まさかと思われるような不法侵入までやってのけた。父親のクイーン警視がそれを知ったら身震いしただろう。

そして、計画が整ったとき、エラリーはすべてを公にした。これがただの偶然なのか、皮肉な企《たくら》みなのかを、エラリーはけっして明かさなかったが、土曜日だという事実だけで緊張は高まった。ギンボールが冷たい金属の一撃を心臓に受けた、あの土曜日の血塗られた事件を、関係者たちは否応《いやおう》なしに思い起こすことになった。その記憶は一同のきびしい顔に、まざまざと影を落としていた。

「みなさんに集まっていただいたのは」その日の午後、パーク街のボーデン家のアパートメントで、エラリーは声高らかに告げた。「ぼくの演説を聞かせたいなどというくだらない願いからではありません。いままさに魔法がおこなわれようとし、時が迫っているんです。みなさんのなかには、おのれをなだめて無感覚に陥り、単調きわまりない旧来の状態《スタトゥス・クオ・アンテ》に安寧を見出しているかたもいらっしゃるでしょう。そうであれば、お気の毒としか言えません。きょうという日が終わるまでに、かならず目を覚ましてさしあげます。そのために少なからぬ無礼を働くとは思いますが」

「どういうことです？」ジェシカが嚙《か》みついた。「わたくしたちには平穏が訪れないというのですか。それに、なんの権利があって――」

「何もありませんよ、法的にはね。それでも」エラリーは深く息をついた。「ぼくのちっぽけな空想に付き合ってくださるほうが賢明でしょう。そう、ジョーゼフ・ケント・ギンボールの死という悲劇を、いまから掘り起こすんですよ」

「事件を蒸し返すつもりなのか、クイーンくん」老ジャスパー・ボーデンが苦々しげに唇を半分ねじ曲げて、うなるように言った。老人は車椅子で階下へ連れていけと言い張り、この場に来ていた。動くほうの片目を除いては死体のように身じろぎもせず、人の輪におさまっていた。

「事件はまだ終わっていません。フィラデルフィアのルーシー・ウィルスンが有罪とされましたが、その判決によって解決したわけではないんです。トレントンでのあのぶざまな大負け《デバークル》以後も、一部の者たちは動きつづけ、けっして手をゆるめませんでした。そして、うれしいことに」エラリーは淡々と言った。「その努力が報われたことをご報告します」

「ここにいる善良な人々に、なんのかかわりがあるというんだ」フリュー元上院議員がぴしゃりと言った。顎《あご》ひげをなでながら、小さな鋭い目でエラリーを見据えている。「新しい証拠でもあるのなら、マーサー郡の検事に提出すればいい。なぜこの人たちを苦しめつづける？　この件で一戦交えるつもりなら」元上院議員は不気味な声で付け加えた。「わたしが喜んで受けて立とう――ルールは熟知している」

エラリーは微笑んだ。「おかしなものですね、元上院議員。お話をうかがっていると、少々さかのぼりますが、われらの友マルクス・ウァレリウス・マルティアリス（古代ローマの詩人）のことばを思い出しますよ。アフリカの獅子《しし》は牛を襲うが、蝶《ちょう》は襲わず。この警句は――」

法律家の顔が赤紫になった。「どんな悪事を企んでいるのか知らんが、この人たちを巻きこむのはやめてもらおう！」

「鞭《むち》を惜しめと？」エラリーは大きく息を吐いた。「誤解されては困りますよ、元上院議員。惜しめるものなら、もちろんそうします。申しわけありませんが、もう少しだけ不快に耐えて、ぼくにお付き合いください。そのあとは……まあ、先のことを論じるのはやめましょう。未来とはたいがい向かうべきところへ向かうもので、たかが人間が流れを止めようとしたところでどうにもなりません」

ジェシカは苛立《いらだ》ちを隠せない様子でハンカチをいじっていたが、懸命に自制してその場にとどまっていた。グロヴナー・フィンチは落ち着きなく体を動かしながら夫人を見ていた。アンドレアだけは椅子の片側にもたれて静かにすわり、その椅子の後ろに立つビル・エンジェルもまったく動じていないらしい。ふたりともエラリーを食い入るように見つめていた。

「ほかに異論はありませんね」エラリーは小声で言った。「ありがとうございます」

そして、腕時計を見ながら言った。「では、そろそろ向かうとしますか」

「向かう？」フィンチが困惑顔で言った。「どこへ向かうというんです」

エラリーは帽子を手にとった。「トレントンへ」

「トレントンですって！」ジェシカは息を呑《の》んだ。

「もう一度、犯行現場を訪ねるんですよ」

そのことばにだれもが顔を青くし、そして驚きのあまり、しばらく口がきけなかった。やがて、フリューが立ちあがり、肉づきのいいこぶしを振りまわした。「待て、それは行きすぎだ！」息巻いて言う。「きみにはなんの権限もない――わたしの依頼人たちにそのような――」

「元上院議員。ご自身は犯行現場を訪ねることに抵抗があるんですか」

「わたしは行ったこともないんだぞ！」

「そう聞いて安心しました。では、いいですね。さあ、行きましょう」

ビルのほかにはだれひとり動かなかった。老いた億万長者が低音の声を響かせて静かに尋ねた。「この尋常ならざる手段で何を実現しようと目論んでいるのか、質問してもかまわんかね、クイーンくん。きみがなんらかの結論を想定し、そのために不可欠だと考えているからこそ、このような厄介な要請をしているのはわかっている」

「どんな目論見かは説明しないほうがいいと思ってるんですよ、ボーデンさん。ただし、計画は単純なものです。きわめて劇的な仕事に取りかかるつもりでしてね。すなわち、ジョーゼフ・ケント・ギンボール殺害事件の再現です」

老ボーデンのまぶたがさがった。「どうしても必要なのかね」

「必要こそが発明を生みました。一方で、実演とは現実をありのままに再現する技術です。さあ、みなさん。官憲の力を借りて無理やり来ていただくようなことはなんとしても避けたいですから」

「わたしは行きません」ジェシカ・ボーデンは不服そうに言った。「もうたくさんよ。あの人は死んだのです。例の女性は……。あなたはなぜわたしたちをそっとしておいてくださらないの？」

「ジェシカ」老ボーデンが、よいほうの目を娘に向けた。「支度をしなさい」

ジェシカは薄い下唇を嚙んだ。そして従順に答えた。「はい、お父さま」立ちあがり、上階の自分の寝室へ向かう。だれも口をきかなかったが、やがてジャスパー・ボーデンがまた沈黙を破った。

「さて」苦しげに言う。「わたしも行くとしよう。アンドレア、看護師を呼びなさい」

体をこわばらせていたアンドレアは、はっとわれに返った。「だけど、おじいさま──」

「わたしの言ったことが聞こえなかったのか？」

エラリーは戸口にさがって待った。ついに全員が立ちあがり、それぞれにゆっくりと動きはじめた。魚顔の執事がひとかかえの帽子を持って現れた……。

「エラリー」ビルが声を落として言った。

「やあ、ビル。ここ数日の仕事は順調だったのかい。見たところ怪我はないようだな」

ビルはむっつりとしていた。「ひどい目に遭ったよ。あの夫人は正真正銘の悪魔だ。きょうまでここに入れてもらえなかったんだぞ。でも、アンドレアと作戦を立てたんだ。ぼくは毎日外を歩きまわって見張っていた。ぼくがいないときは、アンドレアはアパートメントから一歩も出ないことにしてね。あとはいっしょに外出していたよ」

「崇高な目的を持つ若い男女としては順調な滑り出しだな」エラリーはにやりと笑った。「気になることはなかったか」

「なかった」

アンドレアが外出着に替えておりてきた。軽い上着を身につけ、右手をポケットに押しこんでいる。まるでそのポケットに銃でも隠し持っているかのようだ。ビルがすばやく一歩進み出たが、アンドレアは首を左右に振って、あたりを見まわし、青い目でエラリーに目配せをした。

エラリーはそのポケットを見て、怪訝《けげん》な顔をした。そして、ビルにうなずいて、そこで待てと合図し、アンドレアとともに廊下へ出た。

アンドレアは早口でささやいた。「もっと早く話すべきだったけど――」ことばを切り、不安そうにもう一度周囲をたしかめる。

「アンドレア、いったいどうしたんです」

「これよ」ポケットから手を出す。「けさ郵便で届いたの。粗末な紙に包まれていて、わたし宛《あて》だった」

エラリーはそれを受けとらなかった。一瞬だけ目を向け、あとはアンドレアの顔を観察していた。それを持つアンドレアの手は震えていた。赤っぽくまだらに塗られた、安物の小さな石膏《せっこう》細工の人形だ。台座の上で三匹の猿がしゃがんでいる。一匹は片手で口を、一匹は目を、一匹は両手で耳をふさいでいた。

「見ざる、言わざる、聞かざるよ」アンドレアが声を落としたまま告げた。「名前はどうでもいいけど。ばかげていない？」そして、やや神経が高ぶったように笑った。

「それでもこわくなったわ。これは――」

「また警告ですね」エラリーは眉根《まゆね》を寄せた。「われらが獲物は苛立ってきたんでしょう。包装は残してありますか」

「あら！　捨ててしまった。包装なんてなんの役にも立たなかったはずよ」

「ちぇっ、思いきりがいい人だな。それに中身もいじりまわしてしまったから、指紋がついていたとしても台なしですよ。このことをビルに話しましたか」

「いいえ。心配をかけたくなくて。かわいそうなビル！　この何日か、ビルがいてくれてどれほど安心——」

「ポケットにもどして」エラリーはぴしゃりと言った。「だれか来ます」

エレベーターの扉が開き、背の高い人物が出てきた。

「やあ、ジョーンズくんじゃないか！　ようこそ。会いたかったよ」エラリーは言った。

アンドレアは顔を赤くして、アパートメントのなかへ引っこんだ。ジョーンズの不機嫌そうな血走った目が、アンドレアがあけ放ったままの戸口を凝視していた。

「きみのメッセージを受けとったんでね」ジョーンズはだみ声で言った。どうやらかなり酔っているらしい。「どうして来ちまったのかな。ここじゃお呼びじゃないだろうに」

「いや」エラリーは陽気に言った。「お呼びじゃないのは、ぼくも同じだ」

「どうしたんだ、シャーロック。また深刻な事件か」

「きみも参加したいだろうと思ってね。これからトレントンへ行って、実験をするんだ」

ジョーンズは笑った。「地獄へでも行くさ。どこだって同じだ」

船舶ターミナルに近いあの一軒家に着いたころには、太陽はオレンジ色の細い弧となって、デラウェア川の対岸に並ぶ木々の上に浮かんでいた。エラリーのデューセンバーグは車列の先頭に立ち、トレントンの外べりをまわってランバートン通りへはいった。中心街をうろつく好奇心旺盛《おうせい》な記者の目を引かないよう用心したからだった。ひどく蒸し暑い日だった。家を囲む木々の葉はぴくりとも動かない。葉が表情を失って微動だにしない光景はどこか現実離れし、まるで自然から生命を取り去って、そのまま模倣したかのようだった。岸辺に茂る草木から垣間《かいま》見える川面《かわも》でさえ、流れる水になぞらえたガラスにしか見えない。わびしさのなかにその家が物言わず建つさまは、荒涼たる風景を背に描かれた絵そのものだった。

エラリーがさっとあたりを見まわして、気乗り薄の客人たちを家へ招き入れるあいだ、口をきく者はいなかった。ひとりひとりが懸命に自分を抑えようとしていたが、ジャスパー・ボーデンだけは何も見逃すまいとして鋼の顔のなかの不気味な目を光らせていた。フィンチとビル・エンジェルは、ここまで運んできた老人の車椅子を家に入れるのに少々苦労していた。それでも、とうとう全員が中へはいり、怯《おび》えた子供のようにおとなしく壁際に並んだ。夕闇が迫って、テーブルの上のランプがともされ、エラリーが舞台の中央に立った。

エラリーは少しのあいだ何も言わず、一同がその場の空気になじんでいくのを満足げにながめていた。何週間も前のあの事件の夜から何も変わっていないようだが、テーブルの向こう側は片づけられ、壁際のラックに吊《つる》されていた衣類がなくなって、死のにおいが消えていた。しかし、そこに立ち、すわり、虚空を見つめていると、目の前の床に苦悶《くもん》の表情で凍りついたギンボールの死体がありありと浮かぶかのようだった。

「さて、ちょっと失礼して」エラリーは唐突にドアへ向かって歩きだした。「小道具をとってきます。芝居をしようとしているんですから、演劇用語を使うのも悪くないでしょう。どうか動かないように、みなさん」

エラリーは足早に外へ出てドアを閉めた。すると、ビルが移動して、ドアを背に立った。脇のドアは閉じられている。だが、重苦しい沈黙のなか、やにわにその脇のドアから音が響いた。だれもが激しく動揺して目を泳がせた。ドアが開いた。背が高く痩《や》せたエラ・アミティの姿が戸口に現れた。

「こんちは」エラはゆっくりと言い、室内を見渡した。帽子はかぶっていない。屋外の明かりに後ろから照らされた赤毛が、乱れながら燃えあがる後光のようだった。

「エラよ、みなさん。はいってもいい?」エラは落ち着いた足どりで前へ進んでドアを閉め、きらめく目をせわしなく動かした。

一瞬ののち、みなが目をそらした。エラの鼻がひくひくと動きだした。

「で、ここが殺しのあったあばら屋ってわけか」血走った目でテーブルの奥の床を見つめていたジョーンズがつぶやいた。

「だまってください、バーク」フィンチが苛立《いらだ》ちを隠さず言った。フリューは落ち着きなく顎《あご》ひげをなでていた手を止めたものの、ふたたび奇妙なほど熱心に動かしはじめた。

アンドレアは、事件の夜にルーシー・ウィルスンがすわっていた肘掛《ひじか》け椅子に腰かけていた。ほとんど身じろぎもせず、眠っているようにも見えた。ビルは休むことなく顔を左右へ向けている。日焼けした頰が熱を帯びたかのように赤かった。

正面のドアが開き、人々がまた一驚したが、こんどはエラリーだった。大きなスーツケースを引きずっている。ドアを閉め、一同へ振り向いた。

「エラ・アミティか」エラリーはつぶやいた。「おいおい、エラ。いったいどこから湧いてきたんだ」珍しく内心動揺したようだ。

「きょうは、小鳥があたしにささやいたのよ」赤毛の女は冗談めかして言った。「このへんで何か起こるよって。だから来たの。教えてくれないなんてひどい」

「どうやってここまで来たんだ」

「歩いてきた。体型を保つのにいいのよ。心配しないでちょうだい。何も企《たくら》んでないし、前科もないから。川辺をぼんやり夢見心地で歩いてきたってわけ。明るいうちから夢も何もないけど、まあいいじゃない。で、これから何がはじまるの？」

「だまっててくれ、たぶんそのうちわかるから」エラリーは急にテーブルに近づき、スーツケースを持ちあげて載せた。「ビル、頼みがある。ちょっと街へ行ってきてもらえないか」

ビルは不満げな声をあげた。「なんだって――」

だがエラリーはビルのそばへ行き、しばらく小声《ソット・ヴオーチエ》で真剣に何やら頼みこんでいた。ビルは首を縦に振った。そして妙に荒々しい目で室内を見まわしてから、ドアを乱暴にあけて出かけていった。エラリーはドアをやけに気にしているらしく、もう一度自分で閉めにいった。

何も言わずにテーブルへもどったエラリーは、スーツケースをあけて中身を取り出しはじめた。まさしく精巧な舞台小道具だ――それは最初の捜査の折にデ・ジョング署長が現場から回収した、実際の証拠品ばかりだった。エラリーが静かに作業をしていると、外でエンジン音がした。窓のカーテンが引いてあるので、様子を見ることはできないが、それは謎の用事をことづかってトレントンへ向かおうとしているビル・エンジェルにちがいなく、人々は不安げに互いの顔を見た。ビルは車を出すのに手間どっているようだった。ひどくやかましい音をあげながらエンジンを吹かしている。その音のあまりの大きさに、エラリーが話しはじめても、みな身を乗り出さなくては聞きとれないほどだった。そのころには、ランプの明かりがありがたく感じられた。外はもう、思いのほか暗くなっている。

「さて」証拠品を正しく配置し終えたエラリーはテーブルへもどり、卓上ランプの光を浴びながら直立不動の姿勢をとった。「舞台は整いました。ギンボールの服は壁際のラックに掛けなおされています。ビル・エンジェルへの誕生日の贈り物の筆記用具セットは、包装紙にくるんで暖炉の上の炉棚にふたたび置いてあります。汚れのない空の皿も、テーブルのランプのそばにもどりました。足りないものと言えばただひとつ、被害者の死体です。でも、きっとそれはみなさんの想像力によって再現できるでしょう」

エラリーは片手を振り動かして自分の肩の後ろを示した。一同の目はその手が指し示す床の上へ忠実に導かれた。そこは薄茶色の絨毯《じゅうたん》に覆われただけの一画だが、いまそこにはない死体が横たわる光景を思い浮かべるのは、恐ろしいほどたやすいことだった。

「では、これから」ランプの光で目を輝かせたエラリーは、歯切れのよい口調で先をつづけた。「あの日、すなわち六月一日に、事件に先立って起こった出来事をさかのぼってみましょう。要約してお話しすれば、つづいて起こったことを理解するのに役立つと思います。ぼくの作った時間表は完全に正確とは言えないかもしれませんが、一連の物事の順序はほぼわかるので、われわれの目的には事足りるでしょう」フリューが口をはさもうとしたが、その前に息をつき、乾いた唇をなめなくてはならなかった。「その目的とやらがどんなものだか知らんがね。これほど荒唐無稽《こうとうむけい》なことは――」

「いまは八十七丁目通りの紳士が発言中です、元上院議員」エラリーは言った。「どうかここにいらっしゃるほかのかたがたと同じく、しっかり口を閉じていてください。あとで心ゆくまでお話しいただける機会がたっぷりありますから」

「だまっていろ、サイモン」ジャスパー・ボーデンが口の片側から声を出した。

「ありがとうございます、ボーデンさん」エラリーは指を振り動かした。「では、いいですか。いまは六月一日、土曜日の午後です。外は雨――強い雨が降っています。雨が窓に打ちつけています。ここにはだれもいません。まだ明るく、ランプの明かりはついていなくて、あの包みは炉棚の上にはない。ふたつのドアは閉まっています」

だれかが震える息をついた。エラリーは容赦のない声で、流れるように話を進めた。

「時刻は五時です。ジョーゼフ・ケント・ギンボールはニューヨークの自分のオフィスにいます。フィラデルフィアから古いパッカードで来ていました。おそらく途中でここには寄らなかったんでしょう。寄っていたら、ここにパッカードを置いて、リンカーンでニューヨークへ向かったはずですから。パッカードが脇の私道に停めてあった事実は、それが最後に使った車であることを示しています。

さて。ギンボールは前もって二通の電報を送っていました。一通はビル・エンジェルへ、一通はアンドレアへ宛てたものです。二通はまったく同じ内容で、今夜九時にこの家で会いたいという依頼と、ここまでのくわしい道案内が記されていました。午後には、電報の内容を念押しするためにフィラデルフィアのビルのオフィスに電話をかけ、今夜かならず会いにきてくれともう一度伝えています。

五時になり、ギンボールはどうしたでしょうか。ニューヨークのオフィスを出て、その近くに駐車してあったパッカードに乗り、トレントンを目指してホランド・トンネルへ車を走らせました。車のなかには、ウィルスンに扮《ふん》したときに使う偽の商品見本のケースと、義理の兄へ渡すために前日にフィラデルフィアの〈ワナメイカー〉で購入した、誕生日の贈り物の包みが積まれています。この家には七時に到着し、脇の私道から進入しました。雨はまだ降っています。やむのは少しあとです。そのあいだに、雨は残っていた足跡やタイヤ跡をすべて洗い流し、地面はいわば乙女のごとく清らかになりました」

フリューが「くだらない老女の戯言《たわごと》」とか、そんなふうに聞こえることばをつぶやいたが、老億万長者ににらまれて、すぐさま口をつぐんだ。

「おだまりなさい、元上院議員」エラ・アミティが言い放った。「ここは議会じゃないのよ。つづけてちょうだい、エラリー。すごくおもしろい」

「ギンボールはこの部屋にいます」エラリーはなんの横槍《よこやり》もはいらなかったかのように平然とつづけた。「歩きまわって、炉棚に贈り物を置き、窓辺で足を止めて空をながめます。晴れたことに気づきます。時間はまだ早いものの、不安に駆られて落ち着きません。まもなく告白という試練に臨まなくてはならず、気をまぎらせたくてたまらなくなりました。そこで、脇のドアから外へ出て、小道を抜けてボート小屋へ向かいますが、そのとき、固まりつつある泥の上に足跡が残りました。それから、神経を鎮めようと、ヨットを出してデラウェア川をくだります。それが七時十五分のことです」

すわっている者は椅子の肘掛けを握りしめて身を乗り出し、立っている者は椅子の背にしがみついていた。

「ここまでぼくは、おそらく起こったであろうことを述べてきました」エラリーはつづけた。「というのも、これらはすべて、死亡して埋葬された人物にかかわることだからです。しかし、ここからは生きている者の話になります。アンドレア、あなたの力をお借りしたい。時刻は八時です。あなたはちょうどこの家に着いたところで、ジョーンズさんから借りたキャデラック・ロードスターを、カムデンの方角へ向けて正面の私道に駐車しました。そのときしたことを再現してもらえますか」

アンドレアは無言で立ちあがり、ドアのほうへ行った。肌の血の気が引いて青白くなり、若くみずみずしい顔がまるで死人のようだった。

「外へ……出たほうがいいかしら」

「いいえ。そう、いまそのドアをあけたことにしましょう。開いていると思ってください」

「卓上ランプは」アンドレアは小さな声で言った。「ついていませんでした」

エラリーが動いた。部屋が暗くなった。暗がりから響くエラリーの声は体から離脱したかのようで、聞く者は背すじが凍る思いがした。「これほど暗くはありませんでした。まだ外は少し明るかったですからね。さあ、つづけて、アンドレア」

アンドレアがゆっくりとテーブルのほうへ進み出る音が聞こえた。「わたしは――中をのぞきました。室内にはだれもいませんでした。暗くなりかけていましたけど、て、もちろんまだこの目で見ることができました。わたしはテーブルのほうへ歩いていって、ランプをつけました――こんなふうに」

スイッチの音とともに明かりがついた。アンドレアはテーブルのかたわらに立ち、顔をランプからそむけて、安っぽい笠《かさ》の下にぶらさがる鎖を手でつかんでいる。しばらくして手をおろした。あとずさり、暖炉や衣装用のラックや、薄汚れて崩れかけた四方の壁を見まわした。自分の手首に目を落とす。それから向きを変え、ドアへもどった。

「わたしがしたのはこれだけです——そのときは」アンドレアはまた小声で告げた。「第一場の終わりです。ありがとう。もう腰をおろしてかまいませんよ」アンドレアが従う。「アンドレアは一時間早く着いたことに気づきました。外へ出て、キャデラック・ロードスターに乗り、カムデンの方角へ車を走らせました。一時間走ったと証言していますから、おそらくダック島あたりまででしょうか……。そして犯人は」エラリーは鋭く言った。「八時十五分に到着します」

エラリーはことばを切った。耐えがたい沈黙だった。一同の表情は、太古の自然変動で露出した岩石に刻まれたものを思わせた。夜の闇、みすぼらしく陰鬱《いんうつ》な部屋、外の薄気味悪い物音がみなの意識にからみつき、振り払うことができなかった。

「犯人は八時十五分に、カムデンの方角からフォードのクーペでやってきました。車はフェアマウント・パークのルーシー・ウィルスンの車庫から盗んだものです——いつ盗んだかはわかりませんが。犯人はいま外にいます。ドアの外の石段を慎重にのぼっています。ドアをあけ、すばやく中へはいり、ドアを閉めて向きを変え、身構えて……」

エラリーはドアの前にいて、ことばに合わせて動いていた。一同は魅入られたようにその動きを追った。「しかし、犯人は家にだれもいないと知りました。緊張をゆるめ、顔のヴェールを押しあげます。一瞬、不思議に感じました。ギンボールがここにいるものと予想していたからです。やがて、どこかへ出ているけれど、すでにここに来ているんだろうと思い至ります。パッカードが外にあり、室内のランプがついているから、近くにいるにちがいない。犯人は待つことにします。邪魔がはいるとは考えていません。人里離れた場所ですし、この場所とギンボールとのつながりを知る者は自分と相手だけだと信じていますから……。犯人は落ち着きなく部屋を歩きまわります。そして炉棚の上の包みに気づきます」

エラリーは暖炉へとゆっくり歩き、手を伸ばして無造作に包み紙を破った。贈り物の筆記用具セットが現れた。包みをテーブルに移し、そこへ身を乗り出す。「言うまでもありませんが」ささやくように言う。「身元隠しのために手袋をはめていました」エラリーは血痕《けっこん》のついたままのペーパーナイフと、多くの指にふれられて汚れた小さなカードを取りあげた。

「犯人の前途にどんな機会が与えられたのかを考えてみましょう」エラリーははっきりと言って、体を起こした。「見つけたカードから、筆記用具セットがルーシー・ウィルスンとジョーゼフ・ウィルスンが用意した贈り物だとわかりました。もともとルーシー・ウィルスンの車を盗んであり、事件に巻きこむつもりでいましたが、ここにもっと好都合なものがありました――ルーシー・ウィルスンと結びつけることのできる凶器です！　用意していた凶器が何かはわかりませんが、犯人はそれを使わないとすぐに決めました。代わりに使うのはペーパーナイフ。ルーシー・ウィルスンと結びつくもうひとつの強力な物証となるからです。もちろん、犯人は自分がどれほど幸運なのかをまだ知りません。ナイフにルーシー・ウィルスンの指紋がついていることなど、知るはずもありませんでしたからね。ともあれ、犯人は包みを炉棚にもどしました。しかし、ナイフは別で――自分の手に持っていたんです」

ジェシカがこわばった唇からうめき声を漏らした。そのことに自分では気づかなかったらしく、うつろな目を動かさずにエラリーをにらみつづけている。

エラリーは血痕のついたナイフをしっかりと握り、脇のドアのほうへ歩いた。「犯人は川べりから足音が近づいてくるのに気づきました。狙う相手にちがいない。ドアの陰に立ち、ナイフを構えます。ドアが開き、自分は相手の死角にはいりました。川でヨットを走らせてきたジョーゼフ・ケント・ギンボールがそこにいて、靴についた泥を敷居でこすり落としています。背後にひそむ敵には気づかないまま、ギンボールはドアを閉めて中へ進みました。時刻は八時三十分を少しだけ、数秒から数分過ぎています」突然、エラリーは前へ動いた。「犯人が動いたとき、音が立ちました。テーブルの奥にいたギンボールが振り返り、一瞬、互いの姿が目に留まります。犯人はこのときもヴェールをおろしていましたが、体つきや服装はギンボールの目にはいりました。そして、ナイフが心臓に突き立てられ、ギンボールは倒れて――死んだように見えます」

驚いたことに、ジェシカがすすり泣きをはじめた。それでもなお、エラリーをねめつけている。かすかに皺《しわ》の寄った頰を涙がゆっくりと流れ落ちた。ジェシカは腹立たしげに泣いている。

「それからどうなったか」エラリーはささやき声で言った。「ナイフはギンボールの心臓に刺さっています。犯行をやりとげるには、あとは逃げさえすればいい。そのとき――」

「わたしがもどってきたのです」アンドレアが小声で言った。

「なんだって」フィンチがしゃがれ声を出した。「アンドレア、あなたはたしか――」

「お静かに！」エラリーは鋭く言った。「あなたがどう思ったかなど、どうでもいい。これまで、まちがった陳述があまりにも多くて、真相をつかむまでの道のりはつまずきの連続でした。さあ、アンドレア。つづけてください」

エラリーは正面のドアへと走り、その横に立った。「犯人には車が近づく音が聞こえました。だれかが来る。誤算です！　通り過ぎてくれることを願いますが、車は玄関の前に停まります。脇のドアを使えば、まだ逃げる時間はありました。しかし犯人としては、あのフォードでフィラデルフィアへもどりたい。自分でどうにかするしかない。そこでドアの陰に身をかがめます……」

アンドレアはすでにドアの前に立っていた。夢遊病者のごとくゆっくりと、薄茶色の絨毯《じゅうたん》の上をテーブルへと歩いていく。目はテーブルの奥の絨毯へ向けられていた。

「脚だけが見えます」エラリーは穏やかに言った。

アンドレアはテーブルのそばで足を止め、ためらいがちにそこを見つめた。そのとき、エラリーはアンドレアに飛びかかり、その頭に腕を振りおろした。アンドレアは大きく息を吸った。

「アンドレアは背後から襲われて気を失い、そのまま床へ倒れます。犯人はすばやく行動します。このとき、自分が殴った相手がだれであるかに気づきました。こうなると、警告の手紙を残していかなくてはならない。筆記用具のたぐいを持っていないので、アンドレアのバッグを探りますが、何もありません。家のなかを探すものの、ペンも鉛筆もない。ギンボールが持ち歩いていたペンは、インクが乾いています。あの筆記用具セットにもインクはない。さて、どうしたらいいのか。

そのとき、ペーパーナイフの先端に刺さったコルクを目にして、ひらめきました。包装紙を少し引きちぎり、コルクを持ってテーブルへやってきます。そして死人の体からナイフを抜きとり、その先端にもう一度コルクを刺して、そのコルクを紙マッチの火であぶりはじめました。コルクを焦がし、文字を書き、焦がし、書きを繰り返して、マッチの燃えさしを皿に落としていきます。ようやく手紙を書き終えました――今夜見たことはいっさい口外するな、さもないと母親の命はない、という、アンドレアへの警告です」

「アンドレア。かわいそうに」ジェシカが弱々しく声を漏らした。

エラリーは片手で動作を模した。「犯人は手紙をアンドレアの動かぬ手に握らせます。焦げたコルクの刺さったペーパーナイフはテーブルに置きます。そして、フォードに乗って逃げ去りました。アンドレアのほうは九時ごろに意識を取りもどします。メモを読み、死体を目にし、それが自分の義理の父だと気づき、すでに死んでいると思って、叫び声をあげ、逃げだします。その後、ビル・エンジェルが到着し、瀕死《ひんし》のギンボールと話をする……。ここまでが」エラリーは奇妙な節まわしで言った。「ぼくが話を聞かされた部分の台本です」

またしても陰鬱な沈黙が訪れた。

そこでフリュー元上院議員がゆっくりと口を開いたが、怒りも悪意もこもってはいなかった。「それはどういう意味かね、クイーンくん」

「それは、つまり」エラリーは冷ややかに言った。「台本は一ページ抜けているということです。省かれたものがありました。アンドレア！」

アンドレアは目をあげた。異様な空気が流れる。アンドレアは警戒と緊張の入り混じった様子で浅く腰かけていた。「はい」

「二度目に来たとき、頭を殴られる前に何を見ましたか。テーブルの上には何がありましたか」

アンドレアは唇を湿らせた。「卓上ランプ。お皿。そこに――その上に――」

「そうです！」

「六本のマッチの燃えさしが載っていました」

「実におもしろい」エラリーは険しく危険きわまりない目をして、聴衆へ身を乗り出した。「お聞きになりましたか。六本のマッチの燃えさしです。そう、この点をもう少し科学的に掘りさげましょう。アンドレアは、自分が襲われる前――犯人がまだここにいるあいだに、六本のマッチの燃えさしが皿に載っているのを見たと言っています。これはまぎれもなく重大な事実です。何もかもが一変するでしょう？」あまりに奇妙なその口調に、一同は自分が混乱し、怖《お》じ気《け》づき、恐ろしい考えをいだいているのではないかと、互いの顔色を探っている。エラリーの声がふたたびそれを引き寄せた。「しかし、それはコルクが焦がされる前のことです。だから、この六本のマッチが使われたのは、、、、、、、、、、、、、、、コルクを焦がすためではありません。ぼくは最初、二十本のマッチすべてが犯行のあとに使われたと推理しましたが、そうではなく、六本はまったく別の目的に使われていたんです。では、コルクを焦がすのでなければ、なんのためにマッチを擦ったのでしょうか」

「なんのために？」エラ・アミティがすかさず言った。「なんのために？」

「単純――実に単純です。あまりにも単純すぎます！　一般に、マッチを擦るのはなんのためでしょうか。何かを燃やすため？　しかし、火をつけて燃やされたものは何もないんです――以前にも言いましたが、この家のなかでも外でも、燃え殻や灰は見つかりませんでした。コルクを焦がすためではありません。アンドレアが六本の燃えさしを見たと言っているそのとき、ナイフはまだ体に刺さっていたんですから。そんなわけで、何かを燃やすという説は消えました。

では、炎の光で暗いところを照らすためでしょうか。明かりならここについていましたし、外にはギンボールの足跡しかありませんでした。もっとも、ギンボールは外でも明かりは必要なかったでしょう。ここにもどって、胸にナイフを刺されたとき、まだ外は明るかったんですから。

暖をとるためでしょうか？　暖炉の火床に灰はなく、壊れた古い石炭ストーブはまったく使い物になりません。それに、ガスも引かれていません。

では、ありそうもないことですが、拷問のため？　理屈としては、考えうることです。これは残酷な犯罪ですし、なんらかの情報を聞き出すために被害者を拷問した可能性はある。しかし、ぼくは検死医に、被害者の体に火傷《やけど》の跡がないかと尋ねました。

いいえ、火傷はありませんでした。

では、いったいこの六本のマッチは何に使われたんでしょうか」

「さっぱりわけがわからない」ジョーンズがつぶやいた。

「そうでしょう」エラリーは言った。「でも、もうひとつ可能性があります。もうひとつだけ。マッチは煙草を吸うために使われたんです」

「煙草ですって！」エラ・アミティの口が大きく開いた。「でも、あなたは裁判のとき、煙草を吸うために使われたんじゃないと言ったのに！」

エラリーは目をしばたたいた。「コルクが焦がされるより前にアンドレアが六本の燃えさしを見ていたことを、あのときはまだ知らなかったんだ。その話はいったん脇に置きましょう……。では、アンドレア」

「はい？」警戒するさまと反応の鈍さが、アンドレアらしくなかった。

エラリーは放置してあったスーツケースから封筒を取り出した。中身をテーブルの上の皿にあける。マッチの燃えさしがこぼれ出た。一同は不思議そうにながめている。

エラリーは六本だけ残して、あとはすべて封筒にもどした。

「こちらへどうぞ」

アンドレアは疲れた様子で立ちあがり、ぎこちない足どりで近づいていった。「はい？」もう一度言う。

「実にうまく進んでいるじゃありませんか」エラリーはかすかに皮肉の混じった声でつぶやいた。「いいでしょう。あなたはあの夜、八時三十五分にここへもどり、テーブルの前に来て、これから頭を殴られるところです。皿には六本のマッチが載っています」

「ええ」アンドレアは声まで疲れ、やけに年寄りじみて聞こえた。若い盛りなのに人生の終着点にたどり着いてしまったかのようだ。

「このテーブルを見てください、アンドレア」その口調のきびしさに、反応の鈍かったアンドレアも驚いたらしく、一歩退いてうつむき、それから目をあげてテーブルを見た。「ランプ。六本のマッチが載った皿。それですべてでしたか」

「すべて？」

「ほかには何もありませんでしたか。考えるんです、アンドレア！　考えて、見て、真実を話してください」エラリーは無慈悲な声で付け加えた。「真実を聞かせてください、アンドレア、こんどこそ」

その声に宿った何かが、アンドレアのなかの生きた神経にふれた。啞然《あぜん》として凝視する人々の顔を、荒々しく見まわす。「わたし――」するとそのとき、とうてい信じられないことが起こった。アンドレアの視線はテーブルへもどり、マッチの載った皿に向けられた。視線は一瞬だけそこに留まったのち、ゆっくりと、抗《あらが》えぬ力に操られるかのように、皿から三インチ向こうの一点へと動いた。そこはただの空間で、何も置かれていない。

だが、アンドレアはそこに何かを見ていた。顔が、目が、握りしめた両手が、速まる息づかいが、そう語っていた。吸取紙に染みる液体のように、確信がアンドレアのなかへ満ち満ちていく。はた目で見ると、それが心痛やためらいや苦悶《くもん》となって顔に浮かぶのがはっきりわかった。

「まあ」アンドレアはつぶやいた。「ああ、そう――」

「こんどはどんな嘘を」エラリーの声が鞭《むち》のごとく飛んだ。「つくつもりですか、アンドレア」

「い、い、い、」

ジェシカは跳びあがらんばかりになり、そのまま立ちすくんだ。グロヴナー・フィンチはよく聞きとれないことを口走っている。フリュー元上院議員は顔が蒼白《そうはく》になった。バーク・ジョーンズは息を呑《の》んだ。取り乱している生者たちのなかで、車椅子の老人だけが死体のように身じろぎもしなかった。

「嘘って――」アンドレアは声を詰まらせた。「どういう意味？　わたしはただあなたに――」

「またひとつ嘘をつこうとした」エラリーは恐ろしいほど穏やかに言った。「聞くに堪えませんから、もうやめましょう。ぼくは知ってるんですよ、お嬢さん。しばらく前からわかっていました。嘘です、すべてが嘘です。六本のマッチの話は嘘。頭を殴られたのも嘘。〝警告〟を受けとったことも嘘。何もかもが嘘だった！　なぜ嘘をついたのか、ぼくが話しましょうか？　この血塗られた方程式で、あなたがどんな因数となって作用したのか、ぼくが言いましょうか？　それとも——」

「なんということを」ジェシカが押し殺した声で言った。ジャスパー・ボーデン老人の青い唇の右半分には、やみくもな抗議が見てとれた。ほかの者たちはただじっと腰かけていた……。

ランプの明かりに照らされて、アンドレアはじっと立ちつくしていた。その足を床に張りつけていたのは、だれから見ても恐ろしいほど明らかな……罪の意識だった。唇は祖父の唇のように動いたが、声は出なかった。そのとき、あまりのすばやさで、すでに恐怖にすくんでいた人々の不意を完全に突いて、アンドレアが脇のドアへ突進し、そこから出ていった。

あまりにも急な出来事だったので、車のエンジンがかかる音が聞こえるまで、みな呆然《ぼうぜん》として動くことができなかった。エラリーでさえ、その場に立ちつくしていた。やがてエンジンが大きなうなりをあげて、車が走りだし、すさまじい速度で去っていく音がした。

フリュー元上院議員が叫んだ。「何をしたんだ、あの子は!」ドアへ向かって駆けだす。そのひと声で人々の呪縛《じゅばく》が解け、われに返っていっせいにあとを追った。瞬時にして家は空《から》になり、車椅子の老人だけが残された。老人はひとりすわったまま、開いた戸口を悪くないほうの目でぼんやり見つめていた。

家の外で、人々は先を急ぐあまりぶつかり合った。闇に浮かぶテールライトがランバートン通りをダック島の方角へ進み、たちまち小さくなっていく。みなが自分の車へと急いだ。

だれかが叫んだ。「わたしの車が——これじゃ出せない——」

つぎつぎに声があがる。「ぼくのもだ! なんだって——」

「ガソリンだ。ガソリンのにおいがする!」エラリーが低い声で言った。「何者かがタンクから抜いたんです……」

「エンジェルの野郎か!」激しい罵《のの》りのことばが飛んだ。「いっしょに仕組んだな! あのふたり——」

やがて、ほかのだれかが大声で言った。「わたしのは——まだ少しなら……」エンジンのかかる音がした。一台の車が私道から飛び出して、片側の二輪が浮くほど車体を傾けながら、ランバートン通りへと曲がっていった。最初の車につづいて、この車もすぐに見えなくなった。

人々は路上に寄り集まって、闇に目を凝らした。何もかもが現実とは感じられない。この夜、この道路で、この家のそばで、この空の下で、できることはまったくないように思えた。ただの動物のように、愚かにもひたすら目を瞠《みは》り、息をするばかりだった。

しばらくしてエラリーが言った。「そう遠くへは行けませんよ。どの車にも、少しならガソリンが残っているはずです。掻《か》き集めて追いかけましょう！」

二台目の車に乗った人物はあらゆる神経を高ぶらせ、はるか前方に浮かぶ赤い光の点を見据えて猛然と飛ばしていった。道路は真っ暗だった。いつの間にかダック島にはいっているらしい。夜も空も道も、果てしなくつづくかと思われた。

異様なことに、彼方《かなた》の赤い光の点が踊り、上下に跳ね、ついには停止した。二台目が突き進むにつれ、光の点は徐々に大きくなった。何かが起こっている。先ほどのアンドレアの様子――すっかり混乱して、われを忘れ、恐怖に駆られていたさま――を思えば、そもそもここまで運転できたことのほうが不思議だった……。

二台目の車のブレーキが甲高くきしみをあげ、よろけるように急停止して、乗り手はハンドルに押しつけられた。道路を隔てた向こうに、運転席にすわるアンドレアの青い影のような顔があった。座席でぐったりとして、絶望したように広大な夜の闇を見つめている。逃走に使ったのは巨大なセダンで、道路をわずかにそれて立木にぶつかっていた。

明かりは星の光しかなく、それもはるか彼方にあった。

「アンドレア!」

耳にはいらないようだった。アンドレアは右手をそっと喉《のど》もとにあてて押さえた。

「アンドレア、どうして逃げたのですか」

アンドレアは怯《おび》えていた。怯えているのがありありとわかった。恐怖に突き動かされ、ゆっくりと首をまわす。かすかな明かりを受けて、その目が光った。

追っ手は両手の力を抜いて、落ち着いた様子で一台の車のあいだに立っていた。

「アンドレア。わたしをこわがらなくていいのですよ。わたしはもう、何もかも嫌気が差しました。あなたを傷つけたりしません……。それはわかってもらえますね」二台のあいだに立つ人物のぼんやりとした顔がかすかに動いて止まり、表情が安らかになった。「すぐにみなさんが来ますよ。アンドレア、あの夜テーブルの上で見たものを、ほんとうに覚えていたのですね……」

アンドレアの唇が音もなく動いた。恐怖に押しつぶされて声帯まで麻痺《まひ》したかのようだ。

遠くから、くすんだ闇のなかを泳ぐかのごとく、一台の車が近づいてくる。昆虫の触角のように光を伸ばしたヘッドライトが暗闇を探り、空を少し明るくしていた。

「みなさんが来る前に」話していた人物はことばを切り、飽き飽きした子供のようなため息をついた。「これだけは言っておきたかった……。あなたに危害を加えるつもりはなかったのですよ。あの夜、不意にあなたがはいってきたときの話です。殴ったときは、相手があなただとは気づかなかった。そして、あなたが倒れても……殺すことなんかできなかった。そんなのは正気の沙汰《さた》ではありません。ジョー・ギンボールを殺したのは、生きるに値しない人間だったからです。あの男のしたことは死をもって償うほかはなく、だれかが手をくだすべきだった。だからこそわたしが……。ともかく、それはすんだことです。過去の話です。あの男はあなたがジョーを殺し、その罪のせいで逃げだしたと思っています。でも、わたしはあなたが逃げたほんとうの理由を知っていますよ、アンドレア――いまになって、あの夜テーブルの上に何があったのかを思い出したからですね……。もちろん、あなた自身が疑いをかけられているのだから、わたしとしてもだまっていろとは頼めません。あのときわたしは、うまくやれると思っていました。奪うべき命を奪うのに、自分の人生まで犠牲にする必要はありませんしね。いまとなっては、もっと単純に、計画などなしに実行して、自首すべきだったと思います。そのほうが――そう、すっきりしたでしょうに」

路上に浮かんで見える冷静な顔に、ゆがんだ笑いがよぎった。アンドレアが唐突に叫びをあげた。恐怖ではなく憐《あわ》れみによって喉から絞り出された泣き声だった。アンドレアのすぐそばで、手に握られた何かがきらめいた。セダンの内側ですばやく動くものがあり、それと同時に穏やかなことばが語られる。

「さようなら、アンドレア。わたしを忘れないでください――そう、どうか忘れないで。できれば……あの人もわたしを忘れないでいてくださいますように」

手のなかの何かがふたたびきらめいた。こんどは上に向かって。

アンドレアは叫んだ。「いけません！」

ビル・エンジェルがセダンの後部で怒鳴った。「アンドレア、だめだ！　伏せろ！」

セダンの後ろの道路脇から、銃を持った男たちがいっせいに飛び出した。セダンの後部のドアが勢いよく開く。ビル・エンジェルが道へ転がり出た。

道路に立っていた追っ手の顔が引きつった。指に力がこめられ、大音響と煙と閃光《せんこう》が発せられる。ところが、人影はよろめいただけで、倒れなかった。その整った顔に浮かんだ底知れぬ驚きの色は、すぐさま苦々しさに、つづいて決然とした表情に変わった。

「だまされた！」低いつぶやきだった。

そして、その人影は役立たずのリボルバーを捨ててビルに襲いかかり、ビルの持つ拳銃《けんじゅう》を何がなんでも奪いとろうとあがいた。ふたりは道路に倒れこんで激しい格闘をつづけ、そのさまは、たったいまうなりをあげて着いた三台目の車のヘッドライトに煌々《こうこう》と照らし出された。道路脇から姿を現した男たちも蟻のごとく群がって、ふたりを囲み、わめき声をあげながらつかみかかった。

もう一度、銃声が響き渡った。それが合図になったかのように格闘は止み、男たちは離れ、暗い空の下に静寂が訪れた。三台目の車からぞろぞろとおりてきた人々も足を止めた。

ジョーゼフ・ケント・ギンボールを処刑した者の顔には、こんどは驚きは浮かばず、安らぎだけを見せていた。その姿は路上に穏やかに横たわり、訪れた死に緊張をゆるめて、永遠の眠りに就いていた。

アンドレアは声をこわばらせた。「ビル。ああ、ビル。あなたが殺し――」

荒い息づかいをしていたビルは、肺いっぱいに大きく夜気を吸いこんだ。胸を大きく波打たせながら、静かになった相手を見おろす。相手の指はまだビルのリボルバーを握りしめていた。「自殺だよ。ぼくから銃を奪いとろうとした。どうしようもなかった。死んだのか？」

デ・ジョング署長が道路にかがみ、動かぬ胸に耳をあてて音をたしかめた。そして、おごそかな顔をして立ちあがった。「死んでいる、たしかに……。クイーンくん」

エラリーは駆け寄った。そしてすばやく尋ねた。「だいじょうぶですか、アンドレア」

「ええ、だいじょうぶ」アンドレアの声はくぐもっていた。アンドレアは急にセダンの前のドアを探り、滑り落ちるように車をおりたあと、泣きながらビルの腕のなかへ倒れこんだ。

「クイーンくん」デ・ジョング署長がまた声をかけた。ばつが悪そうだった。「すべて記録したよ――速記者が道路脇で書きとっていたんだ。これはまちがいなく自供だな。きみのおかげで……ああ、ポーリンジャーとわたしはきみに詫《わ》びねばなるまい」

「それより、讃《たた》えるべきは」エラリーは穏やかに言った。「このうら若き婦人ですよ」ビルの首にしがみついた冷えきった指に軽くふれる。「よくやってくれましたよ、アンドレア。みごとでした。ひとつだけ懸念していたのは、あなたが逃走することにわれらが友がどう反応するかだったんです。あなたにとって悲劇となりかねないところでしたからね。それを防ぐために、前もって仲間たちを適切な場所へ送りこみ、物騒な実弾を空包にすり替える小細工をしてもらいました。よくやってくれました、アンドレア。ぼくの指示にほんとうに忠実に動いてくれましたね」

三台目の車で来た面々は何も言わず、何もしなかった――まったく何ひとつ。そして、路上に横たわる死体にただただ目を奪われていた。

「当然ながら」月曜の朝、エラリーは言った。「ぼくも多忙な人間ですが、こんな機会はなんとしても逃すわけにはいきませんよ」

一同はマーサー郡裁判所のアイラ・V・メナンダー判事の執務室にいた。手続きの問題があって、前日の日曜日にはルーシーの釈放がかなわなかった。しかしこの朝、ビルはメナンダー判事を前に、〝新たな証拠〟に基づく新たな裁判の申し立てをおこない、そこにはもちろんポーリンジャー検事も加わっていた。それを受けて判事はルーシー・ウィルスンの先の有罪判決を無効とし、ポーリンジャーも起訴の取りさげを申し入れて承認されたため、ビルはアンドレアと腕を組み、拘置所長へ宛てたルーシー釈放の公式命令を携えて、〝嘆きの橋〟から隣接する拘置所へと向かったのだった。

そしていま、老判事の要請に応じて執務室を訪れていた。ルーシーは突然の自由にとまどい、喜びのあまり、物も言えず顔を紅潮させていた。ポール・ポーリンジャーも同席し、ばつの悪そうな顔を見せていた。

「聞いたんだがね、クイーンくん」メナンダー判事はルーシーのこれまでの苦難に対して謝罪したのち、切り出した。「きみがこの事件を解決するにあたって、驚くばかりの展開があったそうじゃないか。実を言うと、わたしも少々興味があってね。きみはどうも不可思議な運命の持ち主のようだな。きみの噂は以前から聞いていた。今回はどんな魔法を使ったのかね」

「魔法か」ポーリンジャーがつぶやいた。「まったくそのとおりだったな」

エラリーはビル、ルーシー、アンドレアをちらりと見た。三人とも子供のように、手をつなぎ合って判事の革のソファーにすわっていた。

「魔法ですって？　手練《てだれ》の専門家にしては、無邪気なことをおっしゃいますね。昔ながらの手法ですよ。事実を拾い出し、それらをつないでいく。じゅうぶんな論理とよく混ぜ合わせたら、そこに想像力を少々。できあがり《プレスト》！」

「なかなかの美味に聞こえる」メナンダー判事はそっけなく言った。「だが、有益な情報とは言いがたい」

「ところで」ポーリンジャーが言った。「土曜の夜のちょっとした芝居は、どこまで計画してあったんだね。きみとデ・ジョングに除《の》け者にされて、いまだに悔しい気がするよ」

「何もかもですよ。何しろ、あれがぼくたちの仕事ですから、ポーリンジャーさん。アンドレアから六本のマッチの話を聞いたとき、この事件の驚くべき全貌《ぜんぼう》が見えました。論理的に解決することもできたんですが、あなたがたの法廷はそんなものを聞き入れてはくれません。だから、少々策を弄《ろう》する必要があったのです。まず、犯人を罠《わな》にかけなくてはなりません。最初から明らかでしたが、この犯人のきわめて興味深い特徴のひとつに、アンドレアを極端なほど気づかっているという点がありました。

まず、事件の夜にテーブルの上にあったものについて、アンドレアが犯人の身を危うくする情報を握っているとしたら、なぜギンボールと同様に命を奪わなかったのでしょうか。つづいて〝警告〟ですが、クロロホルムとはなんと上品な！　ほかの犯人なら、そんなときはもっと非道な手段に訴えたはずです。ところが、この犯人は暴力を用いることなく、脅しと言ってもただの忠告でよしとしていました。だから、犯人がアンドレアの身の安全を気づかうのなら、当然の帰結として、こちらはアンドレアを危険に陥れる計画を立てるべきだと判断したんです。

そのために最もよい方法は、ぼくがアンドレアを犯人ではないかと疑っていると見せかけることでした。そうなると、犯人にできることはつぎのふたつのどちらかしかありません。つまり、危険な情報を最終的に暴露されないようにアンドレアを殺害するか、あるいはアンドレアが苦しい立場に追いこまれないよう、犯行を自供するかで——もろもろを考えると、後者のほうが脈がありそうでした。それまでの行動から、犯人がアンドレアの命を狙うことはないだろうと思いましたが、万が一の事態を避けるために、犯人の凶器から牙《きば》を抜いておいたんです。それからもちろん、デ・ジョング署長と部下のみなさんには、〝逃走〟した車が〝故障〟する場所で待ち伏せをしてもらい、ここにいるビルには、家の外に停めてあったその車のなかで銃を持って隠れていてもらいました。ビルはトレントンへは行きませんでした。あれは家から抜け出す口実にすぎません。ビルは車を出すふりをし、そのあいだにデ・ジョング署長の部下数名が、決めてあったいくつかの車のガソリンタンクを空《から》にしてから集結地へ向けて出発しました。アンドレアには前もって役割を指示してあり、家のなかではいつ、何をするかを教えてありました。車についても、アンドレアと犯人の車には手をつけず、ほかの車にだけ細工するよう段どりをつけてあったんです。そうすることで、まちがいなく犯人がほかの人たちよりもひと足先にアンドレアを追いかけて、自白する機会が持てるようにしておいたというわけです」

「つまり、きみはだれが犯人なのかを前もって知っていたのか」検事が尋ねた。

「もちろんです。土台となるその重要な点を押さえていなくては、計画を組み立てることはできませんよ。ギンボールを殺害した人物を知らなければ、だれの車を手つかずで残すべきか、わかるはずがありません」

「いまとなっては悪夢のようです」アンドレアが息をついた。ビルに何か話しかけられると、その肩に頭をもたせかけた。

「で、クイーンくん」判事が言った。「そこに至るまでの話は、いつ聞かせてもらえるのかね」

「閣下がお望みならいますぐにでも。どこまで話しましたっけ」エラリーは老判事と検事のために、土曜の夜にあの家で披露した自分の推理を繰り返した。「というわけで、犯人がコルクを焦がす前にアンドレアが目にした六本のマッチの燃えさしは、煙草を吸うために使われたものにちがいありませんでした。となると、当然の疑問はこうです――煙草を吸うために六本のマッチを使ったのはだれでしょうか？

アンドレアが最初に家を訪れたその夜の八時には、家のなかにはだれもおらず、テーブルの上の皿もきれいで空だったそうです。そのとき、ギンボールの車は脇の私道に停まっていました。アンドレアが八時三十五分にもどったとき、車はまだそこにあり、別の車が家の正面の私道に停まっていました。そして家のなかでは、皿に六本のマッチが載っていたんです。

したがって、その六本のマッチは、アンドレアがそこにいなかった八時から八時三十五分のあいだに使われたことになります。不在のあいだに、だれが家にはいったんでしょうか。むろん、ギンボールが帰ってきて、ナイフで刺されています。また、証拠とされたあのタイヤ跡によって、アンドレアが離れているあいだにそこに来た唯一の車がフォードであることはわかっています。徒歩で現れた者はいません。泥の上にギンボール以外の足跡はなかったからです。ギンボールがアンドレアの二度の訪問のあいだに殺害され、その間に訪れた車は一台しかなく、徒歩で近づいた者がいないのですから、犯人はその一台の車でやってきたにちがいありません。そして、その六本のマッチを燃やすことができたのはギンボールと犯人だけです。

さて、もし六本のマッチが喫煙に使われたとすると、ギンボールはただちに除外してかまいません。ギンボールが煙草を吸わないことは、数多くの証言や証拠によって明らかになっています。となると、残るは犯人だけです……。本人は否定しましたが、もちろん理論上は、アンドレアが自分で六本のマッチを使った可能性もあります。しかし、マッチの燃えさしを発見したのはアンドレアであり、ぼくの論理的解決を組み立てる土台となったのはアンドレアの話です。それが真実か否かを疑いだすと、もう先へは進めません。ですから、アンドレアについては、真実を話しているという前提のもとに除外しました。家に来てそのマッチを見つけたのなら、それを自分で使ったはずはありません」

老判事の目が鋭くなった。「しかし、クイーンくん、それでは――」

「はい、わかっています」エラリーはすかさず答えた。「根拠薄弱だと指摘なさるのは、信頼すべき裁判官でいらっしゃる証《あかし》です。ただ、あとでご説明しますが、薄弱ではないんです。どうか先をつづけさせてください。ここまでで、アンドレアが八時三十五分に着く前に犯人があの家で喫煙したことと、そのために六本のマッチを使ったことがわかっています。では、犯人は何を吸ったのでしょう。それは非常に重要であると同時に、興味を引く疑問であると、ぼくはすぐに思いました」

「重要かもしれん」判事は微笑んだ。「だが、わたしにはさっぱりわからない」

「犯人は紙巻き煙草を吸ったんでしょうか。それはありえません」

「いったいなぜ」ポーリンジャーが尋ねた。「そんなことがわかるんだね」

エラリーは深く息をついた。「六本のマッチの燃えさしがあれば、同じ数、つまり六本の煙草の吸い殻があるはずです。紙巻き煙草なら、マッチ一本で間に合わないことはまずありませんからね。あのとおり、よく燃えた六本のマッチがあるのなら、紙巻き煙草であればまちがいなくずいぶんな本数を吸ったにちがいない。そうですね。では、その吸い殻はどうしたのか。どこで揉《も》み消したんでしょうか。犯人が皿を灰皿代わりにしたことはわかっています。アンドレアがそこにマッチの燃えさしが載っているのを見つけましたからね。犯人は煙草の吸い殻もその皿で揉み消すのが当然ではないでしょうか。ところが、アンドレアが見たときには、吸い殻や灰は皿に載っていませんでした。その時点で、犯人は邪魔がはいるなどとは思ってもいませんから、吸い殻をどこかへ隠す理由はありません。アンドレアが着く前に犯人が紙巻き煙草を吸っていたのなら、吸い殻や灰が、テーブルの上の皿か、絨毯《じゅうたん》の上か、暖炉か、窓の外側のどれかに残っていたはずです。しかし、皿にもテーブルにもなく、絨毯にも家のほかの場所にも、一本の吸い殻、ほんのわずかな灰の汚れすら見あたりません――さらに言えば、煙草の葉の屑《くず》やその手のものも見つかりませんでした。絨毯に煙草を踏んで消したような焦げ跡がついていたわけでもありません。もし犯人が絨毯の上で踏み消していたら、あとから灰やつぶれた吸い殻を持ち去ったとしても、そうした跡は残るものです。窓の外側の下についても、泥土の上には何も落ちていませんでしたし、何かあれば知らせが来たはずです。また、家の外はどこを見てもギンボールの足跡しかないとたしかに聞いていますから、犯人が吸い殻や灰を窓から捨てて、あとで現場から逃げる前に回収していったとは考えられません。

というわけで、このように分析した結果、確実に言えるのは、犯人がアンドレアの着く前に何かを吸っていたとしても、それは紙巻き煙草ではないということです。

となると」エラリーは肩をすくめた。「葉巻かパイプしかないでしょう」

「そこからどのように絞りこんだのかね」ポーリンジャーが興味深そうに訊《き》いた。

「ええ、葉巻の場合でも、吸い殻こそ出ませんが、灰が残るのはたしかです。紙巻きの場合に灰が問題になったのと同じ考え方で、葉巻の場合も灰が問題になります。一方、パイプなら燃えかすを叩《たた》いて落とさないかぎり、まったく灰が残らないし、あえて落とす必要があるわけでもない。さらに、マッチを六本使ったというのは、パイプ説とつじつまが合います。パイプはしじゅう消えますから、火をつけなおさなくてはいけません。ただし、パイプか葉巻かをはっきり特定することは、ぼくにとって重要ではありませんでした。ほんとうに大事なのは、紙巻き煙草ではないこと、それ自体《ペル・セ》です」

ポーリンジャーは眉根《まゆね》を寄せた。「そうか、それはそうだな。ようやくわかったよ」

「そう、明らかですね。葉巻かパイプを吸っていたのであれば、すなわち犯人は男です！」

「おみごとだ」メナンダー判事は熱心にうなずいた。「そのとおりだな。そのように推論すれば、当然、女は除外される。しかし、すべての証拠が、犯人は女だと示していた」

「となると、すべての証拠が」エラリーは言い返した。「まちがっていたんです。論理に頼るなら、論理に徹しなくてはならない。さもないと、ただの当て推量に陥ってしまいます。推論の結果が疑問の余地なく男を示し、証拠は女を示している。だとしたら、証拠は誤解されているか、虚偽のものであるかのどちらかです。証拠は、ヴェールをしっかりかぶった女の犯行だと告げている。推論は、いや、男だと告げている。ならば、犯人は女装した男であり、ヴェールは変装では隠しきれない男の顔を覆うのに不可欠なものとして、あらためて重大な意味を持つことになります。

実を言うと、ぼくはこの推論を深めれば深めるほど、これが真実だと確信できました。犯人の性別について、少なくともひとつの心理的な裏づけがありました――これは些細《ささい》な事実ですが、世界じゅうの驚くべき発見は些細な事実を積み重ねて築かれています」

「なんだね、それは」判事は尋ねた。

「口紅が使われなかったという不思議な事実です」エラリーはにっこりとした。「口紅が使われなかった？　おいおい、クイーンくん、まるでコナン・ドイルが書きそうなことじゃないか」

みな、意味がわからなかった。ポーリンジャーが顎《あご》をなでて言った。

「うれしいおことばですね。でも、自明じゃありませんか？　われわれは女性だと考えていたその犯人は、急いでアンドレアに手紙を書く必要に駆られました。ふつうの筆記用具は手近になく——その点についてはあとで説明しますが——その〝女〟は文字を書くためにコルクを焦がさざるをえなかった。面倒な作業でしょう？　でも、考えてみれば、女性はほぼ例外なく、無理なく使える筆記用具を持ち歩いています。口紅ですよ！　バッグをあけ、口紅を取り出して書けばすむところを、なぜコルクを焦がすなどという厄介でもどかしい作業をするんでしょうか。心理面を考えると、口紅を持っていなかったから、というのが答です。このこと自体が、その〝女〟がもとより女ではなく、男だったことを意味しています」

「しかし、犯人はやはり女で、たまたま口紅の持ち合わせがなかったとしたら？」メナンダー判事が言った。「その可能性もあるだろう」

「ええ、たしかにあります。でも、床にはアンドレアが気を失って倒れていたんですよ！　アンドレアはバッグを持っていなかったでしょうか。女性であるアンドレアは、女性ならではの武器である口紅を持っていなかったでしょうか。もちろん、持っていました。言うまでもありません。それなら、なぜこの〝女〟はアンドレアのバッグから口紅を借りて字を書かなかったのでしょうか。そう、この〝女〟が思いつかなかったから、というのが答です。女なら、ほんとうに女であるなら、そこに気づかないはずはありません。心理面を考えると、これもまた犯人が男であることを示しています」

「だが、今日の犯罪科学では」ポーリンジャーが異論を唱えた。「口紅は化学的な分析によって足がつく恐れがある」

「そうですか。それはすばらしい。しかし、それならなぜ犯人はアンドレアの口紅を使わなかったのか。仮に足がついたとしても、行き着く先はアンドレアであって真犯人ではありません。やはりどう見ても、このことの心理面を考えると、犯人が女になりすました男であることは確実です。というわけで、ここまでに犯人像のふたつの特徴が明らかになりました。犯人は男であり、ほぼまちがいなくパイプを吸うということです」

「おみごと、実におみごとだ」判事はふたたび言った。

「ところで」エラリーは歯切れよく言った。「紙マッチが使われたのなら、当然マッチのケースに着目すべきですね。ぼくはアンドレアに対し、テーブルの上にほかのものはなかったかと質問しました——ケースがあったのではないかと考えたからです。もちろん、犯人はケースをポケットに入れたかもしれませんが、入れなかった可能性もなくはない。なんと言っても、あの夜アンドレアが現れたのは予想外だったうえ、犯行直後のことでしたから、忌まわしい作業はまだ片づいていませんでした。アンドレアは、あったと答えました。皿の上に六本のマッチがあるのを見たとき、テーブルには蓋《ふた》を閉じた紙マッチのケースもそばに置かれていた、と。完璧《かんぺき》です！　それが最終的な手がかりとなりました」

「正直なところ」判事は悲しげな顔で言った。「わたしにはまだわからない」

「それはおそらく、先日のアンドレアの話からわかったさらなる事実を、まだご存じないからですよ。アンドレアが意識を取りもどしたとき、ケースはなくなっていました。それはつまり、犯人が持ち去ったことを意味します。しかし、なぜそんなことを？」

幸福そうなビルの表情に、かすかな好奇心がひらめいた。「あたりまえだよ、エル。喫煙者はいつだってそうするものさ。特にパイプを吸うならね。しじゅうマッチが足りなくなるんだから。ケースを出したら、すぐにポケットにしまうものだ」

「ご明察《トウシエ》」エラリーは小声で言った。「だが、それは決定的なことじゃないんだよ。

ポケットにもどすのは、まだケースにマッチが残っているからだ。そうじゃないか《ネスパ》？」

「そりゃそうだ！」

「だけどね」エラリーはやさしく言った。「犯人が最初に使ったケースには、マッチが残っていたはずがないんだ」

「ちょっと待ちたまえ」判事があわてて言った。「わたしが魔法と言ったのはこういうところだよ。その驚くべき結論に、どうやってたどり着いたのかね」

「道筋は単純ですよ。皿にあったマッチは何本でしたか——パイプを吸うのに使ったものと、コルクを焦がすのに使ったもの、すべてのマッチです」

「たしか二十本だった」

「よくある安手の紙マッチのケースには、マッチが何本はいっていますか」

「二十本だ」

「そのとおりです。それはどういうことでしょうか。つまり、あの夜、犯人はあの家で少なくとも一ケースをまるごと使いきったということです。仮に手つかずの新品を使ったのではなく、たとえば使いかけで残りが十本しかなかったとしても、ふたつ目のケースを出して使えば、合計二十本という見つかったマッチの数に届きますし、その過程で最初のケースは空《から》になる……。そう、空のケースがかならずひとつ出ます。にもかかわらず、犯人はそれを持ち帰りました。なぜでしょうか。ふつうはそんなことをしませんね。紙マッチを使いきったら、ケースは捨てるものです」

「ふつうの人間なら、おそらくそうするだろう」ポーリンジャーは言った。「だが、この男が犯行現場にいる殺人犯だということを忘れているぞ、クイーンくん。持ち帰ったのは、単なる用心かもしれない――手がかりを残さないために」

「そう来ると思いました」エラリーはいたずらっぽい笑みを浮かべた。「手がかりを残さないために。しかし、ふつうのマッチのケースがなぜ手がかりになるんですか、ポーリンジャーさん。マッチのケースは、この世のありとあらゆるものの広告に使われているじゃありませんか。カバーに刷られた商品や店の広告に、自分の出身地や最近の行動に結びつく所番地が書かれていると犯人は考えた――その説は支持できませんね。マッチのカバーの広告にある所番地からは、なんの結論も導き出せません。ニューヨークにいると、オハイオ州アクロンやら、フロリダ州タンパやら、インディアナ州エヴァンズヴィルやらのマッチを渡されます。ぼくも紙巻き煙草と刻み煙草を買ったとき、はるばるサンフランシスコからやってきたマッチをもらったことがありますよ。だから、ちがうんです。犯人がケースを持ち帰ったのは、ケースに住所や広告が記されていたからじゃありません」エラリーはことばを切った。「それでもなお、持ち帰った。なぜでしょう。犯人は、マッチのケースを置いていくことがほかにどのような手がかりを残しかねないと思ったのか。それは、直接であれ間接であれ、自分に結びつく手がかり――身元の特定につながる手がかりだったにちがいありません」

ふたりの男は厳然とうなずいた。ソファーにいる三人は身を乗り出している。

「ここで思い出してください。最初から犯人は、アンドレアが犯行現場で何かとんでもないものを見たのではないかと恐れていました。顔や体ではありません。アンドレアは背後から殴られて、自分を襲った人物を見ることはできなかったんですから。しかし犯人は、アンドレアが目にしたものが恐ろしく重要だと考えたにちがいありません。被害者の血がまだ噴き出しているような犯行現場で面倒な方法を使ってメモを書き、犯行翌日にはもう一通の警告を電報で送り、追っ手が迫りつつあると感じたこの前の土曜にはさらに巧妙な警告を発しているんです。発覚せずにやりおおせたとはいえ、犯人にとってはずいぶん危なっかしかったでしょう。にもかかわらず、アンドレアの口を封じるために警告を繰り返した。理由は？　なぜでしょうか。犯人がそこまで恐れるとは、アンドレアは何を見たのか、あるいは何を見たと思われていたのか。それは犯人が持ち帰ったマッチのケース、すなわち、アンドレアが頭を殴打される直前に、六本の燃えさしといっしょにテーブルにあるのを見た、例のマッチのケースであるとしか考えられません。

しかし、われわれは犯人がそれを持ち帰った理由を探しているんでしたね。納得できる理由はひとつしかありません。ケースの蓋は閉じられていて、犯人はそのことを知っていました。テーブルの上で、全体がはっきりと見えていたんです。ケースについて何を恐れていたにせよ、それは単純で、直接的で、ひと目でわかり、たちまちぴんとくるような、そしてケースの外側に関することでした。それが犯人のものであることにアンドレアが気づいたと思ったんでしょうか。しかし、ふつうはマッチのケースになど気づいたりしませんし、仮に気づいたとしても、まったく同じマッチをほかの人が使っていることもありうるので、それも考えにくい。となると、アンドレアがとっさに個人を特定できるような単純な印が――たぶん名前の頭文字のようなものが――マッチのカバーに明瞭《めいりょう》に記されていたとしか考えられません」

「おかしなものです、何もかも」アンドレアは声を詰まらせた。「いま思うと――」

「皮肉なことに」エラリーは真剣な顔で言った。「アンドレアはそのマッチのカバーについて、特別なことは覚えていなかったんです。目にしたけれど、そのときは動揺と恐怖で頭にはいらなかったんですね。その後、土曜の夜の寸劇の計画を練っていたときに、ぼくが答を絞りこんでから具体的な質問をして、記憶を呼び覚まし、アンドレアはそこではじめて思い出しました。しかし犯人としては、アンドレアの目に留まらなかった可能性をあてにするわけにはいきません。なんと言っても、まっすぐそこを見る姿を目にしていたんですからね。アンドレアがマッチのカバーに書かれたものを読み、だれが犯人かを悟ったにちがいないと決めつけ、一瞬たりとも疑わなかったはずです。

というわけで、犯人像にまたひとつの要素が加わりました。犯人は男である。パイプを吸う。そして、使っているマッチのカバーには、本人を特定しうるなんらかの印がはいっている」

「すばらしい」判事がつぶやいたのは、エラリーがことばを切って紙巻き煙草に火をつけようとしたときだった。「だが、それですべてではあるまい？　わたしにはまだ――」

「すべてですって？　とんでもない。これは鎖の最初の環《わ》にすぎませんよ。第二の環を作るのはあの焦げたコルクです。以前ぼくは、犯人がコルクを筆記具として使ったのは、ほかに筆記具の代わりになるものが手近に見あたらなかったからにちがいないと説明しました――もちろん、犯人が男だったので口紅を思いつかなかったという理由も付け加えましょう。つまり、そのとき犯人がペンや鉛筆を身につけていなかったか――メモを書き残す必要はにわかに生じたんです――もしくは、身につけていたとしても、それを使いたくない事情があったかのどちらかです」エラリーはふたたびことばを切った。「ポーリンジャーさん、事件から間もないころにぼくが思いつきで口走ったことですが、殺されたのはどちらの人物なのか――ギンボールか、ウィルスンか――決められないと指摘したのを覚えていらっしゃいますか」

ポーリンジャーは苦笑いを浮かべた。「覚えているとも。事件の解決には、そこが重要な点になるだろうと言ったね」

「どれほど重要なのか、あのときはぼくにもつかめていませんでした。あとになって、計り知れないほど大事だとわかりましたがね。その点が――どちらの人格として殺されたのかが――はっきりしなければ、最後まで論理的に絞りこむことはできなかったでしょう。はっきりしたからこそ、犯人の際立った特徴を暴き出せたんですよ。この疑問に対する答が得られなければ、犯人像はあやふやで意味のないものだったはずです。これが事件の全貌《ぜんぼう》にかかわる問題だということは、いくら強調しても強調しきれません」

「きみが言うと、よほど由々しき問題のようだ」判事が評した。

「犯人にとっても由々しき問題でした」エラリーはあっさりと言った。「さて。ギンボールとウィルスン――どちらの人格として被害者は殺されたのでしょうか。いまなら、ぼくはその疑問に答えられる立場にあります。

よく聞いてください。犯人は被害者を殺害し、ルーシー・ウィルスンに殺人の罪をかぶせたのですから、ルーシー・ウィルスンには強い動機があると警察が考えることを見越していたにちがいありません。無実の人間に罪を着せるのに、じゅうぶん納得できる動機があるかどうかを考えずに選ぶ者などいないからです。ルーシーが被害者の妻だという事実だけで、この陰謀の犠牲者に仕立てあげるのは、筋が通っているとは言えません。

では、ルーシー・ウィルスンの〝動機〟とはなんだったか。というより、実際の公判において、ルーシーにはどのような動機があるとされたのか。ここにいらっしゃるわれらが聡明《そうめい》なる友は、かつてこのように指摘しました——第一に、ルーシーは犯行の少し前に、ジョーゼフ・ウィルスンが実はジョーゼフ・ケント・ギンボールであること、その正体と別生活について十年ものあいだ自分をだましていたことを知って、愛情が憎悪に転じたということ。第二に、夫の死によってルーシーが百万ドルを受けとる立場になったこと。

これらがルーシー・ウィルスンの動機とされました——夫とはずっと理想的な家庭生活を送ってきたので、ほかにはありません。犯人はルーシー・ウィルスンのこうした動機を想定できたのですから、そのあたりの事情を知っていたことになります。つまり、ジョーゼフ・ウィルスンの正体がジョーゼフ・ケント・ギンボールであることを知っていたし、また、ジョーゼフ・ウィルスンが死ねば、ルーシー・ウィルスンにジョーゼフ・ケント・ギンボールの保険金百万ドルが支払われることも知っていたんです。

このふたつの事情に通じていたわけですから、犯人は自分の狙う相手がギンボールであると同時にウィルスンでもあり、その男が何年ものあいだ二重生活を送ってきたことも、なんらかの理由で知っていました。

　そして、狙う相手が二重生活を送っていることを知っていたなら、自分が殺そうとしているのはジョーゼフ・ケント・ギンボールだけではなく、ジョーゼフ・ウィルスンだけでもなく、両方であることを承知していたはずです。そして、どちらかの一方の人格だけでなく、ふたつの人格をひとまとめにして、被害者は殺害されました。これがいかに重要かは、あなたがたにご判断をおまかせしましょう」

「それはきみにまかせるしかなさそうだが」ポーリンジャーは大きな笑みを浮かべた。

「おやおや！　犯人が、自分はギンボールとウィルスンというふたつの人生を持つ男を殺そうとしているのだと承知のうえで殺したのなら、こうした疑問が湧くのは避けられません――犯人はどうやってそのふたつの人生を知りえたのでしょうか？　ニューヨークのギンボールという上流階級の紳士が、同時にフィラデルフィアのウィルスンという外まわりの宝石商でもあることを、どういういきさつで知ったのでしょうか。何年ものあいだ、ギンボールは細心の注意を払って、自分の二重生活を絶対の秘密としてきました。何年ものあいだ、だれも疑いませんでした。何年ものあいだ、おそらくギンボールは失敗を犯すことも、怪しまれることもなかった。そして、ウィルスンのほうも、ギンボールという自分の正体を、同じ年月にわたって同じように隠し通しました。ここにいるビルが事件の夜にデ・ジョング署長とぼくに言ったとおり、ウィルスンはビルにはっきりと、あの家の存在を知る者はいないと告げています。ところが、犯人はまさにその〝中途の家〟を犯行現場に選びました。ギンボールはその夜、ビルとアンドレアに秘密を打ち明けようとしましたが、実行する前に殺害されました。第三の人物にも告げるつもりだったとしても、事件の夜より前ということはありません。にもかかわらず、犯人はすべてを知っていました。では、どのようにして知ったのでしょうか」

「たしかに筋の通った疑問だな」判事はうなずいた。

「そして筋の通った答がありました」エラリーはゆったりと答えた。

「だけど、犯人が事情を知ったのは」ソファーにいるビルが尋ねた。「まったくの偶然という可能性はないのか」

「もちろん可能性はあるが、きわめて低い。ギンボールがけっして警戒をゆるめなかったのは疑問の余地がないからね。二通の電報が犯人の手に渡っていたとしても、あそこに書いてあったのは〝中途の家〟の――それにしてもみごとな名前だな！――場所だけだ。しかし、犯人が知っていたのが家の場所だけというのは、とうてい考えられない。ギンボールが電報を送る日――つまり死を迎える日よりもずっと前から、ギンボールに関するあらゆることを知っていたはずだ。〝中途の家〟の場所だけでなく、ギンボールのほんとうの妻の身元や、どこに住んでいるのか、性格や出自といった事柄にまで精通していたにちがいない。犯行を計画するには、ルーシーの車について調べたり、土曜の夜に映画を観る習慣を探ってアリバイがなさそうな状況を狙ったり、あれこれ手間をかけなくてはならなかった。こうしたことには時間がかかるもので、この犯人のように人目につかずに下調べをするなら、一日では足りず、おそらく一週間以上はかかっただろう。だから、ビル、偶然に知った可能性はまずないんだ」

「では、どのようにして知ったと？」ポーリンジャーが声を張りあげた。

「どのように？　犯人が事情を知る手立てとして、あまりにも単純で見逃しようがないものがひとつありました。犯人がギンボールの二重生活を偶然に知ったという説は、理屈の上では排除できませんが、それでもその受け入れがたい偶然説を蹴《け》落とせるのは、ほかに有力な説が確実に存在するからです。ギンボールが殺害されたのは、わが身の苦境と二重生活の事情を、両方の家族の代表者に包み隠さず打ち明けようと心を決めた直後のことでした。告白へ至る最初の一歩が、保険金受取人を偽りの妻ジェシカから真の妻のルーシーへ変更することだったという事実を考えると、これはとても偶然などでは片づけられません。わかりませんか？　二重生活がついに記録に残された――いわば九つの記録ということで、新しい受取人の氏名と住所が、もとの申請書と八社ぶんの新たな保険証券に記されたんですよ！　そして、この記録が残されてすぐ、本人が殺害されました。ギンボールがウィルスンであり、ウィルスンがギンボールであることを犯人が知ったのは、これを通じてだと断言していいのではありませんか？　この変更を知った人物、あるいは保険証券を見ることのできる人物が、調査をおこない、氏名と住所から秘密を知り、〝中途の家〟へ立ち寄るギンボールのあとをつけ、殺害してルーシーに罪をかぶせる計画の段どりを二週間のうちにすべて整えたんです」

ルーシーは静かに泣いていた。アンドレアは背すじを伸ばし、泣いているルーシーの肩に腕をまわしている。その光景に、ビルは戯れる子供ふたりを満足げに見守る親のように、しまりなく顔をほころばせた。

「というわけで」エラリーは言った。「ようやく犯人の全貌がつかめました。その特徴を順に述べましょう。

一、犯人は男です。

二、犯人は喫煙者で、おそらくはパイプを吸い、しかもずいぶんな愛煙家にちがいありません。これから犯行に及ぼうとしている現場で、相手を待つあいだも煙草を手放せないのですから、煙草の虜《とりこ》であると言いきれます。

三、犯行の際、犯人は頭文字かそれに近い、自分の身元を特定できる印がついたマッチのケースを持っていました。

四、犯人はギンボールとウィルスン夫人のふたりに対し、犯行の動機を持っていました。
五、犯人は筆記具を持ち合わせていないか、あるいは、自分のものはなんらかの形で足がつくのではないかと考え、使うことを避けました。
六、犯人はギンボール側の人間である可能性が非常に高い——ルーシーを意図的に陥れたことから、そうとわかります。
七、犯人はアンドレアを思いやっていました。どれだけ挑発されても、攻撃に手加減が見られたことからそう言えます。また、アンドレアの母親に対してはいっそうの思いやりを示し、危害を加えると警告しながら、一度たりとも実行しませんでした。たとえ牽制《けんせい》であっても、実行していれば、アンドレアの口を永久にふさぐことができたかもしれないのに。
八、検死医によると、ギンボールを殺したひと突きは、右手で刺したものです。すなわち、犯人の利き手は右手です。
九、犯人はギンボールが保険金受取人を変更したことを知っていました」
エラリーは微笑んだ。「数学では、ご存じのとおり、九という数を使ってさまざまな芸当ができます。さて、この殺人事件においても、同じ数でちょっとした芸当ができたことをお知らせしましょう……。犯人のはっきりとした特徴が九つわかれば、あとの分析は児戯に等しいことでした。ぼくとしては、容疑者の一覧表と照らし合わせて、ひとりずつ、九つの特徴と合致するかどうかを試すだけでよかったんです」

「おもしろい」メナンダー判事が顔を輝かせた。「その方法で確実な結論に到達できるというのかね」

「その方法で」エラリーは答えた。「ひとりを除くすべての容疑者を落とせます。ひとりずつ検討しましょう。

まず当然ながら、第一の特徴で、女性はみな一掃されます。犯人は男性でなくてはいけません。

男性ではだれがいるでしょう？　まずはジャスパー・ボーデン翁《おう》……」

「まあ」アンドレアが息を呑《の》んだ。「ひどいわ！　一瞬でも祖父を疑ったとおっしゃるの？」

エラリーは笑った。「アンドレア、客観的な分析をするには、ひとり残らず容疑をかけるんです。この人は年老いて弱っている、あの人は若くて美しいなどという理由で、感情に流されてはいけません。そこで、まずジャスパー・ボーデンさん。ええ、そう、体が不自由です。家を出ることはありません。これは自由に動ける男性による犯行でした。以上はどれも事実です。しかし、これを探偵小説のように考えてみましょう。ボーデンさんはひょっとしたら病気を装っていて、パーク街のアパートメントから、とんでもない時刻に軽々と抜け出して、夜陰にまぎれて悪事のかぎりを尽くしてきたのかもしれない。論理的に考えて、ジャスパー・ボーデン氏についてはどう見なすべきでしょうか。実は、第二の特徴によって完全に除外されるんです。ボーデンさんはもう煙草をやめていると、あのこわい顔をした看護師の前でおっしゃいました。看護師は立場上、それが事実でなければ否定したはずです。それに、これは探偵小説ではありませんから、半身が麻痺《まひ》しているボーデンさんには、犯行に及ぶことなどぜったいにできなかったと言えます。

つぎは――ビル・エンジェル」

ビルはソファーから腰を浮かしかけた。「なんだと、このユダめ！」歯を見せて笑う。「まさか、ぼくがやった可能性をほんとうに考えたんじゃないだろうな」

「もちろん考えたさ」エラリーは冷静に言った。「ぼくがきみの何を知っているというんだ、ビル。十年以上も会っていなかったんだから――そのあいだに冷酷な犯罪者になっていたかもしれないじゃないか。だが、まじめに言うが、きみはいくつかの点で候補からはずれたよ――第四、第五、それに第六の特徴だ。つまり、ギンボールに対する動機はあったかもしれないが、犯人とはちがって、実の妹であるルーシーを陥れる動機はなかったからだ。第五の特徴――犯人は使える筆記具を持ち合わせていなかった。ああ、きみは持っていたな！」

「いったい、どうして」ビルは面食らった。「そんなことがわかるんだ」

「鈍いやつだな」エラリーはため息をついた。「ごく簡単な方法だ――この目で見たんだよ。忘れたのか？　ステイシー・トレント・ホテルのバーラウンジで話をしたとき、ぼくは口に出して指摘しているよ――〝ポケットには削った鉛筆が何本も差してある〟から、きみは忙しいにちがいないとね。あれは犯行のわずか数分後のことだった。もし、ポケットに何本も鉛筆を差していたきみが犯人なら、アンドレアへのメモを書くのにまちがいなくそれを使ったはずなんだ。どんな科学捜査をもってしても、鉛筆から犯人を割り出すことはできないからね。そして第六の特徴――犯人はギンボール側の人間である。きみは明らかにちがった。というわけで、きみは論理的に除外された」

「まいったな」ビルは弱々しく言った。

「では、われらが尊大なる友、フリュー元上院議員です。何がわかるでしょうか。なんと、これは！　信じがたいことに、フリュー元上院議員はすべての特徴にあてはまるんです――理屈の上では。しかし、この人の場合、ひとつの事実だけで完全に除外されました。それは特徴の一覧にあげませんでしたが、加えてもよかったかもしれません。元上院議員には顎《あご》ひげがあります。あのひげはさすがに偽物ではありません！　何年ものあいだ、ご本人にとって誇りでも喜びでもあり、長年あれで新聞の紙面を飾ってきました。それにしても、あれほど長いひげの持ち主では――胸まで届くほどですね――ヴェールをかけたところでぜったいに隠しおおせるものではありません。ヴェールの〝女〟をはっきり見たという証人がひとりいましたね――ガソリンスタンドの店主です。もし〝女〟が顎ひげを生やしていたら、さすがに気づかないはずはありません。ヴェールは顎の下までは覆いませんから、ひげが見えてしまいます。そのうえ、問題の〝女〟は大柄でがっしりとしていたと証人は言いましたが、フリューは背が低く太っていますね。また、たとえ犯行のためにひげを剃《そ》り落としたとしても、その後もひげを生やしています。偽物だったのでしょうか。あれほど大事に扱っているんだから、それはなさそうです。まだ疑いが晴れないというのなら、つぎに会ったときに引っ張ってみてください。

つづいて、バーク・ジョーンズ。第八の特徴で即座にはじかれます。ポロの試合で腕を折ったというニュースに、嘘偽りはないでしょう――新聞で報道されましたし、何百という人々が目撃していますから。そして、骨折しているのは右腕です。犯人は右の手に持ったナイフでひと突きしました。したがって、ジョーンズは肉体的に実行不可能というわけです。

犯人像は完成しました」エラリーは穏やかに言った。「絞りこみも終わりました。描きあげた絵には、九つの特徴すべてに完璧《かんぺき》にあてはまり、疑問をはさむ余地のない、たったひとりの姿があります。その人物とはもちろん、グロヴナー・フィンチです」

幕間《まくあい》の沈黙が長々とつづき、聞こえるのはルーシーの疲れきった、それでいて妙に幸せそうなすすり泣きだけだった。

「おみごとだ」メナンダー判事が咳払《せきばら》いをして、またしても言った。

「たいしたことじゃありません。きわめて常識的な思考ですよ。では、フィンチはどのようにあてはまるのでしょうか。
一、フィンチは男です。
二、フィンチは大変な愛煙家であり、しかもパイプを吸います。ぼくがフィンチのオフィスを訪ねた日に、秘書のミス・ザカリーがフィンチのパイプ用の刻み煙草を勧めてくれました。有名な煙草専門店で本人用に調合されたものです。救いがたいほどのパイプ愛好家でなければ、特別に煙草を調合させたりはしませんね。
三、フィンチが持っていたマッチのケースは、論理で導き出された以上にはっきりとした特徴のあるものでした。その日、ぼくがフィンチの煙草を褒めると、秘書はその贔屓の煙草店からぼくに同じものを届けさせると言ってくれました——しかもフィンチにことわりなく、贈り物ということにして。やがて五番街のピエールという煙草専門店から、一ポンドの煙草が届きました。いっしょに紙マッチの詰め合わせがひと箱同封されていたんですが、そのマッチのケースひとつひとつにぼくの名前が刷られていたんです！　そのうえ、親切にも手紙が添えられていて、これが店の習いであると書かれていました。顧客へ煙草を届けるときにかならずマッチを添え、ぼくのもとへ届けたものにもケースに名前を刷ったマッチを同封し、それがピエールの店の習慣であるなら、フィンチは自分の名前が刷られたマッチのケースを大量に持っていたはずです！　頭文字や印どころではなく、フルネームですよ。フィンチが気を揉《も》んだのも、空のケースを持ち帰ったのも、不思議はありません。ケースの表面に書かれた〝グロヴナー・フィンチ〟という名前をアンドレアが見たと思いこんだとしても、まったく無理はないんです」

「驚いたな」ポーリンジャーは両手をあげた。

「四、犯人はギンボールとウィルスン夫人のふたりに対し、動機を持っていました。これは犯人がギンボールの二重生活を知った結果でしたが、これについてはすぐあとで説明します。とはいえ、その秘密を知れば、ギンボール側の人間ならだれしも、ジェシカの面目をつぶしたギンボールの死を望み、二重生活の生きた象徴であるルーシーに復讐《ふくしゅう》しようとするかもしれません。しかも、フィンチはジェシカに非常に近い人間でした。

五、筆記具について。興味深い点です。ぼくがオフィスを訪ねた日、フィンチはぼくに小切手を渡そうとしました。ナショナル生命保険のために事件を調査する依頼料としてです。ぼくの目の前でポケットから万年筆を取り出し、それで小切手に字を書きました。ぼくに見せた小切手には、本人の署名だけが手書き文字で、それは緑のインクで書かれていました。緑のインクですよ！　ひどく目立つし、けっしてふつうとは言えません。犯行現場では、あのインクで手紙を書くという危険を冒すわけにはいかない。だからほかの手段に頼らざるをえなかったんです……。まちがいなく、フィンチはペンを持っていました。死んだいまとなっては、あの夜どんな服装だったのか正確にはわかりませんが、おそらくズボンの裾《すそ》を巻きあげて上からすっぽりと婦人用のドレスをまとっていたのでしょう。外套《がいとう》を着ていれば襟もとの線は隠せます。マッチとパイプもそうやって持ち歩いていた——婦人服の下に着ていた紳士服のポケットに入れてあったにちがいありません。

六、フィンチはまさしくギンボール側の人間です。ギンボール、ボーデンの両家と長年にわたり親交がありました。

七、アンドレアを思いやる気持ちがあったのはまちがいありません——その行動から、いくつもの証拠が見てとれましたね。アンドレアのお母さまについては——まあ、特別な根拠はありませんが、ギンボールが死んだあとの気づかいや、つねに寄り添う姿から、明らかに好意以上のものが感じられました」

「そのとおりだと思います」アンドレアが小声で言った。「きっとあの人は——母を愛していました。ずっと以前から。もちろん独身でしたわ。母はよく言っていましたが、あの人が結婚しなかったのは、母がわたしの父と──実父のリチャード・ペイン・モンステルと結婚したせいだそうです。そして父が亡くなったら、母はジョーと再婚して……」

「お母さまへの愛こそが、ぼくがフィンチをギンボールの殺害犯と考えた理由として、唯一納得できるものだったんですよ、アンドレア。フィンチは、ギンボールがお母さまを欺いて合法でない結婚をしたこと、多くの時間をほかの街で別の女と過ごしていたこと、自身の払った犠牲が無駄であったことを知って、お母さまを裏切った者を殺す決心をしたんです。

八、犯人は右利きでした。少なくとも、凶器を突き立てるときには右手を使いました。フィンチがこれに完璧にあてはまるのかどうか、この点ははっきりしませんでしたが、ほかの八つの証拠が揺るぎないものであることを考慮して、これは重視しないことにしました。ともあれ、フィンチが右手を使った可能性はあるわけです。

九、最後になりますが、多くの意味でいちばん重要だったのがこれでした。フィンチは百万ドルの保険金の受取人が変更されたことを知っていたんです。それは簡単にわかりました。受取人の変更を知っていたのはだれでしょうか。ふたりいます。ひとりはギンボール本人です。しかし、ギンボールがだれにも言わなかったことは、すでに説明しましたね。もうひとりはフィンチでした。犯人であった可能性のある人物のうち、フィンチは、いや、フィンチだけが、事件の前に受取人の変更を知っていたんです」

エラリーは物思わしげに煙草を吸った。「とはいえ、この最後の点はけっしてすんなり結論できたわけではありません。仮説を立てるにあたって、いくつかの困難が生じました。ギンボールの二重生活の手がかりを見つけるには、申請書や保険証券をたしかめるしかありません。しかし、変更されたときからギンボールが封印ずみの封筒をビルに預けるまでのあいだ、書類を見ることができたのは該当する保険会社だけでした。これにかかわる事務処理をした保険会社の社員たちは、どう考えても無関係ですから除外します。けれども、フィンチを除外するわけにいきません。フィンチはギンボールを担当する〝周旋人〟という立場にあったため、受取人変更については、届け出があったことを会社から報告を受けて知っていたとみずから告白しています。

そこで当然、つぎの点が問題となります。本人は否定していたものの、フィンチは保険金受取人変更についてほんとうに他言しなかったのでしょうか。そして、他言することによって、ほかの人間に重要な手がかりを与えなかったのでしょうか。フィンチはだれにも話していないと言いきったことで、自分がその重要な事実を知るただひとりの人間だと名乗っているに等しく、状況を考えると自分にとってきわめて不利になるはずですが、いまはその事実を無視しましょう。もしフィンチがその意味するところに気づいていたら、ほかの人にも話して、疑いのかかる範囲をひろげておいたはずです。

　しかし、フィンチの言ったことを信じないとしても、話した相手としてだれが考えられるでしょうか。女性の場合は？　たとえば、ギンボール夫人――当時まだギンボール夫人だった人――はどうか。けれど、犯人は男性ですから、そもそも女性には疑いのかけようがありません。夫人がさらにほかの女性に伝えていたとしても、その相手も同じ理由で除外されます。ほかの男性に伝えていた場合、あるいはフィンチがほかの男性へ直接話していた場合は、その人物がこれまで見てきた犯人の特徴にあてはまるかどうかを検討するしかなく、それは事件にかかわるどんな男性の場合でも同じです。では、結局どうなるでしょう？　犯人の特徴に完璧《かんぺき》にあてはまる人物は、フィンチをおいてほかにありません。というわけで、遠まわりをしましたが、フィンチはだれにも口外しなかったという結論に達します。仮に口外していたとしても、そのことはのちに起こった殺人とはなんの関連もありませんでした。

　その後のことは、すでにぼくが再現したとおりです――フィンチは疑念をいだき、おそらくは人知れずフィラデルフィアを訪れ、事情を突き止め、〝中途の家〟を発見し、犯行と陰謀を企てていきます」

「あの変装は、もちろん」ポーリンジャーはつぶやいた。「必然だったのだな」

「ええ、そうですよ。ルーシーの犯行に見せかけるなら、女がクーペを運転していた証拠が必要です。言うまでもなく、ヴェールをかぶったのは男にしか見えない顔を隠すためでした。当然ながら、声を聞かれては変装も台なしですから、あの晩ガソリンスタンドの店主に話しかけてはいません。以前指摘したとおり、わざわざ給油に寄って、ルーシーに結びつくあからさまな手がかりを残したわけです。法律家ではないので、自分が仕立てている状況証拠がどれほど弱いかには気づきませんでした。フィンチがペーパーナイフを見つけるという幸運に恵まれず、またルーシーが前の夜に自宅でナイフにふれていなかったら、まちがいなくルーシーは無罪となっていたはずです」

「あの指紋の証拠がなければ、弁護人が最初に却下を要求したときに、ただちに棄却していただろう」判事はかぶりを振った。「実のところ、あの証拠があっても主張は薄弱だった――悪いがポール、きみもそれはわかっていただろう。陪審がまずかったと思う。すべてがウィルスン夫人を信用するかどうかの問題にまとめられてしまった――そして、なぜ陪審が夫人の話を信じなかったのか、わたしにはきょうまで謎のままだ」

「あのまるまるした婦人のせいですよ」エラリーは憤然と言った。「まあ、仮定の話はともかく、事実はいまお話ししたとおりです。魔法などありませんよ、判事。常識を働かせただけです。こういうことは説明しないほうがいいですね。人々を幻滅させますから」

ニュージャージー州の法律家ふたりは笑った。しかし、ビルは急に真顔になった。言いかけたことばを二度呑《の》みこんで、それから改まった声で切り出した。「メナンダー判事――」

「ちょっと待ちたまえ、エンジェルくん」老判事は身を乗り出した。「クイーンくん、きみはひとつ言い残しているようだ。わたしが少し前に指摘した根拠薄弱な点を説明してくれないかね。きみはミス――アンドレアとお呼びしてよろしいかな？――アンドレアがマッチの話などで真実を話しているのを〝前提〟に組み立てたと言ったね。どういう根拠で」判事はきびしく質問した。「それを前提にしたのかね。きみはたしかな事実のみに従って推理をするのだと思っていた。もしアンドレアがほんとうに嘘をついていたら、きみの打ち立てた論理の全体が崩れ落ちかねない」

「法律家らしいお考えです」エラリーは含み笑いをした。「こういう点を法律の専門家と論じるのは実にじつにおもしろいものです！　おっしゃるとおりです、判事。崩れ落ちかねません。でも、そうはなりませんでした。アンドレアは真実を語ったからです。真実を語ったと知ったのは、ぼくが知の旅の終点にたどり着いたときでした」

「それはわたしの理解を少々越えているな」ポーリンジャーが言った。「いったいどうやって知った？」

エラリーは辛抱強くつぎの煙草に火をつけた。「なぜアンドレアが嘘をつく必要があったというのでしょうか。それは本人がギンボールを殺害し、手がかりを混乱させようとした場合にかぎられます」火のついた煙草を振る。「しかし、たとえ嘘だったとしても、その嘘はどこに行き着くのでしょうか。行き着く先は、グロヴナー・フィンチに罪をかぶせることとです。なんとばかばかしい！　というのは、もしアンドレアが真犯人であれば、もともとルーシー・ウィルスンを罪に陥れようとしていたはずだからです。そして、ルーシーはどうなったでしょうか。有罪判決を受けて、拘置所にいました。ならば、ルーシーを陥れる陰謀は、真犯人であるアンドレアの視点からは成功したと言えます。では、フィンチに罪をかぶせることになる嘘をアンドレアがついたのはいつでしょうか。ルーシー・ウィルスンの有罪判決のあとです！　つまり――ある人物を陥れるのに成功しておきながら、あとからほかの人物を陥れて、すべてを台なしにしたりするものでしょうか？　むろん、ありえません。それに、嘘をついた結果がどうなるのかを知らなかったとしても、すでにギンボールを殺害し、ルーシーを陥れたというのに、なぜ嘘をつく必要があるのでしょうか。犯行は無事成功し、標的、すなわち生き残った標的は、無事に有罪となったというのに。これ以上混乱を引き起こしても、なんの意味もありません。だからぼくは、アンドレアが真実を告げていると確信したんです」

「きっとあなたは」アンドレアが言った。「ご自分のお父さままでも疑う人なのね！」

「もしかしたら」エラリーはにっこり笑った。「意地悪を言ったつもりかもしれませんが、鋭い推測ですよ。実は、少し前の犯罪捜査で、まさにそういうことがありました――どう推理しても、ぼくの父、クイーン警視が犯人だという答が出るんです！念のため言いますが、あのときはひどい思いをしましたよ」

「どうなったんだね」メナンダー判事は興味津々で尋ねた。

「それは」エラリーは言った。「また別の話ですよ」

「まだ目の前の話も終わっていないぞ」ポーリンジャーがわざとらしくきびしい顔をして言った。「細かいことにこだわるようで悪いが、結論を出すにあたって、フィンチが保険の変更について知っていたという事実がそれほど重要だとしたら、きみはあまり頭が冴《さ》えていたとは言えないよ、クイーンくん。そもそも事件の最初から、フィンチが知っていたことをきみは承知していたじゃないか」

「困ったな」エラリーはうなった。「なぜ法律家を聞き手にまわしてしまったんだろう。抜け目がありませんね、ポーリンジャーさん、実にすばらしい。でも、的はずれなんですよ。保険金受取人の変更をフィンチが知っていたことは、さまざまな推論のすえに事件がすっかり解明されるまで、まったく重要ではなかったんです。犯人が受取人変更について知る必要があったと論理的に証明できてはじめて、それは意味を持ちました。前段階の推理をすべて終えるまでは、犯人が知っている必要があったことなど、わかるはずがありません。犯人が受取人変更について知っている必要があったと気づかせてくれたのは、犯人がギンボールの二重生活を知っていたということでした。犯人がギンボールの二重生活を知っていたと気づかせてくれたのは、犯人がウィルスン夫人を故意に陥れたということでした。犯人がウィルスン夫人を故意に陥れたと気づかせてくれたのは、犯人は男だからウィルスン夫人は無実だということでした。こうしたいくつもの段階を経なければ、最終的な事実はなんの意味も持たなかったんです」

「証明終わり《Q.E.D.》」ビルがすかさず口を出した。「すばらしい。おみごと。ブラボー。メナンダー判事――」

「なんだね、いったい」老判事は少々むっとしたように言った。「あの保険金のことが心配なら、すみやかに手続きを進めると約束しよう。妹さんは契約どおり満額を受けとることになる」

「いや、判事」ビルはことばを詰まらせた。「そうではなく――」

「そのお金は要りません」ルーシーがきっぱりと言った。もう泣いてはいなかった。「そんなものに手をふれるなんて……」そう言って身震いする。

「しかしね」メナンダー判事は声を強くした。「きみが受けとりなさい。これはきみのものだ。きみが受けとることが、故人の遺志なのだよ」

ルーシーの黒い目には影が差し、疲れが漂っていたが、それでもにわかに微笑んだ。

「わたしのものなら――自由にしていいということですね」

「もちろんだ」判事はやさしく答えた。

「じゃあ、わたしは」ルーシーはアンドレアの細い肩に腕をまわして言った。「譲ることにします。もうすぐわたしの身内になってくれるであろう人に……。この贈り物を受けとってくださるわね、アンドレア。わたしと……ジョーからよ」

「まあ、ルーシー!」アンドレアはたまらず声をあげ、それから泣きだした。

「それがぼくの申しあげたかったことです、判事」ビルはあわてて言った。頰を真っ赤に染めている。「つまり、ルーシーの気持ちが、アンドレアを――その……。ええ、実は、アンドレアとぼくは先週出かけてきまして……それで、ええと」ビルはポケットから何かを取り出しながら、ようやく口に出して言った。「許可証を持ってきました。ぼくたちの結婚を承認してくださいませんか」

判事は笑った。「わたしでよければ、喜んで」

「陳腐だ、陳腐だよ」エラリーは不機嫌そうに言った。「芸がなさすぎるぞ、ビル。そんなありきたりなことを。ヒーローがヒロインと結婚し、末永く幸せに暮らすなんて。結婚とは何を意味するのか、わかってるのか？　ローンの返済に追われ、夜中の二時に哺乳瓶《ほにゅう》をあたため、休まず勤めに出かけ、作家が賢明にも書くのを控えているありとあらゆる悲惨なことを、こなさなきゃいけないんだぞ」

「そうであっても」ビルはぎこちなく笑みをひろげた。「きみには新郎の付添人を頼みたいんだ。アンドレアも――」

「ほう」エラリーは言った。「そういうことなら話は別だ」エラリーは革張りのソファーの前へ行くと、身をかがめてアンドレアの涙に濡《ぬ》れた顔をあげ、大げさな音を立ててキスをした。「やった！　これこそが付添人の特権だろう？　少なくとも、ぼくは」エラリーはくすくす笑いながら、ハンカチで唇をそっとぬぐった。「ご褒美をもらった！」

解説　エラリー・クイーンは終わらない

飯城勇三

――いや、私たちの本が版を重ね続けるならば、私たちは永遠である。そして、私がここで振り返り振り返った日々もまた。ギリシャ（棺）の光輝も、ローマ（帽子）の壮麗さも……。

（『ローマ帽子の秘密』50周年記念復刻版のクイーンの序文より）

その刊行――実は私は

本書『中途の家』が刊行された一九三六年は、クイーンにとって大きな変化がありました。

まず、単行本で出る前に先行掲載される雑誌が、「レッドブック」から「コスモポリタン」に替わったこと。この雑誌は、当時のアメリカでは、発行部数、注目度、そして原稿料と、あらゆる点で最高の発表舞台で、数多くの一流作家が寄稿しています

（例えば、サマセット・モームの『コスモポリタンズ』は、この雑誌のために書き下ろした短篇を集めたものです）。ここに至って、クイーンの作家としての格や人気は、頂点に達したと言えるでしょう。

その「コスモポリタン」一九三六年六月号に先行掲載されたバージョンは、単行本の45％ほどに短縮。第一部がカットが少なく（60％）、第三部が多い（40％）といった差はありますが、基本的には細々とした省略にとどまっています。もちろん解決篇も短くなり、エラリーが掲げる犯人の条件も九つから七つに減少。また、「レッドブック」掲載時と同じく――広告主に配慮したのか――商品名がほとんどカットされていました。一方で、「レッドブック」版との大きな違いは、挑戦状が抜けていること。編集部の方針なのか、クイーンが「挑戦は『コスモポリダン』の読者には合わない」と考えたのか……。

二つめは、長篇のフォーマットの変化。本作は、「ある推理の問題」という副題と〈読者への挑戦状〉はあるものの、「国名＋秘密」という題名のパターンが崩れてしまったのです（次作では副題と挑戦状も消えてしまいました）。

しかし、この年に起こった最大の変化とは、クイーンの正体が明かされてしまったことに他なりません。「パブリッシャーズ・ウィークリイ」誌一九三六年十月十日号に、以下の記事が載ったことによって――

Lucy leaped to her feet, screaming protest, as Mrs. Gimball identified the dead man.
NOVEL COMPLETE IN THIS ISSUE

「コスモポリタン」誌掲載の『中途の家』の挿絵（ジョン・ファルター画）

Halfway House

by **ELLERY QUEEN**

ILLUSTRATIONS BY JOHN FALTER

A COSMOPOLITAN BOOK-LENGTH

十冊のベストセラー・ミステリを書いた覆面作家エラリー・クイーンは、パラマウント社で映画脚本を執筆するため、ハリウッドに出向いた。かくして、作者と出版社が注意深く隠し続けていた秘密は、パラマウント社の前に明らかにされてしまったのである。エラリー・クイーンは、フレデリック・ダネイとマンフレッド・リーという、ニューヨークに住む友人同士のコンビである。版元のストークス社は、これまで何千枚ものクイーンの写真をばらまいたが、すべて黒いマスクをした一人の男性のものだった。

なお、日本では、「探偵春秋」誌一九三七年一月号に、右の記事が紹介されています。おそらくこれが、わが国での初公開でしょう。

その魅力——女王《クイーン》のもう一つのお気に入り

みなさんは、『チャイナ蜜柑《みかん》の秘密』の解説で紹介した〈クイーン自選ベスト〉を覚えていますか？　一位『チャイナ蜜柑』、二位『災厄の町』、三位『中途の家』、番外『九尾の猫』、でしたね。そう、本作もまた、クイーンのお気に入りなのです。

ただし、本書をすでに読み終えた方には、作者の評価などは不要でしょう。この本が本格ミステリとして高いレベルに達していることは、一目瞭然ですから。

『中途の家』初刊本の表紙

まず、「二重生活を送っていた男はどちらの人格として殺されたか？」という前代未聞の魅力的な謎。そして、この謎を〝焦げたコルク〟という――国名シリーズでおなじみの――物理的な手がかりと組み合わせて犯人の条件を導き出す演繹《えんえき》法推理の見事さ。さらに、この条件を容疑者に当てはめていく消去法推理の鮮やかさ。最後には、推理の土台となる証言が偽証である可能性――〈後期クイーン的問題〉ですね――まで消去するという緻密《ちみつ》さ。まさに、「ある推理の問題」の締めくくりにふさわしい、パズルの傑作と言えるでしょう。

しかしその一方で、前作『スペイン岬の秘密』以上に、人間ドラマの部分もパワーアップしているのです。みなさんが、アンドレアの描写を過去作の〝金持ちお嬢様〟と比べ、ビルの描写を『フランス白粉《おしろい》の秘密』のウェスと比べたならば、ずっと深みが増していることに気づいたと思います。また、車椅子の支配者ジャスパー、彼に支配されるジェシカ、女性記者のエラ、被告となったルーシー、アンドレアの婚約者バークなどは、魅力的に描かれているだけではありません。さらにこの性格を発展させたキャラクターが、後続のクイーン作品に、より重要な役で出て来るのです。

ただし、私がこれまでの九作との違いを感じたのは、本作では、テーマが前面に出ていることでした。それは何か――を語る前に、いつものファン向けの小ネタといきましょう。

〔その1〕本作では、おなじみのデューセンバーグが男女の結びの神として活躍します。しかし、作中でエラリーが語る「シャム双子」の事件で、この車は爆発炎上したのではないでしょうか？　爆発したのは他の車だったのか、はたまたエラリーが買い直したのか……。

〔その2〕本作の次の作品は、「The Door Between」という原題にもかかわらず、『ニッポン樫鳥《かしどり》の謎』や『日本庭園の秘密』などと訳され、〈国名シリーズ〉の一作として扱われてきました。これは、一九五四年に出た『別冊宝石・世界探偵小説全集7／エラリー・クイーン篇』に江戸川乱歩《えどがわらんぽ》氏が書いた「雑誌『コスモポリタン』に掲載された時は、原名「日本の扇」という題名だったそうだ」という文によるものでしょう。しかし、実際に初出誌を調べてみたら、これは嘘だとわかりました。ひょっとして、広告か書評に「日本愛好家の秘密《ジャパニーズ・ファン・ミステリ》」と謳《うた》っていたか、情報提供者が悪筆だったので、乱歩氏が「中間の扉」を「日本の扇」と読み間違えたのかも……。ただし、笠《かさ》井潔《いきよし》氏の〈矢吹駆《やぶきかける》シリーズ〉や綾辻行人《あやつじゆきと》氏の〈館《やかた》シリーズ〉が全十作を予定しているのは、作者が〈国名シリーズ〉を意識したためなのです。それを考えると、罪より功績の方が大きいかもしれませんね。

その主題――テーマは推理によって語らしめよ

クイーンが本作を気に入っていることは確かですが、どこが気に入っているのかまでは、語っていません。しかし、「EQ」誌一九八〇年一月号に載った、クイーン(ダネイ)の言葉の中に、そのヒントがあるように思われます。夏樹《なつき》静子《しずこ》氏、権田《ごんだ》萬治《まんじ》氏との鼎談《ていだん》の一部です――。

「私たちの若いころの作品は、謎解きが焦点となっています」

「その八年が終わった段階で、リーと私は、謎解きの時代も終わったのではないか、というふうに話し合いました」

「そこで、私たちの作風を変えるということになり、初めての試みは非常に成功しました」

この「初めての試み」が『中途の家』であり、それが「非常に成功した」ために、自選ベストに入れたとは考えられないでしょうか? 『ローマ帽子の秘密』が一九二九年なので、まだ「八年」たってはいませんが、別の箇所では「八年ぐらい」と言っているし、『ローマ帽子』はコンテスト応募のため前年に書き上げているので、おかしくはありません。

では、本作のどこが「初めての試み」なのでしょうか？　おそらくそれは、〝本格ミステリのプロットと社会的なテーマの融合〟だと思われます。そして、「社会的なテーマ」とは、ジェンダー問題（という言葉は発表当時にはありませんでしたが）なのでしょう。

この問題については、第三部冒頭のエラ・アミティ（彼女自身も取材時にセクハラを受けていることが、さりげなく描かれています）の記事という形で、作者自らが語っています——「裁判に臨むのはルーシー・ウィルスンではなく、社会そのものだからだ」と。二重生活をしていた夫は、妻の「人生の最も貴重な十年という歳月を奪った」ことになります。しかし、妻が二重生活をしていたからといって、夫が「人生を奪われた」とは言いません。つまり、夫の人生は本人のものだが、妻の人生は夫に従属しているのです（第四部には、バークがアンドレアのことを「ぼくの所有物」と呼ぶシーンもありますね）。この問題こそが、作者が訴えたかったことなのでしょう。

クイーンの過去作には、黒人問題を扱ったものがあります。ただし、これは〝動機〟としてしか使われていません。従って、他の動機と入れ換えても、プロットは変わらないのです。

しかし、本作におけるジェンダー問題は、動機だけではなく、犯行や手がかりや推理にまで結びついているのです。つまり、私たち読者がクイーンの挑戦を受けるには、この問題について考えなければならないわけです。これこそが、「物語の中に作中人物がテーマを語るシーンをはめ込んだだけのミステリ」との違いであり、本作の魅力であり、クイーンが気に入っている理由なのでしょう。

その来日――本格探偵小説の最高頂をめがけて

本作の初紹介は、一九三六年八月に日本公論社から出た『變裝の家』。「コスモポリタン」誌六月号に載ったものが、なんと、八月に出ています。内容は、『スペイン岬』と同じく、「単行本の45%ほどの雑誌版の完訳」。ページが余ったためか、クイーンの短篇「髯を生やした女」と「首吊り曲芸師」も加えられていました。

訳者の井上英三氏は、当時としては、きちんとしている方で、推理の流れが読者に正しく伝わるように訳しています（一点だけ、後述の不満点がありますが）。また、氏は横溝正史氏にJ・D・カーを薦めたことで知られていますが、クイーン・ファンでもあるらしく、本書に興味深い「はしがき」を添えています。ここで、その一部を再録しましょう（なくてもわかるルビは省略）。

> 一讀するに及んで私の期待は裏切られなかつた。勿論、エラリイ・クヰーンとして新しい方向を開拓したものではなく、處女作以來の道を辿つてゐるものでは

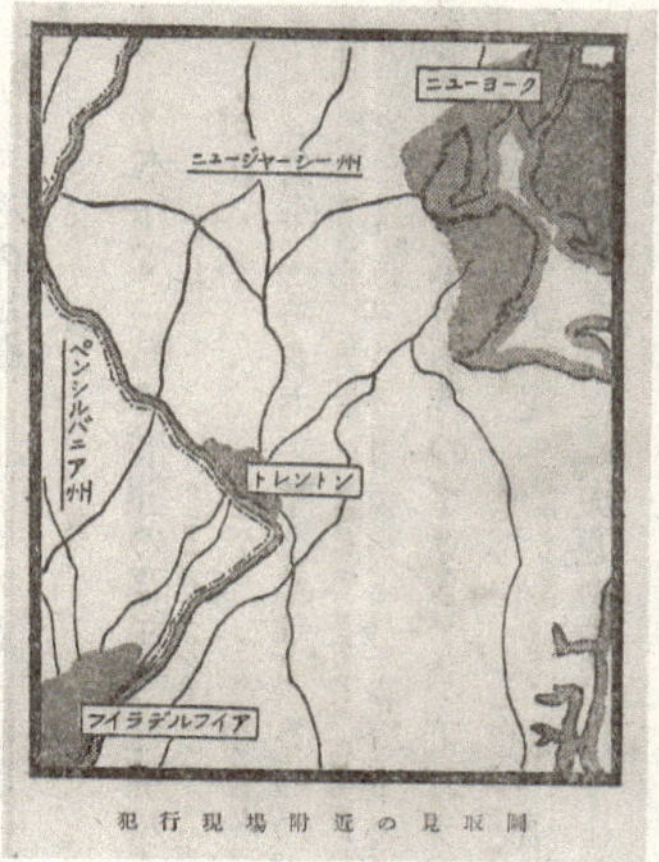

圖取見の近附場現行犯

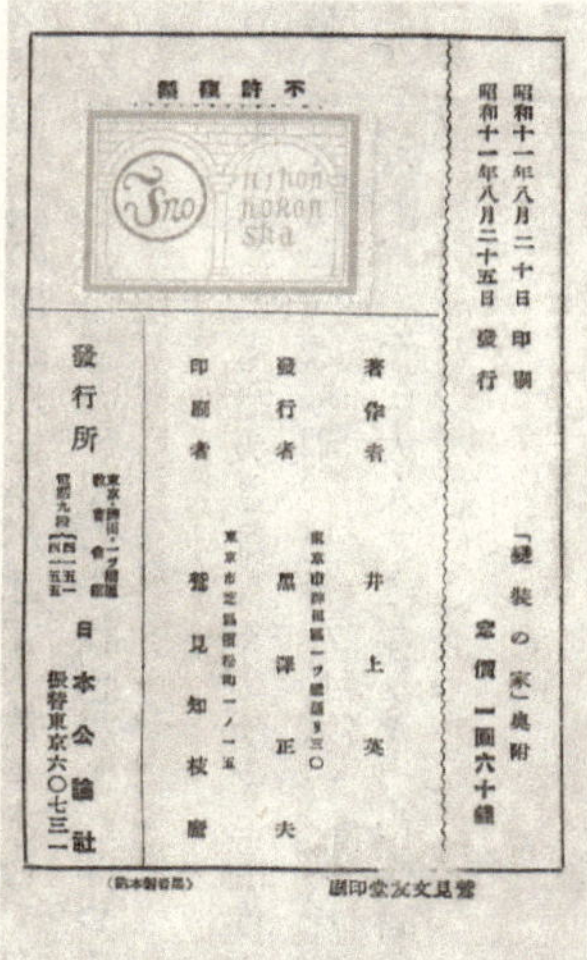
昭和十一年八月二十日印刷
昭和十一年八月二十五日發行

「變裝の家」奥附
定價 一圓六十錢

不許複製

著作者 井上英
發行者 東京市神田區一ツ橋通リ三〇 黑澤正夫
印刷者 東京市芝區[illegible]町一ノ一五 鷲見知枝麿

發行所 東京・神田・一ツ橋通 教育會館 電話九段(四二)一五一 (四二)一五五 日本公論社 振替東京六〇七三一

（岩田製本所）　鷲見文久堂印刷

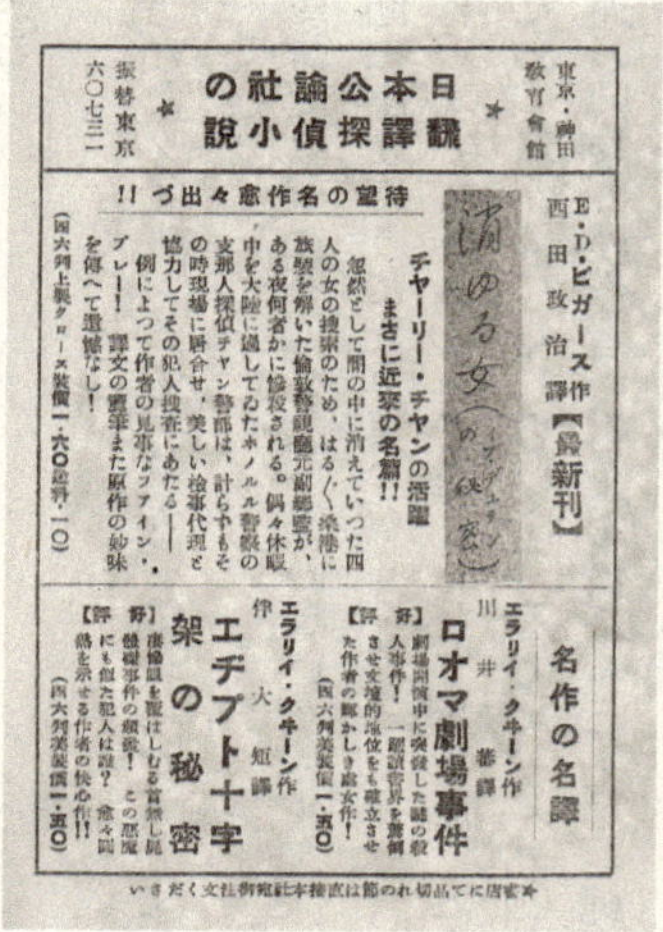

左上：中表紙　右上：冒頭掲載の地図
左下：奥付　右下：広告　※資料提供／浜田知明氏

あるが、謎と推理を生命とする本格探偵小説の最高頂をめがけて、營々として力闘してゐる作者の姿は、殆ど血みどろな、といつてい丶程の悲壮感をさへ伴つてゐる。

又、全體の筋《プロット》は比較的單純であり、殺人方法にも奇抜さはなく、所々に前作で使ひ古したトリックも用ゐてあるが、それにも拘はらず、充分なサスペンスをもつて讀者を終末まで曳きづ丶て行くところに、一面「大人」になりきつた作者の姿も見られるのである。

その足跡——ぼくのあとに道はできる

本作で「ある推理の問題」と別れを告げたクイーンのその後を、簡単にたどってみましょう。

次作『ニッポン樫鳥の謎』からの四長篇では、クイーンは、質の高いパズルを保ちつつも、エンターテインメント性を前面に出すようになります。

その次の新作のプロットがアガサ・クリスティの『そして誰もいなくなった』に先を越されたのと、ダネイの交通事故のため、新作は二年ほど中断。そして、一九四二年に刊行された『災厄の町』は——前述の鼎談での作者の言葉を借りると——「純文学と探偵小説を結婚させた」作品であり、クイーンの代表作と評されることも少なくありません。さらに続けて、『十日間の不思議』『九尾の猫』と、クイーンは傑作を生み出していきました。

その後は、ミステリの可能性を広げたり突き詰めたりする試みを進め、「見立て殺人の極北（『ダブル・ダブル』）」や「操りの極北（『悪の起源』）」に挑んだり、軍需産業の大立者が支配する孤島での密室殺人を描いたり（『帝王死す』）、マッカーシズムを批判したり（『ガラスの村』）と、さまざまな実験を行いました。

ここまでのクイーン作品は、プロットをダネイが担当、小説化をリーが担当していました。しかし、一九五〇年代の終わりにリーがスランプになったため、ダネイは他の作家と組んでクイーン作品を生み出すことにしました。この時期の作では、シオドア・スタージョンと組んだ『盤面の敵』が好評。また、アブラム・デヴィッドスンと組んだ『第八の日』は、ダネイの〝個人的な〟お気に入りです。

その後、リーは一九六七年の『顔』で復帰しましたが、一九七一年の『心地よく秘密めいた場所』の小説化を終えた後で永眠。ダネイも一九八二年に眠りについたため、次作に予定されていた『間違いの悲劇』のプロットは、小説化されることなく、梗概《こうがい》のままで一九九九年に出版されました。

もちろん、クイーンの活動は長篇だけではありません。初期の短篇集『エラリー・

クイーンの冒険』と『エラリー・クイーンの新冒険』は巧妙で複雑なパズル、中期の『犯罪カレンダー』は後述のラジオドラマの脚本を小説化した軽妙なパズル、後期の『クイーン検察局』は〈挑戦状〉付きのショート・ショート・パズルと、いずれも粒ぞろいです。中でも「神の灯」と「キャロル事件」は、傑作と言われています。

　小説以外での創作では、一九三九年から放送されたラジオドラマ「エラリー・クイーンの冒険」を外すことはできません。クイーン自身が脚本を書き、終盤に〈聴取者への挑戦〉が入るこの番組は、全米でヒットし、ミステリ小説を読まない層にもクイーンの名を知らしめました。この上質な脚本は、『ナポレオンの剃刀の冒険』と『死せる案山子の冒険』の二冊にまとめられています。

　また、クイーンは編集者としての活躍も無視できません。

　アンソロジーでは、女性の探偵と犯罪者ものを集めた『犯罪の中のレディたち』、ホームズの贋作《がんさく》・パロディ集『シャーロック・ホームズの災難』、ショート・ミステリ集『ミニ・ミステリ傑作選』、そして、英語圏初の日本ミステリ集『日本傑作推理12選』などを編んでいます。

　雑誌は、もちろん、「エラリー・クイーンズ・ミステリマガジン（EQMM）」。一九四一年にクイーン編集長の下に創刊されたこの雑誌は、安価な読み捨てではない一流のミステリ専門誌として、短篇ミステリの発展に、多大な貢献をしました。新人の

左上：中期の代表作『十日間の不思議』　右上：遺作『心地よく秘密めいた場所』
左下：ＥＱＭＭ創刊号　右下：アンソロジー『日本傑作推理 12 選』

登竜門、埋もれた作品の発掘、マニア向けの意欲作・実験作の発表舞台、既存作家の一般誌向きではない作品の掲載……。クイーンの没後もこの雑誌は続き、現在は、島《しま》田《だ》荘司《そうじ》氏と組んで、日本の〝HONKAKU（本格）〟を英語圏に翻訳紹介する企画を進めています。

クイーンは、実作において本格ミステリの水準を一気に引き上げただけではありませんでした。ラジオドラマなどで一般大衆に挑戦状付きパズルの楽しさを教え、編集者としてジャンルを発展させたのです。そして、日本においては、クイーンを目指す作家や、クイーン的な要素を自作に導入する作家が後を絶ちません。「偉大な作家」――まさしくクイーンは、この言葉がふさわしい存在だと言えるでしょう。

その新訳――国名シリーズ・プラスワン

※注意‼　ここから先は本篇読了後に読んでください。

〈国名シリーズ〉に本書を加えた十作には、共通点があります。それは、「純粋パズルを極めようとした作品」という点。作者が「ある推理の問題」という副題をこの十作だけに添え、挑戦状を九作に添えたことからも、それは明らかでしょう。〈ドルリー・レーン・シリーズ〉四作も、本格ミステリとしては高く評価できますが、探偵役が読者に隠れていろいろやっているので、パズルとしては問題ありですね。

そして、クイーンはこの十作で、パズルの質を高めると同時に、可能性を広げていきました。その結果、パズルとしての本格ミステリの頂点と可能性と限界は、ほぼ極められたと言ってもかまわないでしょう（具体例は、各巻の解説を参照してください）。


こういった作品の翻訳では、次の二点が重要になります。

一つめは、翻訳に用いる原書の選定。戦後の版では、長さを抑えるためか、序文などを外し、本文をカットしているものが少なくありません。そのため、この新訳シリーズでは、すべて初刊行時のバージョンを底本にしました。例えば、本書と戦後の版を用いた創元推理文庫の井上勇《いのうえいさむ》訳を比べるならば、後者には多くのカットが存在することがわかると思います。また、副題の有無や登場人物表の趣向なども、この新訳シリーズで初めて知った読者が多いのではないでしょうか。

二つめは、訳者が、作者の狙いを読み取り、隅々まで気を配って翻訳すること。これもまた、本シリーズでは、かなり満たされていると思います。

例えば、終盤の、車で逃げたアンドレアとそれを追った犯人の会話を見てみましょう。作者はこの時点でも、まだ読者に〝犯人は女〟だと思わせようとしているので、「彼／彼女」等の性別を特定する単語は一つも使っていません（本邦初紹介の井上英三訳では、「彼」や「男」といった訳語を使っているので、趣向が台無しになっています――まあ、戦前はこの手の叙述の工夫はなじみがなかったのでしょうね）。ただし、英語の場合はこれだけで済みますが、男性と女性の口調が異なる日本語では不充分。かくして、過去の訳者はみな苦労して中性的な口調で訳すことになりました。そして、私の見たところ、本書の訳が、一番自然になっているように思われます。

しかし、そこまで苦労してもまだ足りません。このシーンでは、犯人は声をごまかす理由はないので、普通に話しています。ということは、犯人を普段からこういう中性的な口調で喋《しゃべ》らせなければならないわけですね。読者のみなさんが、本書の問題篇を読み直し、犯人のセリフをチェックしたならば、訳者の周到さに気づくに違いありません。

もう一つだけ挙げましょう。挑戦状の直前の、エラリーがジューナに出す「二十から二十を引くと、何が残る？」というクイズの訳し方についてです。まずは、エラリーの答えの訳を比べてみましょう。

・日本公論社／井上英三訳　――「全部残つてゐるんだ」
・創元推理文庫／井上勇訳　――「あらゆるものが残る」
・ハヤカワ・ミステリ文庫／青田《あおた》勝《かつ》訳　――「みんな残っているのだ」
・本書／越前敏弥《えちぜんとしや》・佐《さ》藤桂《とうけい》訳　――「残りは……すべてなんだよ」

このクイズは、エラリーの推理のポイントである「二十本入りマッチケースのマッチを二十本使ったら、あとにはケースが残る」ことを示唆する重要なヒントです。従って、エラリーの答え(everything)を「あらゆるものが残る」とか「みんな残る」というのは、英文和訳的には問題ありませんが、ミステリ的には問題ありです。理想は「丸ごと残る」や「全体が残る」でしょうけど、これでは読者に見抜かれそうですね。本書の「すべてが残る」が、ギリギリ許容範囲でしょう(ちなみに、原文の「everything」がアンフェアだと感じた人もいるかもしれませんが、この単語には「大事なもの」という意味もあるので、問題はない……と思います←自信なさそう)。

そして、クイーン・ファンにとって嬉《うれ》しいことに、越前訳クイーン作品は、まだ読めるのです。既にハヤカワ・ミステリ文庫から新訳版『災厄の町』が刊行され、二〇一五年八月には『九尾の猫』が出る予定。本シリーズとレーン四部作を読み終えたみなさんは、ぜひ、こちらに進んでみてください。

では最後に、ここまでおつきあいしてくれたみなさんに、お礼の言葉を。

たとえ八十年前の本でも、訳者が新たな命を吹き込み、読者が新たな気持ちをもって読むならば、その本は〝今〟を生きていることになるのです。クイーン作品をよみがえらせてくれた訳者と読者に――ありがとう。

中途《ちゅうと》の家《いえ》

エラリー・クイーン　越前敏弥《えちぜんとしや》・佐藤《さとう》 桂《けい》＝訳

平成27年 7月25日　初版発行
令和6年 4月15日　15版発行

発行者●山下直久

発行●株式会社KADOKAWA
〒102-8177　東京都千代田区富士見2-13-3
電話　0570-002-301（ナビダイヤル）

角川文庫 19285

印刷所●株式会社KADOKAWA
製本所●株式会社KADOKAWA

表紙画●和田三造

ISBN978-4-04-101458-5　C0197